JEFFREY ANDERSON

Die Erben der Schöpfung

Buch

Die Verhaltensforscherin Jamie Kendrick ist Mitarbeiterin in einem Forschungsprogramm im brasilianischen Amazonasgebiet. Beim morgendlichen Waldlauf entdeckt sie zufällig einen eingezäunten Bereich. Offensichtlich handelt es sich um den Laborkomplex der Firma BrainStem Engineering. Neugierig geworden, dringt Jamie auf das Gelände ein, wo sie einen Schimpansen in einem Gehege beobachtet. Zu Jamies Verwunderung zeigt das Tier Verhaltensweisen, die weit über die Intelligenz und die Lernfähigkeit seiner Art hinausreichen.

Aber Jamies Eindringen ist nicht unbemerkt geblieben. Vom Sicherheitsdienst wird die Forscherin zum Leiter der Einrichtung, dem Genetiker Dr. Kenji Nakamura, gebracht, der sie zu ihrer großen Überraschung für sein Labor engagieren möchte. Da Jamie von dem Verhalten des Affen fasziniert ist, sagt sie ohne lange zu überlegen zu. Jamie und der größte Teil ihrer Kollegen glauben, dass Nakamura Stammzellenforschung betreibt. Wie weit die Versuche des Genetikers tatsächlich gehen, weiß aber kaum jemand. Und auch nicht, dass Nakamuras Partnerin, die ambitionierte Ärztin Dr. Kathryn Batori, ohne sein Wissen an einem neuen Projekt arbeitet, einem Projekt, das ihr völlig zu entgleiten droht …

Autor

Jeffrey Anderson, Dr. med. und Dr. phil, ist Neuroradiologe an der Universität von Utah und veröffentlicht seine Forschungsergebnisse in den führenden amerikanischen Fachzeitschriften wie »Science«, »Nature Neuroscience« und »Neuron«. Mit seinem ersten Roman, dem Wissenschaftsthriller »Der schlafende Tod«, gelang ihm ein grandioses Debüt.

Von Jeffrey Anderson außerdem bei Goldmann lieferbar:

Der schlafende Tod. Roman (46031)

Jeffrey Anderson

Die Erben der Schöpfung

Roman

Aus dem Amerikanischen
von Ariane Böckler

GOLDMANN

Die Originalausgabe erschien 2006 unter dem Titel
»Second Genesis«
bei Jove, The Berkley Publishing Group, a division
of Penguin Group, USA Inc., New York.

FSC
Mix
Produktgruppe aus vorbildlich
bewirtschafteten Wäldern und
anderen kontrollierten Herkünften

Zert.-Nr. SGS-COC-1940
www.fsc.org
© 1996 Forest Stewardship Council

Verlagsgruppe Random House FSC-DEU-0100
Das FSC-zertifizierte Papier *München Super* für Taschenbücher
aus dem Goldmann Verlag liefert Mochenwangen Papier.

1. Auflage
Deutsche Erstveröffentlichung Mai 2007

Umschlaggestaltung: Design Team München
Umschlagfoto: Getty Images/Brinkema
BH · Herstellung: Str.
Satz: Buch-Werkstatt GmbH, Bad Aibling
Redaktion: Gerhard Seidl
Druck und Bindung: GGP Media GmbH, Pößneck
Printed in Germany
ISBN 978-3-442-46435-7

www.goldmann-verlag.de

Für Aaron

Prolog

> Die Erde aber war wüst und wirr, Finsternis lag über der Urflut, und Gottes Geist schwebte über dem Wasser. Gott sprach: Es werde Licht. Und es wurde Licht. Gott sah, dass das Licht gut war. Gott schied das Licht von der Finsternis.

Zu dunkel. Kenji Nakamura spähte in die Tiefe. Ungeschickt umfasste er mit seinen kurzen Fingern das Gestell, bis er den Schalter ertastet hatte und Licht durch das Okular fiel. *Schon viel besser.* Langsam drehte er die Blende, wobei sich im Mittelpunkt seines Blickfelds ein rundes Lichtfenster zusammenzog, das durch einen milchigen Rand von der dunklen Umgebung getrennt war.

> Gott machte also das Gewölbe und schied das Wasser unterhalb des Gewölbes vom Wasser oberhalb des Gewölbes. So geschah es.

Nakamura drehte das 4x-Objektiv in die richtige Position und stellte es scharf, bis der Wassertropfen auf dem Objektträger von der mikroskopischen Welt in seine eigene überging. Er drehte am Objektiv, ließ es an dem Tropfen auf und ab wandern und trennte das Wasser oberhalb des Brennpunkts vom Wasser unterhalb des Brennpunkts, bis er seine Position für gut befand.

Dann sprach Gott: Das Wasser unterhalb des Himmels sammle sich an einem Ort, damit das Trockene sichtbar werde. So geschah es.

Immer wieder ließ er das Objektiv hin und her über die Wasserlandschaft gleiten, suchte und spähte. Ein Schweißtropfen lief ihm über die Stirn, worauf er innehielt und sich das Gesicht mit einem Labortuch abwischte. *Da.* Er fuhr mit dem Objektiv zurück, dann wieder vor und hielt es schließlich in der Mitte an. Eine makellos runde Insel erhob sich aus der Wasserwüste. Als Nakamura das Objektiv auf seine höchste Auflösung stellte, sah er, dass die Oberfläche der Zelle mit welligen Gräsern bewachsen war. *So weit, so gut.*

Gott machte die beiden großen Lichter, das größere, das über den Tag herrscht, das kleinere, das über die Nacht herrscht, auch die Sterne.

Nachdem er die Koordinaten überprüft hatte, drehte Nakamura die Rädchen am Mikromanipulator auf die Mitte des Objekttischs zu. Die feuerpolierte Elektrode kam allmählich oberhalb und seitlich der isolierten Zelle zum Vorschein. Ein Glitzern spiegelte sich am stumpfen Ende der Elektrode wie ein Licht am Firmament und senkte sich der Kugel entgegen, bis es direkt vor der Zelle schwebte. Nakamura hob die angeschlossene Röhre an die Lippen und sog sanft daran. Die Zelle schwamm auf die Elektrode zu und heftete sich an ihr fest. Als Nächstes ließ er eine zweite, kleinere Elektrode von der anderen Seite auf die Zelle hinab, diesmal eine mit einer sichelförmig gebogenen Spitze. Während sich die blitzende Glaselektrode auf die Kugel herabsenkte, drehte er die Rädchen des Mikromanipulators immer nur um Mikrometer weiter, bis die sichelförmige Spitze direkt vor dem Ei schwebte.

> Dann sprach Gott: Das Wasser wimmle von lebendigen Wesen, und Vögel sollen über dem Land am Himmelsgewölbe dahinfliegen.

Mit einer raschen Drehung des Rädchens durchdrang Nakamura die Zelle mit der spitzen Elektrode und sog die meiotische Spindel mit der DNA in die Pipette. Vorsichtig entfernte er die Elektrode vom Manipulator, ersetzte sie durch die Elektrode, die er soeben vorbereitet hatte, und senkte die neue Pipette in die gleiche Position wie die erste. Dann sah er zu, wie die Chromosomen zu der Bewegung in der Pipette tanzten wie Vögel im Flug. Als er den Kolben in der Röhre drückte, versank die neue Spindel in der Zellflüssigkeit wie ein gigantischer Wal im Meer.

> Gott schuf also den Menschen als sein Abbild; als Abbild Gottes schuf er ihn. Als Mann und Frau schuf er sie. Gott segnete sie, und Gott sprach zu ihnen: Seid fruchtbar und vermehrt euch, bevölkert die Erde, unterwerft sie euch.

Nakamura zog die spitze Elektrode zurück und musterte die Spindel, um sich zu vergewissern, dass sie sich intakt innerhalb des Zellkerns befand. Majestätisch im Mittelpunkt der Kugel inthronisiert, beherrschte die Spindel die Zelle und behauptete ihre Vorherrschaft über die Welt, in der sie sich eingenistet hatte und die sie kontrollieren würde. Erneut hob Nakamura die Röhre an die Lippen.

Diesmal blies er einen zarten Lufthauch in die Kammer, worauf sich die Zelle von der ersten Elektrode löste und völlig frei in die glitschige, kahle Umgebung trieb. Schon bald, sehr bald, würde er die Zelle dazu anregen, sich erst in zwei, dann in vier Zellen zu teilen und sich ungehindert zu einem Embryo weiterzuentwickeln. Doch fürs Erste gab er sich damit zufrieden, die Zelle einfach zu betrachten, die allem anderen, was er kannte, so sehr ähnelte und doch ganz anders war. *Sehr gut.*

> Und Gott segnete den siebten Tag und erklärte ihn für heilig; denn an ihm ruhte Gott, nachdem er das ganze Werk der Schöpfung vollendet hatte.

Er würde die Zelle dazu bringen, zu wachsen und sich zu vermehren. Und dann würde er ruhen.

I. TEIL

DER ACHTE TAG

Nach jüdisch-christlichem Glauben wurden die Menschen von Gott geschaffen und mit dem Wissen begabt, Gut und Böse zu erkennen und zwischen den beiden wählen zu können ... Die Neurowissenschaften stellen das Konzept des freien Willens infrage. Je besser wir die Abläufe im Gehirn verstehen, desto unwahrscheinlicher wird es, dass die Schaltkreise, die für das Treffen von Entscheidungen zuständig sind, sich in irgendeiner Form von jenen unterscheiden, die niedriger angesiedelte Funktionen bedienen ... Die Neurowissenschaftler müssen begreifen, dass die Ergebnisse ihrer Arbeit möglicherweise tief greifende und vielleicht sogar verstörende Schlussfolgerungen nach sich ziehen werden. Wenn sie diese Schlussfolgerungen nicht selbst zur Debatte stellen, werden andere dies an ihrer Stelle tun.

»Does neuroscience threaten human values?«,
Leitartikel in *Nature Neuroscience* 1(7), S. 535-536, 1998

Da formte Gott, der Herr, den Menschen aus Erde vom Ackerboden und blies in seine Nase den Lebensatem. So wurde der Mensch zu einem lebendigen Wesen.

Genesis 2,7

1

Amazonasbecken, Brasilien

Levine war ein solcher Blödmann.

Ein Blödmann und ein Blumenkind. Jamie Kendrick wusste nicht, was schlimmer war. Mit Blumenkind meinte sie Botaniker. Und Botaniker hieß für sie ein pedantischer, egomanischer, verknöcherter Müllschlucker eines Stipendiums der National Science Foundation, das lieber an jemanden hätte gehen sollen, der wenigstens wusste, mit welchem Schalter man einen Computer ein- und ausschaltete.

»Na ja, normalerweise schalte ich ihn ja nicht aus.« Er lächelte mit gesenktem Blick.

»Ist auch besser so«, erwiderte Jamie über die Schulter.

Sein Computerproblem fraß an ihrer Zeit. Aber in einem nur mit acht Wissenschaftlern und deren Hilfskräften besetzten Außenposten lohnte es sich, ein wenig Geduld aufzubringen.

Sie ging am Versorgungszelt vorbei, kehrte in ihre private Nissenhütte zurück und warf einen sehnsüchtigen Blick auf die Decke auf dem Feldbett. Dann sah sie auf die Uhr, rieb sich die Augen und schritt um den Computer herum in die Mitte des Raums. Das Surren, das die jüngsten Berechnungen verursachten, klang wie Hamster auf einem Laufrad. Sie brauchte dringend einen schnelleren Rechner.

Sie stieg über einen Kleiderstapel, hob ihren kleinen Rucksack auf und trat an den Kaffeebereiter, der auf einer Holzkiste an der Wand stand. Dort nahm sie einen fleckigen braunen Bierkrug vom Haken und schüttelte ihn zweimal aus. Vor ein paar Jahren hatte sie ihn in Zürich gekauft, als sie dort auf einer Tagung einen Vortrag gehalten hatte. Die Zuckerdose war immer noch leer, also schenkte sie sich Kaffee ein und trat erneut ins Camp hinaus.

Diesmal hörte sie das vertraute Summen der Insekten und spürte die feuchte Luft des späten Vormittags auf der Haut. Sie ging um die Ecke auf das provisorische Gemeinschaftsquartier zu, schob das Moskitonetz am Eingang beiseite und trat ein.

Aus dem Tag konnte doch noch etwas werden. Paulo saß allein auf einem Baumstumpf am anderen Ende der Kiva und schnitzte an einem frischen Stück Mahagoni.

»Soll ich dir einen Kaffee holen, Seemann?« Jamie zuckte fast unter ihrem eigenen schlechten Witz zusammen.

»Nein, danke«, sagte Paulo mit verhaltenem Lächeln.

Paulo Domingues war überhaupt kein Seemann. Er war ein waschechter Brasilianer, der jahrelang eine lose Arbeitsgemeinschaft von Gastwissenschaftlern organisiert hatte, die im Amazonasbecken westlich von Manaus Feldforschung betrieben. Er war schwerer zu knacken als eine Paranuss. Noch jetzt, nach zwei Jahren, hatte Jamie nur ganz allmählich ein wenig an seiner Schale aus unverbindlicher Höflichkeit kratzen können.

Von Anfang an hatte sie sich gefragt, was hinter dieser übertrieben höflichen Fassade stecken mochte. Natürlich gab es Gerüchte. Einer der älteren Botaniker behauptete in angetrunkenem Zustand einmal, Paulo sei ein ehemaliger Militär und vielleicht sogar Mitglied der Special Forces gewesen. Doch angesichts der Quelle schrieb Jamie das als Lagerfeuergeschwätz ab.

Eine kürzlich abgereiste Zoologie-Praktikantin hatte Jamie anvertraut, sie habe gehört, Paulo hätte früher exotische Vögel gewildert. Das passte schon besser. Auf jeden Fall kannte er den Regenwald, zwar nicht wie ein Wissenschaftler, der einhundertvierzehn Arten blühender Yucca aufzählen konnte, aber er schien ein unerschöpfliches Geheimwissen über die ungeschriebenen Gesetze zu besitzen, die das Leben im Wald regierten.

Außerdem hatte die Praktikantin gesagt, dass Paulo schwul sei. Zumindest hatte sie diesen Schluss gezogen, nachdem sie in einem String-Bikini an ihm vorbeiparadiert war. *Nur ein einziger Blick*, hatte die Praktikantin empört berichtet, *und der war noch dazu irgendwie brüderlich.*

Jamie hockte sich gegenüber von Paulo auf eine Kiste. Sie ließ einen Fuß über der kalten Asche in der Feuerstelle baumeln und sah durch das Moskitonetz in den Wald. Nebelschwaden zogen durch die riesigen Farnwedel am Rand der Lichtung wie heißer Atem durch die Fangzähne eines Raubtiers. Sie nippte an ihrem Krug.

»Fauler Vormittag?«, fragte Paulo. Er war einen Kopf größer als sie und besaß die Statur, die man bekommt, wenn man sein Leben im Freien verbringt statt vor dem Computer.

Jamie beneidete ihn um seine ruhigen braunen Augen. Noch nach zwei Jahren konnte sie im Wald nicht so gelassen dreinschauen wie er. Für sie war es immer noch eine exotische Wildnis, kein Zuhause. Für Jamie war zuhause da, wo man einen High-Speed-Internetanschluss, Choco-Krispies und stapelweise Zeitschriften hatte. Der Regenwald am Amazonas scherte sich nicht im Geringsten darum, es Mathematikern gemütlich zu machen, nicht einmal so außergewöhnlichen wie Jamie.

»Sozusagen. Ich habe letzte Nacht Simulationen durchlaufen lassen.«

»Irgendwas Neues?«, erkundigte sich Paulo.

»Nichts. Ich hab noch nicht genug Daten.« *Wobei es wahrscheinlich auch bleiben würde.*

»Ich hab immer noch das tolle Bananendessert auf der Zunge, das du gestern Abend gemacht hast.«

Jamie hätte sich am liebsten die Zunge abgebissen. Warum eine so klar denkende und prägnante Person wie sie den schlimmsten Blödsinn von sich gab, sowie sie mit Paulo allein war, war ihr schleierhaft.

»Ach so, danke.« Diesmal lächelte Paulo nicht ganz so verhalten.

Sie beugte sich leicht vor, um ihr Minimal-Dekolleté zum größtmöglichen Nutzen einzusetzen. »Gibt es irgendwas Neues in der Gerüchteküche?«

Paulo dachte einen Moment nach. »Kennst du das Forschungsgelände ein Stück flussabwärts? Gleich hinter dem Vicioso? Da war in letzter Zeit unheimlich viel Betrieb.«

»Nein. Ich wusste gar nicht, dass dort überhaupt irgendwas ist. Mann, das ist ja praktisch gleich nebenan. Wie konnte ich das übersehen?«

»Es liegt am anderen Ufer. Ich sehe es, wenn ich Versorgungsfahrten mache. Sie bemühen sich ziemlich, nicht aufzufallen, aber heute war ein ganzes Bataillon dort, um irgendeine Maschine zu bewegen.«

»Was für eine Maschine denn?«

»Weiß ich nicht genau. Ich habe die Hafenarbeiter gefragt, und sie meinten, es sei eine Art medizinischer Bildgebungsapparat, vielleicht so was wie ein Kernspintomograf. Aber letztlich konnten sie sich nur darauf einigen, dass es groß und schwer war.«

»Ein Kernspintomograf? Das wäre ja eine Premiere hier, mitten im Dschungel. Wahrscheinlich war es nur eine Planierraupe oder so was.«

»Wahrscheinlich.« Paulo klappte sein Messer zu und erhob sich.

»Gehst du schon?« Jamie ließ sich ihre Enttäuschung absichtlich anhören.

»Ich muss Treibstoff für die Generatoren besorgen – und dafür wird es langsam Zeit.«

»Ach.«

»Jamie?« Paulo beugte sich zu ihr und hielt ihr eine Hand hin, um ihr aufzuhelfen. »Es tut gut, mit dir zu reden. Wenn du Lust hast, mal nach dem Abendessen bei mir vorbeizuschauen …«

Endlich.

Sie lächelte und nahm seine Hand. »Aber gern.«

Jamie verließ das Gemeinschaftsquartier, trat mit dem Stiefel gegen eine Baumwurzel und marschierte zu ihrer Forschungsstation, die einen halben Kilometer weit im Wald lag. Das Labor hatte sie lediglich dreihundertzwanzig Dollar gekostet, dazu die Instrumente, die sie zu seiner Einrichtung mitgebracht hatte. Die Hälfte des Betrags hatte sie für eine Aluleiter und ein Nylonseil ausgegeben. Sie hatte den ganzen Bau selbst errichtet, fünfunddreißig Meter hoch oben in einem die meisten anderen überragenden immergrünen Baum. Die Plattform maß fünf Meter im Quadrat und ruhte auf einer Gabelung dreier stabiler Äste. Von dort aus hatte sie eine hervorragende Sicht auf das untere Blätterdach des Regenwaldes sowie die Ufer des Rio Vicioso, der sich durch den Wald schlängelte, bis er fünfzehn Kilometer weiter in den Amazonas mündete.

Jamie machte ihre Beobachtungen am liebsten frühmorgens, vor Sonnenaufgang, wenn die Geräuschkulisse des Waldes ihren Höhepunkt erreichte. Nur am frühen Morgen und am späten Abend bekam man die durchdringendsten, ohrenbetäubendsten Schreie der Brüllaffen zu hören oder die unendlich variationsreichen Gesänge von über zehntausend verschiedenen Vogelarten. Dieser Hochsitz inmitten des Geräuschteppichs stellte eine Art Schrein für Jamie dar, und jeder Aufenthalt dort, wo sie in einsamer Ehrfurcht ihre Arbeit verrichtete, war für sie ein religiöses Erlebnis im wörtlichen Sinn.

Nun fühlte sie sich allerdings eher an die lateinische Liturgie erinnert, die sie als Kind nie verstanden hatte. Ihre Beklommenheit war vor einem Monat erstmals aufgetreten, nachdem eine Überspannung bei einem Gewitter ihre Populationsberechnungen aus zwei Monaten zu nichts verdampft hatte. Eine halbe Flasche Tequila später begann sie zu philosophieren und kam über sich selbst ins Staunen, als ihr angeheitertes Alter Ego sie fragte, was sie eigentlich dort zu suchen habe.

Wieder nüchtern, hatte ihr Verstand am nächsten Morgen keinerlei Antworten zu bieten, und sie versank in einer zähen, quälenden Infragestellung ihrer Forschungsarbeit, ihres Ehrgeizes und alles anderen, das sie veranlasst hatte, ihre erstklassigen wissenschaftlichen Qualifikationen als Populationsbiologin hinter sich zu lassen und jahrelang Käfer und Motten zu zählen.

Was als die kühnste, umfangreichste Studie in Populationsdynamik begonnen hatte, war langweilig geworden, ja geradezu banal. Für eine Mathematikerin war banal zu sein die schwerste Sünde. Seit ihrem Studium hatte sie ihr Leben auf einer unerschütterlichen Prämisse aufgebaut: Sie würde eine große Entdeckung machen – mit einer wirklich originellen Idee, die ihr einen Namen als Wissenschaftlerin sichern würde.

Und nun bekam sie Paulo nicht aus ihren Gedanken. Was er wohl dachte? Wahrscheinlich hielt er sie für völlig vertrottelt. *Ich hab immer noch das tolle Bananendessert auf der Zunge …*

An Arbeit war in diesem Zustand nicht zu denken. Sie lehnte ihren Rucksack an den Baum und marschierte mit schnellem Schritt in den Urwald. Sie brauchte Bewegung. Ihre Füße hüpften über den Humus, die Ansammlung dunklen, verrottenden Biomaterials, das den Boden des Regenwalds bedeckte. Immer wieder musste sie Haken um Bäume herum schlagen und ihre Muskeln zu mehr Leistung antreiben.

Am Rio Vicioso angelangt, wandte sie sich flussabwärts und joggte den Trampelpfad am Ufer entlang. Sie vergaß ihre Ängste und ihre Forschung und konzentrierte sich nur noch auf ihren Atemrhythmus und das angenehme Gefühl in den Füßen. Viel zu lange war sie nicht gelaufen. Nachdem sie sich in der Kneipenszene von New Haven als Totalausfall erwiesen hatte, hatte sie während des Studiums mit Hindernisrennen begonnen, einer Disziplin, bei der sie sich etwas besser schlug. Doch auch das lag Jahre zurück. Seit sie in Brasilien war, wurden die Abstände zwischen den Trainingseinheiten immer größer, bis ihre Hauptaktivität nur noch darin bestand, Moskitos zu erschlagen.

Sie joggte parallel zu den Stromschnellen den Fluss entlang. Beim Sprung über eine herabgefallene Liane passierte sie einen im Fluss liegenden Felsen, an dem sich das Wasser brach und einen kühlen Nebel in die feuchte Luft versprühte. Geduckt durchlief sie die willkommene Dusche, während die unregelmäßigen Wellengipfel den lebhaften Herzschlag des Flusses illustrierten. Jamie hüpfte über die Wurzel eines großen Baums, dann über den umgestürzten Stamm eines zweiten. Noch anderthalb Kilometer. Sie zwang sich, ihr Tempo beizubehalten, während sie die Frustration herausschwitzte.

Ohne an ihr Ziel zu denken, lief sie weiter und ignorierte den zunehmenden Schmerz in den Beinen, bis sie über einen hervorstehenden Stein stolperte und in den lehmbraunen Fluss stürzte. Sie schnappte nach Luft und hechtete nach einer Mangrovenwurzel, an der sie sich an Land ziehen konnte. Wie eine erschöpfte Pilgerin lag sie nun bäuchlings auf dem Boden, schnappte nach Luft und kostete trunken von Endorphinen den Schmerz aus.

Sie spuckte den Schlamm aus und stützte sich, immer noch keuchend, auf die Ellbogen, bis sie wieder klar denken konnte. Als sie sich Schweiß und Fliegen aus den Augen gewischt hatte, sah sie in der Ferne ein metallisches Glitzern.

Ein Zaun? Sie sah genauer hin. Wie kam ein Zaun mitten in den Amazonasdschungel?

Sie stand auf und humpelte auf das Bauwerk zu. Es war nicht nur ein Zaun, sondern eine massive Barriere von zehn Metern Höhe, noch dazu oben durch anderthalb Meter Stacheldraht gesichert, der aussah, als hätte man ihn in San Quentin gestohlen. Das Monstrum stand auf einer künstlichen Lichtung im rechten Winkel zum Fluss und erstreckte sich von einem Punkt etwa drei Meter weit im Fluss endlos in die Ferne. Das musste der Komplex sein, von dem Paulo gesprochen hatte.

Als sie näher kam, sah sie, dass es keine Mauer war, sondern ein solider Maschendrahtzaun mit vertikalen und diagonalen Stahlstreben zur Verstärkung. Auf beiden Seiten des Zauns hatte man je sechs Meter Regenwald gerodet und so eine Waldinsel im Inneren geschaffen. Warum machte jemand etwas derart Unsinniges? Als ob die sich durchs Amazonasbecken schlängelnden Straßen nicht schon schlimm genug wären, musste nun auch noch der Wald parzelliert werden?

Eine Collage aus Kurven und Diagrammen kam ihr in den Sinn. Während jemand, der Fachzeitschriften für Theoretische Biologie nicht zu seiner Lieblingslektüre zählte, den Zaun womöglich mit einem Achselzucken quittiert hätte, stellte er für Jamie eine persönliche Beleidigung dar. Zusammen mit einer Arbeitsgruppe hatte sie während ihres Postdocs bei Martin Nowak in Princeton eine umfangreiche Studie erstellt, die bestätigte, dass die Anzahl von Arten, die auf einem vorgegebenen Gebiet existieren konnte, direkt mit der Größe dieses Gebiets zusammenhing. Also konnte ein Netz von Straßen, Zäunen oder ähnlichen Barrieren die Anzahl von Arten, die der Regenwald verkraftete, drastisch einschränken und im schlimmsten Fall die Hälfte der Arten im Wald ausrotten.

Sie hob eine herabgefallene Liane und watete in den Fluss hinaus. Das Wasser reichte ihr weit über den Kopf, und so hielt sie sich gut am Zaun fest und band die Ranke um eine der Stahlstreben herum. Während sie mit einer Hand gegen die Strömung kämpfte und mit der anderen die Liane festhielt, wand sie sich im Wasser um die stacheldrahtbewehrte Kante des Zauns herum.

Prustend erreichte sie die andere Seite, griff mit beiden Händen nach einer der Querstreben und ruhte sich aus, während ihre Liane davontrieb und über den wild aufschäumenden Fluss hüpfte. Sie stieg aus dem Wasser und kletterte seitlich den Zaun entlang, bis sie auf dessen Innenseite auf festes Ufer springen konnte.

Nachdem sie ihr Bein notdürftig verarztet hatte, an dem sich nach ihrem überstürzten Lauf garantiert ein handfestes Schienbeinkantensyndrom entwickeln würde, humpelte sie in gemächlichem Tempo in den dunklen Wald. Durch die Bäume drang jedoch genug Licht, dass sie ihren Weg sehen konnte. Aufgrund ihrer Erfahrung war sie mit dem Wald so vertraut, dass er für sie nicht in jeder Richtung gleich aussah, zudem hatte sie gelernt, beim Gehen ihren Weg zu markieren.

Sie marschierte weiter in das abgezäunte Gebiet hinein, fand jedoch keine Spur von den Leuten, die diese seltsame Absperrung errichtet hatten. Alles sah nach unberührtem Regenwald aus. Also machte sie kehrt, da sie sich mehr davon versprach, wenn sie es von der Amazonasseite her versuchte.

Auf dem Weg zurück zum Rio Vicioso blieb sie plötzlich wie angewurzelt stehen. Ausgeschlossen. Sie ging weiter und musste über ihre lebhafte Fantasie lachen. Kaum hatte sie fünf Schritte getan, hörte sie es erneut, diesmal lauter.

Sie ging schneller. Das Geräusch ertönte wieder – raschelndes Laubwerk, gefolgt von einem charakteristischen Brüllen. Diesmal wirbelte sie herum und musterte angestrengt die Umgebung. Wenige Sekunden darauf hörte sie es abermals und konnte endlich ausmachen, woher es kam. Es war nichts zu sehen, doch sie wusste genau, dass sie im Lauf ihrer zweijährigen Feldforschung dieses Geräusch niemals gehört hatte, nicht hier. Warum auch? Sie befand sich schließlich im Amazonasbecken, nicht in Westafrika.

Sie suchte zwischen den Bäumen und wurde schließlich durch ein lautes Rascheln belohnt, das etwa dreißig Meter über ihr im unteren Blätterdach ertönte. Doch sie musste sich irren. Wahrscheinlich war es nur ein Faultier.

Fasziniert sah sie zu, wie das Tier langsam und vorsichtig vom Baum herabstieg. Und dann verschlug es ihr den Atem. Es war eindeutig ein Menschenaffe. Ein so großer Affe konnte nur aus der Alten Welt stammen, musste also ein Gorilla, Schimpanse, Orang-Utan, Bonobo, Pavian oder Gibbon sein. So große Affen gab es in der Neuen Welt nicht. Sie riss die Augen auf, als das Tier den Baum heruntergeklettert kam und sich auf dem Waldboden auf alle viere fallen ließ. Da hörte sie ein zweites Rascheln.

Sie sah gerade rechtzeitig auf, um ein etwas kleineres Tier, aber eindeutig ebenfalls einen Affen, denselben Baum herunterrutschen zu sehen. Schon zwei?

Der kleinere Affe bewegte sich langsamer und bedeutend ungeschickter, bis auch er auf dem Waldboden aufkam und lauthals schnatternd zu dem anderen hinüberhüpfte. Der größere Affe legte einen Arm um den kleineren, während sich der kleine ins Fell des größeren schmiegte. Auf diese Entfernung konnte kein Zweifel mehr daran bestehen, dass es sich um Schimpansen oder

Bonobos handelte. Waren die beiden Mutter und Kind? Züchtete hier jemand Schimpansen?

Jamie sah sich um. Menschenaffen ins Amazonasbecken zu verpflanzen war Wahnsinn. Ein empfindliches Ökosystem wie der Regenwald würde durch einen so dramatischen Eingriff massiv gefährdet. Außerdem war es höchst befremdlich. Obwohl das Klima für die Schimpansen durchaus geeignet war, wären sie hier völlig neuen Nahrungsmitteln und Krankheitserregern ausgesetzt. Woher sollten sie wissen, was sie essen durften?

Der kleinere Affe jagte weg von seinem Gefährten und kam herübergesaust, um einen großen Stein aufzuheben. Mit vergnügtem Quieken huschte er auf allen vieren zu einem großen Baumstumpf, der nicht weit von Jamie entfernt auf einer kleinen Lichtung zwischen den Bäumen stand. Er nahm den Stein und legte ihn sachte auf den Baumstumpf. Dann sah er sich um und griff nach einem zweiten Stein, ehe er zur Lichtung zurückeilte.

Jamie rieb sich die Augen, als der Affe den zweiten Stein sorgfältig auf den ersten legte. Dann warf er einen Blick zu seinem Gefährten und stieß einen Schrei aus. Schließlich hob er einen dritten Stein auf und stapelte ihn gekonnt auf die beiden anderen. War das normales Schimpansenverhalten?

Jamie ließ den Schimpansen nicht aus den Augen, der zunehmend vergnügter wirkte. Immer wieder huschte er hin und her, immer schneller holte er Steine und baute zwei weitere Türme neben den ersten auf dem Baumstumpf, ehe er sich erneut fragend umsah. Irgendetwas an seinem Gesicht war unnatürlich, unheimlich. Jamie konnte nur fasziniert zusehen.

Der Blick des Affen schoss von einem Gegenstand zum

nächsten und blieb schließlich auf einem jungen Baumfarn haften. Der Farn hatte mehrere niedrige Zweige mit breiten Wedeln. Der Schimpanse griff nach den Wedeln, schaffte es aber auch durch Hüpfen nur, sie mit den Fingern zu berühren. Nur einen winzigen Moment lang hielt er inne, ehe er zu einem abgestorbenen Baumstamm auf der Lichtung hinübertrottete. Mit sichtbarer Mühe rollte er den Baumstamm unter die Farnwedel.

Der kleine Schimpanse schrie noch einmal zu seiner Mutter hinüber, ehe er auf den Baumstamm hüpfte, nach den Farnwedeln griff und sie nach unten zog. Da sie nicht nachgaben, zerrte der Kleine wütend daran. Nach wie vor erfolglos, hüpfte er vom Baumstamm und musterte den Boden, als suchte er etwas, bis seine Miene darauf schließen ließ, dass er das Gewünschte gefunden hatte. Kurz darauf hob er zwei Steine auf: einen flachen runden und einen keilförmigen.

Er lief zu seinem Baumstamm zurück, kletterte hinauf und packte den Zweig, an dem die Farnwedel wuchsen, die er haben wollte. Mit einer Hand drückte er den Zweig gegen den glatten Stein, ehe er den keilförmigen in die andere Hand nahm und mit der scharfen Kante den Zweig zwischen den beiden Steinen zu zerquetschen begann. Schon bald war der Zweig ganz zerfasert und ergab sich den heftigen Attacken.

Triumphierend warf der Affe die Steine beiseite und griff nach dem Zweig, der zur Erde gefallen war. Dann riss er die Farnwedel ab und legte sie auf die drei Steintürme, wo sie sich perfekt zu einer fragilen Plattform fügten.

Jamie schlich näher und beobachtete das Ganze hinter einem Gebüsch aus mehreren Farnen neben einem großen Baum. Der Schimpanse lief auf die andere Seite der Lichtung und sammelte vier Passionsblumen, die er anschließend auf die provisorische Plattform steckte. Die Sonne schien wie ein Suchscheinwerfer durch die Lichtung auf die violetten Blüten. Jamie musste zugeben, dass das Resultat verblüffend war.

Als der Schimpanse seinen Schrein – denn was hätte es sonst sein sollen? – fertig hatte, kreischte er nach seiner Mutter. Sowie er sie erblickt hatte, lief er hinüber, packte ihren kräftigen Arm und führte sie zu seinem Werk, indem er mit der freien Hand winkte und zu der Plattform zeigte. Die Mutter sah die Blüten, begriff offenbar, dass die Beute ihres Jungen nicht essbar war, und zeigte wenig Interesse. Trotzdem bewunderte der Kleine weiter seine Konstruktion.

Jamie richtete sich auf, um besser hinter dem Baum am Rand der Lichtung hervorspähen zu können. Der junge Schimpanse zuckte zusammen und sah sie direkt an.

Jamie und der Affe fixierten sich. Sie wollte eigentlich davonlaufen, doch sie konnte nicht. Sie konnte nicht einmal atmen, sondern nur den erstaunlichen Schimpansen anstarren.

Er hielt ihrem Blick eine Weile stand und wirkte dabei weder erschrocken noch beeindruckt. Dann hob er einen Arm, krümmte die Finger und winkte die verblüffte Jamie einfach zu sich her.

Ihre Angst war geringer als ihr Erstaunen, und so trat sie zögerlich auf die Lichtung hinaus.

Der Schimpanse machte keinerlei Anstalten, sich ihr zu nähern, sondern griff nach unten und hob einen abgebrochenen Stock auf. Er trat einen Schritt zur Seite, wischte mit dem Unterarm ein Stück Erde frei und begann, mit dem Stock etwas in das hell beleuchtete Erdreich einzuritzen. Schließlich trat er ein wenig zurück und winkte Jamie noch einmal zu sich her. Sie gehorchte und trat näher heran, bis sie das Stück Erdreich sehen konnte.

In großen Blockbuchstaben, die zu ihr gerichtet waren und für den Schimpansen auf dem Kopf standen, stand dort geschrieben:

WER BIN ICH

2

Chicago, Illinois

Nathan Hall fuhr in flottem Tempo mit seinem grauen Lexus-Cabrio die Auffahrt Fullerton zum Lake Shore Drive hinauf. Morgens um halb sechs herrschte hier noch kaum Verkehr. Nathan hängte einen Arm aus dem Fenster und ließ sich den Fahrtwind ins Gesicht wehen, während er beschleunigte und auf die Insel aus Wolkenkratzern in Chicagos Innenstadt zuraste.

Für ihn war der Lake Shore Drive die einzige erträgliche Straße der ganzen Stadt. Sie war einer der Gründe dafür gewesen, warum er sich eine Eigentumswohnung in Lincoln Park gekauft hatte, fünf Minuten vom Lake Shore Drive entfernt und zu jeder Tages- und Nachtzeit nur fünfzehn Minuten von seinem Büro Ecke Jackson und LaSalle. Das Wunderbare am Lake Shore Drive war, dass diese Stadtautobahn von Chicagos Innenstadt, dem so genannten »Loop«, in nördliche Richtung verlief und sich mit ihren Ausläufern fünfzehn Meilen weit in die Wohngebiete erstreckte, jedoch trotzdem von den Pendlermassen verschont blieb, die die anderen städtischen Freeways verstopften.

Es gab noch mehr, was dafür sprach, sich in Lincoln Park niederzulassen. Nathan kannte keinen anderen Ort auf der Welt, wo ein ehrgeiziger junger Mann sich von anderen Menschen umgeben fand, die genauso waren wie er. Die einzige Zugangsvoraussetzung bestand darin, jung und aufstiegsorientiert zu sein und jedes Jahr ein paar Abende im Ravinia Park bei Open-Air-Konzerten Käsehäppchen zu futtern, jedoch an allen anderen Abenden im Jahr zu arbeiten. Diesen Test bestand Nathan mit Leichtigkeit.

Nathan war vor acht Jahren nach Chicago gezogen und hatte bei Goldman Sachs als Praktikant im Investment-Banking angefangen. Da er gerade erst sein Wirtschaftsstudium in Berkeley abgeschlossen hatte, freute er sich über das Angebot, vor allem, als sich die Firma bereit erklärte, ihm ein Aufbaustudium an der Kellogg School of Business zu finanzieren.

Jede einzelne der neunzig Stunden Arbeit pro Woche gefiel ihm so gut, dass er an Bord blieb, als er seinen Master of Management an der Kellogg School gemacht hatte und Leiter der Abteilung für Biotechnologie in der Chicagoer Niederlassung von Goldman Sachs wurde. Im Grunde war es eine Laune des Schicksals, die ihn zur Biotechnologie geführt hatte. Die Abteilung war lediglich zum richtigen Zeitpunkt unterbesetzt gewesen, und Nathan hielt das Gebiet für unberechenbar genug, um einem Investment-Banker Herausforderungen und Gelegenheiten zugleich zu bieten.

Zwei Jahre später geriet er wegen seiner hohen Risikobereitschaft zunehmend in Konflikt mit der Firmenleitung, und vor zwei Jahren verließ er das Haus endgültig, um sich als unabhängiger Biotech-Fondsmanager zu etablieren. Er begann mit einem bescheidenen Investmentfonds mit Werten aus Biotechnologie und Pharmazie und gewann rasch genügend Kunden, um drei Fonds mit unterschiedlicher Risikoverteilung und Gesamteinlagen von über dreihundert Millionen Dollar aufzubauen.

Damit verdiente er sich eine goldene Nase, und obwohl der größte Teil seines Reichtums in riskanten Anlagen steckte, hatte er genug Bargeld flüssig, um einen weit aufwendigeren Lebensstil zu pflegen, als er ihn sich in seiner Zeit bei Goldman Sachs hatte leisten können.

Seine veränderten Lebensumstände machten ihn anmaßend und aggressiv und lösten eine Sucht nach Reichtum aus, die unstillbar und verzehrend zugleich war. Bis heute fühlte er sich trotz seiner Personalprobleme und der ständigen Drohung eines Verlustgeschäfts wie der Größte. Seine Fonds hatten in den letzten zwei Jahren den Biotechnologie-Index der Nasdaq um fünf Prozent übertroffen, und Nathan wusste, dass Glück dabei die geringste Rolle gespielt hatte. Doch das Blatt würde sich wenden.

Während er nun am North Street Beach vorbeifuhr und das blaue Wasser des Lake Michigan zu seiner Linken betrachtete, schaltete er das Satellitenradio ein. Sofort war er ganz Ohr.

»Die bei der letzten Zusammenkunft des Federal Open Market Committee erfolgte Zinssteigerung um ein Viertelprozent«, trug eine weibliche Stimme vor, *»könnte eine weitere unerwartete Konsequenz haben. Genomic Engineering, eine der wenigen Firmen, die sich noch auf die medizinische Stammzellenforschung konzentrieren, erklärte gestern, den Betrieb einstellen zu wollen. Für die Firma, deren Rentabilitätsaussichten bestenfalls in ferner Zukunft bestehen, könnte die Anhebung des Zinssatzes der Tropfen gewesen sein, der das Fass zum Überlaufen gebracht hat. Der Zusammenbruch von Genomic Engineering ist ein schlechtes Omen für die gesamte*

Stammzellenforschungsbranche und insbesondere für BrainStem Therapeutics, eine Tochtergesellschaft von Soliton Industries, die auch noch keine Gewinnprognosen fürs nächste Quartal abgegeben hat.

Die finanziellen Schwierigkeiten der großen Firmen für Stammzellenforschung bedeuten eine unerwartete Wende gegenüber den vergangenen Jahren, als deren Börsenwert aufgrund der optimistischen Annahme, dass aus diesen Forschungen irgendwann bahnbrechende medizinische Therapien entstehen werden, auf einem hohen Niveau lag. Auf dem biotechnischen Finanzsektor stellen mittlerweile einige offen infrage, ob diese Hoffnungen unrealistisch waren und den Investoren die entsprechenden Werte zu massiv aufgedrängt wurden. Der Analyst Donald Harding von Goldman Sachs äußerte sich sogar folgendermaßen: ›Die gesamte Branche der Stammzellenforschung wird durch eine Luftblase finanziert, die kurz vor dem Platzen steht. Genau wie in den Neunzigerjahren, als die Internetaktien kaum mehr als ein frommes Gebet und eine halb ausgegorene Idee brauchten, um schwindelnde Ausgabepreise zu erzielen, hat der Biotechnologiesektor heute gegenüber seinen Gewinnerwartungen unverhältnismäßig viel in die Stammzellenforschung investiert.‹ Zitat Ende.«

Nathan verzog das Gesicht und murmelte: »Idiot«. Donald Harding war einer der Hauptgründe dafür gewesen, dass er Goldman Sachs verlassen hatte. Nathan hatte Harding nicht davon überzeugen können, dass die Stammzellenforschung zukunftsträchtig war, und ihre Uneinigkeit ließ ihm keine andere Wahl, als zu kündigen.

»Es bleibt abzuwarten«, fuhr die Sprecherin fort, *»ob dies nur eine Neuordnung der Stammzellenforschungs-*

branche bedeutet oder ein Indiz dafür ist, dass diese Technologie einfach noch nicht weit genug ist fürs große Geschäft. Aus Saint Louis berichtete Susan Archer-Bentham für die Radionachrichten von Associated Press.«

Nathan schaltete das Radio aus, während er weiter den Wacker Drive entlangfuhr und durch die ersten Strahlen des Sonnenaufgangs seinen gewohnten Parkplatz ansteuerte. Er war gereizt und missmutig. Eine Technologie, in deren Vermarktung er sich profiliert hatte, wurde plötzlich zu einer Zielscheibe für Untergangspropheten.

Während er darauf wartete, dass der Aufzug den siebenundvierzigsten Stock erreichte, fluchte er leise vor sich hin. War es an der Zeit auszusteigen? Zwei Jahre lang hatte er daran gearbeitet, ein Biotechnologie-Portfolio aufzubauen, doch nun gingen ihm langsam die geeigneten Firmen aus. Er überquerte den Flur, zog mit einer einzigen Bewegung die Glastür zu seinem Büro auf und ließ sich auf seinen Schreibtischstuhl fallen. Eines stand fest: Er war durchaus imstande, allein weiterzumachen, doch er würde nicht riskieren, vor Ort zu sein, wenn die Blase platzte, ohne genau zu wissen, wofür er den Kopf hinhielt. Er zog die Tastatur zu sich heran.

In Nathans Branche hatten Informationen immer ihren Preis. Sein Erfolg rührte nicht zuletzt daher, dass er stets bereit war, gutes Geld für die richtigen Informationen zu bezahlen. Er begann zu tippen.

<VERSCHLÜSSELN>
An: Carlos Escalante: <cescalante@earthlink.net>
Von: Nathan Hall <nh@biomf.com>
Betreff: BrainStem – Brasilien
Nachricht: Schlagartig hektische Betriebsamkeit in

der BSTX-Anlage Manaus. Neue Wissenschaftler eingestellt. Drake diese Woche vor Ort. Zeitplan passt nicht zu Substantia-Nigra-Projekt. Neue Entwicklungen bezüglich des Nachwachsens von Rückenmark? Brauche Insider-Informationen. Bitte melden Sie sich baldmöglichst. Für die üblichen Zahlungsmodalitäten ist gesorgt. NH.
<VERSCHLÜSSELN>
<SENDEN>

3

Amazonasbecken, Brasilien

Eine getrocknete Kochbanane segelte durch den Raum und landete einen Volltreffer auf Skip Jordans kahlem Schädel.

»Aufwachen, Boss.«

Nach ein paar besonders unfeinen Schnarchern begann Jordans Kopf zu wackeln und hob sich schließlich über dem letzten Schnarchlaut, der wie der finale Ton einer Blaskapelle im Raum hing.

»Was ist denn?« Jordan sah sich um. »Jorge, hau ab und spül dich runter.« Jordan setzte den restlos genervten, herablassenden Blick auf, den er stets an den Tag legte, sobald Jorge auf der Bildfläche erschien, doch das war reine Mache. Ihre Beziehung war eine perfekte Symbiose, auch wenn sie noch so pathologisch war. Jordan war der Sicherheitschef der brasilianischen Niederlassung von BrainStem Therapeutics und Jorge ein ehemaliger Bananenpflücker aus Manaus, der dort als Hausmeister eingestellt worden war.

Schon ihre erste Begegnung war nicht wesentlich würdevoller abgelaufen. Jorge war hereingekommen, um den Fußboden zu fegen, als Jordan gerade eine Schachtel Schokoladenkekse verputzte, von denen einer irgendwie unter seinem Drehstuhl plattgedrückt worden war. Jorge machte die Schweinerei weg, die sich unangenehm nah am einzigen Bewohner des Raums breitgemacht hatte. »Wurde auch Zeit, dass endlich jemand kommt. Das Zimmer ist schon seit drei Tagen völlig verdreckt. Das hätten wir bei der Truppe nicht geduldet.«

»Bei der Truppe?«

»Fünfundzwanzig Jahre bei der Chicagoer Polizei. Ich habe Dinge gesehen, da würde es Ihnen Ihr klappriges Gestell zerlegen.«

So begann ihre seltsame Freundschaft, und nun kam Jorge manchmal einfach zum Spaß vorbei und manchmal aus reiner Neugier, um einen Schwank aus Jordans Leben zu hören. Jordan freute sich wie ein Schneekönig darüber, einen jungen Anhänger zu haben, dem er von seinen Erlebnissen erzählen konnte, und zeigte dies Jorge, indem er ihn bei jeder passenden und unpassenden Gelegenheit zurechtstutzte. Außerdem war es zu einer Art Sport geworden, jedes Mal, wenn Jorge vorbeikam, eine Geschichte parat zu haben.

In Wirklichkeit stammten die meisten Geschichten aus zweiter Hand von anderen Cops und waren noch dazu großzügig ausgeschmückt. Der Hauptgrund, weshalb sich Skip Jordan in Brasilien befand, war der, dass er als Polizist schon längst nicht mehr taugte. Die letzten drei Jahre, bevor man ihm die Pensionierung anbot, genoss er wesentlich mehr Respekt bei den von ihm frequentierten Imbisslokalen als bei den Bürgern Chicagos.

Im Lauf der Jahre hatte er mehr an Gewicht als an Erfahrung gewonnen, und seine Schlafapnoe wurde gnädig als medizinische Begründung dafür angeführt, warum er zur Frühpensionierung berechtigt war. Nachdem er das Angebot angenommen hatte, stieg er in die Betriebssicherung ein, wofür er bestens qualifiziert war. Drei Jahre zuvor hatte ihn schließlich sein Abteilungsleiter bei Soliton Industries beiseitegenommen und ihm eine Frage gestellt. »Was würden Sie davon halten, bei doppeltem Gehalt an einem Ort zu arbeiten, wo das Thermometer nie unter zwanzig Grad fällt?«

Heute schmunzelte Jorge nur, ehe er auf die Reihe von Monitoren an der Wand zeigte. »Anscheinend kriegst du Besuch«, sagte er. Jordan sprang auf und sah genauer hin. Er blinzelte auf eine Art, die all das ausdrückte, was seine Körpersprache verschwieg. »Was zum … Wann hast du das gesehen?«, herrschte er Jorge an.

»Erst jetzt, als ich hereingekommen bin. Sie kann gut klettern, was?«

Auf einem der über fünfzig Monitore an der Wand war klar und deutlich eine Frau zu sehen, die sich etwa einen Meter oberhalb des Flusses horizontal am Zaun entlanghangelte. Vor den Augen von Jordan und Jorge kletterte sie noch ein Stück weiter, ehe sie innerhalb des Zauns auf die Uferböschung sprang.

Jordan prägte sich ihr Gesicht ein. Egal wie eingerostet er sein mochte, immerhin hatte er fünfundzwanzig Jahre als Streifenpolizist gearbeitet, und seine Reflexe funktionierten noch. Er hastete an einen Aktenschrank auf der anderen Seite des Raums und wühlte sich durch etliche Papierstapel, während er unaufhörlich vor sich hin brabbelte und laut schnaufte.

Er grinste und wandte sich zu Jorge um. »Guter Blick, Junge. Aber das ist streng geheim, verstehst du? Verzieh dich lieber, solange ich meine Arbeit mache, und sag keinem Menschen ein Wort davon, okay?«

Jorge winkte und ging achselzuckend hinaus, während Jordan mit ungeschickten Fingern eine Nummer wählte.

»Dr. Nakamura, entschuldigen Sie die Störung, aber hier ist Skip Jordan, und ich … Skip Jordan. Der Sicherheitschef. Genau, Sir. Ich rufe an, weil ich gerade gesehen habe, wie jemand auf unser Gelände eingedrungen ist … Genauer gesagt kein Er, Sir. Eine Frau. … Mit einem der Schimpansen, dem mit dem Halsband … Ja, das habe ich bereits getan. Sie heißt Jamie Kendrick, und ihr Lebenslauf müsste in Ihren Sicherheitsunterlagen sein … Ja, ich schicke sofort einen Begleiter los … Das mach ich, Sir.«

Jamies erste Reaktion war ein Fluchtreflex. Und sie wäre auch tatsächlich geflohen, wenn sie nicht zu sehr damit beschäftigt gewesen wäre, die Situation zu analysieren. Sie hatte ohne jeden Zweifel gesehen, wie der Schimpanse das Stück Erdreich glatt gewischt hatte. Und die Worte waren zuvor nicht da gewesen. Nein, sie wusste genau, dass der Affe sie geschrieben hatte, noch dazu auf dem Kopf. So viel stand fest.

War dies reines Nachahmungsverhalten? Selbst dann war es schwer zu verdauen. Der Satz war einfach zu ungewöhnlich, um zu mutmaßen, dass der Affe lediglich jemandem beim Schreiben zugesehen hatte. Und die Symbole waren so komplex, dass es selbst einem Menschen schwergefallen wäre, sie sich auf die Schnelle einzuprägen. Jamie überlegte, ob sie einen Satz in Kyrillisch oder Chinesisch reproduzieren könnte, den sie nur kurz gesehen hatte. Ausgeschlossen. Man hatte dem Schimpansen beigebracht, den Satz zu schreiben. Alles andere war unmöglich.

Doch warum in aller Welt nahm sich jemand die Zeit, einem Schimpansen beizubringen, vor Fremden, die vielleicht alle paar Jahre einmal auftauchten, den Satz »Wer bin ich« zu schreiben? Und was hatte es mit dem Schrein auf sich, den der Schimpanse errichtet hatte? Sicher, es war bekannt, dass Schimpansen Werkzeuge benutzten, doch das war wohl eher Training, keine spontane Entwicklung.

Der Schimpanse erwiderte ernst ihren Blick, als wartete er auf Applaus oder eine Antwort. Jamie kam sich vor, als würde sie in ein bizarres existenzialistisches Theaterstück hineingezogen.

Sie hörte Zweige auf dem Boden knacken und sah sich hektisch auf der Lichtung um, konnte jedoch nichts entdecken. Als das Geräusch erneut ertönte, begriff sie, woher es kam. Sie wandte sich gerade noch rechtzeitig nach rechts, um in einer Gruppe von Farnen neben einem dicken Baumstamm eine Bewegung auszumachen.

Schon kam eine stämmige Gestalt zwischen den Farnen hervor. Der Mann trug ein olivgrünes Hemd und ein nicht zu übersehendes Schulterhalfter mit einer Schusswaffe und trat mitten auf die Lichtung. »Dr. Kendrick, würden Sie mir bitte folgen?« Es war keine Frage.

Jamie gehorchte, warf einen letzten Seitenblick auf den Affen und sah dann wieder den Polizisten an, der sie da abführte, oder wer immer er auch war.

»Könnten Sie mir sagen, wohin wir gehen?«

»Alle Ihre Fragen werden in Kürze beantwortet werden, Dr. Kendrick.«

»Woher wissen Sie, wer ich bin?«

Der Wachmann ging ungerührt weiter, bis sie zu einer weiteren künstlichen Lichtung kamen, die vielleicht fünfhundert Meter Durchmesser hatte und in deren Mitte ein Haus von den Ausmaßen einer großen Klinik stand. Der Bau hatte vier Etagen und verblüffte Jamie mit seiner Weitläufigkeit.

»Was ist das hier?« Sie blickte über die Lichtung auf den größten Ausgang des Gebäudes, wo soeben die Tür aufging und eine einzelne Person herauskam. Jamie und der Wachmann gingen direkt auf die offene Tür zu. Beim Näherkommen wurden die asiatischen Gesichtszüge des Mannes immer offenkundiger, und seine Miene ließ darauf schließen, dass er nicht sonderlich erfreut war, sie zu sehen.

Als sie an dem gepflasterten Eingang anlangten, verbeugte sich der Mann knapp und begrüßte sie. »Dr. Jamie Kendrick. Bitte kommen Sie herein.«

»Ich fürchte, ich bin nicht für einen Höflichkeitsbesuch angezogen.« Wie meist bei der Feldforschung trug sie Shorts und Trägertop, doch war sie überdies noch nass von ihrem Weg durch den Fluss und hatte eine Schmutz- und Schweißschicht auf der Haut. An ihrem rechten Oberschenkel prangte ein violetter Bluterguss, den sie sich beim Zusammenprall mit einem Felsen im Wasser zugezogen hatte.

Der Mann wartete, bis Jamie auf seiner Höhe war, während der Wachmann ein paar Schritte hinter ihnen ging. »Wir haben Ihr außerordentlich geschicktes Eindringen über eine Sicherheitskamera neben dem Zaun verfolgt. Übrigens haben wir auch einen offiziellen Eingang, wissen Sie.«

Jamie zuckte die Achseln. »Ich bin noch nie den Weg des geringsten Widerstands gegangen.«

»Sprechen wir doch in meinem Büro weiter.«

Sie gingen ein Stück den mit Teppich ausgelegten Flur entlang und auf mehrere Bürotüren zu. Der Mann winkte Jamie in einen nüchternen und doch eleganten Raum, der sie seltsam an das Büro ihres Profs in Princeton erinnerte.

Allerdings gab es zwei auffällige Ausnahmen: ein Foto des Mannes mit zwei Personen, die vermutlich seine Frau und seine Tochter waren, in Disneyland und ein Wandbehang, auf dem fließende japanische Schriftzeichen in Schwarz auf weißem Grund abgebildet waren. Alles andere – die Aktenschränke, die Bücherstapel, der PC-Arbeitsplatz und der schlichte schwarze Schreibtisch – hätte in jedem beliebigen Uni-Büro stehen können.

Der Mann schloss eine Tür nach hinten, die in einen Raum führte, der wie ein großes Forschungslabor aussah, und bedeutete Jamie, sich zu setzen.

»Willkommen im Lula-da-Silva-Naturschutzgebiet und im Forschungslabor von BrainStem Therapeutics.«

Jamie sah den zierlichen Mann fragend an.

»Ah, der Name. Äußerst hilfreich dabei, ein geeignetes Grundstück zu bekommen, und daneben natürlich eine angemessene Würdigung des brasilianischen Präsidenten. Ich bin Kenji Nakamura, der wissenschaftliche Leiter dieses Instituts. Bitte nehmen Sie doch Platz.«

Jamie fühlte sich von seinem Blick verunsichert und setzte sich erst nach längerem Zögern. Auch Nakamura nahm Platz und lehnte sich zurück. Doch sogleich rutschte er auf seinem Stuhl hin und her, als fiele es ihm schwer, eine bequeme Stellung zu finden. *Ist er etwa nervös?*

»Bis heute wusste ich nicht einmal, dass es diese Anlage gibt«, erklärte Jamie.

»Tatsächlich. Dann fange ich am besten damit an, dass ich Ihnen etwas über uns erzähle, im Interesse einer guten Nachbarschaft.« Sein Tonfall war förmlich und distanziert. »Wir führen Grundlagenforschung über Stammzellen und ähnliche Technologien durch.«

Seine Antwort ließ sie erschauern. Eine böse Ahnung

drängte sich in ihren Hinterkopf und schockierte sie mit ihren Konsequenzen. *War das denkbar?* Sie schob die Überlegung beiseite. »Aber warum haben Sie hier ein Labor aufgebaut? Ist es nicht leichter, so etwas in den Staaten zu machen?«

Nakamuras Miene war undurchdringlich. »Aus mehreren Gründen. Es gibt gewisse US-amerikanische Bestimmungen, die uns« – er verstummte einen Moment lang – »beschwerlich erscheinen. Außerdem fallen unsere Hauptausgaben für Personal an. Hier bekommen wir gut ausgebildete Laborfachkräfte für einen Bruchteil dessen, was sie in den Vereinigten Staaten oder in Europa kosten würden.«

Nakamura erhob sich, trat ans Fenster und zeigte hinaus. »Am wichtigsten für unsere Forschung ist eine große Anzahl von Schimpansen. Als bedrohte Art sind Schimpansen Mangelware. Wir sind dieses Problem angegangen, indem wir unser Labor auf einem Gelände errichtet haben, wo Schimpansenzucht im großen Rahmen möglich ist, was Sie ja, glaube ich, heute mitbekommen haben.«

Jamie schlug ihren professionellen akademischen Tonfall an. »Der Regenwald ist ein komplexes und empfindliches Ökosystem. Eine hoch entwickelte Spezies wie Schimpansen hier einzuführen kann ungeahnte Folgen haben.«

»Die Schimpansen bewegen sich ausschließlich auf unserem Gelände und werden keinerlei Auswirkungen auf den offenen Regenwald haben.«

»So lange, bis sie ausbrechen.«

»Unmöglich.«

»Ich bin ziemlich leicht hereingekommen.«

»Sie sind eine hervorragende Schwimmerin, Dr. Kendrick. Schimpansen haben tödliche Angst vor Wasser. Sie können nicht schwimmen, weil sie nicht genug Körperfett haben. Ich versichere Ihnen, unsere Schimpansen bleiben auf dieser Seite des Zauns, zumindest so lange, bis wir wissen, dass es ungefährlich ist.«

Jamie musterte das Telefon auf Nakamuras Schreibtisch und fasste einen Plan. *Was hatte sie schon zu verlieren?* Falls sie richtig lag, würde sie es sich nie verzeihen, wenn sie diese Gelegenheit ungenutzt verstreichen ließ.

»Dr. Nakamura, ich müsste eigentlich schon längst wieder zurück im Camp sein. Darf ich schnell unseren Laborleiter anrufen, nur damit er Bescheid weiß, dass mir nichts fehlt? Es war ein bisschen unüberlegt von mir, einfach so davonzumarschieren.«

Nakamura nickte gönnerhaft und setzte sich wieder, ohne ihr anzubieten, sie allein telefonieren zu lassen.

Jamie verkniff sich ein Grinsen. Ein bisschen Paranoia konnte nie schaden. Sie zog das Telefon zu sich her, wählte eine fiktive Nummer und wartete ein paar Klingeltöne ab. »Hallo Paulo? Ja, ich bin's. Entschuldige, dass ich dir nicht gesagt habe, dass ich weggehe ... Nein, mir fehlt nichts. Ich bin hier bei Kenji Nakamura von BrainStem Therapeutics. Das ist das Gelände hinter dem Vicioso ... Sie kümmern sich ganz reizend um mich. Ich hatte gar nicht gemerkt, dass ich auf ihrem Gelände bin. Jedenfalls bin ich bald zurück ... Ja, danke.« Mit der Hand über der Hörmuschel, aus der nach wie vor das Freizeichen tönte, legte sie auf.

Nakamura machte eine kleine Verbeugung. »In Zukunft muss ich Sie aber bitten, unsere Privatsphäre hier zu respektieren – wir können keine Haftung für Besucher auf unserem Gelände übernehmen. Dürfen wir Ihnen einen

Begleiter anbieten, der Sie zu Ihrem Labor zurückbringt? Es wäre uns sehr unangenehm, wenn Ihnen …«

Jamie richtete sich auf, beugte sich halb über den Schreibtisch und fiel ihm ins Wort. »Dr. Nakamura, bitte erzählen Sie mir etwas über den Schimpansen, den ich gesehen habe.«

Er erstarrte, und Jamie sah einen Anflug von Unsicherheit über seine Miene huschen. *Volltreffer.*

Schnell hatte er sich wieder gefasst. »Ich habe Ihnen ja bereits gesagt, dass wir Schimpansen züchten«, erwiderte er. »Worauf wollen Sie denn hinaus?«

»Nun ja, ich habe gelegentlich Schimpansen im Zoo gesehen, aber die schreiben jedenfalls weder Wörter auf den Boden, noch erschaffen sie Kunstwerke oder stellen existenzialistische Fragen. Finden Sie das nicht ungewöhnlich?« Lächelnd zog sie die Brauen hoch.

Nakamura sah verdrossen drein. »Ein Kunstwerk, sagen Sie? Und schreiben? Also, da muss ich den Leiter unserer Schimpansenkolonie fragen. Das ist wirklich höchst ungewöhnlich.«

Erneut ging Jamie ihre Gedanken durch: Stammzellenforschung, Schimpansenzucht, BrainStem? Es war reine Spekulation, jedoch hatte sie es mit eigenen Augen gesehen. Falls sie recht hatte, wäre dies das Projekt des Jahrhunderts und allemal besser als Insekten zählen. *Wer wagt, gewinnt.*

»Ich bin mir eben ziemlich sicher, dass an diesem Schimpansen etwas grundlegend anders ist. Ich bin mir sogar so sicher, dass ich mehr als neugierig bin. Man könnte sagen, ich bin mittlerweile fast ein bisschen besessen davon. Und wenn mich etwas wirklich packt, will ich auch mehr darüber wissen. Viel mehr.«

»Wir müssen der Sache nachgehen. Danke, dass Sie uns darauf aufmerksam gemacht haben.«

Ich glaube, ich spinne. Er beißt nicht an. Wahrscheinlich hab ich falsch gedacht. Aber dieser Schimpanse …

»Dr. Nakamura, ich weiß, was ich Ihnen vorschlage, ist ein bisschen gewagt, aber ich finde keine andere Erklärung. Als Sie nämlich von Stammzellenforschung gesprochen haben, kam mir in den Sinn, dass vielleicht ein paar dieser Zellen sozusagen ausgebüxt sein könnten. Was, wenn diese Schimpansen irgendwie modifiziert worden sind? Ich weiß, das klingt albern.« Sie suchte in seinem Gesicht nach irgendeinem Hinweis. »Aber das ist eben etwas, was ich sehr interessant finde, und falls Sie ein modifiziertes, ja womöglich transgenes Tier besitzen, würde ich sehr gern an diesem Forschungsprojekt mitarbeiten.«

Nakamura sah regelrecht durch sie hindurch. »Nehmen wir einfach mal an, das, was Sie sagen, wäre möglich. Was hätte eine Feldbiologin einem solchen Projekt zu bieten?«

Jamie schluckte schwer. Es stimmte also! »Vielleicht eine ganze Menge. Sie haben bestimmt noch nicht viel darüber geforscht, welche Auswirkungen es auf die Umwelt haben kann, die Schimpansen hierherzubringen, oder? Es wäre sicher hilfreich, eine erstklassige Populationsbiologin an der Hand zu haben, die Ihre Position nach außen vertritt, falls das Thema jemals in falschem Zusammenhang angesprochen wird. Sie wissen schon, wenn Umweltschützer Bedenken anmelden und so.«

Nakamura schürzte die Lippen und schwieg einen Moment. »Das ist ein sehr freundliches Angebot«, sagte er schließlich. »Vielleicht sollten wir uns mit Ihnen beraten, wenn sich eine solche Situation ergibt.« Er lächelte, als wollte er das Gespräch damit zum Abschluss bringen.

Jetzt musste sie ihn packen. »Vielleicht habe ich mich ja nicht klar genug ausgedrückt. Ich finde sehr erstaunlich, was Sie hier vollbracht haben, Dr. Nakamura. An so etwas wollte ich schon immer mitarbeiten. Ich könnte Ihnen eine einfallsreiche Partnerin sein. Und ich will unbedingt mitmachen. Ich will es so sehr, dass ich sogar bereit bin, ohne Bezahlung zu arbeiten. Ich habe ein dickes Stipendium im Rücken und viel Erfahrung darin, die Populationsdynamik des Amazonasbeckens zu beobachten.« Sie hielt inne. »Sie würden sich wundern, was für eine nette Kollegin ich sein kann.« Sie lehnte sich zurück und verschränkte die Arme.

Nakamura senkte den Blick, als überlegte er. »Und warum sollte ich Ihnen vertrauen?«

»Ich bin eine erstklassige Wissenschaftlerin. Schauen Sie in Ihre Unterlagen. Man kommt nicht so weit wie ich, ohne gute Arbeit zu leisten. Mir liegt an dieser Idee, Dr. Nakamura. Und meine wissenschaftliche Neugier kommt aus dem Staunen gar nicht mehr heraus, seit ich gesehen habe, was Ihr Schimpanse alles kann. Verstehen Sie mich nicht falsch. Ich bin hartnäckig, aber ich kann mich auch an Regeln halten.«

Nakamura schloss die Augen und überlegte lange. Jamie musste an sich halten, um ihn nicht weiter zu bedrängen.

Zu guter Letzt sah er ihr entschlossen in die Augen. »Ich könnte eine begrenzte Partnerschaft in Betracht ziehen und Sie als beratende Wissenschaftlerin mit hineinnehmen. Wenn ich feststelle, dass Sie teamfähig sind und etwas zu bieten haben, können wir Ihre Rolle ausbauen. Ich kann Ihnen ein kleines Gehalt und ein Büro anbieten. Aber nur unter einer Bedingung: Dieses Experiment bleibt streng geheim. Ich will nicht zu viele Leute in diesem Projekt haben, aber ich kann auch großzügig sein, und Sie sind offenbar enorm motiviert. Zufälligerweise haben wir momentan einen Engpass und kommen nicht an genügend Schimpansen für unsere Forschung. Die geeignete« – er zog das Wort absichtlich in die Länge – »Unterstützung durch eine angesehene Wissenschaftlerin könnte tatsächlich dazu beitragen, einige störende Bedenken verstummen zu lassen.«

»Abgemacht. Sie sagen mir, wer Ihnen Ärger macht, und ich kümmere mich darum.«

»Und Sie müssen wissen, dass diese Abmachung von sehr kurzer Dauer sein kann, wenn es nicht gut läuft. Ich nehme Sie nur mit an Bord, weil Ihr Ehrgeiz und Ihr wacher Verstand vermuten lassen, dass Sie eine wertvolle Mitarbeiterin abgeben könnten. Haben Sie das verstanden?«

»Voll und ganz.«

»Eines noch, Dr. Kendrick: Feldbiologie ist etwas völlig anderes als Gentechnologie. Man steht vor anderen Herausforderungen, wenn man die Welt nicht nur beschreiben, sondern verändern will. Manchen Leuten gefällt die Vorstellung nicht, dass etwas verändert wird. Sie finden, wir dürfen nicht ›Gott spielen‹. So jemanden kann ich in meinem Team nicht gebrauchen.«

»Wann wurde überhaupt je etwas wirklich Bahnbrechendes erreicht, ohne dass man die Regeln ein bisschen verbogen hat? Ich bin nicht zimperlich, sonst würde ich gar nicht mitmachen wollen.«

4

FRAUENÄRZTLICHES BEHANDLUNGSZENTRUM »NEW CONCEPT«

Die Praxis für moderne Reproduktionsverfahren
in der Bay Area
DR. KATHRYN G. BATORI,
MITGLIED DES AMERICAN COLLEGE FÜR
GEBURTSHILFE UND FRAUENHEILKUNDE
Fachärztin für Reproduktive Endokrinologie
und Fruchtbarkeitsstörungen

Spezialisiert auf Präkonzeptuelle Beratung, Unfruchtbarkeit, In-vitro-Fertilisation, Mikrochirurgie/Tubenplastik, Genetische Präimplantationsdiagnostik und genetische Beratung

Höchste Erfolgsquoten im Westen der USA
Aufmerksame, diskrete und qualifizierte Mitarbeiter
Von den meisten Krankenversicherungsträgern akzeptiert
Rufen Sie jetzt an und vereinbaren Sie ein kostenloses Erstgespräch!

Auszug aus einer Anzeige in einer aktuellen Ausgabe des
San Francisco Parents Magazine

»Mr. und Mrs. Tate?«

Richard und Hiroko Tate erhoben sich nervös von ihrem Platz auf einem Sofa und gingen auf den Empfangstresen zu. Richard strich seiner Frau unbeholfen über den schmalen Unterarm. Er wollte schon zum Sprechen ansetzen, als die Empfangsdame, eine junge, mütterlich wirkende Frau in einem khakifarbenen Trägerrock, ihn aus seiner Verlegenheit rettete. »Würden Sie bitte mitkommen?«, sagte sie lächelnd zu den beiden. »Dr. Batoris Sprechzimmer ist gleich da vorn.«

Die elegante Einrichtung des Warteraums hatte Richard erstaunt. Das Ambiente erinnerte eher an die Lobby einer Bank als an eine Arztpraxis. Noch verblüffender war das Anmeldeverfahren gewesen. Er hatte bereits seinen Stift und die Versicherungskarte gezückt, in der Erwartung, dass man ihm ein Klemmbrett mit einem Blatt voller unerheblicher Fragen reichen werde, als die Empfangsdame abgewehrt hatte. »Das brauchen Sie heute noch nicht. Bitte machen Sie es sich einfach bequem, und ich sage Dr. Batori Bescheid, dass Sie hier sind.« Im Wartezimmer befand sich nur ein weiteres Paar, das nach einer ersten Musterung angestrengt den Blickkontakt zu den Tates vermied. Die Frau war offensichtlich schwanger, was Richard nicht entging.

Ein paar Minuten und etliche verlegene Blicke später wurden sie aufgerufen. Die Empfangsdame führte sie nicht etwa in einen sterilen, weiß eingerichteten Untersuchungsraum, sondern in ein geschmackvolles Arbeitszimmer mit einem edlen Mahagonischreibtisch und mehreren impressionistischen Drucken von jungen Mädchen am Klavier und am Strand. Dr. Batori trug ein schickes grünes Kostüm und lächelte sie offen und entwaffnend an, ehe sie um den Schreibtisch kam und ihnen beiden die Hand schüttelte. Sie bat sie, in zwei ausgesprochen bequemen Stühlen vor dem Schreibtisch Platz zu nehmen, ehe sie sich einen dritten nahm und sich zu ihnen setzte.

Kate verabscheute diese Prozedur. Bei jeder neuen Patientin kam sie sich vor wie eine billige Schauspielerin, die nur des Geldes wegen Werbefilme für Abführmittel dreht. Doch sie war eine hervorragende Schauspielerin und handelte instinktiv richtig. »Erzählen Sie mir doch etwas über sich.«

Hirokos passiver Gesichtsausdruck bestätigte gewissermaßen, dass sie nicht die Absicht hatte, als Erste zu sprechen, also begann Richard. »Wir sind jetzt seit drei Jahren verheiratet. Kennengelernt haben wir uns vor etwa acht Jahren auf einem Kostümfest für arbeitslose Programmierer.« Er lachte gezwungen auf, was die Ärztin mit einem verständnisvollen Nicken quittierte. Sie studierte seine Miene, während er weitersprach. Er war also ein fünfunddreißigjähriger ehemaliger Computerfreak, mutmaßte sie, der wahrscheinlich einen Haufen Geld verdient hatte, als er irgendwann Ende der Neunziger bei einer neu gegründeten Internetfirma anfing. Nachdem seine Firma Pleite gemacht hatte, war er vermutlich zwei Jahre auf Reisen gegangen und hatte den größten Teil seines Geldes ausgegeben, da er glaubte, ohne Weiteres einen neuen Job zu finden. Während der folgenden Rezession war er dann aufgewacht, hatte festgestellt, dass ihm Reichtum und Prestige nichts mehr bedeuteten, und der ersten Frau, mit der er eine ernsthafte Beziehung hatte, einen Heiratsantrag gemacht.

Richard beschrieb ausführlich, wie sie seit anderthalb Jahren vergeblich versuchten, ein Kind zu bekommen, ohne Erfolg Fruchtbarkeitshormone ausprobiert hatten und sich nun sorgten, ob sie denn überhaupt je Kinder haben konnten. Kate lauschte geduldig, obwohl sie bereits alles wusste, was er ihr erzählte. Eine ihrer klügsten Geschäftsideen war es gewesen, eine ehemalige Krankenschwester einzustellen, die von zu Hause aus die ärztlichen Unterlagen sämtlicher neuer Patienten bearbeitete. Wann immer jemand ein Erstgespräch vereinbarte, forderten ihre Mitarbeiter die Patientenakten von den vorherigen Ärzten an. Da ihre Klientel fast ausschließlich per Überweisung zu ihr kam, gab es über alle Patienten ausführliche Unterlagen. Ihre Datenspezialistin las diese mit geschultem Blick durch und fasste Krankheitsgeschichte, Laborberichte und andere Untersuchungsergebnisse zu einem zweiseitigen Dokument zusammen, das am Morgen des jeweiligen Termins auf Kates Schreibtisch wartete. Die Zusammenfassungen waren stets lückenlos, und Kate wusste genau, wie sie mit ihren Patienten verfahren musste, bevor sie sie auch nur gesehen hatte. Die Gespräche und Untersuchungen dienten im Grunde nur als vertrauensbildende Maßnahmen, weiter nichts.

Kate war eine von vielen Spezialisten für In-vitro-Fertilisation in San Francisco. Doch selbst auf diesem überlaufenen Markt war sie stets auf Monate im Voraus ausgebucht, da sie zu den nur fünfhundert Ärzten im ganzen Land zählte, die tatsächlich geprüfte Fachärzte für Reproduktionsmedizin und Fruchtbarkeitsprobleme waren. Ironischerweise hatte ihr Privatleben mit ihrem Beruf keinerlei Berührungspunkte. Sie hatte nie heiraten und erst recht keine Kinder bekommen wollen und über ihre Unabhängigkeit gewacht wie eine Tigerin. Groß, dominant und selbstbewusst, wurde ihr attraktives Aussehen lediglich von ihrem Gefühl der Unfehlbarkeit übertroffen.

Richard beendete seine unbeholfene Schilderung ihrer medizinischen Bemühungen und sah Hiroko an, als wollte er ihr eine Redeerlaubnis erteilen. Und tatsächlich ergriff sie das Wort. »Dr. Baskin meinte, Ihnen würde vielleicht etwas einfallen, was uns zu einem Kind verhelfen könnte.« Sie sprach mit Akzent, jedoch fehlerfrei und gebildet. Kate spürte, dass sie klar und präzise dachte und eine angenehme Persönlichkeit hatte.

»Ich werde Sie anschließend gleich untersuchen, Mrs. Tate«, sagte Kate, »doch ich wollte zuerst mit Ihnen besprechen, welche Möglichkeiten Ihnen offenstehen. Nachdem ich Ihre Vorgeschichte und die Laborberichte gelesen habe, bin ich sehr zuversichtlich, dass es uns gelingen wird, Ihnen zu einer Schwangerschaft zu verhelfen.«

Kate spulte ihren gewohnten Sermon ab. Obwohl sie in ihrer Praxis verschiedene Dienstleistungen anbot, wusste Kate, dass sie in Wirklichkeit nur für In-vitro-Fertilisation gebraucht wurde. Die medizinische Ökonomie brachte es mit sich, dass ihr Patientinnen von anderen Frauenärzten überwiesen wurden, die allen Patientinnen die gleiche Behandlung angedeihen ließen. Und Kate wusste etwas, was die meisten Patientinnen nicht wussten, nämlich dass es in der Gynäkologie ein ungeschriebenes Gesetz gab: Ein Paar, das ein halbes bis ein ganzes Jahr erfolglos versuchte, eine Schwangerschaft herbeizuführen, wurde von jedem Gynäkologen nach demselben Standard behandelt. Bei der Frau wurden die verschiedenen Hormonspiegel bestimmt und bei ihrem Partner ein Spermiogramm vorgenommen. Abgesehen von Fällen, in denen ein leicht zu behebendes Problem mit dem Eisprung oder dem Hormonspiegel vorlag, versuchte man es bei jedem Paar zuerst mit Clomifen und gelegentlich mit Gonadotropin. Wenn das nicht half, wurden die Patienten ein paar Monate später zu Kate überwiesen.

Obwohl es für Unfruchtbarkeit Dutzende von Gründen gab, war die allgemeine Patentlösung stets die In-vitro-Fertilisation. Das war Kate sehr recht, denn für IVF wurde gut bezahlt. Sie gab regelmäßig vor, dass es sich um ein komplexes Problem handelte, bei dem vielerlei Kriterien zu berücksichtigen waren, während sie in Wirklichkeit einen IVF-Laden betrieb. Durch ihren ausgeprägten Geschäftssinn war ihre Praxis zu einer gut geölten Maschinerie geworden. Termine für Erstpatienten wurden möglichst immer auf denselben Zeitpunkt gelegt wie die Sechsmonatsuntersuchung bei erfolgreichen Schwangerschaften, um neuen Patienten den Eindruck zu vermitteln, dass ihre Fruchtbarkeit aufblühte, sowie sie das Wartezimmer betraten. Kate kannte ihre Klientel und hatte die Praxis nach dem Geschmack eines anspruchsvollen Publikums gestaltet. Im Zentrum von Palo Alto betraten normalerweise nur Paare ihre Praxis, die sich ihre Honorare auch leisten konnten – und was wäre unbezahlbarer gewesen als das erste Kind?

Kates Vortrag war geschliffen und erzielte die erwünschte Wirkung. Sie erläuterte verschiedene Behandlungsmethoden und sprach über die wahrscheinlich zugrunde liegenden Faktoren, ehe sie das Gespräch auf die in ihren Händen so wirksame und ungefährliche IVF lenkte. Sie beschrieb kurz das Verfahren mit all seinen Implikationen und was die Tates sich davon erwarten konnten. Dann fragte sie, ob Richard oder Hiroko noch irgendwelche Fragen hätten, bevor sie mit den medizinischen Untersuchungen begann.

»Sie haben gesagt, meine Frau müsse Medikamente nehmen, damit sie die für das Verfahren nötigen Eier produziert. Haben diese Mittel irgendwelche Nebenwirkungen?«, fragte Richard besorgt.

Kate stellte die Beine nebeneinander und faltete die

Hände im Schoß. Während des gesamten Gesprächs hatte sie nie ihre tadellose aufrechte Haltung vernachlässigt. Es war erstaunlich, dass in jedem Gespräch dieselben Fragen aufs Tapet kamen, meist sogar in derselben Reihenfolge. »Die meisten unserer Patientinnen berichten nicht von nennenswerten Nebenwirkungen. Die Medikamente, die wir einsetzen, um die Eier für das Verfahren zu bekommen, können gelegentlich Übelkeit oder Hitzewallungen auslösen, doch das ist vorübergehend. Das Einzige, worauf wir achten müssten, ist die so genannte ovarielle Hyperstimulation, die problematisch werden kann. Dies kommt allerdings bei nicht einmal einem Prozent unserer Patientinnen vor, und in den wenigen Fällen, in denen es auftritt, lässt es sich meist erfolgreich behandeln, indem man die Medikamentengabe abbricht und entsprechend behandelt, bis es vorüber ist.«

Hiroko hatte offenbar eine drängende Frage auf dem Herzen. »Wenn ein Kind durch In-vitro-Fertilisation geboren wird, besteht dann eine größere Gefahr für genetische Defekte?« Offenbar verursachte es ihr Gewissensbisse, die Frage zu stellen.

Kate antwortete wie aus der Pistole geschossen. »Den Daten zufolge bedeutet IVF kein höheres Risiko für genetische Anomalien, als es aufgrund von Alter und Familiengeschichte des betreffenden Paares ohnehin besteht.« Sie beugte sich vor und gab sich nachdenklich, ehe sie die Fingerspitzen aneinanderstützte und in akademischerem Ton weiterdozierte. »Für Paare, die deswegen besonders besorgt sind, haben wir genetische Diagnosemöglichkeiten auf dem neuesten Stand der Forschung. Während des frühen Wachstumsstadiums zum Embryo hin besteht die Möglichkeit, den zukünftigen Embryos eine einzelne

Zelle zu entnehmen und sie genetisch zu untersuchen. Diese Technologie ist schon sehr ausgereift. Indem wir die DNA einer Zelle vervielfachen, können wir auf über zweitausend verbreitete Mutationen testen, die genetisch vererbbare Krankheiten auslösen.«

»Gibt es nicht irgendwelche Gesetze in Bezug auf die Untersuchung von Embryos?« Richard klang ein wenig abwehrend, woraus Kate schloss, dass er darüber schon einmal nachgedacht hatte.

»Im Grunde nicht. Diese Technologie ist viel zu neu für gesetzliche Bestimmungen. Uns ist ohnehin daran gelegen, die technischen Möglichkeiten auf ethisch vertretbare Weise einzusetzen«, erklärte Kate lächelnd. »Es ist ein Grundsatz unserer Praxis, dass wir dieses Verfahren nicht benutzen, um den Embryo auf Geschlecht oder äußerliche körperliche Eigenschaften zu testen. Wir halten es für besser, eventuelle Bedenken wegen unethischen Vorgehens von vornherein auszuschließen.«

Hiroko und Richard nickten in gottesfürchtiger Einigkeit, doch Hiroko war noch nicht zufrieden. »Und wenn sich nun bei einem Paar herausstellt, dass sämtliche Embryos einen solchen Defekt haben, was passiert dann?«

Kate konnte diese Frage nicht erschüttern. »Wir verfügen über die Technologie, den Defekt zu reparieren und ein normaler Embryo mit dem reparierten Gen heranwachsen zu lassen. Die Labors, mit denen wir zusammenarbeiten, sind weltweit die besten für so komplizierte Eingriffe. Wir haben durchaus die Mittel, um in vitro einzelne Regionen der DNA einer kleinen Gruppe lebender Zellen wie einem Embryo zu korrigieren. Eine schwierigere ethische Frage ist vielleicht, ob die Eltern über eine genetische Prädisposition Bescheid wissen wollen, von deren Vorhandensein bei sich selbst sie nichts ahnen, wie zum Beispiel etwas, das ihr eigenes Risiko für eine frühe Krebserkrankung oder Alzheimer erhöht. Das ist noch problematischer bei Defekten, gegen die die Eltern gar nichts tun können.« Kate machte eine Kunstpause. »Wir verfahren mit solchen Situationen dergestalt, dass wir vor dem ersten genetischen Test fragen, ob die Eltern von einer genetischen Prädisposition wissen möchten, falls eine gefunden und korrigiert wird.«

Richard rutschte beklommen auf dem Stuhl hin und her. »Sie könnten das Baby nicht vielleicht ein bisschen intelligenter machen, wenn Sie schon dabei sind?« Er lachte verlegen.

Ein Anflug von Erstaunen zog über Kates Gesicht. Die Frage hatte sie eindeutig hellhörig werden lassen, doch sie hatte sich schnell wieder in der Gewalt. »Vielleicht eines Tages, Mr. Tate.«

Die Tates hatten keine weiteren Fragen, und so führte Dr. Batori sie in einen Untersuchungsraum. »Bitte machen Sie sich frei, Mrs. Tate«, bat sie freundlich. »Ich bin gleich wieder da.«

Als Kate in ihr Sprechzimmer zurückkehrte, klingelte dort das Telefon. Sie nahm den Hörer ab.

»Dr. Batori.«

»Oh, hallo, Kenji, schön, von Ihnen zu hören.« Kate drehte die Telefonschnur in den Fingern. »Letzte Woche habe ich auf CNN gehört, dass BrainStem an die Börse geht. Das haben Sie mir gar nicht gesagt.«

Nakamura schwieg einen Moment lang, ehe er zögerlich antwortete. »Eine reine Verwaltungssache, die mich gar nicht betrifft. Und wie läuft es in Ihrer Praxis?«

»Blendend, Kenji. Aber Sie wissen ja ganz genau, dass die Praxis nur ein Zeitvertreib ist, der neben den wesentlich interessanteren Gelegenheiten im Leben herläuft.«

»Für Sie und mich, Kate, sind einzelne Patienten ein viel zu enges Feld, als dass wir unser Lebenswerk darauf beschränken könnten.«

»Kenji, Sie benehmen sich wie ein Primaner, der mich zum Tanzen auffordern will. Ich bin nach wie vor Feuer und Flamme für das Projekt. Rufen Sie an, weil Sie mehr brauchen?«

»Sie sind so aufmerksam wie immer, Kate. Ja.«

»Gut. Nächste Woche wieder eine Ladung. An dieselbe Adresse?«

»Ja. Vielen Dank, Kate. Ich schicke Ihnen dann ein paar Vektoren, damit Sie die DNA übertragen können.«

Kate verschlug es die Sprache. »Was wollen Sie damit sagen, Kenji?« Sie schlang sich die Telefonschnur fest um den Finger.

»Es ist erfolgreich. Und noch viel besser, als wir es uns ausgemalt haben.«

Als sie wenige Minuten später den Hörer auflegte, zitterte Kathryn Batori – aufgeregt, euphorisch und im Vollgefühl ihrer Macht.

5

Jamie stapfte mit einem Kloß im Magen durchs Lager. So hatte sie sich schon lange nicht mehr gefühlt. Wie eine Schlafwandlerin tappte sie durch die leere Gemeinschaftshütte und angelte sich eine Banane aus dem Kühlschrank. Dann ließ sie sich auf einen Stuhl sinken und starrte die Kisten an der Wand an, während sie gedankenlos die Frucht schälte.

Ihre Selbstsicherheit schmolz langsam dahin. Der Auftritt, den sie bei Nakamura hingelegt hatte, war die impulsivste Handlung, die sie je begangen hatte. Zwar vertraute sie ihren Instinkten, bisher jedoch nie in solchem Maße. Nicht zu fassen, dass sie recht gehabt hatte. Und noch unglaublicher waren die Schlussfolgerungen daraus, was recht haben in diesem Fall hieß.

Doch das war genau, was sie wollte und brauchte: eine Chance, tatsächlich etwas zu bewirken. Sie hatte berechnet, was es im Amazonasgebiet verändern würde, wenn eine neue Primatenspezies dazukam. Es würde Veränderungen in der Nahrungskette bedeuten sowie neue Jagdreviere für Raubtiere, und es konnte zweifellos destabilisierend wirken, wenn sich als Reaktion darauf Populationsverschiebungen ergaben. Es war das ideale Setting dafür, Populationsdynamik zu studieren, und das bereits, ohne diesen speziellen Schimpansen zu berücksichtigen.

Und da war noch etwas an dieser Idee, etwas Bedeutendes, fast schon zum Greifen nah. Es hatte etwas mit dem Schimpansen zu tun. Sie schüttelte den Kopf, doch die Sache wurde nicht klarer. Trotzdem wusste sie, dass es etwas richtig Großes war.

Vielleicht lief es ja so ab. Man tut sein Bestes, um sinnvolle Experimente zu entwerfen und seine Karriere zu planen, bis auf einmal etwas völlig Unerwartetes auftaucht. Wenn man dann erkennt, was einem in den Schoss gefallen ist, kann man eine große Entdeckung machen. Diese Gelegenheit würde sie sich nicht entgehen lassen. Was sollte sie denn sonst tun? Noch mal von vorn anfangen?

Ihre beste Zeit war vorbei. Mit ihren einunddreißig Jahren hatte sie bessere Aussichten auf eine Karriere als Model als in der Mathematik, wo Entdeckungen, die jemand nach seinem oder ihrem dreißigsten Geburtstag machte, die Ausnahme waren, nicht die Regel. Dagegen war kein Kraut gewachsen. Aber sie hatte es ja auch nicht leicht gehabt.

Jamie stammte aus einem Vorort von South Bend, Indiana, wo ihr Vater als Buchhalter arbeitete. Ihre Mutter war geisteskrank – nicht in dem Sinne, dass sie sich die Kleider vom Leib riss und nackt auf der Straße tanzte, sondern sie war depressiv, in Hoffnungslosigkeit versunken. Außerdem litt sie an Endometriose. Zumindest erklärte Jamies Mutter damit den Nachbarinnen, warum sie keine weiteren Kinder hatte.

In South Bend drehte sich alles um Football, Basketball und Religion. Da ihr Vater von Basketball ebenso wenig Ahnung hatte wie von Football, wurde Jamies Familie vom Einzigen bestimmt, was in der Gemeinde noch blieb: der Kirche.

Als Einzelkind in einem frommen katholischen Vorort

aufzuwachsen war wie Dicksein in Beverly Hills. Jamies Schulkameradinnen luden sie gelegentlich zum Zelten ein, damit sie auch mal erlebte, wie es war, eine richtige Familie zu haben. Außerdem war nicht zu übersehen, dass ihre Mutter für ihren Geschmack ohnehin bereits ein Kind zu viel hatte, und so übernahm Jamie brav die undankbare Aufgabe, sich um sich selbst zu kümmern.

Weil sie sich so nach dem schwer zu erlangenden Lächeln ihrer Mutter sehnte, konnte sie als Erste unter den Gleichaltrigen den Katechismus auswendig, hatte als Einzige die gesamte Bibel gelesen und war die Letzte, die Bier trank. Die anerkennenden mütterlichen Gesten wurden in der Highschool nicht häufiger, und so stürzte sich Jamie ganz aufs Lernen.

Ihre naturwissenschaftliche Begabung war ebenso ausgeprägt wie ihre Ausdauer. Die Auszeichnungen kamen schneller, als sie sie verarbeiten konnte, wobei ihr Vater sich stets gern ihr Mathematiktalent als eigenes Verdienst anrechnen ließ. Zu Beginn ihres Studiums war sie selbstbewusst genug, um den Traum ihres Vaters, seine Tochter würde an die katholische Notre-Dame-Universität in Indiana gehen, zu zerstören und stattdessen den Bus nach New Haven und Yale zu nehmen.

Ihr gesamtes Fundament fiel im College wie ein Kartenhaus zusammen. Jede Feder Moral, die sie sich unter der frommen Anleitung ihrer Eltern zugelegt hatte, wurde ihr von ihren Kommilitonen ausgerissen, die sich über ihre Biederkeit lustig machten und ihr gnadenlos die Augen öffneten. Schließlich verdrängte sie die quälenden Zweifel an ihrem Glauben ins Unterbewusstsein, wo sie langsam vor sich hin gärten, und konzentrierte sich ausschließlich auf ihr Studium.

Da sie sich das Universum nicht erklären konnte, machte sie es sich zum Ziel, dadurch Erleuchtung zu suchen, dass sie etwas Wunderbares entdeckte, das den Schleier gerade weit genug lüftete, um ein bisschen mehr aus ihrem Leben zu machen, als es das inhaltsleere Dasein ihrer Eltern abgegeben hatte.

Und nun hatte sie vielleicht endlich eine solche Entdeckung gemacht.

Sie schreckte aus ihrem Tagtraum hoch. Der Schimpanse hatte sie derart beschäftigt, dass sie Paulos Einladung komplett vergessen hatte. Ihr wurde ganz flau im Magen, als sie begriff, dass sie an diesem Tag nicht nur einen, sondern zwei große Glücksfälle erlebt hatte, die noch dazu in zwei ganz verschiedene Richtungen führten.

Wenn sie diesem Schimpansen auf den Fersen blieb, musste sie dann das Camp und damit Paulo verlassen? Zwei Jahre lang hatte sie ihn geachtet, im Gegensatz zu den meisten anderen, die in die Forschungsstation gekommen und wieder gegangen waren. Sie hatte nichts von ihm gebraucht, sondern ihn nur gern aus einer gewissen Distanz beobachtet, sich an den Geschichten erfreut, die er beim Essen erzählte, und ihn dafür bewundert, dass er nicht über die Moskitos schimpfte.

Allerdings hatte sie in letzter Zeit immer öfter an ihn gedacht. Zumindest hatte sie sich immer öfter vor ihm blamiert. Sie ließ die halbe Banane auf dem Tisch liegen, marschierte hinaus und ging auf seine Hütte zu. Der Kloß in ihrem Magen wurde immer dicker, bis sie schließlich an Paulos Tür klopfte, dabei jedoch schon halb fürchtete, sie werde sich einfach umdrehen und wieder weggehen.

Schon ging die Tür auf. »Hallo Jamie.« Paulos allzu gepflegtes Englisch, der deutlichste Hinweis darauf, dass es nicht seine Muttersprache war, klang in der Abendstille verblüffend laut. Er lächelte Jamie schief an und rieb sich mit der Faust die Augen.

»Hoffentlich störe ich nicht.«

»Nein, überhaupt nicht«, antwortete er hastig. »Möchtest du reinkommen? Eine Tasse Kaffee vielleicht?«

Seemann?, ergänzte sie in Gedanken und wand sich innerlich vor Verlegenheit. »Gern.« Sie trat ein und schloss die Tür hinter sich. »Bist du sicher, dass du nichts anderes vorhast?«

»Jedenfalls nichts Besonderes. Ich bin nur gerade das Inventar durchgegangen.«

»Ich kann auch ein andermal ...«

Paulo warf ihr einen Blick über die Schulter zu. »Nein, setz dich doch. Ich brauche nicht mehr lang.« Er zeigte auf einen Stuhl neben dem Schreibtisch – den einzigen Stuhl im ganzen Raum –, ehe er durch eine der zwei Türen in der kargen Behausung verschwand.

»Lass dir Zeit.« Langsam ging Jamie auf die gegenüberliegende Wand zu und betrachtete, was es da zu sehen gab.

Zuerst musterte sie eine Sammlung von Schnitzarbeiten, die sich fast auf ihrer Augenhöhe befand. Mehrere groteske Figurinen starrten sie an. Wahrscheinlich Yanomami-Arbeiten. Sie waren beunruhigend und faszinierend, fremdartig und urtümlich. Neben den Figuren stand ein großes Kreuz aus Mahagoni, das eindeutig von einem Könner geschnitzt worden war. Als sie das Interesse an den Kunstgegenständen verlor, schlenderte Jamie auf die andere Seite der Hütte, setzte sich auf den Fußboden und stützte die Ellbogen auf die Knie.

Lautlos kehrte Paulo mit zwei Blechtassen zurück,

von denen er ihr eine reichte, ehe er sich in der Mitte des Raums gegenüber von Jamie niederließ. Schweigend nippte er an seinem Getränk und sah sie an. »Was ist denn los, Jamie?«, fragte er schließlich. »Darf ich jetzt endlich erfahren, warum du schon seit Wochen so abwesend bist?«

»Ist es dir also aufgefallen.«

»Schreib es meiner subtilen Beobachtungsgabe zu. Es ist ja nicht gerade typisch für dich, dass du nach dem Frühstück stundenlang dasitzt und Krakel auf eine Serviette malst.« Er lächelte entwaffnend. Obwohl er von hochgewachsener Statur war, hatte Paulo überhaupt nichts Einschüchterndes an sich. Selbst auf Fremde wirkte er wie ein großer Bruder, jemand, bei dem man sich sicher und geborgen wähnte. Er war der Typ Mensch, von dem man sich in einem Gespräch von Grund auf verstanden fühlte, jedoch merkte man erst hinterher, dass man nicht das Geringste darüber erfahren hatte, was er selbst fühlte, glaubte oder mochte.

Was für Jamie vielleicht das größte Rätsel an Paulo darstellte, war die ständige Ungewissheit, ob er nun einfach bemerkenswert rechtschaffen und unkompliziert oder vielmehr extrem abgründig und undurchschaubar war. Allerdings bestand für die meisten Menschen kein Zweifel daran, dass er einer der attraktivsten Männer war, die sie je gesehen hatten, und es unmöglich war, seine riesigen Augen zu vergessen, wenn er einen einmal intensiv angesehen hatte.

»Irgendwie ist es mit meiner Arbeit nicht gut gelaufen. Ich werde aus den ganzen Daten nicht richtig schlau. Früher habe ich immer gedacht, wenn ich erst die Zahlen habe, kommen die Antworten ganz von selbst ...«

»Du stehst doch noch am Anfang. Bestimmt siehst du es bald klarer.«

Sie schluckte. »Ich weiß gar nicht, wie ich das sagen soll, Paulo, aber ich gehe für eine Weile fort, vielleicht auch für immer.«

»Das ist nicht dein Ernst.«

Sie schüttelte den Kopf. *War er enttäuscht oder lediglich überrascht?* »Ich habe mich in der Anlage umgesehen, die du erwähnt hast – zwischen dem Rio Vicioso und dem Amazonas.«

Paulo wirkte ehrlich erstaunt. »Tatsächlich? Und was hast du entdeckt?«

»Es ist ein Forschungslabor. Sie machen Stammzellenforschung.«

»Interessant. Und warum so geheimnisvoll? Hast du mit jemandem dort gesprochen?«

Was sollte sie sagen? Sie hatte ja versprochen, es für sich zu behalten. »Ich kenne noch nicht alle Einzelheiten. Vermutlich arbeiten alle großen Labors so.« Paulos Miene vermittelte nur allzu deutlich, dass er wusste, dass das noch nicht alles war. Jamie fuhr fort. »Ich habe mit dem Forschungsleiter dort gesprochen. Er heißt Nakamura. Offenbar wusste er schon, wer ich bin, und hat mir einen Job angeboten. Ich soll eine Primatenpopulation untersuchen, an der sie gerade arbeiten.«

»Im Ernst?«

Also war er enttäuscht.

»Ich gehe morgen noch mal hin, um mich über das Projekt zu orientieren. Anscheinend wollen sie jemanden, der untersucht, wie sich die Einführung einer neuen Spezies in den Regenwald auf die Umwelt auswirkt.«

»Das willst du machen? Und deine eigene Forschung?«

Jamie sah ihm fragend und sehnsüchtig in die Augen und nickte. »Das kann warten. Ich muss erst mal hier raus. Das Projekt ist nicht richtig vorangekommen.«

Paulos Blick war hypnotisch. Die zwei Meter zwischen ihnen wirkten wie zehn Zentimeter. Eine Weile sagte keiner etwas. Dann nippte Paulo an seinem Kaffee und sah sie an. »Erzähl mir etwas über ihr Projekt.«

»Es ist toll. Aber ich habe mich vertraglich verpflichtet, noch nichts darüber zu verraten. Allerdings ...« Sollte sie es ihm trotzdem sagen?

»Allerdings was?«

»Ich bringe es irgendwie nicht über mich, von hier wegzugehen. Das alles ist mir so ans Herz gewachsen.«

»Was meinst du, was dir fehlen wird?«

Sie wandte den Blick ab. »Das Camp vermutlich. Mein Baumhaus. Deine Geschichten beim Essen ...«

»Jamie, ich weiß nicht, ob dieser Job das Richtige für dich ist, aber wenn du ihn annimmst, sollst du wissen, dass du hier jederzeit willkommen bist.« Er hielt kurz inne. »Du wirst uns fehlen. Du wirst mir fehlen.« Die Wärme in seiner Stimme machte die Verwirrung in Jamies Kopf noch schlimmer. Nachdem sie monatelang von Gesprächen wie diesem geträumt hatte, konnte sie kaum glauben, dass es nun tatsächlich stattfand. Und dass es zu spät war.

»Was hält dich hier?«

»Ich habe die letzten fünfzehn Jahre wesentlich mehr Zeit im Dschungel verbracht als außerhalb. Das hier ist mein Zuhause. Was will ich denn mehr, als mich dort aufzuhalten, wo ich gern bin und interessante Menschen um mich habe ... Das Leben im Dschungel hat etwas sehr Spirituelles, weißt du.«

»Ja, das weiß ich.« Sie stand auf und machte ein paar Schritte auf das dunkle Fenster zu. »Manchmal frage ich mich, was ich wirklich vom Leben will. Ich liebe meine Arbeit, aber es ist ein so einsamer Job. Du scheinst immer genau zu wissen, was du willst.«

Er erhob sich, trat neben sie ans Fenster und legte ihr einen Arm um die Schultern. »Ich will alles, Jamie.« Er sah sie an und streichelte ihr einmal über die Wange. Sein Blick war freundlich. *Oder sehnsüchtig?*

Jamie wandte sich zu ihm um, ihr Mund nur wenige Zentimeter von seinem Gesicht entfernt. Seine Anziehungskraft wurde immer stärker. Sie rückte näher an seinen Körper und konnte nichts mehr denken, weil ihr das Herz bis zum Hals schlug. Sie schloss die Augen.

Paulo ließ den Arm von Jamies Schulter gleiten. »Jamie?«, flüsterte er. »Weißt du, was das Beste daran ist, im Regenwald zu sein?« Abrupt riss sie die Augen auf. »Gott ist hier – er ist nirgends mehr als hier.«

Jamie runzelte die Stirn über diese Aussage. »Was meinst du damit?« Sie war so verkrampft, dass sie die Frage beinahe flüsterte.

»Jeden Tag beim Aufwachen habe ich das Gefühl, dass der Wald mich mit Licht übergießt. Jeden Tag versucht mir jemand eine Botschaft zu senden, mir zu sagen, dass hier irgendwo ganz nah, die Antwort auf das Leben zu finden ist. Es ist, als würde hier etwas geschehen, das alles andere im Leben banal werden lässt – etwas Ursprüngliches, etwas Schönes, etwas Überirdisches.«

»Das habe ich auch gespürt, nur würde ich es nicht Gott nennen.«

»Glaubst du, dass hier das Leben begonnen hat? Dass die Menschheit hier begonnen hat?«

»Im Regenwald?«

Er nickte.

Jamie überlegte kurz. »Ja, bestimmt, oder an einem ähnlichen Ort.«

Paulo sah ihr erneut aufmerksam ins Gesicht. »Ich hoffe, du bleibst, Jamie, aber wenn du doch gehst, hoffe ich, dass du den Wald nicht vergisst – in seiner ganzen Fülle.«

Sie sah erst aus dem Fenster und dann zu ihm. Mit ihrem Atem auf seinem Gesicht begann sie zu sprechen. »Danke. Ich sage dir morgen Bescheid, was ich mache.« Einen Moment lang standen sie noch so dicht nebeneinander, dass sich ihre Arme berührten, doch dann wandte sie sich langsam zum Gehen, da sie nicht wusste, was sie sonst tun sollte.

»Jamie«, rief er ihr nach. Sie blieb stehen. »Bitte sei vorsichtig und komm zurück.«

»Gute Nacht«, sagte sie und ging leise hinaus in die Nacht. Sie tat ein paar Schritte, lehnte sich gegen einen von mehreren umstehenden Bäumen und biss sich auf die Unterlippe. Dann fing sie an zu weinen.

6

Am nächsten Tag wurde Jamie wie vereinbart kurz nach Sonnenaufgang am Amazonasufer abgeholt. Er lag zwar acht Kilometer weiter weg als der Rio Vicioso, seine breiten, ruhigen Fluten waren aber bedeutend besser schiffbar als der schnell fließende Vicioso, und so bestieg Jamie das Boot am Anfang des gut markierten Pfads zur Forschungsstation, wo es sie schon einmal abgesetzt hatte.

Etwa eine Stunde lang fuhr das Boot ungestört flussabwärts, ehe es in einer kleinen Bucht anlegte, an die sich eine große, asphaltierte Straße anschloss. Ein Jeep erwartete sie. Wenige Minuten später fuhren sie durch den dichten Dschungel, bis sie auf die Lichtung kamen, wo urplötzlich die Laboranlage vor ihnen auftauchte. Nach der Ankunft wurde Jamie in einen nichtssagenden Besprechungsraum geführt.

Dort warteten bereits drei Personen. Kenji Nakamura sah mehr oder weniger genauso aus wie bei ihrer letzten Begegnung. Dazu kamen ein Mann mittleren Alters in einem karierten Hemd und schicken Shorts mit einem geflochtenen Gürtel sowie ein junger Mann in kurzen Khakihosen, einem blauen Freizeithemd und Turnschuhen.

Der junge Mann, der eindeutig indischer oder pakistanischer Abstammung war, musterte Jamie aus dicken Brillengläsern, die seine riesigen Augen etwas verkleinerten. Sein Oberlippenbart war dünn, als hätte er ihn irgendwann in den letzten zwei Wochen abrasiert. Auf seinem ansonsten sehr gebildet wirkenden Gesicht zeichnete sich unverkennbare Euphorie ab. Ehe Nakamura sich höflich erheben konnte, um alle miteinander bekannt zu machen, war der dritte Mann bereits aufgesprungen und hatte Jamie die Hand gereicht. »Es ist mir ein Vergnügen, Sie kennenzulernen, Dr. Kendrick«, flötete er mit singendem Akzent. »Willkommen in unserem kleinen Dschungel.«

Mittlerweile stand auch Nakamura und richtete mit kaum merklich geneigtem Kopf das Wort an Jamie. »Schön, dass Sie wieder da sind, Dr. Kendrick. Wie bereits erwähnt, das ist Dr. Sameer Gupta, Primatologe und Leiter unseres Schimpansenprojekts. Und das«, Nakamura zeigte auf den anderen Mann, »ist David Mercer, der Finanzchef von BrainStem Therapeutics.«

»Willkommen«, sagte Mercer freundlich.

Jamie lächelte beiden Männern zu und schüttelte auch Mercer die Hand, nachdem sie es geschafft hatte, sich Sameer Guptas enthusiastischem Griff zu entwinden. »Freut mich, Sie beide kennenzulernen.«

Nakamura fuhr fort. »Ich habe mir erlaubt, für heute Morgen eine Führung über unser Gelände vorzubereiten. Dr. Gupta wird Ihnen alles zeigen. Bestimmt kann er alle Ihre Fragen beantworten. Zum Mittagessen treffen Sie mit anderen leitenden Mitarbeitern zusammen. Ich habe dann heute Nachmittag das Vergnügen, Sie wieder zu sprechen. Nach Ihrem Rundgang wird sich Mr. Mercer um die offizielle Seite kümmern und Ihnen dabei helfen, sich zurechtzufinden.«

»Das hört sich alles sehr durchdacht an«, erwiderte Jamie leicht pikiert.

»Leider muss ich mich heute Morgen dringend persönlich um verschiedene Experimente kümmern. Ich bitte Sie, mich zu entschuldigen.« Ohne auf eine Antwort zu warten, verneigte sich Nakamura und verließ den Raum.

»Stören Sie sich nicht an ihm«, bat Mercer. »Er hält nicht viel von Etikette, aber er ist ein verdammt guter Wissenschaftler.«

Jamie nickte.

»Ich wäre nur froh, wenn er mir vorher sagen würde, wenn neue Mitarbeiter eintreffen. Dann hätte ich Ihnen nämlich einen besser strukturierten Empfang bereitet. Aber ich habe selbst erst vorhin davon erfahren. Und jetzt lassen Sie sich dadurch bloß nicht daran hindern, sich hier wie zu Hause zu fühlen. Sameer macht bestimmt eine schöne Führung mit Ihnen.«

Auf Jamie wirkte er wie das Urgestein eines Politikers: Irgendwie war er zu perfekt, zu geschliffen, zu bilderbuchmäßig. »Danke«, sagte sie.

»Dann freue ich mich darauf, wenn wir uns später sprechen.« Er verabschiedete sich und ließ Jamie und Sameer allein.

Nicht im Geringsten eingeschüchtert, nahm Sameer rasch das Gespräch wieder auf. »Gut, Jamie. Darf ich Sie Jamie nennen? Dr. Nakamura hat mir schon viel über Sie und Ihre Arbeit erzählt. Sehr beeindruckend, muss ich sagen. Ich bin froh, dass ich eine neue Kollegin bekomme, denn ich muss zugeben, dass ich keine Ahnung habe, welchen Schritt ich in unserem Projekt als nächsten tun soll. Wissen Sie, bis jetzt ist alles ausgesprochen erfolgreich verlaufen, aber ich weiß nicht, welche Konsequenzen es hätte, wenn wir unser kleines Schimpansendorf über das abgezäunte Gelände hinaus ausdehnen würden. Doch ich greife voraus. Sollen wir einfach mal losgehen?«

Jamie nickte, erfreut, dass Sameer so gesprächig war. Hoffentlich würde er sich nicht so bedeckt halten wie Nakamura. Nach wie vor hatte sie das Gefühl, dass er ihr noch nicht einmal die Hälfte der Geschichte anvertraut hatte. Andererseits – warum sollte er?

Schon bald hatten sie das Laborgebäude hinter sich gelassen und näherten sich dem Regenwald am Rand der Lichtung. Jamie fragte Sameer, wie er zu dem Projekt gekommen war, und erfuhr, dass ihn BrainStem vor sieben Jahren eingestellt hatte, als er an der Universität San Diego eine Postdoc-Stelle in Primatologie der Alten Welt hatte.

Bei diesem, bereits seinem zweiten Postdoc, erforschte er die Evolution von Primatenkiefern. In Wirklichkeit gab er sich nur den Anschein, sehr beschäftigt zu sein, während er eine Stelle suchte, etwas, was jedoch einen höheren Seltenheitswert hatte als die Probestücke, die er untersuchte. Nach einem Jahr Jobsuche hatte er begriffen, dass sein Gebiet überlaufen war von auf Lebenszeit angestellten Professoren, während die Institute kaum Mittel übrig hatten, um neue Leute einzustellen. Dass er in Indien studiert hatte, machte seine Suche noch ein bisschen schwieriger.

Seine Chance kam, als ihn ein Freund anrief, der im Zoo von San Diego die Affengehege leitete, und ihm mitteilte, dass ein Großlabor eine umfangreiche Schimpansenkolonie aufbauen wolle und er ihnen Sameer empfohlen habe. Als der Personalchef von Soliton Industries schließlich anrief, vereinbarte Sameer schnell ein Bewerbungsgespräch und verließ seine Postdoc-Stelle, um einen

Posten anzunehmen, der zwar kaum seiner Ausbildung entsprach, jedoch wesentlich mehr Geld einbrachte als alles andere, was er je finden würde.

Die ersten Jahre bei diesem Projekt waren aufreibend gewesen. Bis heute hatte Sameer keine Ahnung, wie es möglich gewesen war, so schnell so viele Schimpansen aufzutreiben. Schimpansen waren nicht nur teuer, sondern auch Mangelware. Das Allerverblüffendste aber war, dass es irgendjemand sogar geschafft hatte, fünfzig geschlechtsreife Schimpansenweibchen zu besorgen.

Wie auch immer sie beschafft worden waren, Sameer erkannte die Ausmaße seines Problems, sobald die Tiere nach und nach eintrafen und ihre Unterbringung organisiert werden musste. Zuerst einmal waren die Schimpansen untereinander völlig inkompatibel, da sie aus ganz unterschiedlichen Regionen Afrikas und diversen Zookolonien stammten. Der neuen Kolonie mangelte es nicht nur an einer internen Sozialstruktur, sondern die Gewohnheiten und Verhaltensweisen der Tiere unterschieden sich so krass, dass die Integration zu einer enormen Herausforderung geriet.

Zweitens hatten die Verantwortlichen, die das Projekt ersonnen hatten, keine Vorstellung davon, wie schwierig es sich gestalten würde, die Schimpansen an eine neue Umgebung zu gewöhnen. Die Tiere wussten nicht, was sie essen und wo sie schlafen sollten, und verfielen entweder in Lethargie oder wurden extrem aggressiv und attackierten jeden anderen Schimpansen oder Menschen, der sich ihnen näherte.

Sameer hatte sich darauf verlegt, die Tiere einfach von einer geschützten, von außen beschickten Futterstation aus mit Bananen, Kochbananen und verschiedenen einheimischen Früchten zu versorgen. Die meisten Schimpansen gewöhnten sich recht schnell daran, andere allerdings nie, und sie schlichen auf der Suche nach vertrauten Nahrungsquellen ziellos herum. In dieser ersten Phase starben auch etliche Tiere.

Zu Sameers Frustration hatten die Verantwortlichen aus Gründen, die zu nennen sie sich hartnäckig weigerten, einen Teil der Population unbedingt außerhalb seines Zugriffs im Inneren des Labors halten wollen, darunter zwei Dutzend der gesündesten gebärfähigen Weibchen. Nach mehreren Monaten machten die Schimpansen noch immer keinerlei Anstalten, eine in sich geschlossene Population zu bilden. Mit Ausnahme einiger weniger verwandter Tiere, die gemeinsam gekommen waren, schlossen die Schimpansen keine Partnerschaften, zeigten kein Interesse daran, sich zu paaren oder Gruppen zu bilden, und verweigerten sogar die Körperpflegerituale von Zooaffen.

Eine Änderung trat schließlich ein, als Sameer die Nahrungszufuhr kürzte. Gezwungen, um das vorhandene Essen zu kämpfen, entwickelten die Schimpansen einen mörderischen Konkurrenztrieb. Obwohl ein derartiges Verhalten bereits in freier Wildbahn beobachtet worden war, schockierte es Sameer, wie weit die männlichen Schimpansen zu gehen bereit waren, um sich gegenüber ihren Artgenossen durchzusetzen.

Während in der Wildnis ein dominantes Männchen nur einer begrenzten Anzahl von Herausforderern die Stirn bieten musste, um seinen Status zu wahren, machte hier der Mangel an Hierarchie den Konkurrenzkampf brutal. Dreimal hatte Sameer auf internen Überwachungsmonitoren zusehen müssen, wie ein ehrgeiziger Schimpanse durch die massive Attacke eines anderen ums Leben kam. Und zwei weitere verloren ihr Leben in der Nähe der Futterstationen.

Einige Monate darauf begann ein besonders aggressiver Schimpansenmann, den Sameer Rambo getauft hatte, zu dominieren. Andere Tiere wagten sich nicht mehr an die Futterstation heran, ehe Rambo satt war, und bezeigten ihm jene Achtung, die unter Schimpansen gegenüber einem Höhergestellten erwartet wird. Nachdem dieser kritische Schritt einmal vollzogen war, fügten sich die anderen Männchen scheinbar freiwillig in die soziale Leiter ein, und eine Art geordneter Gesellschaft entstand.

Im Lauf von anderthalb Jahren entwickelten die Schimpansen viele der typischen Fusions- und Fissionsmerkmale von bisher beobachteten Schimpansenkolonien in freier Wildbahn. Kleine Schimpansengruppen zogen gemeinsam umher, während immer wieder Splittergruppen entstanden, die sich vom großen Pulk absonderten. Je ausgeprägter die Gesellschaftsordnung wurde, desto mehr Paare begannen sich zu bilden, und wildes sexuelles Treiben griff um sich. Brünstige Weibchen paarten sich täglich aggressiv mit fast jedem Männchen aus der Kolonie, grob in der Reihenfolge von deren Sozialstatus.

Geblieben war Sameers Problem, die Schimpansen zu lehren, sich aus neuen Nahrungsquellen zu ernähren. Zuerst, noch bevor sich die soziale Gliederung herausbildete, hatte er versucht, die Futterstationen näher an fruchttragenden Bäumen zu positionieren. Dies hatte nicht den geringsten Effekt, da die Schimpansen weder den Unterschied bemerkten noch die Bäume erkannten. Ebenso ignorierten sie Ameisen- und Termitenkolonien und machten keinerlei Anstalten, Kleintiere zu jagen.

Als die Nahrung knapper wurde, begannen manche Affen, gelegentlich auf Bäume zu klettern und sich umzusehen, als suchten sie nach vertrautem Gelände oder bekannten Nahrungsmitteln. Schließlich fand Sameer die Lösung. Er besorgte sich eines Nachts eine Leiter, band Früchte aus der Futterstation auf einen fruchttragenden Baum derselben Gattung und baute so eine Art »Obstspur« bis zu den oberen Zweigen.

Er schilderte Jamie, wie sehr er sich gefreut hatte, als er endlich durch seinen Feldstecher Schimpansen in den Bäumen hocken und dort gewachsene Früchte fressen sah. Im nächsten Monat machte er jede Nacht dasselbe mit einem Dutzend verschiedener Obstbäume. Nach fast zwei Jahren Laufzeit des Projekts suchten die Schimpansen selbstständig nach einheimischen Obstbäumen und waren nicht mehr von der Futterstation abhängig. Zu diesem Zeitpunkt war auch seine Anwesenheit für die Tiere zu etwas ganz Normalem geworden, und er wurde weder bedroht noch mit Rückzug bestraft, wenn sie ihn sahen. Zwar hatten die Schimpansen noch immer keine große Lust entwickelt, Insekten oder andere Tiere zu verspeisen, doch hatten sie eine mehr oder weniger stabile Kolonie gebildet und sich an die Lebensbedingungen am Amazonas angepasst.

Zwei weitere Jahre später kam die Katastrophe: Sieben erwachsene Männchen und vier Weibchen starben an einer Krankheit, die durch die Kolonie zog. Eine Zeitlang fürchtete Sameer, die Krankheit werde womöglich die ganze Population dezimieren. Doch nach ein paar Wochen hatte sich die Krankheit gelegt, und die Kolonie war intakt geblieben.

Im selben Jahr bekam eines der Weibchen, das im Inneren des Laborgebäudes gehalten wurde, männlichen Nachwuchs. Man sagte Sameer, dass eine Schimpansin trächtig sei und das Baby in einer natürlichen Umgebung aufwachsen solle. Die Mutter gewöhnte sich langsam an das neue Umfeld, und der Kleine gedieh. Zuerst häufig und dann immer seltener wurde das Junge zur Beobachtung ins Labor geholt, doch immer wieder nach draußen gebracht.

Irgendwann wurde dem Kleinen ein Funkhalsband angelegt, mit dem er stets gefunden werden konnte. Das Junge war bereits dadurch aufgefallen, dass es sich weniger bewegte und unselbstständiger war als die anderen in der Kolonie geborenen Schimpansen, doch es wuchs und gedieh.

Als drei Jahre ins Land gezogen und immer wieder neue Schimpansen in die Kolonie eingeführt worden waren, bis die Population fast hundert Tiere zählte, war Sameers Job wesentlich stressfreier und angenehmer geworden. Da er die Kolonie nun aus der Nähe beobachten konnte, wurde wenig mehr von ihm verlangt, als zu beobachten, zu forschen und ein bisschen Verwaltungskram zu erledigen, was ihm sehr entgegenkam. Er schloss seine Zusammenfassung gegenüber Jamie ab. »Es waren herrliche Jahre, in denen ich keine andere Verantwortung hatte, als den Schimpansen dabei zuzusehen, wie sie zu einer Familie zusammenwuchsen. Aber mit der Zeit wurde es langweilig. Also habe ich den Kindergarten eingerichtet, und damit wurde alles anders.«

»Was für einen Kindergarten?«, fragte Jamie.

»Wir sind gleich da. Ich dachte mir, wir fangen den Rundgang dort an«, erklärte Sameer. »Der Punkt war, dass es mir völlig misslungen ist, den Schimpansen das beizubringen, was Schimpansen in freier Wildbahn tun. Sie wollten weder mit einem Stock nach Termiten angeln noch Werkzeuge zum Knacken verschiedener Früchte verwenden noch Blätter als Trinkgefäße benutzen. Da habe ich mir gedacht, dass ich vielleicht mehr Erfolg hätte, wenn ich einigen der jüngeren Schimpansen in einer Art Kindergarten etwas beibringen würde, damit sie diese Fähigkeiten dann den anderen weitergeben können.«

»Aha.« Sie wartete immer noch darauf, dass er auf den genetisch veränderten Schimpansen zu sprechen kam.

»Ich habe einen Schimpansen ausgewählt, der bereits langsam abgestillt wurde und einen gewissen Zeitraum ohne seine Mutter auskommen konnte, und ihn zu unterrichten begonnen. Ah, da sind wir schon. Jamie, sagen Sie mir ruhig, wenn ich Sie langweile. Meine Arbeit in jüngster Zeit ist für die Fragen, die Sie interessieren, vielleicht gar nicht relevant.«

»Doch, doch. Ich interessiere mich sehr für das Verhalten der Schimpansen und wie Sie ihnen beigebracht haben, sich an die neuen Lebensbedingungen im Regenwald anzupassen. Das ist wirklich sehr erstaunlich. Eine tolle Leistung.« Sameer führte Jamie um die Ecke des Gebäudes in ein abgezäuntes Gehege.

Er öffnete die Tür im Zaun, und sie gingen hinein. Dabei bemerkte Jamie eine Schwingtür in Bodennähe, die ihr allerdings ein wenig zu klein für Menschen schien, und so nahm sie an, dass es der Zugang für die Jungtiere war. Im Gehege befanden sich verschiedene Schaukeln, darunter eine aus einem Autoreifen, eine Rutsche und ein Klettergerüst. Neben der Schaukel lagen unzählige Bilderbücher verstreut, während gegenüber ein kleiner Fernseher stand. Am anderen Ende des Geländes befand sich eine Schiefertafel, und kreuz und quer über den Boden verteilt lagen Trommeln, Rasseln, Eisenbahnzüge, Puppen, Bauklötze, Raumschiffe, Puzzles und andere Spielsachen wie in einem Kinderzimmer.

Jamie prustete vor Lachen los. »Sameer, Sie sind ja ein richtig lieber Papa! Aber ich dachte, Sie wollten ihnen beibringen, nach Termiten zu angeln?« Sie warf ihm einen neckischen Blick zu, als wollte sie mit ihm flirten.

Sameers faszinierter und ernster Miene hingegen war anzusehen, dass er das Ganze überhaupt nicht lustig fand. »Jamie, für das, was in diesem Kindergarten geschehen ist, finde ich keine Erklärung. Ich bin nach wie vor sprachlos. Nakamura hat strenge Einschränkungen verhängt, mit wem ich darüber sprechen darf, nachdem ich ihm davon erzählt habe. Deshalb bin ich ja so froh, dass jetzt noch jemand hier ist, der mir hilft, die Ereignisse zu verstehen. Sie müssen wissen, dass der Unterricht ganz und gar nicht nach Plan verlaufen ist. Mein erstes Projekt war das mit den Termiten. Ich hatte in der Ecke einen Ameisenhaufen und habe versucht, dem Schimpansen beizubringen, einen Stock hineinzustecken und Ameisen herauszuholen.«

Langsam begann Jamie zu begreifen, und sie spürte, dass es jetzt interessant wurde. »Der Schimpanse, den Sie unterrichtet haben – war das der mit dem Halsband?«

»Ja. Woher wissen Sie das?«

»Lassen Sie mich raten. Der Unterricht lief besser als erwartet.«

»Die Sache mit den Termiten hat ganze zehn Minuten gedauert. Ich war baff, nachdem ich zuvor sechs Jahre vergeblich damit zugebracht hatte, die erwachsenen Tiere das Gleiche zu lehren. Natürlich hielt ich mich gleich für ein Genie – als wäre der Lernerfolg allein das Verdienst des Lehrers.«

»Und dann haben Sie weitergemacht?«

»Genau. Innerhalb der ersten Woche konnte der Kleine mit jedem Werkzeug umgehen, das aus wild lebenden Schimpansenkolonien dokumentiert ist – und noch mehr. Ich habe mich schon gefragt, ob ich es mit Washoes schlauem Vetter zu tun habe oder so.«

»Washoe?«

»Die Schimpansin Washoe war der Prototyp dafür, dass man Affen die Gebärdensprache beibringen kann. Entschuldigung, das ist Insiderwissen.«

»Oh. Und was genau haben Sie nun diesem Schimpansen beigebracht?«

»Jamie, dieser Affe lernt schneller, als ich es je für möglich gehalten hätte. Zuerst habe ich es mit ganz kurzen Lerneinheiten über rein praktische Dinge versucht. Selbstverständlich habe ich angenommen, der Schimpanse werde rasch das Interesse verlieren, wenn ich ihn nicht ständig mit Essen und anderen Reizen antreibe. Doch genau das Gegenteil war der Fall. Ich bekam ihn gar nicht mehr aus dem Kindergarten heraus und habe immer mehr und mehr Utensilien dazugeholt. Besonders gern hat er sich Bücher angeschaut. Immer wieder hat er Bücher geholt, sich auf meinen Schoß gesetzt und auf die Bilder gezeigt, bis ich ihm vorgelesen habe. Ganz spontan hat er begonnen, einige der Bilder auf der Tafel nachzumalen. All das wäre ja lediglich ein bisschen ungewöhnlich gewesen, wenn ich nicht weitergegangen wäre.« Sameer sprudelte förmlich über vor Begeisterung.

»Sameer, wollen Sie mir etwa erzählen, dass ein fünfjähriger Schimpanse Symbole erfassen kann?«

»Jamie, der kleine Schimpanse kann lesen. Ich schwöre es. Ich kann es zwar nach wie vor nicht glauben, aber in den letzten zwei Monaten habe ich mich davon überzeugt. Mehrmals habe ich dem Kleinen so vorgelesen, dass er nicht ins Buch schauen konnte, aber er ist an die Tafel gegangen und hat die Wörter für die Begriffe aus dem Buch aufgeschrieben. Seit letztem Monat kann er die Zahlen von eins bis zwanzig nacheinander an die Tafel schreiben, und er hat sich sogar ein paar einfache Rechenoperationen gemerkt. Ich habe langsam Angst, ich verliere den Verstand, wenn ich nie mit jemandem darüber reden kann.«

»Sameer, dieser Schimpanse ist mir schon einmal begegnet.« Jamie erzählte ihm von ihrer Begegnung im Regenwald.

»Erstaunlich! Wahrscheinlich war Nakamura deshalb so erpicht darauf, Sie in das Projekt zu holen.« Rasch ruderte Sameer zurück. »Damit will ich aber nicht gesagt haben, dass Ihr wissenschaftlicher Beitrag nicht wertvoll wäre …«

»Sameer, wer weiß über diesen Schimpansen Bescheid?«

»Meines Wissens nur Nakamura, Sie, Mercer, ein paar meiner Mitarbeiter in groben Zügen und Roger und sein Partner.«

»Roger?«

»Er ist erst seit ein paar Wochen hier. Roger Stiles, ein ziemlich renommierter Neurophysiologe, den Nakamura engagiert hat, damit er den Schimpansen untersucht.«

»Können wir mit ihm sprechen?«

»Ich glaube, er wollte sowieso heute mit uns zu Mittag essen. Soweit ich weiß, hat er ein paar Experimente geplant, mit denen er heute beginnen will. Danach können Sie ihn ja gleich fragen. Ich bin auch noch nicht dazu gekommen, mehr als ein paar Begrüßungsfloskeln mit ihm zu wechseln.«

»Sameer, was hat Ihnen Nakamura über diesen Schimpansen gesagt?«

»Er meinte, er sei das Produkt eines kleinen gentechnischen Eingriffs – nur zwei oder drei kleine genetische Veränderungen. Kaum eine hinreichende Erklärung für ein derart sagenhaftes Verhalten.«

»Irgendetwas an ihm beunruhigt mich. Etwas wahnsinnig Wichtiges, das ich einfach nicht …« Jamie sah einen Moment lang nachdenklich drein, ehe sie das Thema wechselte. »Ich glaube, ich muss das alles erst einmal verarbeiten. Wir haben ja noch ein bisschen Zeit vor dem Mittagessen. Ich würde mir gern einige der Schimpansen im Freien ansehen.«

Sameer lächelte sie an. »Ich versichere Ihnen, Sie werden nicht enttäuscht sein.«

Ein Kleinflugzeug setzte glatt auf der Rollbahn des Flughafens von Manaus auf. Es fuhr langsam zu einem Terminal, und kurz darauf verließen die Passagiere die Maschine.

Im Inneren des Terminals steuerten einige der Passagiere gleich auf wartende Verwandte oder Freunde zu. Andere eilten direkt zur Gepäckausgabe oder zu einem der verschiedenen Schalter. Eine Touristengruppe mit identischen T-Shirts sammelte sich in der Mitte der Halle und plapperte drauflos, was das Zeug hielt.

Ein Mann in kariertem Hemd und Freizeithose trat aus dem Sonnenschein ins Terminal und setzte die Sonnenbrille ab. Er war gut gebaut – etwa eins achtundsiebzig groß, mit einem markanten Kinn und kurzen, dunklen Locken. Auf einen Blick erfasste er seine neue Umgebung, drängte sich durch die Menschenmenge und trat an den Informationsschalter. »Wo finde ich eine Transportmöglichkeit zu einem Forschungscamp etwa hundert Meilen flussaufwärts?«

»Am Rio Negro oder am Amazonas?«, fragte die Dame am Schalter zurück.

»Am Amazonas.«

Sie zog ein abgegriffenes, verblichenes Blatt hervor und kritzelte ein paar Daten auf einen Zettel, ehe sie ihn dem Mann reichte. Er nahm ihn und marschierte ans andere Ende des Terminals, wo zwei Angestellte Gepäck von einem Karren auf den Boden luden. Sowie er einen Kleidersack und einen schwarzen Koffer als sein Eigentum erkannt hatte, nahm er sich die beiden Gepäckteile und hielt den Flughafenmitarbeitern seine Abholscheine hin, doch die beiden wollten sie gar nicht sehen. Er verließ das Terminal, winkte einem Taxi und setzte sich auf den Rücksitz. »Zur Amazonas-Universität, bitte.«

Carlos Escalante ließ sich bequem in die Polster sinken und schloss die Augen, während das Taxi losfuhr.

7

»Jetzt pikst es gleich ein bisschen, Kumpel«, warnte Jeremy Evans, ehe er dem Schimpansen gekonnt eine dünne Injektionsnadel in die linke Hinterbacke stach. Er zog den mit einem langen Affenhandschuh geschützten Arm aus dem Käfig und verriegelte die Käfigtür. »Alles klar, Rog. Er hat jetzt eine Dreihunderterdosis Ketamin intus. In ein paar Minuten können wir ihn intubieren.«

Der Schimpanse stieß einen Schrei aus, während Jeremy an den Narkosewagen trat und die Utensilien herrichtete.

Nach kurzer Pause sah Roger Stiles von seinem Arbeitsplatz auf. »Prima, Jeremy«, sagte er. »Ich kontrolliere die Pulsfrequenz, und der Magnet ist auch schon bereit. Wie war dein Spaziergang?« Stiles' britischer Akzent stand in scharfem Kontrast zu Jeremys lässigem Westküstensound.

Jeremy warf die Arme in die Höhe, um dem Ganzen mehr Nachdruck zu geben. »Ist echt hip hier. Da hast du einen endgeilen Laden aufgetan.« Es amüsierte ihn, dass Stiles nie wusste, wie er reagieren sollte, wenn er in seinen Szene-Slang verfiel. Ja, es freute ihn geradezu diebisch, da Stiles sonst nie um eine Antwort verlegen war. Seit Jeremy sich am Londoner King's College bei Stiles um eine Postdoc-Stelle beworben hatte, hatte er in Stiles die Giftschlange erkannt – zwar eine sehr angenehme, witzige Giftschlange, aber trotzdem eine mit gespaltener Zunge.

Stiles' Labor war aus verschiedenen Gründen attraktiv für Jeremy. Nachdem er bei Kamil Ugurbil in Minnesota seinen Doktor in Neurophysiologie gemacht hatte, wollte Jeremy unbedingt an einen Ort wechseln, wo nicht neun Monate im Jahr Winter herrschte. Aber was noch wichtiger war, Jeremy wollte uneingeschränkt an der Großhirnrinde forschen, und der einzige Forscher, der seines Wissens das gesamte Spektrum von intrazellularen Gehirnelektroden bis hin zu funktioneller Magnetresonanztomografie abdeckte, war Roger Stiles. Obwohl Stiles noch relativ jung war, hatte er bereits eine beeindruckende Menge an wissenschaftlichen Aufsätzen veröffentlicht, ehe er eine Professur am King's College bekommen hatte.

Jeremy kannte sich eigentlich nur in funktioneller Magnetresonanztomografie gut aus, hoffte aber, seine Kenntnisse erweitern zu können. Als Stiles das Angebot von Nakamura erhalten hatte, sich einen genetisch modifizierten Schimpansen in einem Labor in Brasilien anzusehen, nahm er die Gelegenheit sofort wahr. Ein paar Tage später hatte er es Jeremy gegenüber ganz beiläufig erwähnt. »Hey, Jeremy, ich fahre für ein, zwei Monate nach Brasilien, um am Amazonas mit ein paar Molekularfritzen zusammenzuarbeiten. Sie brauchen jemanden, der einige Experimente an einem genetisch modifizierten Schimpansen durchführt. Willst du mitkommen oder hierbleiben und das Initiativreferat fertigschreiben?«

»Wie's beliebt, Meister. Die Bananen hier nerven tierisch.« Eine Woche später saß Jeremy neben Stiles im Flugzeug, und schon fanden sie sich im Regenwald wieder, einer Umgebung, die exotischer war, als sich die beiden nach Jahren in sterilen Laborgebäuden hätten träumen lassen.

Der Schimpanse hatte sich zunächst auf alle viere niedergelassen und lag nun reglos auf der Seite. »Na los, Rog. Intubieren wir den Knaben mal, ehe er noch auf einen Horrortrip kommt«, rief Jeremy.

Stiles und Jeremy hoben den Affen rasch auf den Schiebetisch des Magnetresonanztomografen, legten ihm eine Infusion und ließen die Flüssigkeit eintropfen. Die Neurophysiologie besaß eine Intensität, die Jeremys Kollegen in den molekularen Neurowissenschaften nie begreifen würden. Am lebenden Objekt die elektrische Aktivität im Inneren eines Tiers belauschen zu können war, als empfinge man Strahlen vom Rand des Universums oder könnte Teilchen spalten und nachsehen, was sich in ihnen verbarg. Sie würden die große Frage des Lebens beantworten.

Eine Manschette für den Blutdruck, Elektroden fürs EKG und ein Puls-Oximeter wurden an Arm, Brustkorb und Ohr des Schimpansen angebracht, während auf einem Patientenmonitor an der Wand die Daten aufleuchteten, die Herzfrequenz, Blutdruck und Sauerstoffgehalt maßen. Als Stiles die Spritze mit dem Muskelrelaxans in die Infusion gab, intubierte Jeremy das Tier mit einer Glasfibersonde und verband einen Plastikschlauch aus dem Narkoseapparat mit dem schlaffen Körper des Affen. Der Brustkorb des Tiers hob und senkte sich im Rhythmus mit dem Klicken des Beatmungsgeräts.

Unterdessen legte Stiles eilig ein Dutzend Fiberglaselektroden an Arme, Beine, Hände und Rumpf des Affen an. Jede einzelne wurde mit einem langen Kabel verbunden, das in einen Vorraum führte, wo hinter dem Hauptrechner ein National Instruments Board eingerichtet war. Das Computerterminal zeigte den komplizierten Schaltplan des selbst entwickelten Lab-View-Programms, das das Experiment begleitete, bis Stiles ein paar Tasten drückte und das elegante Benutzer-Interface erschien. Das Ergebnis war beeindruckend. Über fünfzig Drähte und Kabel führten aus dem reglosen Körper des Affen zu einer geschützten Sammelbuchse neben dem Tisch und in verschiedene Steckplätze am Computer.

In diesem Moment ging die Tür zum Hauptraum auf, und zwei ins Gespräch vertiefte Personen traten ein. Sie wurden unsanft unterbrochen, als Jeremy wütend durch den Raum brüllte: »Sofort stehen bleiben! Keinen Schritt weiter!« Er wand sich zwischen mehreren Kabeln hervor und sprintete durch den Raum, bis er vor den verblüfften Gesichtern von Jamie Kendrick und Sameer Gupta stand.

»Entschuldigen Sie bitte vielmals. Wir wollten nicht stören. Wir waren nur auf der Suche nach Dr. Stiles …«, stammelte Sameer.

»Kommen Sie mit nach draußen.« Jeremy führte die beiden hinaus wie ein Türsteher. Draußen angelangt, beruhigte er sich sofort. »Nichts für ungut, Leute. Ich muss nur kontrollieren, ob ihr auch keine Stifte, Haarspangen oder irgendwelche anderen Metallteile dabeihabt, ehe ihr reinkommt. Wir haben noch nicht alle Warnschilder über den Türen angebracht, aber da drinnen steht ein Acht-Tesla-Magnet, und ich will keine Geschosse durch den Raum fliegen sehen.«

Jamie atmete auf, nachdem sie den Grund für die Attacke erfahren hatte. Sie durchsuchte ihre Taschen und warf ein paar Münzen und ihren Schlüsselbund auf den Tisch vor der Tür. Als sie den Raum erneut betraten, kehrte Jeremy ohne ein weiteres Wort an seine Arbeit zurück. Sie sah Sameer an, doch der zuckte nur die Achseln.

»Komme gleich«, rief Stiles ihnen zu. Es dauerte ein paar Minuten, bis er mit dem Schimpansen fertig war und sich die Hände gewaschen hatte. Er ging auf Sameer und Jamie zu und begrüßte sie. »Entschuldigen Sie bitte die Verzögerung. Das Experiment ist anspruchsvoll. Da ist es manchmal schwer, sich loszueisen. Gehen wir doch in den Kontrollraum …« Auf einmal schien er sich an etwas zu erinnern. »O nein. Ich habe komplett vergessen, dass wir heute zum Mittagessen verabredet waren. Bitte verzeihen Sie mir, Sameer. Und Sie sind?«

»Jamie Kendrick.« Sie lächelte und hielt Stiles die Hand hin.

»Ah, Ms. Kendrick. Sehr erfreut. Kenji hat mir erzählt, dass Sie Wunderdinge in der Populationsbiologie anstellen.«

»Ja, genau.«

»Faszinierendes Gebiet. Darüber würde ich mich gerne mal mit Ihnen unterhalten. Eine richtige Mathematikerin ist in meinem Labor immer willkommen. Jeremy, jetzt sei doch kein solcher Rüpel. Komm her und plaudere mit den netten Leuten.«

Jeremy verschwand geduckt im Kontrollraum und sicherte noch ein paar Einstellungen am Beatmungsgerät, wobei er immer wieder auf den Monitor mit den Patientendaten spähte.

»Hallo allerseits, schön, Sie kennenzulernen«, sagte Jeremy, als die Gruppe den Vorraum betrat.

Stiles zeigte auf seinen Partner. »Das ist mein Postdoc

Jeremy Evans. Ein erstklassiger Wissenschaftler, der den Magnetresonanztomografen spielt wie eine Geige. Obwohl er offen gestanden miserabel Geige spielt. Und das ist Sameer Gupta, den du, glaube ich, schon einmal gesehen hast, und Jamie Kendrick.«

»Cool. Wollen Sie sich das Feuerwerk ansehen?«, rief Jeremy.

»Ich würde unheimlich gern zusehen«, antwortete Jamie. »Ist das der transgene Schimpanse? So verdrahtet wie ein Stachelschwein macht er ja einen ganz friedlichen Eindruck.« Sie wies durch das Glasfenster auf den riesigen Magnetresonanztomografen.

Stiles nickte. »Unser üblicher Aufbau für die erste Untersuchung. Heute wollen wir nur ein paar topografische Daten erheben, nichts Besonderes. Ziel ist es, die Teile des Gehirns ausfindig zu machen, in denen Sehen, Hören, Tasten und so weiter verarbeitet werden.«

»Wie funktioniert das?«, erkundigte sich Sameer.

»Es läuft folgendermaßen ab: Über diese Brille präsentieren wir sorgfältig austarierte visuelle Stimuli und messen dann genau, welches Gehirnareal benutzt wird, um den Sehreiz zu verarbeiten. Dann machen wir mithilfe von Kopfhörern und elektrischen Stimulatoren das Gleiche in Bezug auf Gehör und Tastsinn. Durch den Einsatz eines so starken Magneten erhalten wir eine räumliche Auflösung von einem Zehntel Millimeter.«

»Ist das gut? Ich hab nämlich keine Ahnung«, gestand Jamie. Stiles war ihr sympathisch. Das war wichtig. Sie brauchte Verbündete, wenn sie sich hier durchsetzen wollte.

»Es ist geradezu spektakulär. Die besten medizinischen Bilder, die es zurzeit gibt, verwenden inzwischen eine zehnmal so hohe Auflösung. Mit unserer Technik können wir alles auch zehnmal schneller sehen, und zwar mit dem so genannten ›Initial Dip Imaging‹, das unverzichtbar ist, wenn man schnell eine Abbildung haben will. Wir haben sogar eine Methode entwickelt, mit der wir das Signal in unseren Bildern noch über den normalen BOLD-Kontrast hinaus vergrößern können, nämlich durch die Zugabe magnetischer Nanopartikel.«

»Ich verstehe nur noch Bahnhof«, seufzte Sameer.

Stiles sah Jamie und Sameer schuldbewusst an. »Oh, tut mir leid. BOLD steht für ›blood oxygen level dependent‹. Es handelt sich also um einen Kontrast, der vom Sauerstoffgehalt des Bluts abhängt. Wirklich eine erstaunliche Entdeckung. Es hat sich herausgestellt, dass das MRI-Signal eine automatische Empfindlichkeit für den Sauerstoffgehalt im Blut besitzt. Wenn sich das Gehirn von etwas angeregt fühlt, verbrauchen die Gehirnzellen sofort eine Menge Sauerstoff aus den umliegenden Gefäßen. Der veränderte Sauerstoffgehalt des Bluts reicht aus, um einen Unterschied im MRI-Signal zu erkennen. Diese Tatsache hat MRI von reiner Fotografie zu einer Technik gemacht, mit der man an jedem kleinen Fleck im Gehirn Aktivität nachweisen kann.«

»Sie sehen also nicht nur das Gehirn, sondern auch, was es macht?«, hakte Sameer nach.

»Nicht direkt, aber man kann sehen, wie intensiv das Gehirn das tut, was es tut. Der Haken ist, dass das Sauerstoffsignal minimal ist und vom Geräusch im Signal übertönt wird. Deshalb verwenden wir so große Magnete und spritzen Kontrastmittel, die das kleine Signal so vergrößern, dass wir es zuverlässiger aufspüren können. Wir haben schon ein paar Schimpansen untersucht und besitzen gute Kontrolldaten. Das hier ist jetzt unsere Jungfernfahrt auf dem neuen Scanner.«

»Hey! Und was war das gestern?« Jeremy, der gerade den Kontrollraum betrat, gab sich künstlich beleidigt.

»Ach so, klar. Gestern hatten wir Jeremy auf dem Tisch – leider nicht in Vollnarkose. Manchmal besteht die halbe Arbeit darin, den Patienten zum Schweigen zu bringen. Alles hat wunderbar funktioniert, bis er angefangen hat, sich schmutzige Gedanken zu machen, und sein Gehirn den ganzen Apparat vernebelt hat.«

»Sehr witzig«, maulte Jeremy. Er schnappte sich einen Filzstift vom Schreibtisch und marschierte wieder in den Raum mit dem Magneten.

»Ganz schön beeindruckend.« Jamie lehnte sich gegen den Tisch mit den Computern und studierte das Interface, das Stiles benutzt hatte.

»Tut mir wirklich leid, dass ich das Mittagessen versäumt habe. Übrigens, ich nehme an, Jamie hat es irgendwie geschafft, Kennys drakonische Sicherheitsüberprüfung in Bezug auf das alles hier zu überstehen?«

»Ach, Sie meinen Nakamura. Ja.« Sameer wischte Stiles' Bedenken beiseite. »Ich bin schon sehr gespannt darauf zu erfahren, was es mit diesem Schimpansen wirklich auf sich hat. Jamie und ich hatten vorhin eine hochinteressante Diskussion. Offenbar hat sie auch schon einige der unglaublichen Fähigkeiten unseres flauschigen Freundes kennengelernt.«

»Lassen Sie sich von Sameer nicht anstecken«, sagte Stiles zu Jamie. »Er lässt sich allzu schnell begeistern. Ich sage immer, Schimpanse bleibt Schimpanse, egal wie er seine Banane schält. Schlaue kleine Kerlchen, sicher, und der hier lernt wohl besonders schnell. Es gibt wirklich unterschätzte Schimpansen. Ihre Gehirne ähneln den unseren ganz enorm. Ein bisschen mehr parietaler Kortex und ein bisschen mehr Masse im Oberstübchen, und dieser Schimpanse würde mir hier auf dem Tisch seinen eigenen Reisebericht präsentieren. Wie heißt der Affe eigentlich, Sameer?«

»Ich habe ihm noch gar keinen Namen gegeben. Vielleicht wäre ja Roger ganz hübsch.«

»Nur nichts überstürzen.« Stiles warf ihm ein schiefes Lächeln zu, ehe er Befehle in die Tastatur einzugeben begann. Zwischendurch sah er zu dem Schimpansen hinüber. »Für mein Gefühl sieht er eher Kenji ähnlich. Na, wer ist denn dein Papa, hm?«

Jeremy kam herüber und machte die Lichter aus. Nun lag der Raum im Dunkel, und nur die drei Computerterminals leuchteten noch matt vor sich hin.

Sameer rieb sich die Augen. »Funktioniert es nicht bei Licht?«

Stiles zuckte die Achseln. »Wir sind Neurophysiologen. Wir arbeiten immer im Finstern.« Seine Antwort legte nahe, dass weitere Erklärungen überflüssig waren.

Doch Sameer wollte noch mehr wissen. »Was ist das für ein lautes Klopfen?«

»Ach, das sind die Gradientenspulen, die sich im Magneten drehen. Die sind nervtötend. Seien Sie froh, dass Sie draußen sind.« Stiles drückte ein paar Knöpfe am Touchscreen-Monitor. »Ich habe einen ersten T1-Scan programmiert, damit wir uns die Anatomie ansehen können, ehe wir zu den funktionalen Abbildungen übergehen. Bald müssten wir etwas sehen.« Stiles warf einen Blick auf den Schimpansen. »Also los, kleiner Affe, steck dem netten Mann zuliebe deinen Kopf in die große Krachmaschine.«

Noch während Stiles sprach, erschien plötzlich ein in Graustufen gehaltenes Bild vom Querschnitt durch das Gehirn des Affen auf dem Bildschirm. Stiles zwinkerte ein paarmal und musterte das Bild sehr lange, bis er schließlich in das Mikrofon sprach, das mit dem Magnetraum verbunden war. »Jeremy, irgendwo ist da ein Bewegungsartefakt. Kannst du das Muskelrelaxans überprüfen?«

»Infusion läuft einwandfrei, kein Muskeltonus und kein Artefakt in der CO_2-Aufzeichnung. Er ist absolut bewegungsunfähig, Rog.«

»Es muss ein Artefakt sein. Könnte es sich um Bewegungen der Atmungs- oder Herzfrequenz handeln?«, fragte Stiles.

»Nö. Die Bewegungssensoren geben keinen Mucks von sich. Was siehst du denn, was ich nicht sehe?«, wollte Jeremy wissen.

»Dann wiederholen wir eben die T1-Sagittalaufnahme«, fauchte Stiles. Jeremy marschierte auf die andere Seite, wo die Schalttafeln für die Patientenmonitore standen. Er drückte ein paar Tasten auf einer Touchscreen-Tastatur, und das Klopfen ertönte erneut. Kurz darauf wurde das Bild von einem zweiten, jedoch fast identischen Bild auf dem Monitor abgelöst.

»Jeremy, soll das ein Witz sein? Gibst du mir hier spaßeshalber die Datei von gestern ein?«

»He, verbindlichsten Dank, Rog. Ich mag ja stark und mutig sein wie ein Tier, aber ich hätte doch erwartet, dass du den Unterschied erkennst.«

Stiles schien ihn gar nicht zu hören. »Komm mal rüber,

Jeremy, und sag mir, was du siehst.« Auf Stiles' Stirn bildeten sich Schweißtropfen.

Jeremy kam herein, trat neben Stiles und schaute ihm zusammen mit Jamie und Sameer über die Schulter. Nach einem ersten Blick wurde er stocksteif und starrte fasziniert auf den Bildschirm. Seine Miene veränderte sich völlig. »Heiliger Bimbam, du hast recht. Die Bilder sind echt, Rog.« Rasch trat Jeremy ans andere Terminal und begann, Befehle einzutippen.

»Ich will Bilder von erstklassiger Qualität«, ordnete Stiles an. »Was kannst du aus einem Acht-Tesla-Magneten herausholen? Mach mir eine volumetrische Erfassung mit Viertelmillimeter-Schnitten auf allen drei Ebenen bis hinunter auf C3. Versuch es mit einer kürzeren Echozeit und erhöhe die Anzahl von Stimuli. Und mach ein paar Oberflächenrekonstruktionen des Kortex.«

»Bin schon dabei. Es dauert aber ein paar Minuten, Rog.«

Jamie konnte ihre Neugier nicht länger bezwingen. »Was ist denn los, Roger? Was ist so dringend? Der Schimpanse läuft Ihnen doch nicht davon.«

»Sehen Sie sich dieses Bild an, und sagen Sie mir, was Sie sehen«, forderte Stiles sie auf.

»Ich weiß nicht – einen Querschnitt durch das Gehirn von oben nach unten.«

»Sehen Sie sich mal die Faltungen hier im Gehirn an. Der Teil des Gehirns, der für die meisten höheren Funktionen zuständig ist, nennt sich Kortex oder Großhirnrinde und liegt wie eine etwa zwei Millimeter dicke Haut über der Oberfläche des Gehirns. Das meiste, was sich im Inneren des Gehirns befindet, ist eigentlich nur eine Verkabelung zwischen einzelnen Punkten an der Oberfläche.

Alles wirklich Wichtige befindet sich an der Außenseite. Die Evolution hat es uns mithilfe der Faltung erlaubt, eine sehr große Oberfläche in unsere Gehirne zu packen – so ähnlich, wie wenn Sie ein Blatt Papier falten, damit es kleiner wird.«

»Und was ist nun so ungewöhnlich daran?«, fragte Sameer.

»Die Art, wie ein Gehirn gefaltet ist, ist bei jeder Art spezifisch. Mit nur geringfügigen Abweichungen hat jeder Mensch Faltungen an den gleichen Stellen. Die Falten im Gehirn haben sogar spezielle Namen. Dasselbe gilt für Tiere. Es gibt Unterschiede zwischen einem Makaken, einem Schimpansen und einem Gorilla, aber zwei Schimpansengehirne müssten sich zumindest auf den ersten Blick gleichen wie ein Ei dem anderen.«

»Wollen Sie damit sagen, dass die Falten an den falschen Stellen sitzen?«, hakte Sameer nach.

»Ich sage Ihnen, die Falten sind so unterschiedlich, dass nicht die leiseste Ähnlichkeit mit einem Schimpansengehirn besteht.«

»Hat es mehr Falten, als es haben müsste?«, wollte Jamie wissen.

»Etwa viermal so viele, und das ist noch nicht alles.« Stiles wies auf das Bild. »Der Abstand von hier nach da sollte nur etwa halb so groß sein, wie er ist. Der gesamte Schädel des Tiers hat sich angepasst, um ein größeres Gehirn unterzubringen. Großhirnrinde und Kleinhirn, hier und hier, sind extrem erweitert. Das Gehirn ist so eng gefaltet, dass es aussieht wie eine Riesenwalnuss. So etwas habe ich noch nie gesehen.«

»Jetzt, wo Sie es sagen«, hakte Sameer ein, »kann ich bestätigen, dass dieser Schimpanse im Vergleich mit den anderen Jungaffen wirklich einen seltsam geformten Kopf hat. Was Sie hier sehen, heißt also, dass dieses Gehirn einem menschlichen mehr ähnelt als dem eines Schimpansen?«

»Aber nein. Er hat vielleicht sogar mehr Großhirnrinde als ein Mensch. Der Rest des Gehirns ist etwa so groß wie der eines Kindes von ähnlicher Statur. Aber die Topografie ist einzigartig. Ich habe keine Ahnung, wie es dazu gekommen ist.«

Jeremy hackte hektisch auf die Tastatur ein. »Rog, das hier interessiert dich bestimmt. Ich schicke jetzt die Rekonstruktionen rüber. Mein Gehirn habe ich in Rot darübergelegt.«

Die anderen drei betrachteten den Monitor, während sich nach und nach ein Gitterbild aufbaute, das die dreidimensionale Konfiguration der Großhirnrinde zeigte. Die grüne Netzstruktur war etwas größer und wies mehr Faltungen auf als eine rote Netzstruktur, die darüberprojiziert war.

Stiles sprach als Erster. »Jeremy, ich hätte nie zu hoffen gewagt, eines Tages beweisen zu können, dass du das Gehirn eines Affen hast.«

Jamie schloss die Augen. Es ging alles so schnell. Sie konnte kaum glauben, dass sie noch vor wenigen Tagen nichts von diesem Schimpansen, dem Labor und der Entdeckung, die bereits jetzt ihr Leben verändert hatte, gewusst hatte.

»Sag, was du willst, Rog, aber dieses Bild kommt auf die Titelseite von *Nature*«, erklärte Jeremy.

»Nein«, widersprach Jamie. Das Herz schlug ihr bis zum Hals, während sie blitzschnell die Zusammenhänge herstellte. Das Bild, das sich ergab, war in seinen Konsequenzen so atemberaubend, so überwältigend, dass sie es kaum glauben konnte. »Sie begreifen es nicht. Hier geht es nicht um einen Aufsatz für *Nature.*«

»Na gut, dann eben in *Science.* Mir doch egal«, konterte Jeremy.

»Was wollen Sie damit sagen?«, fragte Stiles, indem er Jeremys Kommentar ignorierte.

Jamie holte tief Atem. »Hier geht es nicht um die üblichen Themen. Hier geht es um die fundamentalste Frage, die die moderne Wissenschaft je beantwortet hat. Es geht um Gott.«

»Nicht gleich ausflippen, Jamie. Wir sind alle fasziniert, aber …«

»Es geht um die menschliche Seele, den Geist, die Essenz, wie auch immer Sie es nennen wollen.«

»Immer mit der Ruhe, Jamie. Sie werden ja ganz philosophisch«, meinte Stiles.

»Nein. Die Philosophie ist am Ende. Mit dem heutigen Tag ist die letzte große Debatte der Philosophie ins Reich der Naturwissenschaft eingetreten.«

»Wie das?«

»Was trennt diesen Schimpansen von Ihnen und mir?«

»Zum Beispiel sein Körpergeruch.«

»Also, ich habe jedenfalls eine Theorie. Was, wenn die Beobachtungen, die wir über diesen Schimpansen anstellen, alle korrekt sind? Sameer sagt, er beherrscht Sprache und Problemlösungen. Ich habe ihn ein Kunstwerk anfertigen und über seine Identität reflektieren sehen. Sie sagen mir, er habe das Potenzial, so komplex zu denken wie ein Mensch. Was, wenn ich Ihnen beweisen kann, dass er kreativ oder eifersüchtig sein und mit Symbolen umgehen kann? Was, wenn ich ihm beibringen kann, zu dichten oder zu komponieren? Seine Frau zu betrügen? Was, wenn ich ihn lehre zu beten?«

Jamie hielt inne, während die anderen ihre Worte verarbeiteten. »Die Frage ist nur: Zu wem betet er? Ist Nakamura sein Gott? Schließlich hat er ihn erschaffen. Wenn dieser Schimpanse wirklich all das ist, was wir in ihm vermuten, kann man von ihm ebenso wenig behaupten, er hätte keine Seele, wie von einem von uns. Und wenn man eine unsterbliche Seele erschaffen kann, indem man ein paar Gene manipuliert, dann behaupte ich, dass es keine unsterbliche Seele gibt. Wenn der Schimpanse uneingeschränkt empfindungsfähig ist, dann ist Gott tot, und wir können es beweisen.«

Sameer runzelte die Stirn. »Wow, Jamie. Das ist ja krass.«

Stiles schüttelte den Kopf. »Das kaufen uns die Leute nicht ab. Er ist und bleibt immer noch ein Tier, ganz egal, wie intelligent er ist. Er ist kein Mensch.«

»Warum denn nicht? Genau darum geht es doch«, entgegnete Jamie. »Neunzig Prozent der Menschen auf diesem Planeten glauben an eine Art Geist oder Seele. Sie glauben, es steckt in jedem von uns etwas, das mehr ist als elektrische Impulse in einer Proteinsuppe. Sie glauben an etwas, das nach unserem Tod weiterlebt. Etwas, das uns von Tieren unterscheidet, das einen freien Willen, Gefühle, Kreativität und ein Gedächtnis hat. Und was ist mit ihm?«

Niemand sagte ein Wort.

»Schon früher haben Wissenschaftler behauptet, die Vorstellung einer Seele sei nichts als Schall und Rauch. Die Leute werden das Gleiche über diese Entdeckung sagen – es sei denn, wir sind bereit, dieses Projekt so umfassend, so erschöpfend und so überzeugend zu machen, dass dieser Schimpanse in Fleisch und Blut vor seinen Kritikern bestehen kann und niemand ein Argument dafür findet, warum ich eine Seele habe und er nicht.« Sie betrachtete den reglosen Schimpansen durch die Glasscheibe. »Also, wer ist bereit für den größten Durchbruch in der Geschichte der Neurowissenschaften?«

8

Jamie saß David Mercer an einem Schreibtisch aus Eichenholz gegenüber, dessen Tischplatte abgesehen von dem frisch unterzeichneten Vertrag und einem schicken Füllhalter leer war. Der dicke Teppich roch neu, und durch die Jalousien konnte Jamie ein Stückchen Regenwald sehen, doch der Kontrast zwischen dem Dschungel und dem modernen Büroraum war ihr unangenehm. Das Büro wirkte in der unberührten Waldlandschaft wie ein Fremdkörper.

»Damit wäre dann alles erledigt, Jamie. Willkommen an Bord.«

»Danke, dass Sie sich die Zeit genommen haben. Ich hatte eigentlich erwartet, dass es länger dauert.«

»Es wäre mir nur lieber gewesen, wenn ich vorher von Ihrem Kommen gewusst hätte. Nakamura hält nicht gerade engen Kontakt mit der Verwaltungsabteilung des Labors.«

»Das wundert mich nicht.«

»Dr. Stiles haben Sie ja schon kennengelernt, soweit ich weiß.«

»Ja. Wir waren gerade in der MRI-Abteilung.«

»Es würde mich interessieren, weshalb Nakamura seit Neuestem so viele Ressourcen in das Schimpansenprojekt steckt. Finanziell betrachtet erwarten wir eigentlich eher, dass unsere Dopaminforschung noch zu unseren

Lebzeiten Gewinne abwirft.« Er bedachte Jamie mit einem unechten Lächeln. »Es würde mich offen gestanden interessieren, warum diese Schimpansengeschichte in Ihren Augen so wichtig ist. Irgendwie werde ich das Gefühl nicht los, dass mir weder Kenji noch die anderen beiden Wissenschaftler, die an dem Projekt arbeiten, reinen Wein eingeschenkt haben.«

»Was wissen Sie denn darüber?«

»Also, angeblich züchten sie Schimpansen. Und es gibt ein transgenes Tier mit einigen ausgefallenen Verhaltensweisen.« Er hielt inne. »Hören Sie, Jamie. Ich glaube, ich darf Ihnen vertrauen. Ich bin ein Vertreter der Firma Soliton, und es ist meine Aufgabe, diesen Betrieb profitabel zu machen. Tyler Drake aus der Firmenzentrale macht mir mittlerweile ganz schön die Hölle heiß. Ich will einfach nur wissen, ob an diesem Schimpansenprojekt irgendetwas dran ist, das unserem Börsenwert auf die Sprünge hilft. Es ist bestimmt eine ganz tolle Sache, aber wenn es keine Firma gibt, die die Forschungsarbeiten übernimmt …« Er kicherte in sich hinein.

Jamie musterte ihn genau. Warum fragte er ausgerechnet sie? Sie vertraute ihm nicht, und sie würde diesem Bürohengst auf keinen Fall irgendeinen Vorwand dafür liefern, das wichtigste Projekt ihres Lebens zu stoppen. Also rückte sie die Schultern gerade und antwortete: »Es könnte eine der profitabelsten Entdeckungen der modernen Naturwissenschaften werden.« Was sollte sie ihm schon sagen? »Es würde mich nicht wundern, wenn sich daraus Medikamente entwickeln würden, die Demenz bekämpfen. Oder vielleicht ein Heilmittel für Alzheimer.« Sie kreuzte hinter dem Rücken die Finger.

Er lächelte breit. »Danke, Jamie. Wir werden uns bestimmt noch öfter unterhalten. Aber es gibt noch eine Sache, die ich gern mit Ihnen besprechen wollte, etwas, das ein bisschen heikler ist.«

»Ja?«

»Es ist wegen Nakamura. Irgendwie habe ich das Gefühl, es gibt Reibungspunkte zwischen Ihnen und ... na ja, vielleicht ist der Einstieg nicht ganz glatt gelaufen.«

»Den Eindruck hatte ich nicht. Schließlich war es ja Kenji, der mich angeworben hat. Oder gibt es irgendetwas, was ich nicht weiß?«

»Nun ja, Sie sind nicht die Einzige, die nicht so richtig an Dr. Nakamura herankommt. Ich bin eigentlich nie mit ihm warm geworden, und ...« Offenbar suchte er nach den passenden Worten. »Manche Leute finden, er maßt sich mehr Autorität an, als ihm zusteht. Jedenfalls ich das Sagen über die finanzielle Seite, und ich dachte, wir könnten uns vielleicht gegenseitig unterstützen.«

»Wie das?«

»Nun ja – Sie sind neu hier, und ich dachte mir eben, wir könnten ein bisschen aufeinander aufpassen.«

»Ich dachte, Sie hätten das Sagen.«

»Ich meinte auf Nakamura aufpassen. Zum Beispiel würde ich gern mehr über das Schimpansenprojekt wissen. Ich habe einfach das Gefühl, nur bruchstückhaft informiert zu sein. Wenn Sie nähere Informationen hätten, wäre mir das eine große Hilfe. Es wäre zum Besten der Firma und überhaupt.«

»Ich soll also Nakamura ausspionieren?«

»Nein, nein. Darum geht es ganz und gar nicht. Ich wäre nur froh, wenn jemand mit besseren Kommunikationsfähigkeiten an dem Projekt beteiligt wäre und mich über die weiteren Fortschritte auf dem Laufenden hielte.«

»Das könnte ich wohl tun.«

»Gut. Gut. Ich hoffe, ich kann Ihnen auch irgendwie behilflich sein. Zögern Sie nicht, zu mir zu kommen, wenn Sie irgendwelche Schwierigkeiten haben – nicht, dass ich mit Schwierigkeiten rechnen würde.« Gegen Ende zu sprach er immer langsamer und bedächtiger.

Zum Abschied schüttelte er ihr energisch die Hand.

»Bitte kommen Sie herein, Dr. Kendrick«, sagte Nakamura mit einer leichten Verbeugung.

Jamie betrat sein Büro, nahm Platz und musste daran denken, wie sehr sich ihr Äußeres vom ersten Mal unterscheiden musste, als sie durchnässt und ramponiert in diesen Raum gekommen war. Auf jeden Fall fühlte sie sich ganz anders. Ihr argwöhnisches, forderndes und aggressives Auftreten war nun von Bescheidenheit und dem Streben danach abgelöst worden, sich eine Position in diesem Labor zu verdienen.

»Wie hat Ihnen der Rundgang gefallen?«

»Es war erstaunlich. Sameer wusste ein paar tolle Geschichten. Offenbar war das Schimpansenprojekt bis jetzt äußerst erfolgreich.« Jamie gab sich reserviert und ebenso förmlich wie Nakamura.

»Ja, allerdings. Umso mehr Grund für uns, die Auswirkungen, die unser Projekt haben könnte, genauestens zu analysieren, ehe wir es weiterverfolgen. Haben Sie sich schon ein paar erste Gedanken gemacht?«

»Haben Sie ein bisschen Zeit? Also, es hat mich ziemlich erstaunt, wie schnell sich die Schimpansen an einheimische Früchte gewöhnt haben, aber ich glaube, der Anpassungsprozess ist noch nicht beendet. Wenn ich Sameer richtig verstanden habe, müssen die Affen erst noch lernen, zu jagen und Fleisch zu fressen, außerdem essen sie keine Insekten und waren erst einem winzigen Bruchteil der Krankheitskeime, Parasiten und Raubtiere eines völlig anderen Erdteils ausgesetzt. Es wird noch eine ganze Weile dauern, bis ich sie als stabile Population bezeichnen würde.«

»Aha.« Nakamura sah nachdenklich drein, machte aber keinen Versuch, sie durch Nachfragen in eine bestimmte Richtung zu lenken.

»Abgesehen von den Gefahren für die Schimpansen selbst, sehe ich auf den ersten Blick einige Auswirkungen auf die Umwelt. Die Hälfte aller Arten auf der Welt lebt im Regenwald. Im Amazonasbecken gibt es auf einem Gebiet von der Größe des Firmengeländes schätzungsweise über dreihundert Arten großer Bäume. Zudem sind die Bäume hier sporadisch verteilt und stehen voneinander isoliert an einzelnen Stellen im ganzen Regenwald. Die meisten dieser Bäume überleben durch Koevolution mit anderen Arten. Für den größten Teil der Obstbäume, von denen sich Ihre Affen ernähren, bedeutet das eine Abhängigkeit von Bestäubern wie Bienen, Schmetterlingen und vor allem Flughunden. Wahrscheinlich gibt es allein im Amazonasgebiet über hundert Arten von Flughunden und Tausende von Vogel- und Mottenarten, von denen sich viele speziell entwickelt haben, um sich von einem bestimmten Baum zu ernähren und ihn zu bestäuben.«

Jamie sah, wie Nakamura langsam das Interesse verlor, und beschloss, ein Beispiel zu geben. »So verströmt etwa die Euglossine-Orchidee einen Duft, der spezielle Bienen anzieht. Diese Bienen haben Bürsten an den Beinen, mit denen sie die Pollen der Blüte sammeln, die sie jedoch nicht als Futter nutzen, sondern als grundlegenden Teil des Paarungsrituals brauchen. Es ist alles eng miteinander verknüpft.«

»Und was hat das mit den Schimpansen zu tun?«

»Betrachten Sie es mal so: Wenn die Affen beginnen, sämtliche Früchte einer bestimmten Baumart zu fressen, sobald sie reif sind, verliert der Baum eventuell die Fähigkeit, den Flughund anzuziehen, der seine Samen über ein weiteres Gebiet verteilt. Dadurch kann sich der Baum womöglich nicht mehr auf geeignetem Boden vermehren, was binnen einer Generation zum Aussterben dieser Art sowie der Insekten, Vögel, Flughunde und Motten führen könnte, die von ihm leben. Es ist absolut denkbar, dass eine Veränderung dessen, welches Tier die Früchte frisst, über Leben und Tod vieler Baumarten entscheiden könnte. Oft tritt auch eine Art Kettenreaktion ein, wenn Lebensräume gestört werden. Die Auswirkungen auf andere Affenpopulationen könnten außerdem bedenklich sein.«

Nakamura zwinkerte ihr zu. »Das waren aber nicht die Konsequenzen, über die wir gesprochen haben.«

Jamie lehnte sich zurück. »Der Punkt ist, dass es sich um ein unendlich kompliziertes Geflecht handelt, das infolge einer Störung entweder mit massiver Entwaldung reagieren oder auch unverändert bleiben könnte. Es ist völlig unvorhersehbar, und genau solche Probleme bearbeite ich gern. Es wurde schon lang vermutet, dass enorm komplizierte Systeme wie Regenwälder keine wilden, vom Zufall beherrschten Schmelztiegel unkontrollierten Wachstums sind. Wahrscheinlich sind sie von einer inneren Ordnung geprägt. Die Tatsache, dass Regenwälder in Afrika, Südamerika und Südostasien sich so ähneln, setzt praktisch voraus, dass es Kräfte gibt, die die Natur dort formen und die sich vermutlich auf so simple Gegebenheiten wie Regenmenge, Temperatur und Höhenlage zurückführen lassen. Wahrscheinlich lässt sich sogar beweisen, dass Ihre Schimpansen dem Regenwald nicht im Geringsten schaden werden.«

Nakamura sah sie durchdringend an. »Sie glauben also, dass Regenwälder gar nicht so empfindlich sind?«

Jamie erwiderte seinen Blick. »Sie sind enorm empfindlich – in Bezug auf Holzfäller und Bulldozer, die Flächen für Weidevieh roden. Aber was die Artenfluktuation angeht, so vermute ich, dass sie enorm stabile Ökosysteme darstellen, die nicht die geringste Gefahr laufen zu verschwinden. Ihre Schimpansen fallen unter die zweite Kategorie, und ich glaube, ich kann es beweisen, wenn ich genug Zeit und Computerpower bekomme.«

Nakamura lächelte skeptisch. »Und wenn Sie sich irren?«

»Dann verspreche ich Ihnen, dass ich jeden, der etwas anderes behauptet, unter Bergen von Daten begrabe.«

»Wunderbar. Sie erweisen sich ja jetzt schon als nützlich.«

»Ich will mehr über diesen Schimpansen wissen. Dr. Stiles hat heute ein paar Experimente durchgeführt, und das hat mich neugierig darauf gemacht, was für Veränderungen Sie an ihm …«

»Sie waren dabei?«, fiel er ihr ins Wort.

»Gerade eben erst.«

»Mit wem haben Sie über den Schimpansen gesprochen?«, herrschte Nakamura sie an und fuhr auf seinem Stuhl in die Höhe.

»Keine Sorge, nur mit Sameer, Dr. Stiles und seinem Postdoc.« Jamie fand es unnötig, Mercer zu erwähnen.

»Was hat Dr. Stiles gesehen?«, fragte Nakamura mit zunehmend verbissener Miene.

»Sein Gehirn ist erstaunlich. Es ist viermal so groß wie das eines normalen Schimpansen und hat Faltungen in der Großhirnrinde, die ganz anders aussehen als bei anderen Primaten und eher mit menschlichen Gehirnen vergleichbar sind.«

Nakamura war auf einmal wie ausgewechselt, ja regelrecht euphorisch. »Das sind ja gute Neuigkeiten.«

»Können Sie mir nicht ein bisschen mehr Informationen geben? Ich habe etliche Theorien über den Schimpansen und würde gern ein wenig mehr beitragen.«

Nach längerer Pause sprach Nakamura weiter, wieder so beherrscht, wie Jamie ihn kannte. »Na gut. Dann organisiere ich eine Besprechung mit allen, die an dem Projekt beteiligt sind, und lasse den bisherigen Kenntnisstand erörtern. Ich beraume für Donnerstag ein Briefing an, bei dem alles geklärt werden kann. Bis dahin muss ich aber darauf bestehen, dass Sie mit niemandem außer den Doktores Gupta, Stiles und Evans über den Schimpansen sprechen.« Nakamuras abschließender Tonfall besagte, dass das Gespräch beendet war.

Jamie nickte nur.

Auf der Stelle wechselte Nakamura das Thema. »Unser Personalchef möchte Sie noch sprechen, um angemessene Büroräume, Hilfskräfte und Gelder für Ihre Arbeit bereitzustellen. Wenn Sie mehr Computer brauchen, können Sie sich jederzeit an unseren IT-Leiter Mr. Fowles wenden. Willkommen bei BrainStem Therapeutics, Dr. Kendrick.«

»Eine Frage noch. Darf ich Sie Kenji nennen?«

»Wenn Sie unbedingt wollen.«

Hiroko Tate saß auf dem Untersuchungsstuhl, das sterile Tuch noch über den Beinen. Sie hatte die Füße auf dem Boden stehen und die Hände im Schoß. Rechts und links stachen die mit bunten Topfhandschuhen gepolsterten Beinstützen in die Luft.

Kate Batori beendete das Gespräch mit ihrer Assistentin und wandte sich wieder Hiroko zu. »Es hat alles wunderbar geklappt. Wir konnten so viele Eier herausnehmen, dass sie bestimmt ausreichen werden, um mehrere Embryos zu erzeugen. Am besten ziehen Sie sich wieder an, dann können wir alles Weitere besprechen.« Ihr warmherziges Lächeln wirkte beruhigend auf Hiroko und deren Mann Richard.

Zumindest Hiroko schien entspannt zu sein. Richard sah immer noch ein wenig mitgenommen drein, nachdem er eine Stunde zuvor eine Spermaprobe hatte abgeben müssen. Vielleicht beneidete er seine Frau um die passive, saubere Rolle, die sie bei dem Verfahren gespielt hatte, während ihm die Erfüllung seiner Aufgabe dabei nicht ganz so leicht gefallen war.

Richard räusperte sich. »Dr. Batori. Meine Frau und ich sind zu dem Schluss gekommen, dass wir auf jeden Fall die genetische Untersuchung machen lassen wollen, wenn die Embryos reif dafür sind ...« Er hielt einen Moment inne. »Und auch die Gentherapie, falls irgendetwas gefunden wird.«

»So hatte ich Sie auch verstanden, Mr. Tate. Das werden wir tun.«

»Müssen wir dafür noch irgendwelche Papiere unterschreiben?«

»Nein. Ich kümmere mich darum, die geeigneten Tests anzufordern. Die Ergebnisse müssten wir in ein paar Wochen vorliegen haben, wenn die Embryos so weit sind, dass sie eingepflanzt werden können. Haben Sie sonst noch Fragen?«

Richard griff nach der Hand seiner Frau und drückte sie. Sie sah glücklich aus und schenkte ihm ein Lächeln.

Kurz darauf saß Kate Batori wieder allein in ihrem Sprechzimmer. Sie zog den Flachbildschirm von der offenen Tür weg und las mit wachsendem Interesse eine E-Mail. Nachdem sie kurz überlegt hatte, begann sie zu tippen.

An: Kenji Nakamura <Nakamura@BrainStem.com>
Von: Kathryn Batori <Batori@NewConcept.com>
Betreff: Phase II
Nachricht:
Kenji,
habe Ihren Bericht mit großem Interesse gelesen. Bin einverstanden mit Übergang zu Phase II. Habe das passende Paar gefunden und kann sofort anfangen. Sind die Vektoren, die Sie geschickt haben, aus der jüngsten Partie? Bitte um Rat.
Kate
<Senden>

Carlos Escalante zückte sein Mobiltelefon und wählte Nathan Halls Büronummer.

»Hall.«

»Hallo, Nathan. Ich glaube, ich habe ein paar Informationen.«

»Das will ich hoffen. Was tut sich denn?«

»Ich habe einen Assistenten aufgetrieben, der dort im Labor arbeitet. Er studiert hier an der Universität.«

»Und?«

»Offenbar findet er, dass einige der Bosse sich auf einmal anders verhalten.«

»Zum Beispiel?«

»Ich glaube, Nakamura geht einigen Leuten langsam ziemlich auf die Nerven. Er behindert den Informationszugang und hat allen im Labor die Fingerabdrücke abnehmen lassen.«

»Weshalb?«

»Weiß ich noch nicht. Außerdem habe ich gehört, dass zwischen ihm und Mercer, dem Finanzchef, ein bisschen dicke Luft herrscht. Anscheinend stehen sie unter enormem Druck.«

»Carlos, was tut sich in diesem Labor? Kommt der Druck daher, dass sie eine neue Entdeckung gemacht haben? Oder daher, dass ihnen langsam das Geld ausgeht?«

»Keine Ahnung.«

»Hören Sie, ich muss wissen, ob ich mich in diesen Laden einkaufen soll oder nicht, und uns bleiben nur noch ein paar Tage. Sie müssen irgendwie reinkommen.«

»Sie meinen, ich soll einbrechen?«

»Ich habe nicht gesagt, wie. Aber ich will handfeste, verlässliche Informationen. Dafür bezahle ich Sie schließlich.«

»Nicht genug.«

»Dann verdoppeln Sie die Summe. Aber schleichen Sie sich auf das Gelände und finden Sie ein für alle Mal raus, was diese Firma unter Verschluss hält.«

»Alles klar.«

9

Washington, D. C.

Susan Archer-Bentham stand neben dem Schreibtisch ihrer Freundin und Kollegin im Washingtoner Büro von Associated Press. Janet Davies war erst vor Kurzem aus dem Mutterschutz zurückgekehrt und wollte sich eigentlich von Susan auf den neuesten Stand bringen lassen. In Wirklichkeit hatte das jedoch für Susan bedeutet, sich von Janet mit Babybildern bombardieren zu lassen, bis sie Kinn, Augen, Ohren und sonstige Körperteile des Kindes ausführlich genug gelobt hatte, um die stolze Mutter zufriedenzustellen.

Endlich wandte sich das Gespräch beruflichen Themen zu. Janet ergriff als Erste das Wort. »Also, die ganze Zeit, als ich weg war, musste ich fast ständig daran denken, dass du diese Geschichte unbedingt machen musst.«

Irgendwie hatte Susan daran gewisse Zweifel.

Janet fuhr fort. »Du weißt ja, dass wir unser Kind nur mit In-vitro-Fertilisation bekommen konnten, und das hat mir die Augen geöffnet. Es muss endlich mal jemand genau recherchieren, was erlaubt ist und was nicht.« Janet schrieb für die Gesellschaftsseiten, und Susan hatte schon immer gefunden, dass sie die ideale Besetzung dafür war.

»Was meinst du damit?«

»Es ist folgendermaßen.« Janet unterstrich ihre Rede mit einer dramatischen Handbewegung. »Als wir beim

Arzt waren, klang erst einmal alles ganz einfach. Man pflanzt den Embryo ein, und das Baby kommt heraus – hofft man zumindest. Doch als ich im Krankenhaus war, habe ich zwei andere Mütter getroffen, die auch IVF haben machen lassen, und du wirst nicht glauben, was sie mir erzählt haben. Sie meinten, ihr Arzt hätte ihnen versichert, dass es ganz in Ordnung sei, das Geschlecht des Kindes auszuwählen. Ich dachte immer, das sei illegal oder so.« Susan nahm an, dass Janet auch mit sämtlichen Müttern in der Klinik gesprochen hatte, die ihr Kind nicht per IVF bekommen hatten.

»Welcher Arzt?« Susans Reporterinstinkt setzte ein.

»Keine Ahnung. Schließlich laufe ich nicht im Krankenhaus herum und stelle indiskrete Fragen. Auf jeden Fall habe ich mich erkundigt, ob sie dann tatsächlich eine Wahl getroffen hätten, und sie haben beide verneint. ›Aber nein. Nie im Leben würden wir so etwas tun. Bla, bla, bla.‹ Aber hältst du das für glaubwürdig? Dass man das jetzt macht? Dann müsste ich eigentlich schon öfter davon gehört haben.«

»Vielleicht wollen die betreffenden Ärzte kein Aufsehen erregen.«

»Also, ich finde auf jeden Fall, dass du der Sache nachgehen solltest. Die Leute müssen doch davon erfahren, oder?«

»Danke, Janet. Vielleicht schlage ich es Cindy mal vor.«

»Das habe ich schon getan, und sie meinte, sie will es sich überlegen.« Janet lächelte zuckersüß. »Nur damit du Bescheid weißt.«

Auf dem Rückweg zu ihrem Schreibtisch packte ein Bürobote Susan am Arm. »Sie sollen zu Ms. O'Reilly ins

Büro kommen. Keine Ahnung, worum es geht.« Ohne ein weiteres Wort eilte er davon.

Susan kehrte um und ging zum Büro ihrer Chefredakteurin. Cynthia O'Reilly war eine eigensinnige Person, die schon etliche Leute als Drecksack bezeichnet hätten, wenn sie ein Mann gewesen wäre. Trotzdem kam Susan gut mit ihr aus und hatte eine produktive Arbeitsbeziehung zu ihr aufgebaut. Sie zog die Glastür zu Cynthias Büro auf.

»Oh, hallo, Susan. Ich habe Sie gerade gesucht.«

»Ich hab's gehört.«

»Janet hat mich auf eine Idee für eine Geschichte gebracht.«

»Darüber, dass man das Geschlecht eines Kindes auswählen kann?«

»Woher wissen Sie das?«

»Seit wann konnte Janet je eine Idee für sich behalten?«

»Auch wieder wahr. Na, jedenfalls finde ich, dass das Thema es wert ist, behandelt zu werden. Das Problem ist nur, dass ich in letzter Zeit so viele Beschwerden wegen negativer Artikel bekommen habe. Jeden Tag jammern die Leute in der Hälfte der Briefe, die bei uns eingehen, dass die Nachrichten so düster und trostlos seien. Aber ich habe eine Idee.«

»Mir schwant Fürchterliches.«

»Es ist ganz einfach. Stellen wir dem Thema doch eine sonnige, leichte Glücksgeschichte gegenüber. Etwas über Mamas und Babys, das allen ein Lächeln aufs Gesicht zaubert.«

»Und was ist das für eine Geschichte, Cindy?« Susan seufzte.

»In St. Louis gibt es eine Familie, die gerade eine Mehrlingsgeburt hinter sich hat. Fünflinge, glaube ich. Versuchen Sie mal, daraus etwas zu machen, dann können wir als Nächstes diese IVF-Sache in Angriff nehmen.«

»Kann ich auch Nein sagen?«

»Eigentlich nicht.«

Nakamura saß stocksteif hinter seinem Schreibtisch. Nach der üblichen Begrüßung hatte er Tyler Drake einen bequemen Stuhl angeboten, den er extra zu diesem Zweck hatte bringen lassen, und nun wartete er darauf, dass Drake zu sprechen begann.

»Schön, Sie wiederzusehen, Kenji.« Drake war professionell, höflich und wie aus dem Ei gepellt.

»Es ist mir stets ein Vergnügen«, log Nakamura. Ihre Gespräche waren etwas mühsamer geworden, seit Drake im vergangenen Jahr in den Vorstand von Soliton Industries aufgestiegen war.

»Ich freue mich schon auf die Führung und auf die Gespräche mit den anderen Wissenschaftlern, doch zuerst möchte ich mich mit Ihnen ein bisschen über die geschäftliche Seite unterhalten.«

»Nur zu.«

»Ich komme gerade von David.« Drake hielt inne, als wollte er seine Äußerung in ihrer ganzen Tragweite wirken lassen. »Wir haben ja schon öfter über die finanzielle Seite gesprochen, und ich habe gerade meine Leute eine umfassende Bilanzschätzung von BrainStem vornehmen lassen. Uns läuft ein bisschen die Zeit davon, Kenji.«

»Was soll das heißen?«

»Wie gesagt, das Startkapital ist weitestgehend ausgegeben, und Soliton kann BrainStem zwar noch eine

Weile mitziehen, aber nicht ewig. Nach dem Börsengang muss sich BrainStem selbst finanzieren. Sie wissen, dass ich dieses Unternehmen vorbehaltlos unterstütze; ich habe ja persönlich zu seiner Gründung beigetragen. Ich brauche lediglich etwas, was ich den Investoren zeigen kann.«

»Das Parkinson-Projekt lässt sich ganz gut an. Wir brauchen nur ein bisschen mehr Zeit.«

»Wie viel Zeit?«

»Ich weiß nicht – vielleicht zwei Jahre.«

Drake schüttelte entschieden den Kopf. »Ausgeschlossen. Ich dachte eigentlich, ich müsste nicht deutlicher werden, aber der Vorstand macht massiv Druck. Sie wollen, dass wir BrainStem abstoßen. Es wird wesentlich schwerer, noch mehr Kapitaleinsatz zu rechtfertigen. Ich brauche etwas anderes. Biotech-Firmen brechen zusammen wie Kartenhäuser. Wie sieht's mit dem Nachwachsen von Rückenmark aus?«

Nakamura überlegte kurz. »Ich könnte eine Zusammenfassung unserer Leistungen in diesem Bereich schreiben. Wir haben ein paar vielversprechende Experimente gemacht.«

»Das klingt schon besser«, sagte Drake anerkennend. »Gibt es sonst noch etwas? Noch irgendwelche anderen Forschungsrichtungen, die neu, interessant oder bahnbrechend sind?«

»Nichts dergleichen«, erwiderte Nakamura. »Wir konzentrieren uns auf die Projekte mit Substantia nigra und Rückenmark. Aber natürlich sind wir ständig auf der Suche nach neuen gewinnbringenden Ideen.«

Drake war noch nicht zufrieden. »Was ist mit diesen neuen Wissenschaftlern, die Sie eingestellt haben – dieser Stiles aus England und die neue Populationsbiologin? Kendrick heißt sie, nicht wahr?«

»Reine Hilfskräfte. Sie haben noch nicht einmal richtig angefangen. Ich wollte ein paar Bildgebungsverfahren testen, um zu sehen, ob wir damit das Nachwachsen von Rückenmark verfolgen können, ohne so viele Tiere zu verbrauchen. Und die Frau soll in der Schimpansenkolonie mitarbeiten.« Nakamura brach hinter seinem Schreibtisch der Schweiß aus.

»Und jetzt möchte ich das Neueste über das Dopamin-Projekt wissen«, drängte Drake weiter.

»Aber gern«, sagte Nakamura erleichtert.

10

Jamie saß in ihrem Büro und schob auf dem Computerbildschirm Icons hin und her. Daneben gab es in ihrem Raum lediglich einen Aktenschrank, eine Weißwandtafel und einen großen Schreibtisch. Die karge Einrichtung hatte nichts damit zu tun, dass Jamie ihr Büro nicht hätte gemütlicher einrichten wollen. Es war einfach eine Frage der Prioritäten, dass ihr Computer zuerst kam, und wenn das zufriedenstellend gelöst war, würde sie sich um andere Dinge kümmern. Allerdings würde es geraume Zeit dauern, bis sie ihren PC nach ihren Wünschen und Bedürfnissen eingerichtet hatte, erst recht, wenn sie andauernd an den Schimpansen denken musste. Ihre neue Wohnung im Südflügel des Gebäudekomplexes würde ebenso warten müssen, und so stapelten sich ihre Kleider, ihre Geräte und alle anderen Habseligkeiten an der Wand, bis sie irgendwann zum Aufräumen käme.

Die meisten alleinstehenden Wissenschaftler hatten sich aus Gründen der Bequemlichkeit dafür entschieden, auf dem Gelände zu wohnen. Andere, die lieber in Manaus lebten, übernachteten an Werktagen trotzdem im Labor. Selbst mit einem modernen Schnellboot dauerte die Fahrt fast zwei Stunden, und das war einfach zu lang für Wissenschaftler, die ohnehin bis in den späten Abend hinein arbeiteten. Selbst einige der Familien mit Kindern wohnten auf dem Gelände. Neben dem Gebäudekomplex war für die Kinder ein Spielplatz gebaut und sorgfältig vom nicht weit entfernt liegenden »Schimpansenspielplatz« abgezäunt worden. So mancher hatte sich schon gefragt, ob wohl die Kinder oder die Schimpansen mehr davon profitierten, das Spiel der jeweils anderen Gruppe zu beobachten.

An diesem Morgen hatte Jamie die Dauer von ein paar Simulationen kalkuliert, die in MatLab auf ihrem PC liefen und über ein Remote Link zu den Großrechnern im Keller übertragen wurden. Geometrische Muster rasten in halsbrecherischer Geschwindigkeit über den Bildschirm, während die Zeitdiagnose Berechnungen durchführte und komplexe Visualisierungen lieferte. Als das optische Feuerwerk vorüber war, sah Jamie eine Reihe von Zahlen durch und lächelte versonnen über die Geschwindigkeit, die sie sich zunutze gemacht hatte. Da klingelte das Telefon.

»Hallo, Jamie.«

»Hi, Sameer, was gibt's?«

»Ich hab's. Es ist sagenhaft. Ich habe es von einem Freund aus Berkeley gefaxt bekommen, und es ist genau das, worüber wir gesprochen haben. Komm doch rüber in den Kindergarten und sieh zu.«

»Moment. Immer mit der Ruhe, Sameer. Wovon redest du überhaupt?«

»Ich habe Material aufgetrieben, mit dem wir den kleinen Schimpansen psychologisch testen können, und ich will heute Morgen damit anfangen. Kommst du rüber?«

»Klar. Ich bin gleich da.« Sie legte auf und startete ein paar Simulationen, die im Hintergrund auf ihrem Monitor liefen. Sie ließ im Büro alles, wie es war, und machte sich auf den kleinen Fußmarsch ums Gebäude herum zum Kindergarten.

Sie drückte den Code, den sie Sameer am Vortag hatte verwenden sehen, in das Kästchen an dem Maschendrahttor, das daraufhin aufschwang. Drinnen spielte der Schimpanse mit dem Halsband an Sameers Seite mit Bauklötzen. Zwei Türme standen bereits auf einer kleinen Plattform. Sie waren beide sechseckig und teilten sich eine Wand. Im Inneren der Türme wanden sich bunte Stützen spiralförmig von der Mitte nach außen wie Speichen an einem Rad.

Eine auf ein Stativ montierte Kamera filmte das Spiel des Schimpansen, während eine kleine Fernsehüberwachungsanlage den gleichen Bildausschnitt auf einem Monitor wiedergab.

Der Schimpanse legte eine letzte Reihe Bauklötze an, ehe er auf allen vieren zu zwei wenige Meter entfernt stehenden Gartenstühlen hüpfte, auf denen Jeremy Evans und Roger Stiles saßen und zusahen. Jeremy hielt eine Tüte Mikrowellenpopcorn in der Hand und futterte träge vor sich hin. Der Schimpanse zupfte Jeremy am Ärmel und zeigte auf die Türme.

»Gut gemacht«, lobte Jeremy, »aber wo sind die Fenster?« Der Schimpanse sah ihn verständnislos an, fasste unerschrocken in die Tüte, nahm sich eine Handvoll Popcorn und stopfte es sich in den Mund. Dann schnappte er sich mit der anderen Hand die Tüte, hopste zu den Türmen hinüber und verputzte seine Beute. »Hey!«, rief Jeremy, während Sameer verstohlen lachte.

Stiles sah amüsiert zu. »Anscheinend waren die Türme nur ein schlaues Manöver, um dich abzulenken, Jeremy. Du darfst dich nicht ständig von unserem kleinen Kenny übertölpeln lassen, sonst schiebt er dich in null Komma nichts in den Tomografen.«

Jamie ging zu den anderen und nickte Jeremy zu. »Das war's dann wohl mit Frühstück, was?«

Jeremy zuckte die Achseln. »Dieser kleine Fiesling.«

»Ich wäre vorsichtig mit meinen Äußerungen, sonst werden sie noch publik, wenn Ken junior eines Tages seine Memoiren schreibt.« Stiles wandte sich an Jamie. »Wollen Sie die Show sehen?«

»Unbedingt.«

»Also, was haben wir denn heute für den kleinen Kenny geplant?«, wollte Stiles von Sameer wissen.

»Ich wollte schon lange anhand von etwas formaleren Kriterien überprüfen, wie er sich in einem Standardtest schlägt, doch die meisten Intelligenztests wie der von Binet oder Wechsler sind dermaßen verbal geprägt, dass sie ungeeignet sind. Nach unserem gestrigen Gespräch habe ich mich intensiver mit dem Thema beschäftigt und einen Freund angerufen, der in Berkeley klinische Psychologie lehrt.

Er hat mir einen Test vorgeschlagen, der die allgemeine Intelligenz untersucht, aber keine Sprachfähigkeit erfordert, und mir sogar ein Exemplar davon gefaxt. Das Ganze nennt sich ›Großer Test der nonverbalen Intelligenz‹. Ich weiß nicht, ob das Ganze funktioniert, aber ich habe mir den Test heute Morgen angesehen und glaube, dass es einen Versuch wert ist«, erklärte Sameer. »Ich habe Kopien für alle gemacht, damit Sie alles verfolgen können.« Er wies auf einen Stapel Blätter auf der Erde, den Jamie sogleich aufhob.

Jamie zog sich neben Stiles und Jeremy einen Stuhl heran und setzte sich, während Sameer den Schimpansen herbeiwinkte, der soeben die Tüte Popcorn leer gefuttert hatte. Stiles zog einen Stapel Blätter heraus, die Sameer ihm gegeben hatte, und Jamie und Jeremy sahen sich die Aufgaben an, während Sameer den Affen dazu zu bewegen versuchte, sich zu konzentrieren.

Der erste Teil des Texts beinhaltete Bildanalogien. Sameer versuchte, dem Schimpansen eine Beispielaufgabe zu erklären. Die erste Aufgabe zeigte das Bild eines Vogels auf einem Baum neben einem Bild des gleichen Vogels im Flug. Darunter befanden sich ein Bild von einem liegenden Hund und ein leerer Kasten. Dazu gab es fünf Bilder zur Auswahl: einen laufenden Hund, einen sitzenden Hund, einen schlafenden Hund, einen Vogel im Nest und einen Vogel im Vogelbad.

Der Schimpanse musterte die Bilder auf Sameers Klemmbrett und zeigte nach kurzem Nachdenken auf den laufenden Hund. Sameer machte sich eine Notiz und schlug die nächste Seite auf. Auch Jamie blätterte um, während Stiles und Jeremy abwechselnd über ihre Schulter und auf den Fernsehmonitor blickten.

Die nächste Seite ging gleich schneller, da der Schimpanse fast sofort auf eine der Wahlmöglichkeiten tippte, sowie Sameer umgeblättert hatte. Eine nach der anderen sausten die Seiten vorüber, und der Schimpanse wählte eine Antwort, manchmal sehr schnell und manchmal mit einer kleinen Verzögerung. Nach etwa zwanzig Seiten tätschelte Sameer den Affen und gab ihm einen kleinen Karton Saft mit einem Strohhalm. Begeistert machte sich der Schimpanse über sein Getränk her.

Der nächste Testabschnitt war ähnlich, behandelte jedoch geometrische Figuren. Das erste Beispiel zeigte ein leeres Oval mit einer nach unten zeigenden Spitze neben einem ausgefüllten Oval mit einer nach oben zeigenden Spitze. Darunter war ein leeres Oval mit zwei nach unten zeigenden Spitzen neben einem leeren Kasten abgebildet. Der Schimpanse sah sich die Bilder an und wies auf den Kasten unten in der Mitte mit dem ausgefüllten Oval mit zwei nach oben weisenden Spitzen.

Erneut blätterte Sameer um und notierte die Antworten des Affen in sein Heft. Als der Testabschnitt beendet war, gab er dem Kleinen einen Keks, den der Schimpanse hastig verschlang. Dann schlich er um Sameer herum, offenbar in der Absicht, die Umhängetasche zu untersuchen, aus der Sameer die Leckereien genommen hatte. Gerade rechtzeitig machte Sameer die Tasche zu, worauf der Affe wieder vor Sameer hüpfte und die Hände im Schoß faltete.

Die letzten zwei Testaufgaben arbeiteten mit Sequenzen von Bildern und geometrischen Formen. Im ersten Beispiel sah man drei Bilder von einem Mann, der in verschiedenen Stadien einen Zaun strich, neben einem leeren Kasten. Ein geometrisches Beispiel zeigte eine Reihe von Vielecken mit einer zunehmenden Anzahl von Seiten. Der Schimpanse traf bei fünfundzwanzig Teilaufgaben seine Auswahl und wartete auf seine verdiente Belohnung aus Sameers Delikatessensortiment.

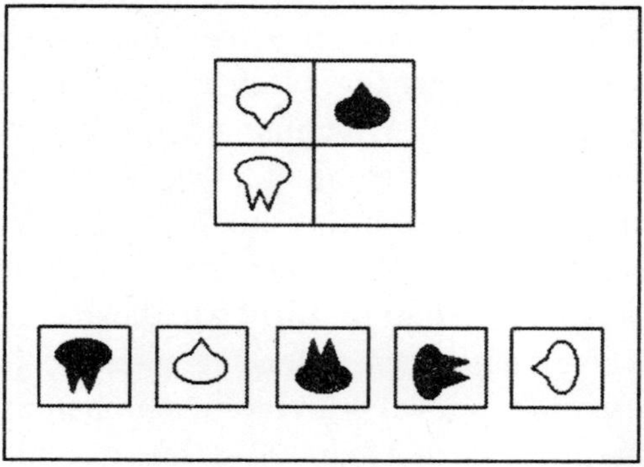

Nach Beendigung des Tests beugte sich Sameer über sein Notizbuch und kreuzte verschiedene Kästchen auf dem Antwortenblatt an. Als er damit fertig war, schlug er eine Zahlentabelle auf und sah erneut die Fragen durch, wobei er immer wieder innehielt.

Stiles äffte Sameer nach. »Mal sehen. Hätte ich das richtig gehabt? Das ist wahrscheinlich falsch. Aber hier stimmen wenigstens zwei Antworten …«

Schließlich sah Sameer auf und lächelte die anderen an. »Der Schimpanse hat bei den geometrischen Teilaufgaben hervorragend abgeschnitten und bei allen anderen Aufgaben zusammen lediglich vier Fehler gemacht. Dabei handelte es sich ausschließlich um Bilder von Dingen, die er zuvor nicht gesehen hatte und daher auch nicht wiedererkennen konnte. Damit liegt sein IQ im oberen Bereich eines zwölfjährigen Kindes, womit sein wahrer IQ-Wert wahrscheinlich eher noch unterschätzt ist. Wirklich bemerkenswert.«

Stiles zeigte auf Jamies Exemplar des Tests. »Vielleicht hängt es mit den dicken Pfeilen zusammen, die in dieser Version unter den richtigen Antworten stehen?« Sameer blätterte noch einmal die Fragen durch, ehe er Stiles pikiert ansah.

Stiles fuhr in nachdenklicherem Ton fort. »Nein, im Ernst – nach allem, was ich gesehen habe, wundert mich gar nichts mehr. Ich schlage vor, wir fangen gleich mal an zu sparen, damit wir unserer Intelligenzbestie hier das Studium finanzieren können. Falls er bei seinen vielen Talkshow-Auftritten überhaupt zum Studieren kommt.«

Sameer ließ die Blätter mit dem Test sinken. »Ich habe lang über unser gestriges Gespräch nachgedacht. Jamie hat eine ziemlich kluge Feststellung getroffen. Die symbolische Logik scheint bei diesem Schimpansen innerhalb der menschlichen Bandbreite zu liegen, vielleicht sogar an deren oberen Ende.«

Jamie wandte sich an Stiles. »Was ist denn aus Ihrem Experiment geworden, nachdem wir gegangen sind?«

»Wir müssen noch Unmengen von Daten auswerten, aber grob gesprochen hat sich auf den ersten Blick eine im Prinzip normale Verarbeitung von Sinnesreizen ergeben. Die für Seh-, Gehör- und Tastsinn zuständigen Areale der Großhirnrinde sind für einen Schimpansen – oder auch für einen Menschen – normal groß und liegen an den richtigen Stellen. Die Aktivierungsmuster waren unauffällig. Das Verblüffende sind allerdings die großen Felder von Großhirnrinde zwischen den sensorisch empfänglichen Bereichen. Diesen Teil des Gehirns nennt man normalerweise assoziative Felder, und davon hat dieser Knabe eine Menge. Wir müssen noch viele weitere Experimente durchführen, doch zuerst müssen wir dem kleinen Kenny beibringen, wach im Tomografen zu liegen.«

»Wach?«

»Ja, so schwer ist das gar nicht, das können sogar normale Schimpansen nach ein paar Wochen Training«, ergänzte Jeremy. »Es wird allerdings ziemlich anstrengend werden, denn um herauszufinden, was der Rest seines Gehirns macht, muss er im Tomografen auf Anweisung bestimmte kognitive Aufgaben ausführen. So können wir uns ansehen, wie er Entscheidungsfindung, Emotionen, Sprache und dergleichen mehr verarbeitet. Diese Bereiche lassen sich nicht testen, während er unter Narkose steht. Und ich hätte sehr gern eine Gehirnbiopsie. Es wäre hochinteressant herauszufinden, ob die Zellanatomie irgendwie verändert ist, oder die Neuronendichte zu studieren und ein paar Tracer-Untersuchungen vorzunehmen. Wir bräuchten lediglich eine winzige Gewebeprobe. Er würde den Verlust gar nicht merken, und uns könnte es Antworten auf viele Fragen geben.«

»Eine Biopsie? Sie wollen ihn aufschneiden? Ich brauche Ihnen wohl nicht zu sagen, wie wertvoll dieser Schimpanse ist.« Jamie sah förmlich vor sich, wie der Schädel des Schimpansen geöffnet wurde.

»Halb so wild. Das machen wir bei schwierigen Diagnosen sogar bei Menschen. Es ist wirklich recht ungefährlich. Mit Mikrochirurgie kann man alles durch ein winziges Bohrloch machen, bei ganz geringem Risiko für das Objekt.«

Jamie sah den Schimpansen an, der längst das Interesse an der wissenschaftlichen Diskussion verloren und begonnen hatte, ein paar Bücher durchzublättern. Er erwiderte ihren Blick. Ob er verstand, was sie sagten? Sie wechselte das Thema.

»Und was wollen Sie sonst noch machen?«, fragte Jamie.

»Das volle Programm«, antwortete Stiles. »Wir wollen wissen, wie er auf Musik, Sprache, Schmerz, Angst und Freude reagiert. Bei einem so lernfähigen und intelligenten Objekt könnten wir die nützlichsten Daten sammeln, die die Neurowissenschaften je hatten.«

»Schmerz?«, hakte Sameer nach.

»Ach, nur ein paar kleine Experimente, um zu sehen, ob ein Elektroschock eher im Stammhirn oder in der Hirnrinde verarbeitet wird. Nichts, was dem Schimpansen schadet«, fügte Stiles hinzu. »Ihnen ist doch klar, dass dies eine der wichtigsten Entdeckungen in der Geschichte der Naturwissenschaften ist? Wir werden hier zu

Zeugen der Erschaffung einer neuen Art von Geist, und die Frage, wie sich dieser Geist verhält, könnte sich im Zusammenhang damit, wie unser eigener Geist funktioniert, als eine der provokantesten Erkenntnisse erweisen, die wir je gewonnen haben. Fragen wie die nach der Dualität von Geist und Gehirn oder dem Sitz des Bewusstseins, die früher ausschließlich von Philosophen gestellt wurden, sind auf einmal zugänglich geworden. Wie Jamie schon gesagt hat, müssen wir gründlich und akkurat arbeiten. Das alles ist von enormer Tragweite.«

Und irgendjemand wird hinterher jeden unserer Fehltritte analysieren, dachte Jamie. »Vielleicht ist ja so etwas wie ein IQ-Test in diesem Fall gar nicht angebracht. Was die Leute wissen wollen, ist doch, ob der Affe ein fühlendes Wesen ist und nicht nur Muster erkennen kann ... Empfindet er Empathie? Denkt er? Träumt er? Im Grunde brauchen wir einen richtigen Turing-Test.«

»Einen was?«, wollte Sameer wissen.

»Einen Turing-Test. Alan Turing war Logiker und Wissenschaftler und hat das klassische Experiment für eine künstliche Intelligenz entwickelt. Es funktioniert folgendermaßen: Stellen wir uns vor, wir hätten eine intelligente Maschine. Die einzige Möglichkeit, ihre Intelligenz zu überprüfen, besteht darin, sie im direkten Vergleich gegen ein anderes intelligentes Wesen antreten zu lassen. In dem Test, den Turing vorgeschlagen hat, werden sowohl der Maschine als auch einem Menschen Fragen gestellt, während ein Dritter anhand der Antworten entscheiden muss, wer von beiden die Maschine und wer der Mensch ist. Erkennt der Dritte den Unterschied nicht, ist die Maschine intelligent.«

»Klar«, sagte Jeremy. »Das ist genau der richtige Test.

Die Frage ist nur, wie wir ihn in diesem Fall anwenden sollen. Der Schimpanse beherrscht noch nicht genug Sprache, um einen verbalen Test zu bewältigen. Vielleicht könnte man mit ein bisschen Sprach- oder Mathetraining Gleichungen oder Fragen in einen Computer programmieren und einen direkten Vergleichstest anstellen, aber das dauert seine Zeit.«

»Ich weiß auch noch nicht, wie es gehen könnte. Aber ich arbeite daran.«

»Auf jeden Fall«, meldete Stiles sich zu Wort, »hoffe ich, dass uns der alte Ken morgen ein paar Aufschlüsse darüber geben kann, was unser Ken junior hier für ein Geselle ist. Ich kann jedenfalls nicht mehr schlafen, bis ich eine plausible Erklärung für das alles bekommen habe.«

»Roger, ist es wirklich ethisch vertretbar, was Sie mit diesem Schimpansen vorhaben?«, fragte Sameer. »Aus allem, was wir gesehen haben, müssen wir schließen, dass er ein fühlendes Wesen ist. Hat er denn keine Rechte? Vielleicht keine Menschenrechte, aber doch die Rechte eines intelligenten Lebewesens?«

»Ich lasse mir garantiert nicht die großartigste Gelegenheit entgehen, die ein Wissenschaftler je erhalten hat, um zu ergründen, wie das Gehirn wirklich funktioniert. Für mich ist er ein genetisch veränderter Affe, und Affen sind Freiwild für Experimente. Ich mache das hier für die Menschheit, und ich werde die Tierschützer keinesfalls Wind davon kriegen lassen, ehe ich meine Antworten habe. Hinterher können sie debattieren, so viel sie wollen. Schließlich sind auch ganz normale Affen in gewissem Maße fühlende Wesen, und das hat bisher auch noch niemanden aufgehalten.«

»Rog, das klingt aber ein bisschen hart. Egal wie wichtig die Sache ist, wir dürfen nichts wirklich Gefährliches mit dem Affen anstellen. Und er hat Respekt verdient«, wandte Jeremy ein.

»Na schön. Du kannst ja dann in Stockholm verkünden, wie respektvoll wir vorgegangen sind«, gab Stiles mit ironischem Grinsen zurück, ehe er aufstand und auf das Tor zuging.

Der Schimpanse regte sich nicht, sondern starrte abwesend in ein Bilderbuch über einen neugierigen kleinen Affen mit einem Feuerwehrhelm. Als Jamie sich zum Gehen wandte, winkte sie dem Affen zu. Diesmal ließ der Schimpanse sie nicht aus den Augen, winkte jedoch nicht zurück.

11

Stille senkte sich über den kleinen Besprechungsraum, als Kenji Nakamura hereinkam. Jamie hatte mit Stiles und Jeremy über das Experiment gesprochen, das sie planten. Sameer saß neben ihr. Auf der anderen Seite des Tischs befanden sich zwei Wissenschaftler, die Jamie noch nie gesehen hatte.

Es handelte sich um einen Mann und eine Frau, die beide kaum mehr als eine Begrüßungsfloskel geäußert hatten, ehe Nakamura den Raum betrat. In der Tischmitte standen eine Schale mit frischem Obst, ein kleiner Stapel Teller und ein Becher mit Zahnstochern. Neben der Obstschale war ein Videoprojektor aufgebaut, dessen leises Brummen momentan das lauteste Geräusch im Raum war.

Nakamura setzte sich ohne großes Aufhebens neben den Projektor und steckte das Videokabel in den Port seines Laptops. Nachdem er ihn aufgeklappt und eingeschaltet hatte, erschien an der Wand eine schwarze Fläche. Nakamura stand auf, machte das Licht aus und setzte sich wieder. Dann räusperte er sich. »Willkommen, Kollegen«, begann er. »Wie die meisten von Ihnen wissen, haben wir in den letzten Jahren unsere Forschung hier bei BrainStem Therapeutics enorm vorangebracht. Wir haben erfolgreich Dopamin produzierende Nervenzellen aus neuralen Stammzellen gezüchtet und stehen kurz vor dem Abschluss der Sicherheitstests dafür, diese Zellen in ein Mäusemodell für die Parkinson'sche Krankheit einzupflanzen. Wir haben günstige vorläufige Daten für die Verwendung von Nervenwachstumsfaktoren zur Stimulierung des Nachwachsens von Rückenmark in vitro gefunden. Doch die bis jetzt vielleicht vielversprechendste Entwicklung war etwas völlig Unerwartetes. Erst kürzlich haben wir entdeckt, dass einige frühere Forschungsexperimente über die Entwicklung der Gehirnrinde von vor fünf Jahren keine Fehlschläge, sondern sogar enorm erfolgreich waren.«

Nakamura wandte sich den beiden zu, die die anderen noch nicht kannten. »Ich möchte Ihnen meine Kollegen Dr. Patrick Michaels und Dr. Michelle Simons vorstellen. Sie haben von Anfang an mit mir an der Erschaffung dieses Schimpansen gearbeitet. Beide sind hervorragende Molekularbiologen und ein Gewinn für unser Labor. Dr. Simons wird den Anfang machen und Ihnen das Problem erklären, an dem wir seinerzeit gearbeitet haben.«

Nakamura drehte den Bildschirm seines Laptops der Wissenschaftlerin zu seiner Linken zu. Sie nahm die Maus und projizierte ein schematisches Modell der Gehirnentwicklung an die Wand.

»Danke, Dr. Nakamura«, begann sie. »Es ist schön, ein paar neue Gesichter zu sehen. Nach so vielen Jahren in der Molekularbiologie habe ich leider ein bisschen den Kontakt zu den Kollegen in den anderen Abteilungen verloren.«

Irgendwie fühlt sie sich unbehaglich, dachte Jamie. *Was hat sie denn zu verbergen?*

Dr. Simons fuhr fort. »Schon kurz nach Gründung der Firma haben wir uns zum Ziel gesetzt, genau zu ermitteln, welche Proteine an der frühen Entwicklung der Gehirnrinde beteiligt sind. Ausgangspunkt dafür war der Gedanke, dass wir diese Abfolge von Vorgängen in den Stammzellen replizieren könnten, wenn wir erst einmal wüssten, wie kortikale Nervenzellen von Natur aus wachsen. Im weiteren Verlauf hofften wir allerdings darauf, Bereiche der Gehirnrinde zum Nachwachsen anzuregen, die zum Beispiel bei Schlaganfällen beschädigt worden sind. Ich gebe Ihnen zuerst einmal eine kurze Zusammenfassung davon, was wir über diesen Prozess wissen.«

Simons begann einen Vortrag über die Entwicklung von Nervenzellen, begleitet von Diagrammen und Schaubildern des sich entwickelnden Embryos*. Dann übernahm Dr. Michaels den Zeigestab und erklärte, wie sie eine der Hauptbahnen der Gehirnentwicklung modifiziert hatten, um das in der Entwicklung befindliche Gehirn größer werden zu lassen. Nakamura übernahm den Schluss, indem er beschrieb, wie sie das Experiment anfangs für einen Fehlschlag gehalten hatten, jedoch jüngste Beobachtungen von Dr. Gupta diese Einschätzung radikal geändert hätten.

Stiles gab einen langen, gedehnten Pfiff von sich. »Sie haben's geschafft, was? Sie haben tatsächlich einen Affen erschaffen, der genauso intelligent ist wie ein Mensch oder sogar intelligenter.«

Nakamura antwortete völlig gelassen. »Diese Frage würden wir uns gern von Ihnen beantworten lassen. Sie spielen eine ausschlaggebende Rolle dabei, die Fähigkeiten des Affen zu beurteilen, und deshalb habe ich auch in

* Nähere Einzelheiten über diese Debatte finden sich unter www.sciencethriller.com.

dieses Briefing eingewilligt. Sie müssen wissen, wie der Schimpanse entstanden ist, um ihn korrekt einschätzen zu können.«

»Und was haben Sie mit ihm vor?«, wollte Jamie wissen.

Nakamura schloss die Augen. »Ihn studieren. Dies ist ein großer Fortschritt in der Erforschung des Gehirns. Wir wollen die Konsequenzen unserer Verbesserung restlos erfassen. Wahrscheinlich werden wir bald beginnen, mehr solche Embryos zu erzeugen und den Eingriff auf verschiedene Arten zu variieren.«

In Jamies Hinterkopf nagte ein Gedanke. Sollte sie fragen? Ja, sie musste einfach. »Kenji, könnte diese genetische Veränderung bei einem menschlichen Embryo eine ähnliche Veränderung herbeiführen?«

Nakamura senkte den Blick. »Wir sind mit unserer Arbeit noch lange nicht fertig. Derartige Spekulationen sind extrem voreilig.«

Stiles sah Nakamura argwöhnisch an. »Was haben Sie sonst noch geplant?«

Nakamura antwortete nur mit einem kühlen Blick.

Stiles räusperte sich. »Also, eines steht jedenfalls fest. Wenn wir erst einmal die Ergebnisse veröffentlichen, brauchen Sie sich um großzügige Geldgeber keine Sorgen mehr zu machen.«

Nakamura erhob sich erneut. »Eine Veröffentlichung kommt momentan überhaupt nicht infrage. Noch nicht. Ich will, dass diese Entdeckung komplett ausgereift ist, ehe die Welt davon erfährt, selbst wenn es noch etliche Jahre dauern sollte. Dann, und erst dann, erlaube ich, dass die ganze Geschichte erzählt wird. Ich muss Ihnen mitteilen, dass ich als zusätzliche Vorsichtsmaßnahme beschlossen habe, keine Kommunikation zur Außenwelt mehr zu gestatten. Daher habe ich unsere Telefonleitungen und unser Intranet nach außen gekappt.«

Stiles platzte der Kragen. »Kenji, das ist ja lächerlich! Ich kann mich nicht so ohne Weiteres von meinem Labor abschneiden lassen. Wir sind hoch qualifizierte Wissenschaftler. Das ist doch keine Art, einen Experten zu behandeln.«

»Ich bedauere, aber ich kann unter keinen Umständen eine Sicherheitslücke riskieren. Mein Entschluss steht fest. Jegliche Kommunikation nach außen muss von mir genehmigt werden.«

Jamie sah zu, wie Stiles immer röter anlief, und witterte ihre Chance. Sie hob beschwichtigend eine Hand. »Kenji, uns ist völlig klar, wie wichtig dieses Projekt ist und warum Sie so besorgt um die Sicherheit sind. Aber wenn Sie uns von der Außenwelt abschotten, brauchen wir die Garantie, dass Sie uns unsere Arbeit machen und die Fähigkeiten dieses Schimpansen studieren lassen. Was Sie gemacht haben, ist nicht einfach nur Gentechnik. Es ist Genomtechnik. Sie erschaffen neue Arten. Für viele Leute könnte es einen Schock bedeuten, wenn sie eines Morgens aufwachen und feststellen, dass sie nicht mehr die einzigen intelligenten Wesen auf dem Planeten sind. Das könnte die menschliche Gesellschaft auf völlig unvorhersehbare Weise verändern. Sind Sie darauf vorbereitet, dieses Risiko zu tragen?« Sie sah Stiles und Sameer an, da sie sich bei ihnen eine Unterstützung ihres Standpunkts erhoffte. Stiles lehnte sich zurück und nickte ihr kaum merklich zu.

Nakamura funkelte sie durchdringend an und zeigte damit für seine Verhältnisse ungewöhnlich viel Emotion.

»Wollen Sie uns etwa nahelegen, das Projekt zu stoppen?«

Jamie ließ sich viel Zeit zum Nachdenken. »Nein. Wir machen mit. Ich will nur sichergehen, dass Sie wissen, was Sie in Gang gesetzt haben.«

»Voll und ganz.«

12

Dr. Kate Batori zog die Tür zu ihrem Sprechzimmer auf und lächelte Richard und Hiroko Tate freundlich an. Sie setzte sich zu den beiden und nahm Hirokos Hände. »Fühlen Sie sich bereit?«, fragte sie.

Hiroko war den Tränen nahe und entzog ihr eine Hand, um sich die feuchten Augen zu wischen. Ihr Lächeln war arglos und echt. »Ja. Wir freuen uns schon sehr.« Sie warf einen schüchternen Seitenblick auf Richard, der ihn erwiderte.

»Der heutige Eingriff ist im Grunde ganz simpel«, erklärte Kate. »Der Fertilisationsprozess ist sehr gut verlaufen, und wir haben genügend lebensfähige Embryos. Meistens setzen wir pro Zyklus drei oder vier Embryos ein, in der Hoffnung, dass mindestens einer davon zu einer erfolgreichen Schwangerschaft führt. Manchmal haben wir Glück, manchmal nicht. Im Durchschnitt werden mit Ihnen vergleichbare Paare innerhalb von drei oder vier Zyklen schwanger. Aber eine Garantie gibt es natürlich nicht.«

Richard veränderte seine Sitzposition. »Was ist, wenn sich mehrere Embryos einnisten?«

Kate lächelte verführerisch. »Dann bekommen Sie Zwillinge – oder Drillinge. Sie dürfen nicht vergessen, dass Mehrlingsgeburten bei In-vitro-Fertilisationen häufiger sind als bei herkömmlichen Schwangerschaften.«

»Zwillinge wären schön«, sagte Hiroko leise. »Aber Drillinge? Ich weiß nicht.«

»Haben Sie noch weitere Fragen?«, erkundigte sich Kate.

Richard überlegte kurz. »Wann erfahren wir, ob es geklappt hat?«

Kate richtete ihre Antwort an Hiroko. »Wenn Sie binnen zweieinhalb Wochen keine Regelblutung bekommen, können Sie einen Schwangerschaftstest machen. Manchmal dauert es bei In-vitro-Fertilisationen etwas länger, bis der Schwangerschaftstest positiv ausfällt, aber das Ergebnis ist verlässlich. Gehen Sie doch schon ins Behandlungszimmer und ziehen Sie sich aus. Ich hole die Embryos und bin gleich wieder da.«

Kate verließ ihr Sprechzimmer und ging den Flur hinunter zum Labor. Sie griff in den Gefrierschrank, wo die Embryos bei minus achtzig Grad lagerten, und zog ein Schiebegestell mit mehreren Schachteln voller Röhrchen heraus. In einer Schachtel standen die Röhrchen voneinander getrennt in zwei Reihen. Die eine Seite trug das Etikett »transgen«, die andere »natürlich«.

Kate starrte die Röhrchen an. Langsam griff sie in die Schachtel und wählte vier Röhrchen von der transgenen Seite. Sie umfasste sie ganz, um sie aufzutauen, und begann, den Inhalt langsam hin und her zu schwenken, während sie die Tür des Gefrierschranks wieder schloss.

Sie trat an einen Arbeitstisch und sortierte ein paar Papiere, ehe sie ein letztes Mal das Foto des Gels betrachtete, das zuoberst auf dem Stapel lag. Sieben Spalten mit verschwommenen, horizontalen schwarzen Linien verliefen über die Seite wie verschmierte Walzenabdrücke von einem alten Kopiergerät. Doch das hier war alles andere als ein Fehldruck.

Kate legte die Papiere beiseite und musterte jedes der klaren Plastikröhrchen einzeln. Dann öffnete sie eine Schublade und entnahm ihr eine blaue Mikropipette und einen Behälter mit durchsichtigen blauen Pipettenspitzen. Sie stellte die vier Röhrchen in ein Gestell und steckte eine Spitze auf die Pipette. Gekonnt sog sie den Inhalt jedes Röhrchens auf und füllte ihn in den Zylinder einer offenen Fünf-Milliliter-Spritze.

Als alle vier Röhrchen leer waren, nahm sie eine größere Pipette und saugte damit etwas sterile Lösung aus einer Phiole mit Gummistopfen, leerte den Inhalt in die Spritze und steckte den Kolben auf. Dann legte sie die mit einer Kappe verschlossene Spritze mitsamt einem verpackten dünnen Rohr, einem Absperrhahn und einer zweiten Spritze, in die sie ebenfalls etwas sterile Lösung aufgezogen hatte, auf ein Tablett.

Vorsichtig betastete sie das Rohr und musterte die Spritze mit den Embryos auf dem Tablett. *Es war riskant, doch die Sache war es wert.* Eine genetische Veränderung war unmöglich nachzuweisen, versicherte sie sich ein letztes Mal selbst. Wenn der Suchende nicht genau wusste, wonach er suchen musste, war es buchstäblich unmöglich, in einem einzigen Objekt eine Mutation aufzuspüren. Wie auch – etwa, indem man das ganze Genom sequenzierte?

Sie wusste, dass es dazu nicht kommen würde, jedenfalls nicht schnell genug, um … Jeden Tag kamen ungewöhnliche Kinder zur Welt, und kein Mensch machte den Frauenärzten einen Vorwurf. Obwohl – manche Leute brauchten immer einen Sündenbock. Doch sie hatte zu lang auf ihre Chance gewartet. Es war leicht, auf dieser Welt zu Geld zu kommen, aber etwas wirklich Entscheidendes zu bewirken, war ein kleines Risiko allemal wert.

Sie suchte ein paar sterile Handschuhe heraus und legte sie auf das Tablett. Schließlich nahm sie das Tablett und trat mit einem letzten Blick zurück ins Labor auf den Flur hinaus. Sie klopfte kurz an der Tür zum Behandlungszimmer, ehe sie eintrat. Hiroko saß mit einem Tuch über den Beinen auf der Untersuchungsliege, während Richard auf dem Stuhl daneben Platz genommen hatte und Hirokos linke Hand hielt.

»Sollen wir anfangen?«, fragte Kate routiniert und wusch sich die Hände, ehe sie sich auf einen Hocker vor der Untersuchungsliege setzte. »Bitte legen Sie sich hin und rutschen Sie ganz ans untere Ende.« Kate rückte ihre Lampe zurecht, breitete ein steriles Tuch über einen Ständer am Fuß des Stuhls, ehe sie die Packungen mit dem Rohr und dem Absperrhahn öffnete und sie auf das Tuch legte. Vorsichtig nahm sie die Handschuhe aus der Verpackung und streifte sie über ihre schmalen Hände. Dann verband sie das Rohr mit den Spritzen, entfernte die Verschlusskappen und steckte sie auf den Absperrhahn. Schließlich nahm sie ein Spekulum aus einer offenen Schublade und erklärte Hiroko, dass sie sich erst den Muttermund ansehen müsse, ehe sie die Embryos einpflanzen könne.

Richard drückte Hirokos Hand und blickte abwechselnd zwischen dem weißen Tuch über ihren Beinen und ihren Augen hin und her. Hiroko sah zu, wie Kate ein langes Wattestäbchen vom Handtuch nahm, und hörte kurz darauf, wie es in den Eimer am Fuß der Untersuchungsliege fiel. Kate erklärte ihr, dass sie nun das dünne Rohr in den Muttermund einführen werde und Hiroko ein leichtes Zwicken spüren könne.

Hiroko starrte auf das undurchdringliche Tuch und wartete. Die Fußbügel waren wie Fesseln und drückten ihr gegen die Knöchel. Das Herz schlug ihr gegen den Brustkorb wie ein Fisch an der Angel. Ihre Gedanken überschlugen sich. War das richtig? Wollte sie das überhaupt? Ein Gefühl drohenden Unheils befiel sie. Auf einmal verkrampfte sich ihre linke Wade, und ein heftiger Schmerz schoss ihr durchs Bein. »Halt!«, rief sie atemlos. Kate zuckte erschrocken zurück.

Hiroko nahm das Bein aus dem Bügel und legte es auf der Liege ab. Hilflos suchte sie die sterilen weißen Wände des Behandlungszimmers ab und ließ schließlich den Blick auf Richard ruhen. Er wirkte beklommen und unsicher. Für Richard? Das war der Grund. Für ihn würde sie es tun. Und jetzt war es ja wohl ohnehin zu spät, oder? Hiroko stellte das Bein wieder in den Bügel und rang sich ein mattes Lächeln ab. »Entschuldigung, ich hatte nur einen kleinen Krampf.«

»Drücken Sie die Daumen.« Kate erwiderte Hirokos Lächeln und drückte nacheinander auf die Kolben beider Spritzen. Sie nahm das Rohr heraus und ließ es in den Eimer zu ihren Füßen fallen. Hiroko hörte Metall klirren und sah, wie Kate auf ihrem Drehstuhl zurückfuhr, das Spekulum in die Spüle warf und die Handschuhe abstreifte. Kate fasste herüber, um das Tuch wegzuziehen und Hiroko dabei zu helfen, sich aufzusetzen und die Füße wieder auf den Boden zu stellen.

»Das war alles?«, fragte Richard.

»Ich habe Ihnen ja gesagt, dass das heute ein ganz simpler Eingriff ist. Hiroko, Sie können sich jetzt anziehen. Rufen Sie mich sofort an, wenn Sie gute Neuigkeiten haben. Falls nicht, sehen wir uns nächsten Monat um die gleiche Zeit wieder.« Kate räumte ihr Tablett ab, erhob sich und machte Anstalten zu gehen.

Richard räusperte sich. »Wissen Sie was? Wir haben uns überlegt, dass wir das Kind Kate nennen wollen, wenn es ein Mädchen wird.«

Kate warf einen Blick über die Schulter. »Das ist aber nett von Ihnen. Dann hoffen wir mal, dass es ein Mädchen wird«, sagte sie und ging hinaus.

Kate erhob sich von ihrem Drehstuhl und ging zu dem kleinen Kühlschrank in ihrem Sprechzimmer hinüber. Von Eingriffen bekam sie immer Hunger. Die langen Arbeitszeiten in der Facharztausbildung und während ihres Forschungsstipendiums hatten sie gelehrt, dann zu essen, wenn es gerade ging, und das bedeutete, dass sie meist nach Entbindungen aß. Nun nahm sie sich einen Apfel aus dem Kühlschrank und setzte sich an den Schreibtisch. Sie musterte den Apfel und polierte ihn mit dem Ärmel, ehe sie zum ersten Mal abbiss.

Mit der anderen Hand zog sie das Telefon heran und wählte. Kurz darauf ertönte ein Klicken am anderen Ende. »Hallo Kenji, es ist erledigt. Ich dachte, es würde Sie interessieren.«

Nakamura antwortete erst nach kurzem Schweigen. »Wunderbar. Und Sie sind sicher, dass dieses Paar unsere abgesprochenen Kriterien erfüllt?«

»Aber natürlich. Das habe ich Ihnen doch schon gesagt. Was gibt's Neues bei den Schimpansen?«

»Ich muss Ihnen mal die Ergebnisse der Magnetresonanztomografie von Alpha faxen. Er ist wirklich erstaunlich. Das Team arbeitet gerade an einer Beschreibung seiner Fähigkeiten und kommt gut voran.«

»Sorgen Sie dafür, dass sie möglichst lange beschäftigt sind. Ich will auf keinen Fall etwas über die ganze Sache auf CNN hören, bis wir wissen, ob es funktioniert oder nicht. Keine Abstracts, keine Konferenzen, bis wir unsere Antwort haben. Sonst werden die Leute nur neugierig, und dann fliegen wir womöglich im Handumdrehen auf. Unterschätzen Sie bloß nicht, wie argwöhnisch das alles beäugt werden wird.«

»Es gibt noch viel zu tun vor der nächsten Phase. Ich werde dafür sorgen, dass nichts an die Öffentlichkeit dringt. Deshalb habe ich die Mitarbeiter inzwischen von jeglicher Kommunikation nach außen abgeschnitten«, erwiderte Nakamura.

»Was ist aus dieser Frau geworden? Verhält sie sich kooperativ?«

»Sie fügt sich gut ein und könnte sich sogar als großer Gewinn erweisen.«

»Alle Achtung. Es war ein kluger Schachzug von Ihnen, sie im Auge zu behalten«, lobte Kate. »Und alle glauben, dass es nur einen Schimpansen gibt?«

»Nur Michaels und Simons wissen von den anderen.«

»Es war ein glücklicher Entschluss, dass Sie gleich von vornherein so viele gemacht haben.«

»Wir dachten ja nach der anfänglichen Enttäuschung über den Alpha, sie wären nur als Zuchtmaterial zu gebrauchen. Es ist enorm erfreulich, dass sich die Verbesserung in der ganzen Population so robust durchgesetzt hat. Michaels wird sich die anderen genauer anschauen.

Bis jetzt sehen sie jedenfalls genauso vielversprechend aus.«

»Was ist mit Drake? Hat er bei seinem Besuch von irgendetwas Wind bekommen?«

»Das war nur ein Routinebesuch. Wir haben lediglich über das Parkinson-Projekt gesprochen. Es lief alles bestens.«

»Was ist mit Michaels und Simons?«

»Sie haben sich bei dem Briefing wunderbar gehalten. Wir sind uns alle einig. Wir kommen nicht an die Informationen heran, die wir brauchen, wenn wir den Neurowissenschaftlern verschweigen, wie der Schimpanse erschaffen worden ist. Habgier und Ehrgeiz halten sie garantiert bei der Stange, bis sie mit ihrer Arbeit fertig sind. Michaels und Simons sind dem Projekt ebenso verpflichtet wie ich. Wir schließen unsere Untersuchung des Alpha-Schimpansen ab, dann können wir allein weitermachen. Ich gebe Ihnen mein Wort. Ein tragischer Unfall, schon sind die Experten weg. Und nur wir vier sind übrig.«

»Wir vier und Milliarden von Kindern. Was glauben Sie, wie sie sein werden, Kenji?«

»Besser. Die Welt hat lange genug unter der willkürlichen Evolution gelitten. Es ist höchste Zeit, dass mal jemand die Evolution in den Griff bekommt.«

»Bald werden wir es wissen.«

»Und wenn sie nicht funktionieren, machen wir bessere.«

»Bei Ihnen klingt das alles ganz einfach. Sind Sie sicher, dass wir das Richtige tun?«

»Es muss sein.«

Kate musste schmunzeln. »Wie wahr. Etwas so Großes erlaubt ein kleines Risiko.«

»Es erlaubt das höchste Risiko. Sie und ich stehen doch über den kleinlichen ethischen Bedenken, über die sich die Menschheit den Kopf zerbricht. Bei unserem Projekt ist alles erlaubt, da wir allein das Können und die Vision haben, die Menschheit zu verändern. Wir können innerhalb einer Generation mehr für die Zukunft des intelligenten Lebens bewirken als Millionen Jahre blinder Evolution.«

»Ich rufe Sie wieder an, wenn ich Neuigkeiten habe.«

»Danke, Kate.«

Es klickte in der Leitung. Kate schloss die Augen und ließ die Anspannung von sich abfallen, indem sie lang und tief ausatmete. Irgendwo in ihr regte sich eine instinktive Unruhe, als ihr die Konsequenzen dieses Telefongesprächs klar wurden, doch sie verdrängte sie. *Alles ist erlaubt …*

Sie biss erneut in ihren Apfel und musste lachen. *Hatte so nicht ohnehin alles begonnen? Mit einem Apfel?*

13

Jamie zog ihre Baseballkappe zurecht und stützte sich auf die Ellbogen. Sie blinzelte ins helle Sonnenlicht und sah zu, wie sich der Schimpanse auf dem Spielplatz mit der Reifenschaukel vergnügte. Sameer hatte ihm eigentlich vorlesen und Jamie hatte zusehen wollen.

Sie fragte sich, wann es endlich losging, und sah zu Sameer hinüber. Er zuckte die Achseln. »Er spielt immer gern eine Weile. Wenn er dann bereit ist, kommt er herüber. Es muss alles von ihm ausgehen.«

Jamie schmunzelte. »Du hast den kleinen Kerl bestimmt schon ins Herz geschlossen.«

Sameer blickte über Jamies Kopf in die Ferne. »Ja und nein. Manchmal, wenn er auf meinem Schoß sitzt, fühle ich mich wie sein Daddy. Aber er kann auch sehr merkwürdig sein. Es ist schwerer, ihm nahezukommen als den anderen Schimpansen.«

»Wie meinst du das?«

»Er ist nicht so anhänglich. Es hat fast den Anschein, als hielte er mich für seinen Diener. Im einen Moment ist er noch ganz lieb und kindlich, und im nächsten auf einmal aggressiv, destruktiv und gleichgültig.«

»Vielleicht ist er einfach noch ein Kleinkind«, mutmaßte Jamie.

»Aber er ist nicht verletzlich wie ein Kleinkind. Er sieht mich nie an und heischt um meine Anerkennung.

Ich glaube, emotional ist er mehr wie ein Teenager als wie ein Kleinkind.«

Jamie drehte sich auf die rechte Seite. »Komisch, aber irgendwie erwarte ich, dass er sich emotional wie ein Mensch entwickelt. Ich erwarte, dass er genauso lernt wie ein Menschenkind, sogar in derselben Reihenfolge. Doch dafür gibt es keinen Grund. Er ist einzigartig und entwickelt sich vielleicht völlig anders als ein Mensch.«

»Das habe ich mir auch schon überlegt. Nach einigen der Tests, die wir gemacht haben, habe ich mich zu fragen begonnen, wie seine emotionale Ausrichtung und sein Verhalten wohl sein werden. Wie verändert es seine Gefühlswelt, dass er ein höher entwickeltes Gehirn hat?«

»Das ist die große Frage. Ich zerbreche mir seit dem Experiment mit dem Tomografen den Kopf darüber, was eigentlich die menschliche Seele ausmacht. Wenn man den Verstand einmal ohne die übliche Geheimnistuerei und Angst betrachtet, was bleibt dann als Kern übrig? Ich komme immer auf dieselbe Antwort: Es sind unsere Gefühle.«

»Wie das?«

»Nichts ist für einen Menschen so persönlich und so unersetzlich wie seine Art zu fühlen. Der Punkt ist, dass wir uns durch die Tiefe unserer Gefühle und das ganz persönliche Gefühl von Identität, das sie uns geben, von Tieren und Computern unterscheiden. Es geht darum, was wir empfinden, wenn wir ein blühendes Tulpenfeld sehen oder ein Baby kichern hören oder feuchten Sand zwischen den Zehen spüren. Es geht darum, Mitgefühl mit den Eltern eines entführten Kindes zu haben oder verlegen zu werden, wenn wir Badeanzüge anprobieren.«

»Ja, sicher, Jamie. Was ist daran so erstaunlich?«

»Wir gehen die Sache nicht richtig an. Wenn wir beweisen wollen, dass der Schimpanse eine Seele hat, dann müssen wir nach einer Methode suchen, seine Schwächen zu messen, nicht seine Intelligenz. Statt zu beweisen, dass er Probleme lösen kann, an denen mancher Mensch scheitern würde, sollten wir demonstrieren, dass er etwas komplett vermasseln kann, obwohl er es besser weiß.«

»Ich bin mir nicht ganz sicher, ob ich dir folgen kann.«

Jamie sah zu, wie der Schimpanse von der Schaukel sprang und zu einem Stapel Bauklötze schlenderte. »Sieh es mal so: Die meisten Dinge, die wir mit unserem tiefsten Inneren assoziieren, sind im Grunde Belege für schlechte Anpassung. Wie oft erweist sich denn ein gekränktes Ego, rasende Eifersucht oder auch ein angenehmer Tagtraum als nützlich oder hilfreich? Und oft versuchen wir Menschen doch das absolut Falsche zu tun, nur um zu opponieren – einfach um zu beweisen, dass wir das Recht oder die Fähigkeit haben, es zu tun.«

»Du meinst so etwas wie Rauchen?«

»Genau. Wir haben eine dicke, fette Trotzader in uns. Jeder Schwachsinn wird wieder und wieder ausprobiert, vor allem, wenn längst erwiesen ist, dass etwas bescheuert ist.«

»Aber nicht alle unsere Gefühle oder Impulse sind schlecht, Jamie. Wir verdanken ihnen den größten Teil unserer Kultur.«

»Findest du es nicht seltsam, dass uns jede bedeutende Religion in ihrem Streben, unsere Seelen weiterzuentwickeln, befiehlt, unsere Leidenschaften zu zügeln? In der Religion geht es um Selbstkontrolle, darum, unsere Gefühle zu beherrschen. Die höchste Spiritualität wird in der Selbstverleugnung erreicht, obwohl es ja genau diese Leidenschaften sind, die uns als menschliche, spirituelle Wesen auszeichnen.«

»Ich war eigentlich nie besonders religiös.«

»Manchmal sind die gläubigsten Menschen vermutlich sogar diejenigen, die sich zu gar keiner Religion bekennen. Als Kind, konnte ich mir nicht einmal die Schuhe zubinden, ohne der festen Überzeugung zu sein, dass mich Gott mit einem Bannstrahl niederschmettern würde, wenn ich es falsch machte. Die Kirche war in meinem Leben allgegenwärtig. Es ist ein mächtiges Gefühl, Sameer, zu glauben, dass dein Leben von einer höheren Macht bestimmt wird. Es ist ein Gefühl, das ich nie ganz abschütteln konnte, ja, ich wollte es nicht einmal. Doch als ich nach Yale gegangen bin, habe ich dort den unfassbarsten Aberglauben angetroffen. Statt Gott entscheiden zu lassen, ob sie belohnt oder bestraft werden sollten, hielten es die Studenten bei einer Prüfung für entscheidend, welchen Stift sie benutzten, wo sie gelernt hatten oder wie ihre Verabredung am Wochenende gelaufen war. Ganz egal, wie intelligent oder gebildet sie sind, die Menschen legen nie ihren Aberglauben ab. Bist du schon mal in Las Vegas gewesen?«

Sameer nickte. »Einmal.«

»Man findet kaum ein gottloseres Häufchen auf der Erde. Und trotzdem braucht man nur in irgendein x-beliebiges Casino zu marschieren, und schon sieht man eine alte Frau mit gelben Zähnen und einem Eimer voller Münzen von einem Geldspielautomaten zum nächsten marschieren und in jeden einen Vierteldollar werfen, als wäre der eine anders als der nächste. Wenn man genauer hinschaut, sieht man einen sogar noch älteren Mann dreimal an einem Automaten spielen, seinen Münzeimer schütteln und dann zwei nach rechts und drei Reihen weiter nach hinten gehen. Er wartet sogar, bis das lausige Gerät frei wird, nur um sein Programm nicht ändern zu müssen. Er weiß, dass er genau mit diesem Programm den Jackpot knacken wird.«

»Dort sind doch alle verrückt.«

»Genau wie überall anders, wo Menschen leben. Weißt du, Las Vegas steht für alles, was an einem Menschen menschlich und spirituell ist. Es bedeutet den Gipfel der Emotion und der Leidenschaft, aber in allererster Linie geht es um Flucht.«

»Jetzt kann ich dir schon wieder nicht folgen.«

»Flucht ist das gemeinsame Band innerhalb der menschlichen Gemeinschaft. Wir sind mit unserem Dasein unzufrieden, und unsere spirituelle Seite, ob man sie nun religiös nennt oder nicht, plant die Flucht in eine bessere Welt. Wenn wir den Drang zur Flucht verlieren, verlieren wir unsere geistige Gesundheit. Es ist in unserer Psyche verwurzelt. Und ich glaube, langsam verstehe ich, warum.«

Sameer schwieg.

»Gefühle sind auf Gedeih und Verderb in unseren Gehirnen verankert. Sie sind fundamental und besitzen die Endkontrolle über unser Verhalten. Das ist Teil eines Systems, das viel tiefer reicht. Der Reiz des Neuen. Denk an irgendeinen beliebigen Reiz. Ein Geräusch, das du oft hörst. Ein Bild an deiner Wand. Nachdem du es mehrmals gehört hast oder öfter daran vorbeigegangen bist, nimmst du es nicht mehr wahr. Oft können wir uns nicht an die simpelsten Einzelheiten unserer Wohnungseinrichtung erinnern. Gefühle funktionieren genauso: Sie ringen andauernd um die Oberhand, und wir nehmen das wahr, was neu, aufregend und anders ist. Ganz egal, was für einer Beschäftigung du nachgehst, fünfundneunzig Prozent davon langweilen dich schnell, und du beginnst, Glück mit den fünf Prozent deines Lebens zu assoziieren, die neu sind. Du verdienst dein Geld mit dem Ausheben von Brunnen und sehnst dich nach einem lockeren Leben am Strand. Du gewinnst im Lotto, ziehst in ein Haus am Strand und merkst, dass du todunglücklich bist, weil dein Leben keinen Sinn mehr hat und du dich nach den Tagen zurücksehnst, als du Brunnen ausgehoben hast.«

»Und das suchst du bei dem Schimpansen?«

»Warum nicht? Er ist doch vermutlich genauso gestrickt. Und er hat genug Hirn, um komplexe Gefühle zu verarbeiten. Um zu beweisen, dass er menschlich ist, dass er das hat, was wir eine Seele nennen würden, müssen wir nach dummen, tapferen, unerklärlichen oder widersprüchlichen Handlungen bei ihm suchen, die belegen, dass er von einem weiten Spektrum von Gefühlen getrieben wird, von denen keines stabil ist. Wenn wir einen wahren Turing-Test finden wollen, etwas, das ein Wesen mit einer Seele von einem ohne unterscheidet, müssen von Gefühlen verursachte Fehler unbedingt darin enthalten sein.«

Sameer sah nachdenklich drein und ließ sich Zeit mit seiner Antwort. »Unglaublich. Ich habe es noch nie so betrachtet, aber irgendwie stimmt es. Der Schimpanse ist manchmal ganz normal, aber meistens durchschaue ich ihn nicht so wie einen Menschen«, schloss Sameer. »Glaubst du, dass allgemeine Intelligenz und emotionale Intelligenz miteinander korrespondieren?«

Jamie musste an einen Freund aus ihrer Studienzeit denken. *Herrgott, nein!* Sie formulierte ihre Antwort diplomatischer. »Das Stereotyp besagt eher das Gegenteil. Menschen mit mehr logischem Denkvermögen tun sich oft schwer mit sozialen Interaktionen. Du weißt schon, wenn der Empathie-Schaltkreis als Extra-Gedächtnisspeicher herangezogen wird. Aber das ist wie gesagt nur ein Stereotyp. Schließlich haben wir keinen Grund zu der Annahme, dass er mitfühlender oder großzügiger ist, weil er ein größeres Gehirn hat. Vielleicht macht es ihn sogar skrupelloser, egozentrischer und hinterhältiger. Das können wir nicht wissen.«

»Manchmal macht er mir Angst, Jamie«, sagte Sameer leise.

»Er macht dir Angst?«

»Bei den anderen Schimpansen habe ich keine Bedenken mehr, wenn sie mich erst einmal kennen, aber bei dem hier fühle ich mich nie ganz sicher. Er hat so einen Blick, bei dem ich nie genau weiß, woran ich bin.« Sameer fasste zur Seite und legte die Hand auf einen Stapel Kinderbücher.

Auf einmal löste sich der Schimpanse von den Bauklötzen, hüpfte flink zu Sameer hinüber und sprang ihm auf den Schoß. Er warf Jamie einen schiefen Blick zu, ehe er Sameer ein Buch zum Vorlesen in die Hand drückte.

Sameer schob den Affen in eine ihm bequemere Position, worauf dieser sich langsam umdrehte und Sameer in die Augen sah. Sameer begann zu lesen. »In dem großen grünen Zimmer …«

Jamie kam herüber und ging hinter Sameer in die Hocke, um ihm über die Schulter zu sehen. »Kannst du mir das Telefon zeigen?«, fragte sie den Schimpansen.

Der Affe zeigte auf das Telefon, das im Buch auf einem Nachttischchen stand. Sameer las weiter.

Nachdem sie mit *Goodnight Moon* fertig waren, ging der Schimpanse zu einem Häufchen Spielsachen, das auf dem Boden lag. Er nahm ein Spielzeugtelefon und hielt sich den Hörer ans Ohr.

»Hallo?«, sagte Jamie und hielt sich die Finger wie einen fiktiven Telefonhörer ans Ohr. Der Schimpanse lauschte kurz und starrte das Telefon an. Mit einer einzigen Bewegung packte er den Hörer und riss die Schnur heraus, die ihn mit dem Telefon verband. Mit einem letzten Blick auf den Hörer schleuderte er ihn gegen den Zaun.

»Offenbar ist er von dem Telefon nicht besonders angetan«, meinte Sameer.

Der Schimpanse hüpfte erneut auf Sameers Schoß, grapschte mit seinen überlangen Fingern nach Sameers T-Shirt und befühlte den Stoff. Immer wieder fuhr er mit Daumen und Zeigefinger über Sameers Ärmel, bis er schließlich das Interesse daran verlor.

»Er fasst gern Dinge an. Ich glaube, es beruhigt ihn«, meinte Sameer.

Jamie wollte gerade etwas fragen, als der Schimpanse urplötzlich von Sameers Schoß heruntersprang und zu dem kleinen Schwingtor huschte, durch das er hinauskonnte.

Mit Händen und Füßen hangelte er sich hindurch, ehe er genau gegenüber von Jamie und Sameer auf der anderen Seite des Zauns stehen blieb.

Jamie erkannte als Erste, was ihn gelockt hatte. »Sameer, er schaut sich den kleinen Vogel an.« Der Vogel hatte einen gebrochenen Flügel und rang vergeblich darum, sein Körpergewicht in die Lüfte zu schwingen.

Der Schimpanse musterte den Vogel einen Moment lang und beobachtete dessen hilflose Bewegungen. Dann machte er ohne Vorwarnung einen Satz und packte ihn mit beiden Händen. Die Flügel des Vogels flatterten im Griff des Schimpansen, ehe sie still wurden.

Mit einem Finger begann der Affe den Kopf des Vogels zu streicheln und dessen Nackenfedern zu glätten. Der Vogel zwitscherte einmal und wackelte unter dem zärtlichen Finger des Schimpansen mit dem Kopf. Langsam begann er seine neue Umgebung zu erforschen, indem er sachte gegen die Hand des Schimpansen pickte.

Auf einmal nahm der Schimpanse den Vogel in die eine Hand, griff mit der anderen nach seinem Kopf und riss ihn ab. Eine Weile sinnierte er über dem abgerissenen Kopf und rieb ihn zwischen den Fingern. Nach einer Weile warf er Kopf und Körper des Vogels weg und lief auf Händen und Füßen in den Wald.

»Damit ist der Unterricht für heute beendet«, erklärte Sameer.

14

Skip Jordan schlang sich das Pistolenhalfter um die ausladende Leibesmitte und inspizierte wie schon so oft seine Pistole. Nicht, dass er erwartete, einen Defekt zu finden – bei seiner oberflächlichen Musterung hätte er kaum feststellen können, ob er nicht versehentlich eine Wasserpistole in Händen hielt.

Es war nichts als reine Routine, dass er die Waffe vor einem »richtigen Einsatz« überprüfte. Erneut sah er an die Wand aus Fernsehbildern im Kontrollraum von BrainStem Therapeutics. Diesmal hatte es nicht der Aufmerksamkeit des Hausmeisters bedurft, um das Problem zu lokalisieren. Die Eindringlinge waren auf mindestens fünf Kameras deutlich zu sehen.

Skip Jordan griff zum Telefon und wählte eine Nummer. Am anderen Ende wurde sofort abgenommen. »Diego.«

»Hör mal, Diego. Es gibt eine Störung am Haupteingang. Leg deine Montur an und wart in fünf Minuten im Atrium auf mich. Alles klar?«

Kurz bevor es klickte, tönte Diegos knappes »Dann in fünf Minuten, Boss« aus dem Hörer.

Jordan kippte den Rest seines Kaffees hinunter und stolzierte mit einem letzten Blick auf die Monitore zur Tür hinaus. »Das werden wir gleich haben«, brummte er vor sich hin.

Er marschierte durch etliche Korridore, bis er am Haupteingang ankam und durch die Glastüren hinausspähen konnte. Draußen standen zehn oder zwölf junge Männer und Frauen. Alle waren leger mit Shorts und Sandalen bekleidet und hielten große Plakate, Poster und Transparente in die Höhe. Einer stand weiter weg und filmte die ganze Szenerie mit einer Videokamera. Ein anderer trug ein Affenkostüm und hatte sich einen zur Schlinge gebundenen Strick um den Hals gelegt.

Der mit dem Affenkostüm sah aus, als ob ihm besonders unbehaglich sei, obwohl bereits kühlere Abendtemperaturen herrschten. Durch die Tür hörte Jordan einen der Demonstranten in makellosem Englisch ins Megafon plärren: »Lasst die Affen leben! Lasst die Affen leben!«

Die Poster zeigten klug gewählte Abbildungen von Affen in winzigen Käfigen oder auf Behandlungsliegen, aus deren Körpern mehrere Schläuche und Leitungen kamen wie bei Patienten einer Intensivstation. Parolen wie »Affen haben auch Gefühle«, »Wie viele noch?« oder »Wer ist der Nächste?« zierten die anderen Plakate, auf denen plastische Bilder von Affenjagden in der Wildnis zu sehen waren. Am auffälligsten war eine leuchtend rote Digitalanzeige, die unter der Überschrift »restliche Schimpansen« von zweihundertfünfzigtausend nach unten zählte.

Jordan wandte sich um, als er Schritte vernahm, und sah Diego auf sich zukommen. »Na schön, Diego«, rief er. »Dann kümmern wir uns mal um die Herrschaften.« Diego nickte, und die beiden verließen das Gebäude. Sofort schwenkte der Kameramann zu den beiden Sicherheitsleuten, und die Parolen wurden lauter und erregter.

Die Wachleute marschierten auf die Gruppe zu, ohne

jedoch zu wissen, was sie tun sollten. Jordan baute sich vor dem Mann im Affenkostüm auf. »Wer ist hier verantwortlich?«, bellte er. Darauf zuckte der Affe die Achseln und zeigte auf die Schlinge um seinen Hals. Jordan sah den Affenmann so verächtlich an, wie er konnte, und ging zu der Frau mit dem Megafon hinüber. »Was wollen Sie eigentlich?«

Die Frau mit dem Megafon war regelrecht begeistert von dieser Frage und winkte den Kameramann zu sich her, ehe sie in amerikanischem Englisch zu sprechen anhob. »Wir wollen, dass die Schimpansen mit Respekt behandelt werden. Wir wollen, dass ihre Heimat nicht mehr länger ausgeplündert wird, dass die kriminellen Morde an den Affenmüttern aufhören, denen man die Kinder raubt, dass das skrupellose …«

Jordan fiel ihr barsch ins Wort. »Passen Sie mal auf, mir ist schnurzegal, was Sie denken.« Die Frau nickte dem Kameramann zu und zeigte auf Jordan, der weiterpolterte. »Das Einzige, was mich interessiert, ist, dass Sie widerrechtlich in ein privates Labor eingedrungen sind, ein Labor, dessen Hauptaufgabe es ist, Schimpansen zu züchten und zu schützen. Wenn Sie nicht sofort verschwinden, sehe ich mich gezwungen, die Polizei zu rufen und Sie festnehmen zu lassen.«

»Ach, na klar. Warum tun Sie's nicht? Wir machen nichts Illegales. Wir sind nur gekommen, um das Da-Silva-Naturschutzgebiet zu besuchen«, sagte sie abfällig. »Ein treuhänderischer Besitz des brasilianischen Volkes, das wir repräsentieren. Offen gestanden glaube ich, dass wir noch eine ganze Weile hierbleiben.« Und schon setzte sie sich im Schneidersitz hin und lächelte Jordan an. Die anderen Mitglieder der Gruppe taten es ihr nach, außer dem Kameramann, der eine Großaufnahme von Jordans generyter Miene einfing.

Während Jordan seinen Disput mit der Frau fortsetzte, schlich Carlos Escalante verstohlen hinter Jordan und Diego vorbei ins Laborgebäude. Sowie er drinnen war, gab er der Frau mit dem Megafon ein Zeichen und schloss geräuschlos die Tür hinter sich.

Er schaute durch die Glastür und bemerkte, dass etliche der Demonstranten, die sein Eindringen verfolgt hatten, sich wieder auf die Konfrontation zwischen Jordan und ihrer Sprecherin konzentrierten, um nicht auf Carlos aufmerksam zu machen. Inzwischen hatten sich sämtliche Demonstranten auf die Erde gesetzt. Carlos wandte sich um und ging weiter in das Gebäude hinein.

Zielstrebig streifte er durch die Flure. Die Demonstration zu organisieren, war ein Kinderspiel gewesen. An der Universität von Amazonas gab es jede Menge ausländische Studenten, und die meisten von ihnen hatten es sich zur Aufgabe gemacht, den Regenwald zu studieren. Binnen zweier Tage hatte er ein Dutzend Personen – darunter Brasilianer, Amerikaner und zwei Europäer – aufgetrieben, die gern bereit waren, ihm bei seiner »Demonstration« zu helfen. Er hatte Logistik und Utensilien besorgt und für die Anreise ein Boot gechartert.

Wesentlich schwerer war es gewesen, Insider-Informationen zu besorgen. Als Erstes hatte er Studenten der Molekularbiologie gefragt, ob einer von ihnen mit der räumlichen Aufteilung des Komplexes vertraut war. Die meisten sahen ihn nur verständnislos an. Andere hatten zwar schon von der Firma gehört und Stellenanzeigen von ihr gesehen, kannten aber niemanden, der dort gearbeitet hatte. Durch hemmungsloses Ausfragen fand er ein paar Laborassistenten, darunter den einen, der als Erster gemutmaßt hatte, dass Nakamura und Mercer miteinander auf Kriegsfuß stünden.

Am zweiten Tag seiner Erkundungen bekam er die Telefonnummer von jemandem, der einen Sommer lang dort gearbeitet und dann aufgehört hatte. Carlos hatte Glück. Er erkundigte sich am Telefon bei dem ehemaligen Mitarbeiter nach den Einstellungsbedingungen und danach, ob er wisse, bei wem er sich nach einem Job erkundigen könne. Nach einem längeren Gespräch darüber, was für eine Art von Arbeit dort verrichtet wurde, welche Leute das Sagen hatten und wo ihre Büros lagen, fragte Carlos nach Nakamura. Der Laborant hatte wenig mit Nakamura zu tun gehabt und wusste lediglich zu sagen, dass Nakamura morgens als Erster kam, kaum mit jemandem über Belanglosigkeiten plauderte und Gerüchten zufolge abends zu seiner Familie heimkehrte, die in einer Wohnung auf dem Gelände lebte. Carlos bedankte sich und legte zufrieden auf.

Die Informationen zahlten sich nun aus. Rasch fand er den Weg durch die weitgehend leeren Flure zur Genetikabteilung. Er nickte den wenigen Personen zu, denen er begegnete, worauf sie das Nicken mit etwas verwirrten Mienen erwiderten.

Nachdem er für sein Gefühl mehrfach im Kreis gegangen war, stieß er auf einen Korridor, der ihm bekannt vorkam. Der mit Teppich ausgelegte Flur hatte drei Türen auf der linken Seite, vor deren letzter er stehen blieb. Auf dem Türschild stand »Kenji Nakamura, Laborleiter«. Carlos sah sich um, um sicherzugehen, dass er allein war.

Er klopfte dreimal leise an die Tür und trat einen Schritt

zurück. Als keine Reaktion erfolgte, drehte er am Türknauf. Abgeschlossen.

Er zog einen Dietrich aus der Tasche, machte schnell die Tür auf und spähte hinein. Nach einem weiteren raschen Blick den Flur hinab trat er ein und schloss leise die Tür hinter sich. Durch eine Tür zu einem Nebenraum war das leise Brummen von Maschinen zu vernehmen. Der Raum war nur matt beleuchtet, doch das Licht reichte, um sich zu orientieren. Carlos machte sich sofort über die Aktenschränke her.

Er zog die oberste Schublade auf, fuhr über die beschrifteten Karteireiter und fluchte leise, als er sah, dass sämtliche Beschriftungen auf Japanisch waren. Rasch lugte er in jeden Ordner, bis er begriffen hatte, dass die Schublade mehrfache Nachdrucke von wissenschaftlichen Aufsätzen enthielt. Die meisten waren auf Englisch und auf allen stand Nakamuras Name. Carlos wandte sich der nächsten Schublade zu.

Sämtliche Schubladen im ersten Schrank waren voller Zeitungsausschnitte, die offenbar thematisch sortiert waren. Auch im zweiten Schrank waren nur wissenschaftliche Schriften zu finden. Die ersten beiden Schubladen des dritten Schranks waren leer.

In der dritten Schublade fand Carlos ein paar dünne Ordner, die anders aussahen. Beim Durchsehen stieß er auf Unterlagen, die nach Jahren geordnet waren und finanzielle Aspekte behandelten, darunter auch die Jahresbilanz der Firma, Cashflow-Berichte, Prospekte für Aktionäre und Korrespondenz. Er blätterte sämtliche Schreiben durch, doch es waren in erster Linie unbrauchbare Informationen aus der Führungsetage von Soliton über Geschäftsstrategien, Bitten um Updates und dergleichen.

Nichts erschien ihm besonders hilfreich, und so machte er sich über die letzte Schublade her, die jedoch nur Büromaterialien und Papier enthielt. Während er die Schublade durchwühlte, hörte er Stimmen und Schritte draußen auf dem Flur.

Carlos schloss die Schublade versehentlich mit einem lauten Schnappen und duckte sich. Eine der Stimmen drang durch die Tür. »He, das klingt ja, als wäre Kenji noch da. Fragen wir ihn doch einfach.«

»Nein, er fängt morgens immer sehr früh an«, erwiderte die andere Stimme. »Er bleibt nie so lange hier.«

»Aber ich habe doch etwas gehört.«

Carlos vernahm, wie jemand am Türknauf drehte, und kroch so leise er konnte unter den Tisch.

»Kenji, sind Sie da?«, rief jemand. »Es ist alles dunkel. Du hattest wohl doch recht.«

Die Stimmen wurden leiser, und Carlos wartete, bis sie ganz verstummt waren, ehe er sich den Schweiß vom Gesicht wischte. Leise schlich er zur Tür und schloss sie ab.

Dann trat er ans Bücherregal und musterte die vielen Titel in den Reihen. Die meisten waren Lehrbücher oder wissenschaftliche Werke, die nicht weiter von Interesse für ihn waren.

Er kehrte wieder an den Schreibtisch zurück, auf dem mehrere ordentliche Papierstapel lagen. Aufmerksam sah er jeden Stapel durch, konnte jedoch nichts Brauchbares entdecken. Das meiste waren Rohdaten – Listen mit Sequenzen, Gendiagramme und Fotos von Gels. Obwohl er vermutete, dass sich hinter den Blättern ein Zusammenhang verbarg, wurde er nicht schlau aus ihnen und legte sie beiseite.

Als Nächstes griff er zur PC-Maus und klickte den Monitor an. Ein Kasten erschien und verlangte nach dem richtigen Passwort. Carlos kapitulierte. Schließlich widmete er sich den Schreibtischschubladen. Die erste war voller Blätter, Stifte, Büroklammern und dergleichen. In der zweiten lagen Medaillen, Auszeichnungen, Gutachten und Fotos. Obendrauf prangte ein Namensschild mit Nakamuras Namen, das an einem geflochtenen Halsband hing.

Carlos zog an der untersten Schublade, doch sie klickte nur und ging nicht auf. Er kramte sein Einbrecherwerkzeug hervor und hatte die Schublade binnen weniger Sekunden geöffnet. In ihr lagen etliche Aktendeckel mit japanischen Aufschriften. Darunter verbarg sich ein schwarzer Plastikkasten, den Carlos hastig öffnete, worauf eine Betäubungspistole zum Vorschein kam. Carlos schloss den Kasten wieder und wandte sich erneut den Aktendeckeln zu.

Er schlug einen nach dem anderen auf. Der erste enthielt einen Briefwechsel über ein Projekt der Firma, das mit Dopamin erzeugenden Nervenzellen zu tun hatte. Er setzte sich und begann zu lesen, überlegte es sich jedoch rasch anders und zog stattdessen eine Minikamera heraus, mit der er die Dokumente fotografierte, ehe er alles wieder in die Schublade legte. Dann sah er die anderen Ordner durch.

Der zweite Ordner ließ ihn aufmerken. Der ersten Seite war zu entnehmen, dass es sich um einen technischen Bericht handelte, der zahlreiche Bilder enthielt, die wie Querschnitt-Röntgenaufnahmen des Gehirns wirkten. Carlos blätterte alles durch.

Ein Satz in der Schlussbemerkung machte ihn hellhörig. »Es ist noch viel zu früh, um die Funktionsweise des

Gehirns dieses Schimpansen zu beurteilen. Anatomisch betrachtet ist sein Gehirn dem menschlichen Gehirn in Größe und Komplexität vergleichbar. Angesichts jüngst beobachteter Verhaltensweisen kann nicht ausgeschlossen werden, dass das Objekt zu einer Verhaltenskomplexität fähig ist, die der eines Jugendlichen nicht nachsteht oder sie sogar übertrifft.«

Carlos grinste breit, machte rasch ein paar Fotos und legte alles wieder in den Ordner. Dann holte er ein kleines Gerät aus der Tasche, musterte es und betätigte mit dem Fingernagel einen kleinen Schalter, ehe er es in einen winzigen Spalt an der Unterseite von Nakamuras Schreibtisch schob. Zufrieden damit, dass er sein Ziel erreicht hatte, schloss er die Schublade und wollte soeben den Rückweg antreten, als er einen animalischen Schrei aus dem Nebenraum vernahm. Langsam ging er auf die Tür zu und versuchte, dabei möglichst geräuschlos aufzutreten.

Die Tür war abgeschlossen. Neben dem Türrahmen summte leise ein Kartenlesegerät mit einer roten Leuchtdiode. Carlos konnte sich ein Grinsen nicht verkneifen. Eher brachte man einem Politiker Teilchenphysik bei als einem Wissenschaftler Sicherheitsmaßnahmen. Das war einer der denkwürdigen Merksätze seines Ausbilders bei der CIA gewesen. Carlos trat erneut an den Schreibtisch, holte Nakamuras Namensschild und schob es durch das Lesegerät. Die Tür klickte, und die Leuchtdiode wurde grün. Carlos machte die Tür auf, steckte das Namensschild ein und spähte in den Nebenraum.

Der Raum war groß, nur matt erleuchtet und relativ leer. Es gab ein paar lange schwarze Tische, über denen Hängeschränke voller kleiner Behälter und Gläser angebracht waren. Auf der anderen Seite standen reihenweise Tierkäfige, in denen jeweils ein Schimpanse saß. Carlos ging hinein.

Er schluckte schwer, als er auf die Käfige zuging, und staunte über die massigen, starken Arme der Schimpansen. Die Affen in der ersten Reihe an der Wand gegenüber beachteten Carlos fast überhaupt nicht, während sich die Tiere in den beiden anderen Reihen gleich bei seinem Eintreten interessiert zeigten, indem sie in den Käfigen nach vorn kamen und ihn beobachteten.

Carlos betrachtete die Tiere in der ersten Reihe genauer. Irgendetwas an ihrem Verhalten stimmte nicht. Keines von ihnen regte sich, alle wirkten irgendwie betäubt. Er musterte sie erneut und suchte nach irgendwelchen Merkmalen. Es waren ausschließlich Weibchen, und bei genauerem Hinsehen bemerkte Carlos, dass sie alle eine kleine blaue Plastikkappe an der Schulter hatten, die aussah wie der Anschluss für eine Infusion.

Mit zunehmender Neugier schlenderte er zu einem Schränkchen neben den Käfigen. Darin lagen zwei große gepolsterte Handschuhe, zwei Betäubungspistolen und zahlreiche Pillenfläschchen. An der Wand über dem Schränkchen hing ein Zettel. Darauf stand: »Dosierungen: 60 mg Prednison morgens, 500 mg Levofloxacin morgens, 200 mg Diflucan morgens, 1 g Folsäure morgens, 1 g Mycophenolat morgens und abends – aber bitte nicht für Käfig 5«. Neben dem Schränkchen stand ein kleiner Kühlschrank voller großer Obsttüten. Auf dem Schreibtisch lagen neben dem Telefon ein Dienstbuch und ein Schlüsselbund.

Carlos blätterte das Dienstbuch durch. Jede Seite war mit einer Käfignummer und einer Reihe datierter Einträge beschrieben. Er las die letzten Einträge auf der ersten Seite. »15. Nov., 23 Wochen 3 Tage: Fetale Herztöne 160. Medikamente in Banane verabreicht. Fieberfrei.« Auf einmal dämmerte ihm etwas, und er sah sich erneut nach den Tieren um. Wie hatte er das nur übersehen können? Fast die Hälfte von ihnen war eindeutig trächtig.

Carlos blätterte die restlichen Seiten durch. Auf der letzten Seite standen mehrere Telefonnummern.

Nakamura	5317
O. R.	4173
~~Batori~~	~~2315~~
Labor	4175
Assistent	2781

Er schlug das Buch zu und legte es wieder auf den Tisch. Als Nächstes wandte er sich den zwei anderen Reihen mit Schimpansenkäfigen zu, als ihn erneut ein Gefühl der Beklemmung überkam. Auf einmal begriff er. Die Laute, die die Tiere von sich gaben, waren keine willkürlichen Laute, wie man sie bei Affen im Zoo hörte.

Carlos lauschte.

Aus einem Käfig in der mittleren Reihe war ein leises, kehliges Geräusch zu vernehmen. Kurz darauf wiederholten die etwa zwei Dutzend anderen Schimpansen den Laut. Schließlich wandten sich mehrere Schimpansen um und stießen leise, kaum hörbare gutturale Töne aus.

Carlos näherte sich den Gefrierschränken an der anderen Wand. Im ersten fand er reihenweise kleine Phiolen, Fläschchen und Röhrchen, allesamt akkurat mit alphanumerischen Kodierungen versehen. Er versuchte, den zweiten zu öffnen, doch die Tür gab nicht nach. Rasch machte er sich mit seinem Werkzeug darüber her, bis sie aufschwang und den Blick auf vier Schubladen freigab.

Er öffnete die erste. Darin lagen Schachteln mit Aufschriften wie 203d, 214d und 225d. Er nahm die mit 203d etikettierte Schachtel heraus und legte sie auf einen Tisch daneben. Von der extremen Kälte stachen ihm die Finger. Er schob den Deckel der Schachtel beiseite und musterte den Inhalt. Der obere Einsatz enthielt mehrere Reihen von Mikroskop-Objektträgern mit blauen, roten und grünen Umrissen von Gewebeproben. Neben den Objektträgern lagen mehrere Behälter mit Formaldehyd, in denen rosafarbene Gewebeproben schwammen.

Carlos nahm den oberen Einsatz ab und schnappte nach Luft, als er sah, was sich darunter verbarg. Unwillkürlich machte er einen Satz nach hinten und ließ alles fallen. Mit lautem Krachen zerschellten die Objektträger auf dem Boden. Die Schimpansen begannen zu kreischen, und einer nach dem anderen sprang auf und schlug gegen die Käfigwand.

Auf dem Boden neben der Schachtel lag die unverwechselbare Form eines menschlichen Fetus, allerdings mit chirurgisch entferntem Kopf. Neben dem winzigen, gut erhaltenen Körper rollte ein winziger Schädel vor und zurück, ehe er auf dem kreisrunden Loch zum Stillstand kam, das hinten in die Schädeldecke gesägt worden war. Plötzlich klopfte es energisch gegen die Tür zu Nakamuras Büro. »He, ist da drinnen alles in Ordnung?«, rief jemand.

Carlos erschrak und sah sich nach beiden Seiten um. Rasch schaufelte er die Objektträger in die Schachtel zurück und schnitt sich dabei in den Finger. Er knallte den Einsatz obendrauf, machte die Schachtel zu und stellte sie in den Gefrierschrank zurück. Da erklang die Stimme erneut, und auch das Klopfen wurde lauter. »Ist da jemand?« Er hörte, wie die Tür zu Nakamuras Büro aufschlossen wurde.

Hastig lief er an das Schränkchen, schnappte sich den Schlüsselring und machte sich am Schloss des ersten Affenkäfigs in der mittleren Reihe zu schaffen, während der Schimpanse direkt neben ihm gegen die Stäbe schlug. Der erste Schlüssel passte ebenso wenig wie der zweite. Carlos hörte die Schritte immer näher kommen.

Seine Finger zitterten. Der dritte Schlüssel passte, und Carlos riss die Käfigtür so heftig auf, dass sie gegen die Stäbe knallte. Der aufgeschreckte Affe warf einen verblüfften Blick auf die Freiheit, ehe er in den Laborraum hinauskletterte. Carlos duckte sich hinter den Gefrierschrank, als die Tür zum Labor aufging, hielt den Atem an und wartete.

Die Schritte kamen noch ein Stück näher und stoppten abrupt, als die Tür aufging. »Ach du Scheiße!«, rief jemand. »Rühr dich nicht vom Fleck!« Die Schritte entfernten sich rasch, und die Tür flog ins Schloss. Carlos atmete aus.

Die Schimpansen aus den hinteren beiden Reihen taten nun etwas völlig Unerwartetes. Sie begannen alle auf einmal zu schnattern, jedoch nicht wild durcheinander, sondern strukturiert und beängstigend. Es klang, als machte jeder Schimpanse dasselbe Geräusch. Carlos konnte immer wieder einzelne Silben ausmachen, die synchron aus den beiden Reihen ertönten. Auf einmal kam der freigelassene Affe langsam auf Carlos zu.

Carlos versuchte, einen Haken zu schlagen und rasch zur Tür zu gelangen, doch der Schimpanse war zu schnell und schnitt ihm den Weg ab. Der Affe drängte ihn gegen die Wand, indem er einen Arm in die Höhe hielt und ihn drohend anknurrte. Die andere Hand hielt er ihm mit offener Handfläche ausgestreckt entgegen, als bäte er um etwas. Carlos konnte sich nicht bewegen. Der Schimpanse gestikulierte mit der ausgestreckten Hand und zeigte auf Carlos' Faust. Der Schlüssel. Er wollte den Schlüssel.

Carlos warf den Schlüssel hinter den Affen und rannte zur Tür, als das Tier sich danach bückte. Er riss die Tür auf und warf sie hinter sich wieder ins Schloss. Dann durchquerte er Nakamuras Büro, stellte sich hinter die Tür zum Flur und lauschte. Er hörte leises Klirren von Metall und das Geschrei der Affen, das nun lauter und völlig synchron war und einem Sprechchor ähnelte.

Carlos lief zurück zum Schreibtisch, warf Nakamuras Namensschild in die Schublade und verließ den Raum. Im Eiltempo marschierte er den Flur entlang, als er Schritte näher kommen hörte – viele Schritte. Er schlüpfte ins nächste Büro und stand vor Dr. Michaels, der an seinem Schreibtisch saß und etwas in den Computer eingab. Die Schritte zogen gedämpft außen vorbei. »Wer sind Sie? Was wollen Sie?«, fragte Michaels.

Carlos täuschte einen schweren brasilianischen Akzent vor. »Entschuldigen Sie. Ich habe mich verirrt. Wo ist denn die Cafeteria?«

Michaels atmete aus. »Ach so. Da haben Sie sich aber wirklich verirrt. Sie müssen den Flur bis zum Ende entlanggehen, dann links und noch mal links, bis Sie zu einer Treppe kommen. Steigen Sie zwei Etagen nach unten und fragen Sie dann noch einmal. Dort läuft bestimmt irgendjemand herum, der Ihnen den Weg zeigen kann.«

»Vielen Dank«, stieß Carlos hervor.

»Sagen Sie, Sie sind ein bisschen blass. Fehlt Ihnen etwas?«

Draußen polterten eilige Schritte vorbei, untermalt vom Gespräch der Laufenden. »Er ist frei herumgelaufen?«, hörte Carlos jemanden sagen.

»Ich brauche nur einen Happen zu essen. Hab zu lang gearbeitet.«

»Das kenne ich. Dann viel Glück.« Michaels erhob sich. »Sagen Sie, ist da draußen irgendwas los?«

Carlos spähte hinaus und zuckte unschuldig die Achseln.

Michaels trat zwei Schritte zur Tür hinaus. »Ist da draußen alles in Ordnung?«, rief er.

Carlos hörte die Antwort. »In Nakamuras Büro läuft ein Affe frei herum.«

Michaels wurde aktiv. »Die Tür muss sofort abgesperrt werden. Alle bleiben draußen. Ich kümmere mich darum. Lassen Sie sofort Dr. Simons und Dr. Nakamura ausrufen!«

»Ja, Sir!«

Michaels wandte sich wieder zu Carlos um. »Sie gehen jetzt besser. Wir haben hier ein Problem.«

Carlos brauchte den besorgten Blick nicht einmal vorzutäuschen. »Danke. Das mach ich.« Mit schnellem Schritt marschierte er von Nakamuras Büro weg den Flur hinunter.

Auf dem Flur waren Stimmen und das Geschrei eines Schimpansen zu hören, doch Carlos ging, ohne sich umzudrehen, weiter. Er bog nach links ab, schritt den nächsten Korridor entlang und wandte sich nach rechts.

Er holte tief Atem und zwang sich, ruhig weiterzugehen, bis er im Atrium anlangte. Nach einem Blick durch die Eingangstür ging er hinaus und schlich sich ungesehen hinter eine seitlich gelegene Baumgruppe. Jordan diskutierte immer noch mit den Demonstranten. »In zwei Minuten kommen meine Leute mit Tränengas«, drohte er und tippte auf sein Sprechfunkgerät. »Wenn Sie sich offiziell beschweren wollen, bitte sehr, aber ich bin berechtigt, gewaltsam gegen Vandalen vorzugehen. Deshalb würde ich Ihnen empfehlen, friedlich abzuziehen.«

Die Frau mit dem Megafon warf Carlos zwischen den Bäumen einen Blick zu und erhob sich. »Na gut«, sagte sie gelassen. »Wir gehen. Aber das hier können Sie heute Abend alles in den Fernsehnachrichten bewundern. Und wir kommen wieder.« Sie wandte sich zum Gehen, und die anderen folgten ihr. Jordan und Diego sahen zu, wie sie ihre Sachen zusammensuchten. Die Frau drehte sich zur Seite und gab Jordan und Diego ein Zeichen, worauf sich beide zu ihr umwandten.

»Eines noch«, sagte sie. »Ich weiß nicht, wie Sie bei dem, was Sie hier treiben, nachts noch ruhig schlafen können.« Während sie sprach, schlüpfte Carlos durch die Bäume und mischte sich unter die anderen. Rasch reichte ihm einer der Demonstranten ein Transparent und zwinkerte ihm zu.

Die Gruppe war schon am Gehen, als sie alle wie angewurzelt stehen blieben. Mitten auf dem Weg stand ein Schimpanse und sah sie höhnisch an. Beklommen machten die Demonstranten Halt. Trotz all ihrer guten Absichten hatte keiner von ihnen je auf so geringe Distanz einem Schimpansen gegenübergestanden. Der Schimpanse hielt einen gefalteten Palmwedel wie ein Megafon in der Hand. Er setzte sich den Trichter an den Mund und quäkte hinein – eine perfekte Nachahmung dessen, was er bei den Demonstranten gesehen hatte.

Jordan prustete vor Lachen. »Jetzt seht ihr ja, wie eingesperrt unsere Schimpansen sind. Ihr armen Trottel habt euch den falschen Ort für euren Auftritt ausgesucht. Habt ihr überhaupt schon mal einen Schimpansen in freier Wildbahn gesehen?«

Auf einmal begann der Schimpanse zu zittern. Das Pseudomegafon fiel zu Boden. Sein Arm zitterte immer heftiger, bis der Affe umfiel und sich sein ganzer Körper in rhythmischen Zuckungen wand.

Der schreckliche Anblick, den der Schimpanse abgab, veranlasste einen der Demonstranten zu einem Schrei. Wie ein Mann rannte die Gruppe los und stürmte an dem Affen vorbei zu ihrem wartenden Boot. Entsetzt musterte Jordan den Schimpansen, während jemand durch das Megafon brüllte: »Wir kommen wieder!«

Während die Demonstranten in der Ferne verschwanden, sahen die Wachleute hilflos zu, wie die Zuckungen des Affen nachließen und das Tier regungslos am Boden liegen blieb. Diego wandte sich an Jordan. »Das ist doch der mit dem Halsband, oder? Warum machen eigentlich alle eine solche Geheimnistuerei um ihn?«

Jordan legte väterlich einen Arm um Diego. »Das kann ich dir nicht sagen, mein Sohn. Sei einfach dankbar dafür, dass er uns geholfen hat, diese Hippies loszuwerden. Das sind vielleicht Idioten.«

Nakamura lief zur Tür seines Büros, wo ihn Michaels und Simons bereits erwarteten. »Was ist denn passiert?«, fauchte er und sah sich um, um sicherzugehen, dass niemand anders in der Nähe war.

»Eines der Tiere ist aus dem Käfig entwischt.«

»Ist es wieder gefangen worden?«

»Noch nicht. Wir hatten keinen Tranquilizer.«

Simons redete auf Michaels und Nakamura zugleich ein. »Ich habe euch ja gleich gesagt, dass wir nicht die Laborassistenten die Chimären versorgen lassen sollen. Einer von ihnen muss eine Tür offen gelassen haben. Die Schimpansen sind zu intelligent und zu wütend, als dass wir uns solche Fehler erlauben könnten. Was, wenn er entkommen ist? Der hier hat weiß Gott nicht so viel positive menschliche Zuwendung erfahren wie der Alpha.«

»Was haben wir denn schon für eine Wahl?«, fauchte Michaels zurück. »Willst du etwa acht Stunden am Tag Affenkacke schaufeln?«

Nakamura hob die Hände. »Ich habe eine Betäubungspistole in meinem Büro. Gehen wir rein und schaffen wir den Affen in seinen Käfig zurück. Dann können wir weiterreden.«

Die anderen beiden nickten, und Nakamura machte die Tür auf.

Sie betraten zu dritt das Büro, wo Nakamura die Pfeilpistole aus dem Schreibtisch nahm. Dann griff er nach seinem Namensschild und zog es durch das Kartenlesegerät an der Tür zum Labor. Die anderen folgten ihm.

Drinnen angelangt, stach ihnen ein offener Käfig in der mittleren Reihe ins Auge.

»Ich dachte, ihr hättet gesagt, ausgebrochen, nicht verschwunden! Wo ist er?«, fragte Nakamura ärgerlich.

»So hat man es mir berichtet!«

Die drei gingen auf den Käfig zu.

Als hinter ihnen ein dumpfer Schlag ertönte, wirbelten sie herum. Ein Schimpanse stand allein in der offenen

Tür zum Büro. Wo kam er her? Michaels sah zu dem Gewirr aus Rohren und Leitungen an der Decke hinauf. Der Schimpanse stieß ein leises, gedehntes Pfeifen aus.

Nakamura legte unverzüglich die Betäubungspistole an und zielte. Als er gerade schießen wollte, erklang hinter ihm ein metallisches Klirren. Er drehte sich um. Sämtliche gentechnisch veränderten Schimpansen aus beiden Reihen, also insgesamt ein paar Dutzend, hatten nun ihre weit offen stehenden Käfige verlassen und kamen auf sie zu – *auf ihn*.

Simons begann zu schreien.

II. TEIL

EINE EINSAME UND TROSTLOSE WELT

Das Waldesinnere ist magisch und voller Leben – ein Zauberreich, in dem alles möglich ist ... Bambusartiges Gras wächst mit einer Geschwindigkeit von einem Meter pro Tag bis zu dreißig Meter in die Höhe ... Es gibt »Rosen«, deren Stämme einen Durchmesser von fünfundvierzig Metern aufweisen, Gänseblümchen und Veilchen von der Größe von Apfelbäumen, zwanzig Meter hohe Baumfarne ... und Seerosenblätter mit anderthalb Metern Durchmesser ... Blumen mit einem Durchmesser von einem Meter, die siebzehn Kilo wiegen und mehr als zehn Liter Flüssigkeit in ihren Nektarien bergen ... Fledermäuse mit Flügelspannweiten von anderthalb Metern, Kletterpalmen mit Zweihundertvierzig-Meter-Stämmen, fünf Meter lange Kobras ... Frösche, die so groß sind, dass sie Ratten fressen und Nagetiere, die ihrerseits über fünfzig Kilo wiegen.

Arnold Newman, *Tropical Rainforest*
(New York, 1990)

Dann gebot Gott, der Herr, dem Menschen: Von allen Bäumen des Gartens darfst du essen, doch vom Baum der Erkenntnis von Gut und Böse darfst du nicht essen; denn sobald du davon isst, wirst du sterben.

Genesis 2,16-17

15

»Wollen wir es noch einmal versuchen, Mrs. Thompson?« Susan Archer-Bentham schaltete mit einem Klicken ihr Aufnahmegerät ein, ehe sie die Hände über ihrem weinroten Hosenanzug faltete. Im Bemühen, so wenig Tuchfühlung wie möglich zu der abgeschabten Couch aufzunehmen, richtete sie sich auf und begann zu sprechen. »Ich bin hier in St. Louis im Haus von Christa und Jerry Thompson, den stolzen und übermüdeten Eltern von gerade mal sechs Wochen alten Fünflingen. Mrs. Thompson, wie ist es denn, endlich auch das letzte Ihrer Kinder zu Hause zu …«

Ihre letzten Worte wurden von einem lauten Krachen aus dem Nebenraum übertönt. Zwei Säuglinge auf einer Decke begannen zu brüllen. »Laaa, laaa, laaa!«

Jerry kam mühsam auf die Beine. »Jetzt reicht's! Taylor, was zum Henker treibst du denn schon wieder?«

Christa Thompson, auf jedem Arm einen Säugling, zeigte verlegen auf das Aufnahmegerät. »Jerry! Lass gut sein!«, zischte sie.

Jerry beachtete sie nicht und stapfte in die Küche. »Mann, Taylor. Die ganze Dose Reis? Feg das mal ganz schnell zusammen! Hey! Wo ist dein Hemd?« Aus der Küche erklang das Tappen schneller Patschfüßchen, ehe ein kleines Kind im Eiltempo durchs Wohnzimmer sauste und in der Toilette auf der anderen Seite verschwand.

Peinlich berührt, marschierte Jerry zur Toilettentür und riss sie auf. Kaum hatte er sie offen, da kam der Kleine schon herausgerannt, hinter sich eine lange Schlange mit rasch abrollendem Toilettenpapier. Der Kleine drehte eine Runde ums Sofa, wo er das lose Ende des Toilettenpapiers fallen ließ, ehe er auf eine offene Treppe auf der anderen Seite des Raums losstürmte.

Er fasste nach unten, streifte geschickt seine Windel ab, brüllte mit Piepsstimme »Hass! Hass! Hass!« und trampelte schließlich die Treppe hinauf, so schnell es sein kleiner Körper erlaubte, wobei er alle paar Stufen ins Stolpern kam.

Christa lief leuchtend rot an. »Entschuldigen Sie«, sagte sie leise. »Das ist das schlimmste Wort, das er kennt. Er buhlt um unsere Aufmerksamkeit. Sie wissen ja, wie Zweijährige sind.« Sie wandte sich ihrem übergewichtigen Gatten zu. »Jerry, der Arzt hat doch gesagt, wir sollen seine Wutanfälle einfach ignorieren.«

Jerry ließ sich völlig entnervt auf einen Stuhl sinken, der seiner Leibesfülle kaum gewachsen schien. In der Zwischenzeit war Christa aufgestanden, um die beiden Babys auf ihren Armen gegen die zwei weinenden Exemplare auf der Decke auszutauschen, während sie einen nervösen Seitenblick auf das schlafende Kind in seinem Wippsitz warf.

Susan stand auf, als wollte sie helfen, besann sich dann jedoch eines Besseren und machte das Aufnahmegerät aus. »Also, Mr. und Mrs. Thompson, ich glaube, wir haben genug Material, um ein kleinen Beitrag zusammenzuschneiden. Haben Sie vielen Dank für Ihre Gastfreundschaft.« Jerry sah schwer geknickt drein.

Christa murmelte irgendetwas wie »gern geschehen«,

während sie zwei Babys sachte wiegte und eines nach dem anderen kurz anhob, um an seinen Windeln zu schnüffeln.

In diesem Moment ertönte ein schrilles Klingeln aus Susans Handtasche. Sie fasste hinein und zog ein kleines Mobiltelefon heraus. Während sie mit Gesten andeutete, dass sie hinausginge, schnappte sie sich ihr Aufnahmegerät und trat seufzend vor die Haustür. »Ich rufe Sie an, wenn wir den Beitrag senden«, sagte sie, winkte zum Abschied und schüttelte dann doch noch beiden kurz die Hand.

Rasch schritt sie ein Stück weit den Gehsteig entlang, ehe sie das Telefon aufklappte und sich meldete. »Susan.«

»Ms. Archer-Bentham?« Die Männerstimme am anderen Ende war ihr völlig fremd.

Sie antwortete, nun schon etwas weniger gereizt. »Ja, das bin ich.«

»Ms. Archer-Bentham, ich habe eine Geschichte für Sie.«

»Ich höre, aber ich hoffe schwer, dass es etwas Besseres ist als ein Interview mit brüllenden Fünflingen.«

Der Mann ignorierte ihren Versuch, witzig zu sein. »Was würden Sie davon halten, das erste Exklusivinterview mit einem intelligenten Alien in der Geschichte des Journalismus zu führen?«

»Ach, Herrgott noch mal. Jack, bist du das? Diesen Quatsch kann ich jetzt wirklich nicht gebrauchen.«

»Wie wär's dann mit einer Geschichte über das erste Menschenkind, das von nichtmenschlichen Eltern empfangen wurde?«

»Hören Sie, ich habe jetzt keine Zeit für dumme Scherze. Wer sind Sie überhaupt?«

»Ich verstehe Ihre Skepsis, Ms. Archer-Bentham, aber dies ist kein Scherz, sondern mein voller Ernst. Können Sie die Anonymität Ihrer Quellen garantieren?«

»Aber natürlich. Sogar die der Spinner. Wollen Sie mir jetzt vielleicht erzählen, worum es geht?«

»Ich brauche die Zusicherung, dass im Austausch gegen einen Hinweis auf die Geschichte des Jahrhunderts meine Identität geheim bleibt.«

Susans Professionalität gewann wieder die Oberhand. »Das kann ich Ihnen versprechen, es sei denn, Sie erzählen mir, dass Sie oder jemand anders jemanden umbringen, Selbstmord begehen oder die nationale Sicherheit gefährden wollen.«

»Wann könnten Sie in Chicago sein?«

»Ich steige heute Abend am O'Hare-Flughafen um.«

»Um wie viel Uhr kommen Sie an?«

»Zwanzig nach fünf. United aus St. Louis.«

»Ich hole Sie ab.«

»Hören Sie, ich habe keine Zeit für Spielchen. Ich habe eine Stunde Aufenthalt, und in der Zeit können Sie mir Ihre Geschichte schildern – das muss reichen.«

Der Anrufer legte auf.

Susan holte tief Luft. Sicher ein Irrer. Es wäre nicht das erste Mal, dass irgendein Durchgeknallter eine Reporterin ausfindig machte, um ihr seine Lieblingsverschwörungstheorie anzuvertrauen. Sie hatte die Erfahrung gemacht, dass die meisten dieser Typen harmlos waren und sich oft gleich an den nächsten wandten, wenn man sie abwies. Aber immerhin hatte er sich gut auszudrücken vermocht und nicht wie ein Spinner geklungen. Und woher hatte er eigentlich ihre Handynummer?

Allerdings hatte sie ihm nicht verraten, dass sie von

all den geistlosen, banalen Themen, über die sie schreiben musste, dermaßen die Nase voll hatte, dass sie am liebsten alles hingeworfen hätte. Mit dieser letzten Geschichte hatte sie einen neuen Tiefpunkt erreicht. In ihrer Eigenschaft als Korrespondentin für Gesundheit und Wissenschaft bei Associated Press hatte sie erwartet, jede Woche das intellektuelle Neuland der Stringtheorie oder der neuesten Heilmethode für Brustkrebs zu beackern. Sie hatte nicht vorgehabt, ihre Zeit damit zu verbringen, sich von einer Horde Kleinkinder vollsabbern zu lassen oder stapelweise Pressemitteilungen über Hypnose, Magnete und Naturheilkunde durchzulesen.

In Wirklichkeit war sie der Verzweiflung nahe. Nicht dass ihr Job bedroht gewesen wäre, aber ihr Ego. Mit einem Ehemann, der Vorstandsvorsitzender einer der am schnellsten wachsenden Fortune-500-Firmen war, hatte sie genug davon, als »Benthams Frau, die Reporterin« bekannt zu sein. Wenn sie ehrlich zu sich selbst war, musste sie zugeben, dass sie den Job bei AP nur aufgrund des Renommees ihres Mannes bekommen hatte. Sie hatte geglaubt, wenn sie seriöse Wissenschaftsthemen bearbeitete, könnte sie sich in ihrem eigenen Namen Anerkennung verdienen, doch ihr Mann behandelte ihren Job nur als schöne Beschäftigung für sie, wenn er nicht da war, was meist den ganzen Tag der Fall war.

Und nun nahm sie einen Hinweis auf Außerirdische oder so etwas ernst. Sie stieg in ihren Mietwagen und prustete los. Sie lachte, bis ihre Wimperntusche zu verlaufen und ihr Brustkorb zu schmerzen begann und alles andere an ihr wehtat, weil sie sich so nutzlos und so unglücklich fühlte.

»Ms. Archer-Bentham?« Die Stimme riss sie aus ihrem Tagtraum.

»Ja.« Sie hatte das seltsame Gespräch von ein paar Stunden zuvor schon fast vergessen gehabt, erkannte die Stimme jedoch sofort. Zu ihr gehörte ein tadellos gekleideter Geschäftsmann mit einem Lächeln und einem intelligenten, charismatischen Gesichtsausdruck.

»Ich dachte mir schon, dass Sie es sein müssen. Können wir uns unterhalten?«

»Sicher. Haben Sie Hunger?« Ihre Neugier sprang sofort an, während sie einen Schritt zur Seite machte, um sich aus dem Strom von Passagieren zu lösen, der aus dem Flugzeug quoll. Wie war er überhaupt hinter die Absperrung gekommen? Hatte er ein Ticket gekauft, nur um mit ihr sprechen zu können?

»Im Moment nicht. Ich hatte eigentlich gehofft, wir könnten uns unter vier Augen unterhalten, falls das auf diesem Flughafen möglich ist.« Er lächelte sie entschlossen an. Auf jeden Fall meinte er es ernst. Sie folgte ihm aus dem Ankunftsterminal hinaus durch die Sicherheitskontrolle und einen überfüllten Korridor entlang. Dann fuhren sie mit einer Rolltreppe nach unten und gelangten in einen breiten Flur mit leuchtend bunten Neonröhren an der Decke, durch den New-Age-Musik wallte. Eine allgegenwärtige Stimme machte über dem Laufband Durchsagen.

»Kommen Sie hier entlang«, sagte er und scherte aus der in alle Richtungen drängenden Menschenmasse aus, um sich an die Wand zu lehnen. Sie trat neben ihn.

»Mein Name ist Nathan Hall. Ich bin Investment-Banker und habe mich auf Börsenkapitalisierung und Investment-Management von biopharmazeutischen Firmen spezialisiert. Neben einem offenen Investmentfonds mittlerer Größe betreibe ich eine Investment-Beratungsfirma. Und ich fürchte, ich habe etwas leicht Unethisches getan.«

»Niemand ist ohne Fehler«, beruhigte ihn Susan.

»In meiner Branche ist Information das A und O. Ich beschaffe mir meine Daten auf allen erdenklichen Wegen. Auf Sie bin ich im Zusammenhang mit Informationen gestoßen, die ich über eine große pharmazeutische Forschungsfirma namens BrainStem Therapeutics gefunden habe.«

»Die kenne ich.«

»Ja, ich weiß. Ich habe vor zwei Wochen Ihren Beitrag im Radio gehört.«

Susan musste trotz allem lächeln. Es war der Königsweg, um ihre Aufmerksamkeit zu erlangen.

Nathan fuhr fort. »Kürzlich bin ich zu der Überzeugung gelangt, dass im Labor von BrainStem in Brasilien irgendeine große Sache im Gange ist.«

»Woher wollen Sie das wissen?« Susan trat von einem Bein aufs andere, da ihr langsam die Füße wehtaten.

»Wenn man Finanzdaten verfolgt, merkt man sofort, wenn jemand auf einmal mit Geld um sich wirft, als gäbe es morgen keines mehr. Man weiß einfach, dass etwas im Busch ist. Auf jeden Fall habe ich jemanden, mit dem ich gelegentlich Geschäfte mache, auskundschaften lassen, was genau diese plötzlichen Aktivitäten ausgelöst hat.«

»Eine Art Industriespion?«

»So könnte man es nennen.«

»Und was hat es nun mit diesen Aliens auf sich?«, fragte sie mit hochgezogener Augenbraue.

»Ich zeige Ihnen mal ein paar Fotos.« Er machte seine Aktentasche auf und zog einen großen braunen Umschlag heraus. Aus einem dicken Stapel Papier zog er ein paar Blätter heraus. »Was sehen Sie hier?«

Susan griff nach einer gefaxten Seite mit einem Foto. »Das ist ein Affe.« Sie überlegte, ob er mehr erwartete.

»Ein Schimpanse, genauer gesagt. BrainStem Therapeutics baut gerade in seinem Laborkomplex am Amazonasbecken eine Zuchtanlage auf. Allerdings habe ich herausgefunden, dass in ihrem Zuchtprojekt dort etwas Außergewöhnliches vor sich geht. Sie haben einen genetisch veränderten Schimpansen erschaffen, der voll empfindungsfähig ist.«

»Empfindungsfähig?«

»Bewusst, intelligent, wie auch immer Sie es nennen wollen. Irgendwie haben sie eine Methode entwickelt, um einen Schimpansen mit einem enorm vergrößerten Gehirn zu erschaffen, dessen Intelligenz an die von Menschen heranreicht. Sie haben sozusagen eine neue Art erschaffen.«

Susan runzelte die Stirn. »Wer?«

»Der Chefwissenschaftler heißt Nakamura. Er ist ein überragender Entwicklungsgenetiker und hat mehrere gute und erfahrene Molekularbiologen als Mitarbeiter. Wenn irgendjemand so etwas zustande bringen kann, dann er.«

»Wie alt ist der Schimpanse?« Nun war ihr Interesse geweckt.

»Fünf Jahre. Aber sie haben wohl irgendwie erst in den letzten Monaten gemerkt, was in dem Tier steckt.«

»Woher wissen sie, dass er intelligent ist?«

»Tomografische Aufnahmen des Gehirns, Intelligenztests, Verhaltensstudien. Ich habe alles anhand der firmeneigenen Unterlagen dokumentiert. Sie bringen dem Vieh sogar Lesen bei.«

»Aber warum ich? Was haben Sie davon, und worauf soll es hinauslaufen?«

Nathan ignorierte ihre Fragen. »Es kommt noch mehr. Mein, äh, Freund hat noch etwas anderes entdeckt, als er dort war. Irgendwie ist er in eines ihrer Labors gelangt und hat dabei etwas sehr Verstörendes gefunden.« Nathan flüsterte beinahe. »Sämtliche Dokumente, die ich habe, äußern sich sehr geheimnisvoll darüber, wie die notwendige genetische Verbesserung entdeckt wurde. Aber ich glaube, ich weiß es, und seither kann ich nicht mehr schlafen.«

Sie beugte sich vor. »Erzählen Sie es mir«, raunte sie hypnotisierend.

»Meine Quelle hat sich in dem Labor umgesehen und eine Reihe von Käfigen mit trächtigen Schimpansen entdeckt. Er ist auf eine komplizierte Dosierungsanleitung für Immunsuppressiva gestoßen, die man den Tieren offenbar regelmäßig gibt. In einem abgesperrten Gefrierschrank neben den Käfigen hat er die Überreste Dutzender menschlicher Feten gefunden, sorgfältig datiert und mit Gewebeproben aus den Gehirnen der Feten.«

»Haben Sie Fotos?« Sie hielt den Atem an.

»Nein. Er musste verschwinden, ehe er Bilder machen konnte. Aber er konnte einen von ihnen näher untersuchen. Der Fetus war perfekt erhalten, nur der Kopf war von einem erfahrenen Chirurgen abgetrennt worden. Die Proben waren sehr sorgfältig präpariert.«

»Könnte ein Labor denn nicht Zugang zu einem Vergleichsset abgetriebener Feten haben?«

»Ausgeschlossen. Zuerst einmal ist es zumindest in den Vereinigten Staaten schon seit Jahren offiziell verboten, abgetriebene Feten für die Forschung zu verwenden. Zweitens waren manche der Schachteln, die er gesehen hat, auf das letzte Schwangerschaftsdrittel datiert, also über den Punkt hinaus, ab dem Kinder theoretisch außerhalb der Gebärmutter überleben können, und über den Punkt hinaus, an dem eine Abtreibung noch legal gewesen wäre.«

»Und woher nimmt er die Feten?«

»Er züchtet sie. Dafür braucht er auch die Immunsuppressiva. Er züchtet menschliche Feten in Gebärmüttern von Schimpansinnen, um die Informationen über Gehirnentwicklung zu bekommen, die er braucht. Fehlendes Wissen darüber, welche Proteine im Lauf der Gehirnentwicklung wann eingeschaltet werden, ist die gravierendste Hürde, die man überwinden muss, wenn man wissen will, wie das Gehirn aufgebaut ist. Offenbar hat er einen schnelleren Weg gefunden.«

»Aber davon kann ich nichts veröffentlichen. Die Informationen wurden illegal beschafft. Und es gibt keinen schlüssigen Beweis dafür, dass Sie recht haben. Können Sie sich überhaupt vorstellen, wie viel Schadenersatz wir leisten müssten, wenn wir uns irren?«

»Wenn es Ihnen zu heikel ist, kann ich auch jemand anders fragen.« Nathans Bemerkung saß.

»Kann ich mit Ihrem Spion sprechen?«

»Natürlich. Er hat sich sogar bereit erklärt, an einer Forschungsexkursion teilzunehmen, falls Sie selbst hinfahren und sich vergewissern wollen.«

Susan erstarrte. Die Vorstellung, nach Brasilien zu fahren und eine der wichtigsten Geschichten der jüngsten Zeit zu recherchieren, erfüllte sie mit Vorfreude und Angst zugleich.

Sie musterte ihn ungerührt. »Ich muss wissen, warum Sie das an die Öffentlichkeit bringen wollen.«

Nathan mimte das Unschuldslamm. »Die Sache geht weit über das Geschäftliche hinaus. Ich könnte mich selbst nicht mehr im Spiegel anschauen, wenn ich diesem Treiben nicht Einhalt gebieten würde. Hören Sie, das Thema schreit förmlich nach dem Pulitzer-Preis, und das wissen Sie auch. Und Sie müssen mir sagen, ob Sie der Sache nachgehen wollen.« Er hielt ihr den dicken Umschlag hin wie einen Köder.

»Wo kann ich Sie anrufen?«

»Tun Sie's nicht – es sei denn, Sie scheitern.« Nathan reichte ihr die Unterlagen. »Er heißt Carlos, und die Telefonnummer seines Hotels steht hier drin.« Er drehte sich um und ging den Korridor entlang. Susan blieb wie angewurzelt stehen, bis er längst außer Sichtweite war.

Nathan Hall zückte sein Mobiltelefon und wählte eine Nummer. »Hi, hier ist Nate. Bitte verkaufen Sie im Lauf der nächsten Woche alles, was wir von BrainStem Therapeutics und Soliton Industries besitzen. Verkaufen Sie leer, soweit unsere Gewinnspanne beides gefahrlos deckt. Aber es muss mindestens einen Monat lang unter Verschluss bleiben. Nein, es muss sogar völlig unter der Hand ablaufen. Wenn nötig, machen Sie Verlust.«

16

Jamie beugte sich über einen Laptop und steckte ein Kabel ein. Es führte zu einem kleinen Gerät mit zwei großen Knöpfen an einer Metallkiste, die mit Isolierband notdürftig zusammengehalten wurde. Über den Knöpfen waren zwei Leuchtfelder und ein Lautsprecher. »So müsste es gehen, Sameer. Schau's dir mal an.«

Sameer hatte auf der anderen Seite des Kindergartens mit dem Schimpansen gespielt. Kurz zuvor war Jamie aus reiner Neugier hinüberspaziert und hatte zugesehen. Das Spiel bestand aus einem Dutzend verschiedener Pappteile, die ein Quadrat ergaben, wenn man sie korrekt aneinanderlegte. Der Schimpanse hatte eifrig verschiedene Anordnungen der einzelnen Teile ausprobiert. Neben Sameer stand eine Schachtel mit einem verdrehten Zauberwürfel, mehreren aneinanderhängenden Ringen und etlichen Puzzles.

Auf Jamies Aufforderung hin kam Sameer nun zu dem kleinen Tisch, auf dem Jamies Laptop stand. Er musterte die Metallkiste und lachte. »Wo hast du denn diesen Müllhaufen her?«

Jamie grinste ihn an. »Selbst gemacht, aus einer alten Maus und ein paar Ersatzteilen. Es war ein gutes Gefühl, mal wieder einen Lötkolben in der Hand zu halten.«

»Und was kann das Ding?«

»Es spielt das Gefangenendilemma. Ich bin die halbe

Nacht auf gewesen, um die Software für die Simulationen zu schreiben.«

»Das Gefangenendilemma?«

»Es ist ein Spiel, Sameer. Wenn wir beweisen wollen, dass dieser Schimpanse wie ein Mensch denkt, ist es am besten, ihm beim Spielen zuzusehen. Menschen zeigen ihr entlarvendstes Verhalten am Spieltisch. Und das Gefangenendilemma ist eines der Schlüsselspiele, anhand derer Wissenschaftler speziell und ausschließlich menschliches Verhalten nachweisen.«

»Und wie funktioniert es?«

»Es beruht auf folgender Geschichte: Zwei Kriminelle werden wegen eines schweren Verbrechens angeklagt und inhaftiert. Während sie auf ihre Verhandlung warten, erfahren sie, dass der Staatsanwalt nur wackelige Beweise gegen sie in der Hand hat. Ihr Anwalt meint, wenn sie beide den Mund halten und nicht gestehen, muss jeder von ihnen ungefähr ein Jahr absitzen und kommt dann frei. Wenn sie sich gegenseitig beschuldigen, bekommen sie wahrscheinlich jeder zwei Jahre dafür, dass sie gestanden, aber mit den Behörden kooperiert haben.«

»Woher wissen sie, was für ein Strafmaß sie erwartet?«

Jamie seufzte. »Sagen wir mal, sie haben einen sehr schlauen Anwalt.«

»Okay.«

»Jetzt fragt der eine Häftling: ›Was passiert, wenn ich den Mund halte, aber der andere mich verpfeift?‹ Der Anwalt antwortet, dass derjenige, der schweigt, wahrscheinlich drei Jahre aufgebrummt bekommt, während derjenige, der singt, freikommt. Das Dilemma ist Folgendes: Sollen die Gefangenen zusammenhalten und jeder ein

Jahr absitzen, oder sollen sie versuchen, sich gegenseitig auszutricksen, um straffrei auszugehen?«

Sameer sah frustriert drein. »Da konnte ich dir jetzt nicht ganz folgen.«

Jamie zog ihr Notizbuch heraus und zeichnete ein kleines Diagramm. »Vielleicht wird es so klarer. Schau mal: Jeder hat zwei Wahlmöglichkeiten und muss sich entscheiden, ohne zu wissen, was sein Partner wählt. Nennen wir die Gefangenen mal Bugsy und Yard Dog. Dieses Raster zeigt, welche Strafe jeder Gefangene bei jeder der möglichen Kombinationen erhält.«

DAS GEFANGENENDILEMMA

	Yard Dog kooperiert (schweigt)	Yard Dog singt (verpfeift Bugsy)
Bugsy kooperiert (schweigt)	Bugsy: 1 Jahr Yard Dog: 1 Jahr	Bugsy: 3 Jahre Yard Dog: frei!
Bugsy singt (verpfeift YD)	Bugsy: frei! Yard Dog: 3 Jahre	Bugsy: 2 Jahre Yard Dog: 2 Jahre

Sameer musterte die Tabelle. »Ist doch ganz leicht. Am besten halten sie beide den Mund und finden sich mit einem Jahr ab. So würde ich es jedenfalls machen.«

Jamie grinste. »Deshalb verlierst du, Sameer. Nachdem du nun erklärt hast, warum es für uns beide so vorteilhaft ist, wenn wir kooperieren, wüsste ich jetzt, wie du dich verhältst. Dann könnte ich dich drei Jahre brummen lassen, während ich selbst nach Hause gehe und das Geld zähle.«

»Und was ist, wenn ich genauso denke? Wenn wir uns gegenseitig hinhängen, bekommen wir beide zwei Jahre.

Wäre es nicht schlauer, zusammenzuhalten und unsere Strafe zu halbieren?« Es war Sameer anzusehen, dass es ihn betrübte, verloren zu haben.

»Das stimmt, wenn du glaubst, dass unter Dieben so viel Ehrgefühl herrscht.«

»Aber es geht doch gar nicht ums Ehrgefühl. Es ist reiner Eigennutz. Beide fahren besser, wenn sie zusammenhalten.«

»Deshalb will ich den Affen ja an diesem Spiel testen. Es ist ein toller Versuch, um zu sehen, was für ein Stratege er ist. Und offen gestanden hat das Spiel eine einfache Lösung.«

»Man hält zusammen.«

»Nein, man verpfeift seinen Partner. Sieh's mal so: Wenn du mich verpfeifst, fahre ich am besten, wenn ich dich auch verpfeife. Auf die Art bekomme ich zwei Jahre statt drei. Wenn du mich nicht verpfeifst, fahre ich auch am besten, wenn ich dich verpfeife. Auf die Art komme ich frei. Ganz egal, was du tust, ich komme immer besser weg, wenn ich dich hinhänge.«

»Aha.« Sameer gab sich geschlagen. »Aber es birgt trotzdem eine gewisse Ironie, dass im Vergleich damit, was sie bekommen hätten, wenn sie zusammengehalten hätten, beide verlieren, wenn sie diese Strategie befolgen.«

Jamie zuckte die Achseln.

»Und wie willst du das alles dem Schimpansen erklären?«

»Brauche ich gar nicht. Ich habe den Computer so eingerichtet, dass er eine der beiden Alternativen auswählt, sowie der Affe einen Knopf drückt. Die Belohnung beruht darauf, wie sich seine Wahl zur Wahl des Computers verhält. Ich habe die Belohnungen leicht abgeändert, und zwar zu einem Punktesystem: ein Punkt für jedes Jahr, das man weniger Haft bekommt. Wenn er den Knopf für ›Zusammenhalten‹ drückt, und der Computer das entsprechende Lämpchen aufleuchten lässt, bekommt er zwei Punkte, und aus dem Lautsprecher piept es zweimal. Wenn der Computer das Lämpchen für ›Verpfeifen‹ aufleuchten lässt, bekommt der Affe nichts. Drückt der Affe den Knopf für ›Verpfeifen‹, bekommt er entweder einen oder drei Punkte, je nachdem, welches Lämpchen der Computer gewählt hat. Für jedes Piepen, das du hörst, gibst du dem Schimpansen ein Bonbon. Ruf ihn gleich mal her.« Jamie warf Sameer eine Tüte Kaubonbons zu.

Sameer winkte den Schimpansen herbei. Sowie er da war, zeigte Jamie auf die beiden Knöpfe. Der Affe drückte den linken. Kurz darauf leuchtete das linke Lämpchen auf, und aus dem Lautsprecher piepte es zweimal. Der Affe stieß einen Freudenschrei aus und bekam von Sameer zwei Kaubonbons. Dann drückte der Affe den rechten Knopf, worauf das rechte Lämpchen aufleuchtete und ein einziges Piepen ertönte.

Der Schimpanse drückte nun abwechselnd viermal den linken und den rechten Knopf und erhielt jedes Mal die entsprechende Belohnung. Schließlich versuchte er, die Knöpfe mit einer Hand immer schneller zu drücken, während er die andere Sameer entgegenreckte, damit er Kaubonbons sammeln konnte, die sich so schnell anhäuften, wie der Affe den Kasten zum Piepen brachte.

Jamie musste lachen. »Er hat es gelöst, Sameer. Super!« Der Schimpanse schien sich ebenso zu freuen wie Jamie. Jamie drückte eine Taste, und das Spiel war beendet.

»Und was heißt das nun?«, wollte Sameer wissen.

»Nur, dass der Schimpanse ein kluger Kopf ist. Aber

jetzt kommt der interessante Teil. Du hast doch gesagt, dass dich die Lösung nicht befriedigt hat, die ich dir gegeben habe.«

»Ich sehe ein, dass sie richtig ist, aber sie ist trotzdem kontraproduktiv.«

»Stimmt, und das fließt in die Strategie mit ein, wenn du das Spiel mehr als einmal spielst. Wenn du mehrfach gegen denselben Gegner antrittst, kommt ein ganz anderes Spiel dabei heraus, das so genannte iterative oder mehrmalige Gefangenendilemma. Da wird es dann richtig interessant. Es ist eines der grundlegenden Modelle dafür, wie Wissenschaftler die Evolution der Kooperation studieren.«

»Wie das?«, fragte Sameer.

»Es läuft folgendermaßen: Wenn du dich an den letzten Zug deines Gegners erinnerst, kannst du Gegner ausnutzen, auf deren Kooperation du dich verlassen kannst, und eine gegenseitige Kooperation eingehen, bei der beide Spieler besser wegkommen als Spieler, die sich regelmäßig gegenseitig verraten. Der Knackpunkt ist, dass du mehrmals mit demselben Partner spielen musst, um Vertrauen aufzubauen.«

Sameer überlegte kurz. »Dann ist es also nicht unbedingt die beste Lösung, den anderen immer hinzuhängen, wenn man öfter als einmal gegen denselben Gegner antritt. Das leuchtet mir ein. Und was ist dann die beste Strategie?«

»Es ist viel komplizierter, als du denkst. Vor über zwanzig Jahren hat jemand namens Axelrod ein großes Turnier abgehalten, um die Strategien für dieses Spiel zu testen. Alle wurden aufgefordert, ein Computerprogramm einzureichen, das jeweils auswählte, ob man kooperieren oder auspacken sollte, und zwar lediglich aufgrund einer einzigen Information: wie sich der Gegner in der vorherigen Runde entschieden hat.«

»Und wer hat gewonnen?«

»Ein erstaunlich simples kleines Programm namens ›Tit for Tat‹.«

»Und was war die Strategie?«

»Wenn dein Gegner dich in der letzten Runde verpfiffen hat, verpfeifst du ihn in dieser Runde. Hat er in der letzten Runde kooperiert, kooperierst du in dieser.«

»Weiter nichts?«

»Simple Gerechtigkeit. Behandle deinen Mitgefangenen genauso wie er dich. Formulier es, wie du willst. Diese kleine Strategie hat das ganze Turnier gewonnen. Sie wurde nicht von Schmarotzerprogrammen ausgenutzt, die den anderen im Turnier immer verraten haben, sondern hat gegenseitig kooperative Beziehungen mit Programmen gebildet, die zur Kooperation bereit waren.«

»Und das soll die beste Strategie sein?«

»Im Turnier war sie es.«

Jamie drückte einen weiteren Knopf, und das Spiel erwachte zu neuem Leben. Der Schimpanse drückte wiederholt den Knopf auf der rechten Seite, und schon bald bekam er in jeder Runde ein einzelnes Piepen zu hören. Kurz darauf begann er, den linken Knopf zu drücken, und erntete entweder zwei oder null Pieptöne. Es schien den Affen nicht zu stören, dass er diesmal keine Bonbons erhielt. Die erhöhte Komplexität hatte ihn in ihren Bann gezogen.

Die Pieptöne erklangen immer schneller, sodass Sameer dem Spiel nicht mehr ohne Weiteres folgen konnte. Nach einer Weile wurde der Affe langsamer, und die Wissenschaftler sahen ihm an, dass ihm wieder langweilig geworden war.

»Faszinierend«, fand Jamie.

»Ich kapiere es nicht. Es sieht gar nicht danach aus, als würde er Gleiches mit Gleichem vergelten. Er hat gerade Verrat begangen, nachdem sein Gegenspieler kooperiert hat. Trotzdem schlägt er sich recht gut, wenn man nach der Zahl der Pieptöne geht.«

»Er spielt ›Pavlov‹.«

»›Pavlov‹?«

»Ja, ich habe den Computer auf ›Tit for Tat‹ eingestellt, mit gelegentlichen zufälligen Ausreißern, um die Sache interessant zu halten. Es hat sich herausgestellt, dass das mehrmalige Gefangenendilemma wesentlich komplizierter ist, als man dachte. Inzwischen ist mathematisch bewiesen, dass es keine beste Strategie gibt. Ja, das Spiel ist sogar zu einem der Standardmodelle der Chaostheorie in der Populationsdynamik geworden. Jede Strategie kann geschlagen werden, und die Strategie, die zehn Jahre nach dem Turnier ›Tit for Tat‹ geschlagen hat, heißt ›Pavlov‹.

›Pavlov‹ ist eine Strategie, die sich weniger darauf konzentriert, was dein Gegner in der letzten Runde gemacht hat, als vielmehr darauf, wer die letzte Runde gewonnen hat. Wenn du gewonnen hast, spielst du noch mal genauso. Wenn du verloren hast, machst du es anders. Neben einer großzügigeren Version von ›Tit for Tat‹ hat es sich als die einzige Strategie erwiesen, die über ›Tit for Tat‹ siegen kann. Ich habe zugesehen, und der Schimpanse hat ursprünglich das großzügige ›Tit for Tat‹ gespielt, ehe er auf ›Pavlov‹ umgeschwenkt ist, weil er begriffen hat, dass das effektiver ist. Die Strategie des Affen war praktisch perfekt.«

»Hat es mit dem Spiel noch mehr auf sich?«

»Allerdings! Ich würde unheimlich gern sehen, wie sich der Schimpanse gegenüber komplexen Populationen von Strategien behauptet – ob er die chaotischen Schwankungen erfasst, innerhalb derer Strategien dominant sind, und wie man sie kontert. Außerdem würde ich gern ein anderes Spiel ausprobieren, das so genannte Ultimatum-Spiel. Aber dazu muss ich noch eine ganze Menge programmieren.«

Der Schimpanse fand das Spiel mittlerweile langweilig und sah sich nach der Bonbontüte um, aus der er vorher gefüttert worden war.

Als Sameers Handy klingelte, vertiefte er sich in sein Gespräch, während Jamie zu der Kiste mit den Puzzles ging, mit denen Sameer und der Affe zuvor gespielt hatten. Während sie die Spielsachen betrachtete, hielt sie auf einmal inne und rief Sameer herbei. »Sameer, komm mal her, ich muss dir etwas zeigen.«

»Einen Moment. Es ist Roger.«

Der Schimpanse schlich um Sameer herum und betastete die Hosentasche, in der die Bonbontüte gewesen war. Sameer schob die Tüte von einem Fleck zum nächsten und spielte eine Art Verstecken mit dem Schimpansen, während er weitertelefonierte.

»Einen Moment noch!«, sagte er mit der Hand über der Sprechmuschel zu dem Affen, während er rückwärts auf ein Regal zuging und die Bonbons außer Reichweite hinter seinem Rücken hielt. Jamie beobachtete die beiden aus der Ferne.

Der Affe griff ein letztes Mal nach der Tüte. Als er keinen Erfolg hatte, baute er sich direkt vor Sameer auf und musterte ihn grimmig. Auf einmal sauste der Arm des

Affen über Sameers Wange und schleuderte das Telefon zehn Meter weit weg, wo es gegen den Zaun knallte.

Sameer stolperte nach hinten, ging zu Boden und sah sich verständnislos um. Der Schimpanse folgte ihm und streckte ihm erwartungsvoll die Hand entgegen. Sameer überließ ihm die Bonbontüte, worauf der Affe davonhuschte, um sich die restlichen Bonbons in den Mund zu stecken. Schlagartig wirkte er wieder so ruhig und friedlich wie zuvor. Von Sameers Ohrmuschel tropfte Blut aus der Platzwunde, die er bei dem Schlag abbekommen hatte. Langsam entfernte er sich von dem Affen und ging zu Jamie hinüber.

»Hast du das gesehen?«, fragte Sameer.

»Allerdings. Ist sonst alles in Ordnung? Das muss wahrscheinlich genäht werden.«

»Es tut tierisch weh.« Sameer presste seine Faust auf die Stelle.

»Schau dir das mal an.« Jamie wies auf die Pappteile, mit denen Sameer und der Schimpanse zuvor gespielt hatten. Sie waren zu einem perfekten Kreuz arrangiert.

»Das habe ich ihm aber nicht beigebracht«, sagte Sameer. Er sah in die Kiste und zog den Zauberwürfel hervor. »Und als ich den hier das letzte Mal gesehen habe, war er völlig durcheinander.« Nun präsentierte sich jede Seite in einer einheitlichen Farbe.

Jamie und Sameer sahen zu dem Affen hinüber und mussten entsetzt feststellen, dass er auf dem Boden lag und am ganzen Körper krampfartig zuckte. Jamie kam als Erste bei ihm an. »Sameer«, rief sie, »hilf mir mal, das Regal hier wegzuschieben.«

Sameer tat wie geheißen und blieb dann hilflos vor dem Affen stehen, bis der Krampfanfall nachließ.

»Hat er das schon mal gehabt?«, erkundigte sich Jamie.

Sameer schüttelte den Kopf.

»Was ist nur los mit ihm?«

»Er gerät langsam außer Kontrolle.« Sameer fixierte den Affen mit glasigem Blick. Er hielt sich die blutverschmierte Hand ans Ohr, verließ den Kindergarten und bedeutete Jamie, ihm zu folgen.

»Wir müssen Kenji davon berichten«, sagte Sameer.

»Wenn du ihn findest. Ich habe ihn schon den ganzen Vormittag gesucht, weil ich ihn zu unserem Experiment einladen wollte. Ich glaube, er ist heute gar nicht da.«

»Seltsam. Er hat nichts von einem Urlaub gesagt. Offen gestanden kann ich mich nicht erinnern, dass er überhaupt je Urlaub gemacht hätte.«

»Toller Zeitpunkt. Dann suchen wir eben Stiles.«

17

»Ausgeschlossen, Susan. Vergessen Sie's. Die Sache ist gestorben. Stellen Sie sich vor, Sie müssen sich beim Aufwachen sagen: ›Mal sehen, ob ich heute auf eine halbe Milliarde Dollar verklagt werde‹?« Cynthia O'Reilly spreizte in einer Geste der Endgültigkeit die Finger.

»Moment mal, Cindy. Ich überlege noch.« Jack Merkel war der leitende Chefredakteur im Washingtoner Büro von Associated Press und griff nur selten in Cynthias Befugnisse ein. »Sehen Sie's doch mal so: Der Oberste Gerichtshof hat entschieden, dass in Angelegenheiten von öffentlichem Interesse der Kläger die Unrichtigkeit beweisen muss, wenn er einen Verleumdungsprozess gewinnen will. Und hier handelt es sich eindeutig um eine Sache von öffentlichem Interesse.«

»Jack, wir können uns nicht einmal einen Anwalt leisten, der das dem Richter sagt. Eine Verleumdungsklage ist so sicher wie die Steuer, und das bricht uns das Genick.«

Jack strich sich nachdenklich übers Kinn. »Susan, diese Quelle stinkt zum Himmel. Sie müssen etwas Handfestes vorzuweisen haben, sonst funktioniert es nicht. Hat dieser Carlos einer Überprüfung standgehalten? Was glauben Sie wirklich? Stimmt es? Was, wenn Sie nachforschen und mit leeren Händen zurückkehren?«

Susan sah ihre beiden Vorgesetzten an und überlegte fieberhaft. Nachdem sie zwei Tage lang weder gegessen noch geschlafen hatte, war sie nun fast überzeugt davon, dass diese Geschichte die Chance ihres Lebens war, und die würde sie nicht kampflos aufgeben. »Ich weiß, dass es stimmt, und ich kann es beweisen. Carlos hat der Überprüfung standgehalten. Lassen Sie mich der Sache nachgehen, und wenn ich in vier Wochen keine stichhaltigen Beweise dafür finde, dass dort etwas Himmelschreiendes vor sich geht, gebe ich auf.«

Cynthia schüttelte den Kopf. »Es ist einfach zu sensationell. Wahrscheinlich ist es ein notdürftig verschleierter Versuch von diesem Hall, Firmensabotage zu betreiben.«

»Wenn Susan eine ethisch unangreifbare Quelle finden könnte, die zumindest ein paar grundlegende Details bestätigt, würde es einer Jury sehr schwer fallen, dem Kläger Schadenersatz zuzubilligen. Wie wäre es mit überzeugenden Filmaufnahmen von diesem Affen, ein paar Einlassungen von Angestellten und dergleichen? Wissenschaftler verstehen sich nicht auf Geheimhaltung. Wenn Sue es clever anstellt, kann sie die Schlüsselelemente dieser Geschichte nachweisen. Riskant ist es allemal.«

Cynthia schwankte und klopfte mit den Fingern an die Glaswand neben ihrem Stuhl. Sie überlegte laut. »Leicht wird es nicht. Ich sehe schon einen DNA-Test vor mir, in dem bewiesen wird, dass er nur ein stinknormaler Schimpanse ist, während ein paar fachkundige Zeugen bestätigen, dass es in ihrem Labor lediglich ganz alltägliche Schimpansen gibt, und schon wird AP bis auf die Knochen verklagt. Wer weiß, was für schräge Vorschriften es in Brasilien hinsichtlich der Forschung an spät abgetriebenen Feten gibt. Uns fehlen einfach die Beweise. Haben Sie das intelligente Pferd bei Letterman gesehen – das, das angeblich mit Hufschlägen die Ergebnisse von Rechenaufgaben nennen konnte, aber dann in der Sendung komplett versagt hat? Es braucht nur einen solchen Flop mit diesem Schimpansen, und schon erhöht die Jury den Schadenersatz ins Aschgraue. So vieles kann schiefgehen, und wenn ein Goliath wie Soliton die Anwälte finanziert, garantiere ich, dass es auch schiefgehen wird.«

»Wie viel würden Sie für die Recherchen brauchen?«, erkundigte sich Jack.

Susan versuchte, sich ihre Freude über diese Wendung nicht anmerken zu lassen. »Ein Flugticket für mich und ein kleines Spesenkonto – es dürfte nicht allzu teuer werden.«

Cynthia, die spürte, dass ihre Felle davonschwammen, wechselte den Kurs. »Aber Sie versprechen mir, dass Sie die Sache nach vier Wochen aufgeben, wenn Sie keine einwandfreien, verwertbaren Beweise finden, die die Geschichte belegen?«

Susan kreuzte hinter dem Rücken die Finger. »Ich versprech's.«

Jack verzog besorgt die Miene. »Ich finde die Sache auch recht bedenklich, Susan. Ich werde Sie über jedes Detail ausquetschen, und ich erwarte ethisch korrekte Recherchen. Keine Einbrüche. Keine Bestechungsgelder. Nichts, was sich hinterher böse rächen könnte.«

Susan sah beide lächelnd an. »Sie werden es nicht bereuen. Wann kann ich aufbrechen?«

Cynthia fügte sich in den Lauf der Dinge. »Haben Sie die Artikel über die Fünflinge und die Chemotherapie schon redigiert?«

Susans Lächeln wurde noch breiter, als sie die beiden Disketten aus der Tasche zog.

Cynthia ging auf die Tür zu. Mit dem Türknauf in der Hand wandte sie sich noch einmal um. »Ich hoffe, Sie können ihnen ein für alle Mal das Handwerk legen.«

Susan flüsterte Jack ein schnelles Dankeschön zu, ehe sie auf schnellstem Weg zu ihrem Schreibtisch zurückeilte. In euphorischem Überschwang, gleichzeitig aber beklommen und dankbar, drückte sie ein paar Tasten auf ihrem Computer und buchte den Flug. Dann schnappte sie sich ihren Mantel, schwebte aus dem Büro, die Treppe hinunter und auf den Parkplatz. Die Türen ihres silbernen Lexus gingen klickend auf, und schon fädelte sie in den Verkehr ein und fuhr mit hohem Tempo durch die Straßen von Washington, D.C. Noch während der Fahrt klappte sie ihr Handy auf und wählte die Nummer ihres Mannes. »Hallo, Schätzchen, wenn du das hier abhörst, ruf mich zurück. Rate mal, wer bald nach Brasilien fliegt.«

Eine halbe Stunde später hatte sie ihr Ziel erreicht. Sie manövrierte den Wagen in eine Lücke mit einer Parkuhr, stieg eilig aus, warf eine Münze ein und ging mit schnellem Schritt auf das hohe Bürogebäude zu. Der Aufzug spuckte sie im zwölften Stock in einem geschmackvoll eingerichteten Büro wieder aus. An den mit Glaseinsätzen versehenen Türen stand in silbernen Lettern »Zentrum für konservative Werte«.

Am Empfang saß ein einsamer Sekretär. »Kann ich Ihnen helfen?«

Susan beugte sich vertraulich zu dem Rezeptionisten hinab. »Ja, das wäre schön. Ich muss Reverend Jones in einer dringenden Angelegenheit sprechen.«

»Ich bedauere, aber das wird heute nicht möglich sein. Darf ich Ihre Nummer und eine Nachricht notieren?«

»Hören Sie, ich weiß, dass das ein bisschen unkonventionell ist, aber vielleicht darf ich es Ihnen erklären. Ich bin Reporterin bei Associated Press und eine glühende Anhängerin der Arbeit von Reverend Jones. Zufällig habe ich erfahren, dass eine äußerst unschmeichelhafte Geschichte über den Reverend und sein Zentrum in Umlauf ist. Ich glaube, ein kleiner Hinweis könnte dazu beitragen, die erregten Gemüter ein wenig zu beruhigen und Ihre Arbeit in ein wesentlich günstigeres Licht zu rücken. Ich bin mir sicher, dass er gern mit mir sprechen würde.« Sie lächelte den Mann hinter dem Tresen an, während sie ihn weiter hemmungslos belog. »Ich riskiere hier wirklich einiges«, fügte sie mit einem Zwinkern hinzu.

Der junge Mann überlegte. »Warten Sie doch bitte einen Augenblick«, sagte er, ehe er sich abrupt erhob und durch eine Tür verschwand. Nach wenigen Minuten kehrte er zurück. »Der Reverend ist so freundlich, sich für Sie Zeit zu nehmen. Bitte kommen Sie hier entlang.«

Susan dankte dem Sekretär und wurde gleich an der Tür von einem hochgewachsenen, gut aussehenden Mann Ende vierzig begrüßt, der eine Pratze von den Ausmaßen des Staates Texas und eine Stimme von entsprechender Reichweite hatte. »Schönen guten Tag, Ma'am. Es ist mir stets eine Freude, mit den wackeren Damen und Herren von der Presse zu sprechen. Ich glaube, ich habe Ihren Namen sogar schon einmal gehört.«

»Hallo, Reverend. Freut mich sehr, Sie zu sehen. Danke, dass Sie sich die Zeit genommen haben.«

»Kommen Sie herein und setzen Sie sich. Was kann ich für Sie tun?« Das Büro des Reverends war elegant. Auf einem edlen beigen Teppich stand ein schwerer Schreibtisch aus Eichenholz. Etliche Gemälde mit klassischen christlichen Szenen zierten die Wände. Ein gerahmtes Foto des Reverends mit dem Präsidenten der Vereinigten Staaten befand sich unübersehbar neben einem Sternenbanner auf einer Kommode hinter seinem Schreibtisch. Susan setzte sich auf einen der Stühle davor. Auf der Vorderseite des Schreibtischs waren das Wappen der Organisation und ein Wahlspruch eingraviert.

»Ich muss Ihnen gestehen, dass ich mir ein kleines Täuschungsmanöver erlaubt habe«, begann Susan. »Die Sache, die ich mit Ihnen besprechen will, ist zwar tatsächlich dringend, aber ich wollte sie auf keinen Fall jemand anders als Ihnen anvertrauen.«

Ein kaum merklicher Anflug von Ärger zog über die freundliche Miene des Reverends. Er bedeutete ihr fortzufahren.

»Es stimmt, dass ich Reporterin bei Associated Press bin, und zwar im Ressort Gesundheit und Wissenschaft. Kürzlich habe ich einen Hinweis auf eine Geschichte von unglaublicher Tragweite bekommen, die für Sie und Ihre Organisation enorm wichtig sein könnte. Ist Ihnen klar, dass unser Gespräch unter allen Umständen vertraulich behandelt werden muss?«

Er nickte unbeeindruckt.

»Es gibt da eine sehr große Firma, die biomedizinische Forschung betreibt, allerdings möchte ich momentan nicht sagen, wie sie heißt. Ich habe stichhaltige Beweise von einer internen Quelle bekommen« – sie tätschelte den dicken Umschlag auf ihrem Schoß –, »denen zufolge diese Firma heimlich moralisch zweifelhafte Forschungen betreibt.« Ihr Tonfall war an ihre Zuhörerschaft angepasst und ließ eine bevorstehende Predigt erwarten.

»Wie Sie wissen«, fuhr Susan fort, »werden die Maßstäbe unserer Gesellschaft hinsichtlich dessen, wo man in der medizinischen Forschung die Grenzen ziehen sollte, immer nachlässiger. Hier geht es nun darum, dass die betreffende Firma an etwas Bahnbrechendem arbeitet, das auf Kosten geheimer Forschungen an menschlichen Feten entstanden sein könnte, die ausschließlich für diese Forschungen gezüchtet worden sind.«

»Tatsächlich.« Der Reverend beugte sich vor und drückte die Fingerspitzen aneinander. Seine Augen funkelten.

»Diese Forschungen werden mit erbarmungsloser Missachtung des menschlichen Lebens betrieben und haben eventuell zum Ziel, intelligente Affen zu erschaffen, die den Unterschied zwischen Mensch und Tier verwischen, zwischen medizinischer Forschung und gottähnlicher Anmaßung.« Sie machte eine Kunstpause.

»Sie besitzen offenbar ein ausgeprägtes moralisches Feingefühl, Ma'am. Aber nun sagen Sie mal, handelt es sich hier um Forschungen, die unschuldige Ungeborene das Leben kosten?«

»Sie haben es erfasst, Reverend. Nun konnte ich mich zwar durch geschützte Quellen bereits selbst davon überzeugen, dass diese Dinge tatsächlich geschehen, jedoch fürchte ich, dass meine Nachforschungen nicht dafür ausreichen, diese Verbrechen aufzudecken. Solange niemand akkurat dokumentiert, was dort vor sich geht, werden die Forschungen wahrscheinlich nicht nur fortgeführt, sondern die Früchte dieser Tätigkeit werden womöglich auch noch als Freibrief für weitere Bemühungen in ähnlicher Richtung begrüßt. Und der düstere Hintergrund kommt vielleicht nie ans Tageslicht.«

»Ich bin ganz Ohr, Ma'am.«

»Wenn wir zulassen, dass diese Entwicklung ungestört weiterläuft, könnte es sehr schwierig werden, den Nutzen der Forschungsergebnisse in Zweifel zu ziehen. Jeder entsprechende Versuch würde in den Ruch geraten, nichts als blanker Neid zu sein. Wenn wir ihnen aber sozusagen den Wind aus den Segeln nehmen und die Geschichte im richtigen Licht präsentieren, könnte aus der Gesellschaft heraus ein solch enormer Widerstand gegen derart unethische Forschungen entstehen, dass andere sich ein für alle Mal davon abschrecken lassen, irgendwann etwas Ähnliches zu versuchen.« Sie endete mit einer ausgreifenden Handbewegung.

»Und wie kann ich Ihnen bei Ihrem verdienstvollen Vorhaben helfen?«

»Nun, leider fehlen uns die Mittel, um eine richtige Untersuchungsexpedition zu finanzieren. Ich könnte die Sache natürlich an freizügiger gesinnte Medien weitergeben, doch dabei wird die Geschichte womöglich regelrecht auf den Kopf gestellt. Können Sie mir folgen?«

»Voll und ganz.«

»Ein kleiner Geldbetrag wäre enorm hilfreich dabei, diese Geschichte in angemessener Form publik zu machen.«

»Darf ich um irgendeinen Nachweis darüber bitten, was Ihnen an Indizien vorliegt?«, fragte er höflich.

»Gewiss«, antwortete Susan lächelnd und zeigte ihm mit Bedacht ausgewählte Dokumente über den genetisch veränderten Schimpansen.

»Würden Sie mir bitte folgen?« Der Reverend erhob sich und gestikulierte in Richtung Tür. An der Rezeption angelangt, wandte sich der Reverend an den Sekretär. »Junger Mann, ich glaube, diese wackere Reporterin hat ein ehrenwertes Anliegen, dem wir mit der Summe von zweihunderttausend Dollar unter die Arme greifen sollten, und zwar unverzüglich.«

Der Sekretär verstand es, sein Erschrecken rasch zu kaschieren. »Ja, Sir. Ich kümmere mich sofort darum.«

Als alles erledigt war, lächelte Susan und zwinkerte dem Sekretär noch ein letztes Mal zu, ehe sie sich vom Reverend verabschiedete und ihm herzlich dankte.

»Bitte halten Sie mich auf dem Laufenden«, bat er und verschwand winkend wieder in seinem Zimmer.

Sowie sie das Gebäude verlassen hatte, klappte Susan ihr Handy auf und wählte eine Nummer. Nach kurzer Pause meldete sich jemand am anderen Ende. »Carlos.«

»Hallo, Carlos, hier ist noch einmal Susan. Ich habe Ihr Honorar und bin schon unterwegs.«

»Das hört man gern, Ms. Archer-Bentham. Ich freue mich schon sehr auf die Zusammenarbeit mit Ihnen. Dann kümmere ich mich mal gleich um die Vorbereitungen, die wir besprochen haben.«

»Das wäre wunderbar, Carlos.«

»Ms. Archer-Bentham, da wäre noch etwas. Es gibt eine sehr interessante neue Entwicklung, die ich gern mit Ihnen besprechen möchte. Wenn Sie mit dem Honorar eintreffen, werden Sie die Neuigkeit bestimmt enorm hilfreich finden.«

18

Jeremy Evans streifte die blutigen Latexhandschuhe ab und warf sie in den Müll. »Wir haben ein ziemlich gutes Signal im Arterienkatheter, Rog. Fahr doch das Propofol ein bisschen runter, damit er nicht mehr ganz so stark sediert ist.«

Roger Stiles drückte ein paar Knöpfe an einer Spritzenpumpe und musterte den Monitor über dem Kopf des Schimpansen.

Jeremy hatte soeben einen Katheter in die Oberschenkelschlagader eingeführt, und nun liefen die gezackten Kurven des Blutdrucks des Affen synchron zu dem EKG direkt darüber auf dem Monitor. Zwei Monitore hingen über dem Behandlungstisch. Einer von ihnen zeigte horizontale Linien für Herzschlag, Blutdruck, Sauerstoffsättigung und Atmung, alles übereinander und in verschiedenen leuchtenden Farben. Rechts von jeder Linie standen große digitale Ziffern, die die Durchschnittswerte für jeden Parameter angaben. Auf dem anderen Monitor sah man sechzehn verschiedene horizontale Linien, die offenbar willkürliche Schwankungen der Gehirnströme zeigten.

»Protokollierst du schon?«, fragte Stiles zurück.

Jeremy setzte sich an ein Computerterminal und begann, etwas einzugeben. »Das EEG wird dauerhaft protokolliert«, antwortete er. »Ich wünschte, wir hätten den

Krampfanfall miterlebt. Sameer wusste nicht einmal mehr, wie er angefangen hat.«

Der Schimpanse mit dem blauen Halsband lag reglos auf dem Behandlungstisch. Seine Hand- und Fußgelenke waren mit gepolsterten Lederbändern an den Tisch gefesselt. Eine Gesichtsmaske war mit einer Sauerstoffleitung an der Wand verbunden. Zwei Spritzenpumpen kamen aus der Leiste beziehungsweise dem Unterarm des Affen. Eine schlang sich zu einem kleinen Messwertwandler, der mit dem Monitor verbunden war, und die andere zu einer blauen Spritzenpumpe mit einer milchweißen Lösung. Ein Kabel führte von einem Gurt um den Brustkorb des Schimpansen zu dem Monitor darüber. Mindestens ein Dutzend Kabel verliefen von einem Computer zu kleinen Elektroden, die am Kopf des Affen klebten.

Die Tür ging auf, und Jamie und Sameer kamen herein. »Wie geht's dem Affen?«, fragte Sameer.

Jeremy antwortete als Erster. »Ach, dem geht's gut. Er hat nur ein oder zwei Anfälle gehabt. Wir haben herausgefunden, dass er neben dem Anfall von gestern auch letzte Woche einen gehabt hat, den ein Wachmann mitbekommen hat. Momentan schläft er. Sagt mal, habt ihr eigentlich in letzter Zeit mal mit Nakamura gesprochen?«

Sameer schüttelte den Kopf. »Den hat seit Tagen kein Mensch mehr gesehen und Simons oder Michaels auch nicht. Es ist seltsam, als wären sie alle irgendwie in Klausur gegangen. Ich wollte sie eigentlich darauf aufmerksam machen, dass in der Schimpansenkolonie in letzter Zeit merkwürdige Dinge vor sich gehen. Die politische Dynamik ist passé. Das dominante Männchen hat heute Morgen tot dagelegen, und die gesamte Hackordnung hat sich gewandelt. Ich kapiere es nicht.«

Jamie konnte den Blick nicht von dem reglosen Schimpansen abwenden. »Er ist fixiert worden?«

»Ja, wir haben ihn an vier Stellen angegurtet«, antwortete Jeremy. »Er darf auf keinen Fall den Arterienkatheter rausziehen, sonst verblutet er binnen weniger Minuten. Und wenn ich ihm den Katheter entferne, möchte ich nicht von einem kräftigen Arm geboxt werden, während ich den Druck halte, falls er womöglich zu schnell aufwacht. Schimpansen wirken vielleicht schmächtig, aber sie haben locker so viel Kraft im Oberkörper wie ein Schwergewichtschampion im Ringen.«

Stiles grinste Jeremy durchtrieben an. »Du bist doch bloß neidisch. Immerhin musst du zugeben, dass er eine ziemlich imposante Figur macht – jedenfalls wenn man auf kleine, haarige Typen steht, denen beim Gehen die Hände über den Boden schleifen.«

»Und was genau machen Sie hier?«, wollte Sameer wissen.

»Ein EEG. Es ist schwieriger, wenn der Patient nur schlecht Anweisungen befolgen kann, einem nicht gerade vertraut und einen mit einem einzigen Hieb zu Boden schlagen könnte«, antwortete Stiles. »Ein EEG ist das Erste, was man macht, wenn jemand plötzlich Krampfanfälle bekommt. Wir hatten ihn ja vor einer Woche erst im Tomografen, und auf den Aufnahmen war keine Vaskulitis, keine Infektion und auch sonst nichts Dubioses zu sehen. Wahrscheinlich haben wir es mit einem fokalen Anfall zu tun.«

Jamie wies auf den EEG-Monitor. »Und was sagen Ihnen diese Spuren?«

Jeremy nahm ein Blatt und zeichnete einen Kreis mit zwei Ohren. Dann zog er an verschiedenen Stellen auf dem Kreis Linien mit X-en. »Die X-e bezeichnen die Stellen, wo wir am Schädel des Schimpansen Elektroden befestigt haben. Ist das klar?«

»Ich glaube schon«, sagte Jamie.

»Das Wichtigste«, fuhr Jeremy fort, »ist die Schwingungsfrequenz. Bei einem normalen wachen Patienten liegen die meisten Hirnaktivitäten in der so genannten Alphafrequenz, mit etwa acht bis zwölf Zyklen pro Sekunde. Diese Schwingungen sind meist im hinteren Teil des Gehirns am ausgeprägtesten und hier sowie hier an den Seiten. Dafür stehen diese vier Linien auf dem Monitor.«

Er zeigte auf die grünen Linien auf dem Bildschirm, ehe er fortfuhr. »Im vorderen Teil des Gehirns sieht man eher Betawellen, die schneller sind als zwölf Hertz. Das sind die unteren Linien auf dem Monitor. Im Moment ist nicht besonders viel Alpha- oder Beta-Aktivität zu sehen. Das liegt daran, dass er schläft, sodass die Hirnstromwellen wesentlich langsamer sind, vor allem in der Theta- und der Deltafrequenz, also etwa zwischen einem und sieben Hertz.«

»Ich sehe viele Leuchtflecken im Signal, die den Eindruck machen, als würde etwas ganz Großes geschehen«, meinte Jamie.

»Du meinst den Leuchtfleck hier?« Jeremy wies auf eine Stelle. »Der kommt von einem Lidschlag. Davon gibt es viele. Das große Signal hier rechts nennt man eine Schlafspindel. Wenn jemand schläft, treten in periodischen Abständen Aktivitätswellen auf, die durchs ganze Gehirn wandern. Normalerweise suchen wir ja nach Ordnung und Synchronizität. Doch im Gehirn ist Chaos gut und Rhythmus schlecht. Wenn alles sehr geordnet aussieht, deutet das meistens auf mögliche Krampfanfälle hin. Es gibt gewisse charakteristische Muster, aus denen wir ablesen können, dass ein Gehirn zu Krampfanfällen neigt.«

Auf einmal brach auf dem Bildschirm hektische Aktivität los, und der Schimpanse stieß einen Schrei aus.

Jeremy trat nachdenklich einen Schritt zurück. »Anscheinend wacht er langsam auf. Das war jetzt ein reines Bewegungsartefakt, weil er die Muskeln bewegt hat. Schau dir mal die obersten paar Linien an: Siehst du, wie der schnelle Alpharhythmus wieder zurückkehrt?«

Während der Affe langsam zu Bewusstsein kam, warf er den Wissenschaftlern immer wieder verstohlene Blicke zu, ehe er bei Sameer hängen blieb. Sein auf Sameer gerichteter flehender Gesichtsausdruck wurde von einem lang gezogenen, kläglichen Stöhnen begleitet. Sameer erwiderte den Blick des Affen distanziert und bewies die gleiche wissenschaftliche Abgeklärtheit wie seine Kollegen. Der Schimpanse verlor nun die Beherrschung und begann mit dem ganzen Körper an seinen Beinfesseln zu zerren und mit weit aufgerissenen Augen gegen die Gurte zu kämpfen. Schließlich gab er auf und blieb reglos liegen, während sein Blick vom einen zum anderen wanderte.

Stiles machte ein paar Schritte auf ihn zu und steckte ein kleines Gerät mit einem langen Kabel in eine Steckdose. »Ich finde, es ist an der Zeit, unsere Spielsachen herauszuholen«, sagte er, als er direkt vor dem Schimpansen stand. »Wir haben ein paar Geräte, mit denen wir Anfälle auslösen können. Damit können wir hoffentlich feststellen, in welchem Teil des Gehirns sie ihren Ursprung haben. Einer der besten Auslöser ist ein Strobolight. Behaltet mal die dritte und die vierte Linie von oben im

Auge, wenn ich das hier einschalte. Von diesem Teil des Gehirns wissen wir bereits anhand unserer fMRI-Ergebnisse, dass er bei diesem Schimpansen für den Gesichtssinn verantwortlich ist. Es müssten Aktivitätswellen von zwanzig Hertz auftreten, also dieselbe Frequenz wie dieses Strobolight.«

Die beiden Linien, die er erwähnt hatte, beschrieben fast sofort eine schnelle Sägezahnwelle. Diese verschwand nach ein paar Sekunden und wurde von einer langsameren Welle mit hoher Amplitude abgelöst.

»Hey, wir sind doch echte Könner!«, rief Jeremy und hielt die Hand in die Höhe, um einen rituellen Gruß mit Stiles auszutauschen.

»Was siehst du?«, fragte Stiles.

»Das Strobolight hat den visuellen Teil des Gehirns eine Zeit lang angeregt, wie wir es erwartet hatten, doch dann ist dieses Signal hier aufgetaucht. Ein solches Muster aus Spikes und Wellen ist charakteristisch für Epileptiker. Wenn wir es lang genug dauern lassen, könnte es sich durch die gesamte Hirnrinde fortsetzen und einen Anfall auslösen.«

Der Schimpanse begann Arme und Beine nun häufiger zu bewegen und zerrte immer wieder mit aller Kraft an seinen Fesseln. Als er merkte, dass seine Bemühungen nichts fruchteten, gab er auf und blieb ruhig liegen.

»Geh mal auf hundert Prozent Nitrogen«, sagte Stiles.

Jeremy drehte an der Einstellscheibe des Messgeräts an der Wand und ließ die Hand an der Scheibe.

Kurz darauf begann der Schimpanse, schwerer und schneller zu atmen. Nach ein paar Sekunden erklang ein Piepton aus dem Monitor, und die blaue Kurve für die Sauerstoffsättigung wurde unregelmäßig. Die Zahl auf der Seite fiel von 99 auf 95 und weiter auf 87, wo sie rot zu blinken begann. Die EEG-Aufzeichnung pulsierte mit rhythmischer Aktivität, und der linke Arm des Affen zitterte.

»Das reicht«, erklärte Stiles.

Rasch drehte Jeremy die Scheibe zurück. Binnen Sekunden stieg die rot blinkende Zahl an, und der Schimpanse atmete wieder leichter. Doch bald kehrte das EEG in seinen chaotischen Zustand zurück.

»Sehr interessant. Wenn man hyperventiliert oder das Gehirn zu wenig Sauerstoff bekommt, löst das oft einen Anfall aus. Die kleine Episode mit unserem Schimpansen, die wir beobachtet haben, hat uns zwei Dinge gezeigt. Erstens ist es bei diesem Schimpansen sehr leicht, Anfälle zu provozieren. Zweitens hat diese Episode ein ganz anderes Signal ausgelöst als die Episode mit dem Strobolight. Sie stammt auch aus einer anderen Hirnregion.«

»Was heißt das?«, erkundigte sich Sameer.

»Es heißt, dass es in diesem Gehirn wahrscheinlich zahlreiche Anomalien gibt, die Krampfanfälle auslösen. Vermutlich liegt es eher daran, wie die Hirnrinde überhaupt gepolt ist, als an einem einzigen kleinen Problempunkt«, antwortete Jeremy rasch.

»Das heißt, dass es höchste Zeit für eine Biopsie ist«, erklärte Stiles.

»Eine Gehirnbiopsie? Ist das Ihr Ernst?«, fragte Jamie.

»Natürlich«, sagte Stiles. »Vermutlich weist die Schaltung in seinem Gehirn gewisse sehr interessante Besonderheiten auf, die diesen Schimpansen für verschiedene Arten von Anfällen empfänglich machen. Wenn wir ein kleines Loch in den Schädel bohren, ein paar Millimeter der Hirnrinde herausschneiden und sie unter dem Mikroskop betrachten, bekommen wir sicher Faszinierendes zu sehen. Ich habe mir bereits eine Vorabgenehmigung von Nakamura besorgt, da ich schon mit so etwas gerechnet habe. Es ist ja nur ein kleiner Fetzen Hirn. Der Schimpanse wird den Verlust gar nicht bemerken.«

Sowie die Wissenschaftler in ihre Diskussion vertieft waren, sah der Schimpanse erst zu dem Ständer mit den Instrumenten und Spritzen und dann aufmerksam auf seine Armfesseln. Langsam reckte er die Finger zu dem Lederriemen mit der Schließe an seinem Handgelenk. Mit einem Finger nach dem anderen schob er das freie Gurtende durch die Metallschließe. Ohne hinzusehen bewegte er das Handgelenk, bis der Dorn der Schließe aus dem Gurt glitt.

Der Schimpanse dehnte sein Handgelenk in alle Richtungen, bis der Gurt weit genug aufgegangen war, dass er seinen Arm herausziehen konnte. Dann fasste er mit dem freien Arm auf die andere Seite und löste dort die Schließe. Gerade wollte er eine Hand vorsichtig zum Hals heben, um den dort angebrachten Gurt zu öffnen, da musste er sie schleunigst wieder sinken lassen, weil Sameer ihm den Kopf zugewandt hatte.

Sameer runzelte die Stirn. »Eine Gehirnbiopsie. Das finde ich wirklich zu gefährlich. Sie wissen doch, wie wichtig dieser Schimpanse ist … für uns alle.«

Stiles zuckte die Achseln. »Na ja, ich möchte es nicht gerade bei meiner Mutter machen, aber bei Tieren habe ich es schon ein Dutzend Mal getan. Mit guter steriler Technik und den richtigen Instrumenten ist es ein ganz simpler Eingriff. Die Gefahr eines Misslingens beträgt wahrscheinlich nicht mehr als zwei Prozent. Außerdem gäbe uns das Gelegenheit, ein paar extrazelluläre Aufzeichnungen vorzunehmen, wenn wir den Schädel schon mal aufgemacht haben. Das wäre enorm hilfreich. Leider kann es ein paar Tage dauern, bis wir hier die nötigen Instrumente besorgt haben. Das müsste genügen, Jeremy. Wir haben, was wir wollten. Setzen wir ihn wieder unter Narkose.«

Gerade als Jeremy nach dem Propofol-Tropf greifen wollte, sprang der Affe auf und riss die Spritze mit der milchigen Lösung an sich. Mit einer geschickten Bewegung rammte er die Nadel in Jeremys ungeschützte Schulter und drückte auf den Kolben. Jeremy stieß einen Schmerzensschrei aus und taumelte ein paar Schritte zurück.

Jamie schrie auf. Stiles sah erst entsetzt drein, fasste sich jedoch schnell und spurtete ans andere Ende des Raums, um mit einem gefiederten Pfeil zurückzukehren. Der Affe musterte Stiles, während er sich zu seinen Füßen beugte, um dort ebenfalls die Gurte zu lösen. Vorsichtig umkreiste Stiles den Affen, stürzte sich auf ihn und stach ihm den Pfeil in den linken Oberschenkel, ehe er sich auf den Boden fallen ließ und wegrollte, um sich in Sicherheit zu bringen, während der Schimpanse mit einem Arm ausholte und Stiles' Kopf nur knapp verfehlte.

Kochend vor Wut zerrte der Schimpanse an den verbliebenen Fußfesseln, bis er immer matter wurde und schließlich reglos auf dem Untersuchungstisch zusammensackte.

Langsam kroch Jeremy zum Behandlungstisch. Er war so benommen, dass er fast völlig außer Gefecht gesetzt war. Er lehnte sich gegen den Computer und atmete tief aus und ein, den Blick zu Boden gerichtet. Stiles war sofort bei ihm und verarztete seine Schulter, die an der Einstichstelle immer noch blutete.

Jamie musterte den Affen, bis sie das Schweigen nicht mehr aushielt. »Und was machen wir jetzt?«, fragte sie in die Runde.

Sameer antwortete ihr. »Wir müssen ihn hinausschaffen, solange er narkotisiert ist, und dann müssen wir zuverlässigere Gurte besorgen. Ich habe das dumpfe Gefühl, dass sich unsere Experimente von nun an wesentlich schwieriger gestalten werden. Auf jeden Fall werde ich meine Leute anweisen, dass sie vorsichtiger mit ihm umgehen sollen. Aber mir ist wirklich ein Rätsel, was hier los ist.«

Ein heller Mond schickte gelbes Licht durch die Lücken zwischen den Bäumen. Geräuschlos huschte ein einzelner Schimpanse zu einer Baumgruppe und zerrte heftig an einem tief hängenden Ast. Durch die enorme Krafteinwirkung riss der Ast so plötzlich ab, dass der Affe rückwärts zu Boden fiel. Langsam erhob er sich wieder und holte sich das abgebrochene Stück.

Indem er den Ast hinter sich herzerrte, kroch der Affe durchs Unterholz, bis er an einen metallenen Schuppen kam, wo er sich aufmerksam umsah. Langsam schlich er zu einem Baum, der etwa zwanzig Meter von dem Schuppen entfernt auf der anderen Seite einer kleinen Lichtung stand. Er huschte am Rand der Lichtung entlang und sah nach oben. In etwa zwei Meter Höhe war im Laub ein Metalldach angebracht, das sich über einen dicken Baumstamm wölbte und eine kleine Kamera schützte.

Der Schimpanse stemmte den Ast in die Höhe, schwenkte

ihn durch die Zweige und ließ ihn krachend auf die Kamera herabdonnern. Er hatte so perfekt gezielt, dass das Gerät unter dem Hieb zerbrach. Der Affe kreischte vor Vergnügen und hob den dicken, schweren Ast wieder auf, ehe er durch die Lichtung zurück zum Schuppen schlich. In einer der Wellblechwände befand sich ein unauffälliger Türrahmen mit einer Metalltür. Unter dem Türknauf war ein kleines Schlüsselloch zu sehen.

Der Affe hob den Ast hoch über seinen Kopf. Das Mondlicht strömte über seinen muskulösen Körper. Auf einmal schnaubte er und ließ den Ast gegen die Tür sausen, sodass sie eine kleine Delle bekam. Erneut hob er den Ast und schlug damit gegen die Tür. Immer wieder holte er aus, und immer heftiger schlug er zu. Seine Wut stieg mit jedem seiner brutalen Schläge. Ein durchdringendes metallisches Quietschen dröhnte durch den Wald, als die schwer beschädigte Tür des Vorratsschuppens halb aus dem Rahmen brach. Der Schimpanse ließ den Ast fallen und sank schwer atmend zu Boden. Als sein linker Arm zu zittern begann, setzte er sich auf und musterte ihn, bis das Zittern nachließ, während er tief und langsam durchatmete.

Schließlich erhob er sich und zog die Tür so weit auf, dass er hineinkonnte. Im nächsten Moment flog ein Büschel Bananen durch die schmale Öffnung, gefolgt von einem zweiten und dritten. Schon bald lag ein großer Haufen Bananen vor dem Schuppen. Wenig später kam ein zweiter Schimpanse herbei und schnappte sich einen Arm voll Bananen. Zwei weitere Affen kamen direkt hinterher und dann noch fünf. Die Bananen verschwanden so schnell, wie der Affe im Schuppen sie hinauswerfen konnte. Indem er die letzte Ladung Bananen selbst nahm, verließ der Schimpanse den Schuppen und verschwand im Dunkel des Waldes.

Diego Garcia machte im Überwachungsraum gerade ein paar Eintragungen in ein Logbuch, als er einen Blick auf die Monitore an der Wand warf und einen leisen Fluch ausstieß. Zwei der Monitore auf der rechten Seite zeigten nur Schneegestöber. Diego nahm den Telefonhörer ab und wählte eine Nummer. Nach etwa achtmaligem Klingeln meldete sich am anderen Ende eine verschlafene Stimme. »Skip hier.«

»Mr. Jordan, ich wollte Ihnen mitteilen, dass die Kameras Nummer dreiundvierzig und vierundvierzig nicht mehr aufzeichnen. Man sieht nur noch weißes Flimmern.«

»Hast du einen Fußball auf statt einem Kopf? Du weckst mich, weil zwei kleine Kameras ausgefallen sind? Das können wir morgen früh überprüfen. Und jetzt belästige mich nicht weiter!« Er knallte den Hörer auf.

Diego zuckte die Achseln und musterte die anderen Monitore. Reihe für Reihe ging er durch, bis er zur untersten kam. Er zuckte zusammen und sah genauer hin. *Deus meu.*

Neben der Anlegestelle schwamm ein halbes Dutzend losgemachter Boote im Fluss.

Diego griff erneut zum Telefon und wählte hastig eine Nummer.

»Diego, wenn du das noch mal bist, dann kicke ich deinen Fußball von einem Schädel so weit, dass ...«

»Entschuldigung, Mr. Jordan, aber anscheinend sind sämtliche Boote nicht mehr an ihren Liegeplätzen vertäut.«

Aus der Leitung kam nur Schweigen. »Na gut, Diego. Das waren wieder diese verdammten Hippies. Kümmern wir uns gleich mal darum. Wir treffen uns am Anlegeplatz. Bring Tränengas mit.«

Wenige Minuten später kam Skip Jordan zwischen den Bäumen hervor und gesellte sich zu Diego, der bereits am Flussufer stand. Neben dem Anlegeplatz schwammen die Boote ziellos in der Biegung des Amazonas. »Steh nicht bloß so rum«, fauchte Jordan. »Anscheinend haben sie zum Spaß die Boote losgemacht und sind dann abgehauen. Hilf mir, die Boote wieder zu vertäuen.«

»Ich glaube, es gibt noch ein anderes Problem.« Diego zeigte zum Fluss.

Knapp hundert Meter flussabwärts schwamm eine Fähre auf dem Wasser. Das Boot schwankte unter dem Gewicht von mindestens vierzig Schimpansen, die auf und ab hüpften und auf dem großen Boot hin und her liefen. Ein Schimpanse stand mit einem Ruder am Heck.

Auf einmal kam ein Affe um den Rand der Fähre gelaufen, der eine Banane futterte. Er musterte Jordan unverwandt und stieß einen höhnischen Schrei aus, den Jordan und Diego gerade noch hören konnten. Auf einmal verlor er das Gleichgewicht und fiel mit rudernden Armen ins Wasser. Der Schimpanse am Heck kam eilig herbei, bückte sich hinaus und zog den durchnässten Affen zurück ins Boot.

Jordan rannte am Ufer entlang, wobei sein Bauch mit jedem seiner schwerfälligen Schritte wackelte. Diego folgte ihm auf dem Fuß und zog vorsorglich seine Pistole aus dem Halfter. Gerade als er auf die Reling der Fähre zielte, legte der Schimpanse am Heck das Ruder beiseite und fasste ins Boot. Einen Moment später flog ein Stein dicht an Diego vorüber. Verblüfft duckten sich Diego und Jordan und ließen sich auf alle viere herab. Der Schimpanse warf einen weiteren Stein, der Jordan auf der rechten Seite traf. Er krümmte sich vor Schmerzen und hielt sich die Rippen.

Mühsam drehte er sich zu Diego um und gab völlig außer Atem seine Anweisungen. »Nicht schießen. Wenn wir die Schimpansen an Land holen, bringen sie uns womöglich um. Wir brauchen Verstärkung. Hast du dein Handy dabei? Hol mir Nakamura an den Apparat.«

Diego wählte Nakamuras Nummer. »Es geht niemand dran.«

»Gib mir mal das Handy.« Jordan unterbrach die Verbindung und wählte erneut.

»Hey, Johnson. Wir haben ein echtes Problem hier. Ich muss Nakamura sprechen oder Mercer, egal wen, aber ein bisschen dalli.«

Die Stimme am anderen Ende klang erleichtert. »Dann wissen Sie es also schon. Mercer steht neben mir. Er hat mich gerade gebeten, Sie anzurufen.«

»Was soll ich wissen? Und woher wissen Sie das mit den Schimpansen?«

»Von Schimpansen war überhaupt nicht die Rede. Wir haben hier in Nakamuras Labor drei Tote liegen. Der Laborassistent hat sie vor ein paar Minuten gefunden.«

»Johnson, ich kann jetzt keine dummen Scherze gebrauchen. Haben Sie drei Tote gesagt?«

»Kommen Sie lieber schnell hierher. O Mann, mach doch mal jemand ein Fenster auf.«

»Wer sind die Toten? Und wie sind sie umgekommen?«

»Es wird ein bisschen dauern, bis wir das alles rekonstruiert haben. Wie gesagt, am besten kommen Sie auf schnellstem Weg hierher.«

Carlos Escalante lag mit Kopfhörern in den Ohren in seinem Zelt und las ein Buch. Auf einmal legte er das Buch ab und lauschte angestrengt. Er kniete sich hin, kramte in seinem Rucksack herum und holte Block und Stift heraus. Hektisch begann er zu schreiben, ehe er auf einmal innehielt. *Heiliger Strohsack.*

19

Carlos zählte das Geld und steckte es ein. Dann drehte er sich um und ging wortlos auf die Tür des Flughafengebäudes zu.

Susan wurde blass. *Ein Schwindel? Und das, nachdem sie einen solchen Aufwand betrieben hatte?*

Hilflos sah sie nach allen Seiten. Schließlich wandte sich Carlos zu ihr um. »Kommen Sie mit, Ms. Archer-Bentham?«, fragte er nur.

»Susan«, sagte sie nervös, schloss zu Carlos auf und ging neben ihm den Gehsteig entlang. »Wollten Sie mir nicht etwas über eine neue Entwicklung erzählen?«, fragte sie nach ein paar Schritten.

Carlos senkte die Stimme. »Neue Entwicklungen, sofort, ohne Zusatzkosten. Hier wäre schon mal die erste.« Er zog einen kleinen Kassettenrekorder heraus und stellte ihn an. Man hörte die Stimme einer Frau, die auf Nakamuras Anrufbeantworter gesprochen hatte. »Kenji, wo sind Sie? Keine Sorge, ich habe die Embryos geschickt – etwa dreihundert Stück in gutem Zustand, verschiedene Populationen aus meiner IVF-Praxis, genau wie Sie es wollten. Das müsste locker ausreichen, um genügend stabile Schwangerschaften herbeizuführen und im letzten Drittel jeden Tag eines zu opfern. Damit müssten wir den letzten Transkriptionsfaktor genau ermitteln können. Rufen Sie mich zurück.«

»Carlos, das ist ja wunderbar!« Ihre Augen leuchteten auf, und ihre Unentschlossenheit war wie weggeblasen. »Wissen Sie, wer das war?«

Carlos schüttelte den Kopf. »Schwer zurückzuverfolgen. Ich könnte aber vielleicht Verbindungsdaten kriegen, wenn ich rausfinde, wen ich bestechen muss.«

»Carlos, Sie sind genial! Genau das brauchen wir!«

Susans Euphorie flaute ein wenig ab, während sie laut weiterdachte. »Dummerweise sind das aber wahrscheinlich noch nicht genug Anhaltspunkte. Es steht zu viel auf dem Spiel, als dass wir uns auf eine telefonische Nachricht verlassen könnten, ohne die entsprechende Lieferung in die Finger zu bekommen.«

»Stimmt«, meinte Carlos.

»Was ist mit dem Schimpansen? Haben Sie irgendetwas über den Schimpansen? Es muss doch einen Weg geben, wie wir uns hineinschleichen und ein paar Aufnahmen von dem Affen machen können, irgendetwas Überzeugendes, das uns eine sichere Grundlage verschafft.«

Carlos drückte erneut eine Taste am Kassettenrekorder, und eine andere Stimme erklang. Sie klang aufgewühlter, ja schon fast verzweifelt.

»Brutal erschlagen, Mr. Jordan. Fast nicht zu erkennen, aber wir sind uns sicher, dass das hier Nakamura ist. Sein Ausweis steckt in der Tasche.«

»Ja, sicher ist er das. Und die beiden anderen sehen aus wie Michaels und Simons. Leitende Wissenschaftler. Wer zum Teufel war das?«

Nun erklang auf dem Band eine dritte Stimme mit einem schweren brasilianischen Akzent. »Der Assistent sagt, es waren die Schimpansen. Die Käfige sind alle leer.

Er meint, sie sind bösartig und hätten ihn ein paarmal fast erwischt, als er sie gefüttert hat.«

»Das werden wir ja sehen. Jedenfalls bin ich froh, dass wir das Boot nicht aufgehalten haben.«

»Welches Boot denn?«

»Ein Rudel Schimpansen hat sich mit einer unserer Fähren aus dem Staub gemacht. Es müssen drei Dutzend von diesen Mistviechern an Bord sein. Der mit dem Halsband ist auch dabei. Mann, ich sage euch, das hier hat niemand verdient, aber ich sehe Nakamura fast lieber so, als ihm sagen zu müssen, dass uns der mit dem Halsband ausgebüxt ist.«

»Tja, aber einfangen müssen Sie ihn trotzdem wieder, oder? Sie können ihn ja verfolgen. Er trägt ein Halsband mit einem Sender.«

»Verdammter Mist, Mercer.«

»Hol mal jemand Gupta.«

»Mercer, Sie kapieren es nicht, oder? Kenji ist tot! Vergessen Sie den Schimpansen.«

»Ich habe gesagt, jemand soll Gupta holen. Und alle anderen, die mit diesem Schimpansen gearbeitet haben. Sofort.«

Carlos stellte das Band ab.

Susan hatte die Augen weit aufgerissen und schwieg lange, während sie verdaute, was sie soeben gehört hatte. »Carlos, das ist es! Wir müssen diesen Affen als Erste finden! Wenn wir ihn fangen, haben wir die Geschichte des Jahrhunderts. Mit den Beweisen, die wir jetzt schon haben, und ein paar Aufnahmen des Schimpansen kommen wir auf jede Titelseite und in jede Nachrichtensendung auf der ganzen Welt. Wir müssen den Affen einfach als Erste finden! Das ist super!« Begeistert zupfte sie Carlos am Arm.

Carlos zog eine Augenbraue hoch.

Erneut schwand Susans Euphorie. »Aber wie sollen wir das anstellen? Wie fangen wir einen wilden Schimpansen, der irgendwo in einem Umkreis von dreihundert Kilometern im Amazonas-Dschungel herumläuft?«

Carlos hielt ein Taxi an. »Sind Sie knapp bei Kasse, Ms. Archer-Bentham?«

Susan schüttelte den Kopf.

»Gut, denn wir werden Geld brauchen, wenn wir gleich unsere Führerin treffen. Hoffen wir einfach, dass wir die Frequenz dieses Affen bald orten.«

Carlos setzte sich in das Taxi, und Susan folgte ihm.

»Jamie! Wach auf!«

Sie drehte sich auf die andere Seite.

Es klopfte erneut. »Jamie!«

Wie spät war es? Sie rieb sich die Augen und sah auf die Uhr, ehe sie sich das Kissen über den Kopf zog.

»Jamie!«

Sie warf das Kissen gegen die Tür. »Sameer? Verschwinde.«

»Er ist weg, Jamie! Wach auf!«

Wehe, es war nichts Wichtiges.

Fröstelnd setzte sie sich auf. Nach zwei Jahren im feuchten Dschungel ohne Klimaanlage hatte sie sich angewöhnt, zum Schlafen mehr Decken zu nehmen statt mehr anzuziehen. Sie stand auf und schlüpfte in Shorts und T-Shirt.

»Jamie!«

Sie öffnete die Tür. »Was ist denn los?«

»Er ist weg. Der Schimpanse. Er ist auf einem Boot geflohen.«

»Warum hast du das nicht gleich gesagt?« Sie machte sich eilig fertig.

»Komm mit. Mercer wartet schon.«

»Weiß Kenji Bescheid?«

»Kenji ist tot.«

»Was?«

»Er ist tot, Jamie. Und Simons und Michaels auch. Irgendeine Art Unfall. Ich hab's gerade erst erfahren.«

»Alle drei?« Jamie trabte hinter Sameer her. Jegliche Schläfrigkeit war schlagartig verschwunden.

»Ich weiß nicht in allen Einzelheiten Bescheid, aber ich habe es direkt von Mercer erfahren.«

»Glaubst du etwa, irgendjemand hat …«

»Keine Ahnung. Mercer meint, sie sind von einem der Tiere getötet worden. Halt auf jeden Fall die Augen offen. Ich weiß nicht, was ich glauben soll.« Sie bogen am Ende des Wohntrakts um die Ecke und kamen an der Cafeteria und am Postraum vorbei.

Jamie sagte kein Wort. Warum waren sie alle drei zur selben Zeit umgebracht worden? Das hieß ja, dass alle Wissenschaftler, die an dem Schimpansenprojekt mitarbeiteten, tot waren.

Sie traute Mercer nicht. Es würde nicht genügen, lediglich die Augen offenzuhalten.

»Hey! Was ist denn los?«, ertönte Stiles' Stimme hinter ihr. Jamie blieb stehen.

»Roger?« Stiles und Jeremy kamen im Laufschritt auf sie zu. Stiles sah so perplex aus, wie sie sich fühlte. Bei Jeremy war es noch auffälliger.

»Mercer hat gerade angerufen und etwas von einer Notfallbesprechung gesagt. Könnte mir freundlicherweise jemand verraten, was zum Henker hier los ist?«

Jamie und Sameer warteten, bis die beiden bei ihnen angelangt waren, ehe sie weitergingen.

»Es geht um Nakamura.«

»Hat er die Besprechung anberaumt?«

»Er ist tot.«

Stiles blieb wie angewurzelt stehen. Diesmal gingen die anderen weiter.

»Haben Sie tot gesagt?« Ruckartig setzte er sich wieder in Bewegung.

Sameer, der inzwischen völlig außer Atem war, gab die Geschichte so wieder, wie er sie gehört hatte.

Im Gänsemarsch stiegen sie die Treppe zum ersten Stock hinauf und gingen auf Nakamuras Büro zu. Eine Traube von Wachmännern stand vor der Tür.

»Wo ist Mercer?«, herrschte Stiles sie an.

»Bitte treten Sie zurück. Hier ist ein Verbrechen geschehen. Niemand hat Zutritt, ohne dass ...«

Die Tür ging auf, und David Mercer kam heraus.

»Übernehmen Sie doch mal das Kommando, Skip. Ich melde mich nachher wieder.« Er winkte die vier hinein, während Skip zur hinteren Tür hinausging. »Sehr gut. Jetzt sind ja alle da.«

»David? Was ist denn passiert?«

Mercer musterte die geschlossene Labortür, durch die gedämpfte Stimmen drangen. Jamie lehnte sich gegen die Wand und beobachtete die Reaktionen der Männer im Raum.

Stiles setzte sich auf einen Stuhl am Schreibtisch und raufte sich mit gesenktem Kopf die Haare. Jeremy nahm neben ihm Platz. Er sah entsetzlich aus, als hätte er einen Monat lang nicht geschlafen. Offenbar tat es ihm gar nicht gut, verfrüht aus dem Bett gerissen zu werden.

Sameer hockte sich auf den Fußboden und starrte ins Leere.

Mercer machte ein paar entschlossene Schritte und ließ sich auf einer Schreibtischecke nieder. »Sicher sind Sie von der gesamten Situation ebenso schockiert wie ich. Vor allem Sie, Sameer. Sie haben ja fast so lang wie ich mit den dreien zusammengearbeitet. Aber es gibt ein paar dringende geschäftliche Angelegenheiten, die wir besprechen müssen, ehe wir uns von der Trauer übermannen lassen.«

Jamie ballte die Fäuste. »Dringende geschäftliche Angelegenheiten. Allerdings ist es dringend. Drei Menschen sind umgekommen!« Sie ging einen Schritt auf die Tür zu.

Mercer sah sie an. »Es tut mir leid, Jamie. Ich weiß, dass sich das unpassend anhört. Sicher sind Sie der Meinung, jetzt sei nicht der richtige Zeitpunkt zum Reden.«

»Darauf können Sie Gift nehmen.«

»Lassen Sie mich ein bisschen ausholen. Ich versichere Ihnen, dass mich dieser schreckliche Vorfall enorm erschüttert hat. Es ist meine Aufgabe, Kenjis Familie mitzuteilen, was passiert ist. Ich war einer der Ersten am Ort des Geschehens. Aber es hat heute Nacht zwei Vorfälle gegeben. Ich weiß nicht, ob Sie auch vom zweiten erfahren haben.«

»Sie meinen das mit dem Schimpansen? Den müssen wir natürlich wieder einfangen.«

Nun schaltete sich Stiles ein. »Also, ich weiß von nichts. Wäre vielleicht jemand so nett, mich zu informieren?«

Jamie lehnte sich gegen die Wand. Ihr legerer Aufzug war ihr etwas peinlich, und so hielt sie sich im Hintergrund, während Mercer alles erklärte.

»Der Schimpanse – der, den Sie alle studiert haben – ist heute Nacht ausgebrochen. Auf einer Fähre. Mit einem paar Dutzend anderen Affen.«

»Nein. Sie glauben doch nicht etwa, dass *er* die Leute umgebracht hat?«, griff Stiles voraus. »Dass er sie umgebracht hat und mit einer verfluchten Fähre abgehauen ist wie eine Art Gangster?«

»Momentan können wir überhaupt nichts ausschließen«, fuhr Mercer fort. »Tatsache ist jedenfalls, dass jeder Wissenschaftler, der an der Erschaffung dieses Schimpansen mitgearbeitet hat, nun tot und der Schimpanse weg ist. Wir müssen entscheiden, was wir jetzt tun wollen.«

Jamie legte den Kopf schief. »Wie gesagt, wir müssen ihn wieder einfangen.«

»Deshalb habe ich Sie ja gerufen. Soweit ich weiß, sind Sie die Einzigen, die umfassend über diesen Schimpansen informiert sind. Jeder von Ihnen hat mir gesagt, dass es eine Gelegenheit sei, die man nur einmal im Leben bekommt. Kenji war mit Sicherheit auch dieser Meinung. Wenn wir überhaupt eine Chance haben wollen, den Affen zurückzuholen, müssen wir uns beeilen.«

»Ihn zurückholen? Damit er uns auch noch umbringen kann?« Jeremy zog die Brauen hoch.

»Lassen Sie mich ausreden. Wir wissen nicht, wer die drei getötet hat. In Kenjis Labor waren zahlreiche Affen untergebracht, von denen einige noch da sind und andere nicht. Ich weiß nicht, was passiert ist. Aber ich weiß, dass die Sache für uns alle gelaufen ist, wenn wir diesen Schimpansen nicht wieder kriegen.«

»Inwiefern betrifft Sie das?«, erkundigte sich Jamie.

»Es gibt da ein Problem, das Ihnen wahrscheinlich

nicht bewusst ist. BrainStem Therapeutics hat kein Kapital mehr.«

»Was?« Sameer kniff die Augen zusammen.

»Aus, erledigt. Wir leben hier nur noch auf Pump. Soliton hat es satt, uns weiter zu finanzieren, wenn wir nicht bald eine Melkkuh vorweisen können. Das hat mir Drake jedenfalls bei seinem letzten Besuch klargemacht. Ich konnte ihn nur durch einen Hinweis auf diesen Schimpansen davon abhalten, die ganze Firma auf der Stelle aufzulösen. Viel habe ich ihm zwar nicht erzählt, aber immerhin genug, um sein Interesse zu wecken. Und es hat funktioniert. Er hat uns genug Spielraum für weitere sechs oder acht Monate gegeben, also genug Zeit, um den Börsengang einzuleiten. Wenn ich ihm allerdings nicht bald etwas Konkretes vorlegen kann, ist es aus. Falls er erfährt, dass wir diesen Schimpansen verloren haben, ist BrainStem so tot wie Kenji und die anderen. So sieht's aus.«

»Ist das Ihr Ernst?«, fragte Jamie.

Er nickte.

»Moment mal. Wollen Sie damit sagen, dass Sie ernsthaft daran denken, wie ein Action-Held durch den Dschungel zu pirschen und den Schimpansen zu verfolgen? Um ihn zurückzuholen?« Jeremy konnte es nicht fassen.

Mercer nickte erneut. »Meine ganze Karriere steckt in dieser Firma. Wenn man nicht risikofreudig ist, kann man keinen Großbetrieb leiten. Falls BrainStem schließt, kann ich mich umgehend damit anfreunden, demnächst als Filialleiter bei UPS anzufangen.« Er sah die anderen verständnisheischend, ja geradezu flehentlich an. »Aber das ist noch nicht alles. Mir liegt auch daran, dass die Sache ein Erfolg wird. Der Schimpanse ist wichtig. Sie alle haben das auch gesagt.«

Jeremy senkte die Stimme. »Hören Sie, ich weiß, ich bin hier nur ein Postdoc, aber ich bin durchaus Ihrer Meinung. Dieser Schimpanse ist nicht irgendein Projekt, sondern die bedeutendste wissenschaftliche Entdeckung aller Zeiten. In meiner Jugend habe ich massenhaft Science-Fiction verschlungen. Dass Aliens die Welt übernehmen und all so was.« Er ließ scherzhaft die Finger wackeln und funkelte mit den Augen. »Tja, so wird es jedenfalls nicht laufen. Die Aliens kommen nicht mit fliegenden Untertassen angerauscht, sondern wir machen sie selbst, hier auf der Erde. Ja, wir haben sie bereits gemacht: eine neue, gefühlsbegabte Spezies. Darum geht es doch. Aber warum müssen wir ihn unbedingt einfangen? Habt ihr dabei nicht alle etwas vergessen?«

Jamie blickte Jeremy erwartungsvoll an. »Vergessen?«, fragte Mercer.

»Ja. Wir haben die Baupläne. Selbst wenn die Firma zusammenbricht wie ein Kartenhaus – was hält uns davon ab, Nakamuras Aufzeichnungen durchzugehen, die Rohstoffe zu besorgen und noch mal von vorn anzufangen? Wir machen einfach einen neuen. Wir fünf. Mann, ich arbeite auch umsonst. Der schwierige Teil ist ja schon erledigt.«

»Ich fürchte, so einfach ist es nicht«, wandte Mercer leise ein.

»Der junge Mann hat nicht ganz unrecht«, konterte Stiles. »Es ist nicht mehr so besonders teuer, einen transgenen Schimpansen zu erschaffen, wenn man die DNA schon isoliert hat.«

»Wie gesagt, so einfach ist es nicht.«

»Dann klären Sie uns auf. Was soll so schwierig daran sein?«

»Ich habe nachgesehen.«

»Was soll das heißen?«, fragte Jamie.

Mercer erhob sich und entfernte sich ein paar Schritte vom Schreibtisch. »Das heißt, dass ich bereits alles durchsucht habe. Ich habe Nakamuras Unterlagen und seine Notizbücher durchsucht, in der Nacht und klammheimlich. Tagsüber habe ich versucht, ihn dazu zu bringen, die Daten zu archivieren. Je mehr ich mich für den Schimpansen interessiert habe, desto mehr hat er mich beargwöhnt. Wochenlang habe ich mich bemüht, mehr über diesen Affen herauszufinden, doch in den Laborberichten steht nichts über diese ganze Schimpansensache. Mit den Unterlagen von Michaels und Simons ist es das Gleiche. Und die Proben in den Gefrierschränken sind nach einem undurchschaubaren Nummerierungssystem beschriftet, das mir überhaupt nichts sagt. Außerdem gibt es Tausende davon.«

Jeremy stieß einen Pfiff aus. »Wie uncool.«

»Es ist absolut unethisch. Ja, sicher, in der Nacht Kenjis Büro zu durchwühlen ist auch unethisch. Aber ich hatte keine Wahl. Jedenfalls sind jetzt alle tot, die wissen, wie dieser Schimpanse erschaffen wurde. Entweder wir finden den Affen oder wir packen zusammen und fahren nach Hause. Wäre Ihnen das lieber?«

Jamie musterte Mercer. Auf einmal sah sie ihn mit anderen Augen. Vielleicht hatte sie ihn falsch eingeschätzt, und er war doch nicht nur ein egozentrischer Wichtigtuer. Auf jeden Fall war er intelligent und besaß womöglich doch mehr Tiefgang, als sein gelecktes Äußeres vermuten ließ. Sein Vorschlag zeugte jedenfalls von Mut.

Stiles meldete sich zu Wort. »Ich schlage vor, wir schleppen das haarige Kerlchen wieder hierher und verdoppeln die Sicherheitsmaßnahmen. Aber ich habe nicht genug Erfahrung, um die Expedition zu leiten.«

Jamie musterte die Gesichter der anderen Wissenschaftler. Alle ohne Ausnahme sahen sie an. Sie wusste, warum. Von allen fünfen war sie die Einzige, die auch nur entfernt dazu imstande war, einen Suchtrupp durch den Regenwald anzuführen.

Sie holte tief Luft. »Na gut. Ich will den Schimpansen auch zurückhaben. Aber nicht sofort. Wir gehen die Sache mit Bedacht an. Ich will den Schimpansen nicht noch einmal unterschätzen. Wir nehmen uns ein oder zwei Tage Zeit, um unsere Ausrüstung zu vervollständigen und eine Strategie auszuarbeiten. Man spaziert nicht unvorbereitet ins Amazonasbecken hinaus.«

Stiles und Mercer nickten begeistert.

Jamie sah Sameer an. »Was für einen Radius hat dieses Funkhalsband?«

»Etwa fünfzehn Kilometer Boden zu Boden im Dschungel. Die Batterien müssten noch mehrere Monate halten.«

Jamie überlegte kurz. »Wir schicken gleich heute Nacht ein Schnellboot los, das der Fähre folgt. Dann wissen wir, wo sie angelegt hat. Wir brauchen Vorräte für mindestens zwei Wochen und topografische Karten des Regenwalds im Umkreis von hundert Kilometern von der Anlegestelle der Affen. Wir nehmen Narkosepistolen mit, Medikamente, leichte Zelte und kleine Schusswaffen. Jeder Teilnehmer trägt einen Rucksack. Die Schimpansen werden vermutlich von ihrer Anlegestelle aus kreuz und quer herumstreifen, und wir können sie auf einer direkteren Route über Land schätzungsweise in ein paar Tagen überholen. Ich wähle den Expeditionsleiter und anderes Personal aus, das ich für nötig halte. Einverstanden?«

Mercer schüttelte Jamie enthusiastisch die Hand. »Wir kriegen ihn.«

Jamie nickte. »Wenn ihn der Dschungel nicht als Erster kriegt.« Sie musterte die Gruppe. »Ich glaube, mir ist jetzt endlich ein geeigneter Turing-Test für den Schimpansen eingefallen. Und zwar schlage ich ein Kopf-gegen-Kopf-Duell in der ältesten aller menschlichen Disziplinen vor – der Jagd. Möge die beste Art gewinnen.«

»Ah, dann ist es also nicht nur eine Safari, sondern ein Wettrennen. Und wer sind unsere werten Gegner?«

»Eine Gruppe Wissenschaftler. Wir kennen fünf von ihnen. Die erfahrensten sind wahrscheinlich der Primatenforscher Sameer Gupta und eine Feldbiologin namens Jamie Kendrick. Keiner von ihnen hat Erfahrung mit dem inneren Dschungel, soweit ich weiß«, fasste Carlos für ihre Führerin zusammen. Susan nickte zustimmend.

Sie saßen in einer Hütte am Stadtrand. Der Raum roch nach Wild, und an den Wänden prangten die Köpfe exotischer Raubtiere. Das Verblüffendste war ein kompletter, ausgestopfter Jaguar, der im vollen Lauf aufmontiert worden war. Ein auf Hochglanz poliertes Gewehr hing von einem über dem Jaguar angebrachten Wandhaken. Exotische Vögel in Käfigen trällerten laut und verliehen dem höhlenartigen Raum ein bisschen Leben. Auf einem Lederstuhl, dessen Material unangenehm an Schlangenhaut erinnerte, saß eine kleine, magere Frau mit kurzem braunen Haar, einer spitzen Nase und lebhaften Augen. Ayala Goren legte den Kopf schief, während sie ihre beiden Besucher musterte.

»Also, das kostet extra. Für eine Expedition, wie Sie sie vorhaben, verlange ich ein Minimum von dreißigtausend Dollar. Na, kommen wir miteinander ins Geschäft?«

Susan heuchelte Erstaunen. »Dreißigtausend Dollar für ein paar Tage?«

Carlos' Miene war undurchdringlich.

Susan gab nach. »Wenn ich in Ihre Forderung einwillige, reicht die Summe dann, bis wir den Schimpansen gefunden haben? Keine weiteren Kosten?«

»Oh, Sie finden Ihren Schimpansen bestimmt, aber der Dschungel ist gefährlich, und niemand kann Ihnen garantieren, dass der Schimpanse oder auch diese Wissenschaftler noch leben, bis wir vor Ort sind.«

»Jamie, da bist du ja wieder.« Paulo musste zweimal hinschauen, als er die Tür öffnete.

»Schön, dich wiederzusehen, Paulo.« Jamies Lächeln war echt.

»Komm doch rein. Ich habe schon so lange nichts mehr von dir gehört.«

Paulo führte sie in die Hütte und machte im Vorübergehen ein Fenster zu, um die Geräusche aus dem Dschungel fernzuhalten.

Am besten kam sie gleich auf den Punkt. »Paulo, du musst mir helfen, eine Expedition durch den Dschungel zu führen.«

»Aha. Du kommst direkt zur Sache.« Paulo sah sie neugierig an.

»Ich weiß gar nicht, wo ich anfangen soll«, fuhr Jamie fort. »In den letzten Wochen ist so viel passiert. Ich bin auf etwas gestoßen, das größer ist als alles, woran ich je gearbeitet oder wovon ich je gehört habe.«

Sie beschrieb, wie sie auf den Schimpansen gestoßen war, wie sie ihn getestet hatten und wie er selbst ihre kühnsten Erwartungen übertroffen hatte. Paulo hing sprachlos vor Erstaunen an ihren Lippen.

Jamie kam zum Ende ihres Berichts. »Jedenfalls ist er das Erstaunlichste, was ich je gesehen habe, und jetzt ist er weg. In den Dschungel geflohen. Letzte Nacht.« Sie hielt inne und holte Luft.

»Warum wollte er denn fliehen?«, fragte Paulo vorsichtig.

Jamie senkte den Blick. »Ich kann ihm wohl keinen Vorwurf machen, aber es hängt viel zu viel daran, um ihn einfach ziehen zu lassen. Außerdem ist er kaum darauf vorbereitet, allein im Dschungel zu überleben, nachdem er in Abhängigkeit von menschlichem Beistand groß geworden ist. Es ist im Interesse aller, ihn zurückzuholen.«

Paulo atmete tief durch und sah Jamie in die Augen. »Erzähl mir mehr von dem Schimpansen«, bat er mit leiser Stimme.

»Er ist unglaublich. Meiner Überzeugung nach ist er genauso intelligent wie ein Mensch, und doch anders. Er tut Dinge, die so verblüffend sind ... Und trotzdem wirkt er manchmal regelrecht menschlich.«

Paulo dachte einen Augenblick nach. »Hast du dich eigentlich schon mal gefragt, ob es richtig ist, den Schimpansen so zu studieren, wenn er ein ebensolches Bewusstsein hat wie du und ich?«

»Manchmal. Irgendwie kommt es mir aber eher so vor, als würden wir ihn unterrichten, ihm seine Fähigkeiten klarmachen. Ich glaube, er wäre gar nicht glücklich, wenn er nur mit den anderen Affen schaukeln würde. Er weiß, dass er nicht dazupasst.« Glaubte sie das wirklich?

Paulo ließ nicht locker. »Mit so etwas war die menschliche Gesellschaft noch nie konfrontiert. Meinst du, dass der Schimpanse Anspruch auf grundlegende Menschenrechte hat? Ich finde schon.«

Jamie wandte sich um und ging im Raum auf und ab. »Paulo, mein Leben lang habe ich versucht, große Fragen zu beantworten, Fragen, die die Welt in positivem Sinne verändern. Anscheinend sind alle anderen damit zufrieden, einfachere Fragen zu stellen, die keine Konsequenzen haben. Zum ersten Mal in meinem Leben habe ich das Gefühl, einer wirklich wichtigen Frage und sogar der Antwort darauf auf der Spur zu sein.« Sie wischte sich die Augen. »Ich brauche das. Ich brauche dich, Paulo.«

Paulo bedeckte das Gesicht mit den Händen und dachte nach. Schließlich sah er auf. »Und wenn ich nicht will?«

»Dann muss ich die Expedition selbst anführen. Aber mir wäre wohler, wenn du dabei wärst.« Jamie merkte, wie verkrampft sie war, und überlegte, ob Paulo wegen der Verfolgungsjagd zögerte oder wegen ihr.

»Jamie, ich habe viel über unser letztes Gespräch nachgedacht.«

»Ich auch.«

»Ich spreche nur selten so offen. Hoffentlich habe ich dich nicht verschreckt.«

Jamie riss die Augen weiter auf. »Überhaupt nicht.«

»Aber du schienst es eilig zu haben wegzukommen.«

Jamie fühlte sich in die Defensive gedrängt. »Ich war vielleicht ein bisschen überfordert. So viel Stoff zum Nachdenken … und so viele Gefühle«, fügte sie aufrichtig hinzu.

Paulo nickte. »Aber ich muss wissen, warum du das tust.«

Jamie antwortete mit Bedacht und sah Paulo dabei flehentlich an. »Ich muss herausfinden, wer er ist. Ich kann einfach nicht ignorieren, was ich gesehen habe, und ich brauche Antworten. Du bist der Einzige, dem ich vertraue und der mir helfen kann.«

Beide standen einen Moment lang schweigend da. »Ich helfe dir, Jamie«, sagte Paulo schließlich.

»Danke«, flüsterte sie.

20

Tauchmaske und Schnorchel sahen nur knapp über die Wasseroberfläche hervor, als Ayala Goren eine Flussbiegung hinter sich ließ und damit außer Sichtweite des Fischerboots gelangte. Mit ihrem muskulösen Körper schwamm sie mühelos und konnte sich auf das Terrain vor ihr und das Wasser um sie herum konzentrieren. Sie hatte sich oft genug im Amazonas aufgehalten, um zu wissen, dass sie im Wasser stets auf der Hut sein musste. Trotzdem war es prickelnd, in einem Fluss zu schwimmen, der so voller Leben und voller Gefahren steckte.

Ihr Leben am Amazonas hatte ursprünglich als Rückzug begonnen. Durch ihren Dienst als Eliteoffizierin einer israelischen Spezialeinheit schwer traumatisiert, war sie vor den Dämonen, die in Israel allgegenwärtig waren, nach Brasilien geflohen. Nach drei Jahren aktivem Dienst im Westjordanland hatte sie Gräuel erlebt, von deren Existenz in der modernen Kriegführung die meisten Soldaten nicht einmal etwas ahnten.

Die Albträume rührten nicht von ihren Einsätzen bei der exponierten Grenzpatrouille oder gelegentlichen Schusswechseln her, sondern begannen erst nach ihrem Aufenthalt im Hamas-Hotel, wie sie es nannte. Von palästinensischen Extremisten gefangen genommen, hatte sie zwei Wochen unaussprechlichen Grauens in den Händen ihrer Feinde verbracht. Die Dinge, die sie erlebt hatte, wurden weder in der internationalen Presse diskutiert, noch wusste überhaupt jemand außer wenigen Eingeweihten darüber Bescheid. Es gab mehr als genug offene Feindseligkeiten, über die man in der Öffentlichkeit reden konnte, doch der verdecktere Krieg durch Geheimoperationen hinter den Kulissen war wesentlich wichtiger und wesentlich brutaler.

Ihr Entkommen war ein reiner Glücksfall gewesen, da ihre Entführer von einer weit von ihrem Kurs abgekommenen israelischen Patrouille entdeckt worden waren. Die Extremisten waren sang- und klanglos geflohen und hatten sie nackt und blutüberströmt und an einen Stuhl gefesselt in einem fast unmöblierten Raum zurückgelassen. Nach einem intensiven Debriefing, das fast noch traumatischer war als die Ereignisse der vorangegangenen zwei Wochen, war sie vom weiteren Dienst in der Armee entbunden worden und hatte eine Wohnung sowie regelmäßige finanzielle Unterstützung erhalten, wofür nichts weiter verlangt wurde als ihr Schweigen.

Wenige Leiden sind unzureichender erforscht und zugleich psychisch vernichtender als die Posttraumatische Belastungsstörung oder kurz PTBS. Manche wissen zwar über die Krankheit Bescheid, haben jedoch nicht wie die Betroffenen selbst mit Flashbacks und Albträumen zu kämpfen und erwarten, dass die Opfer mit der Zeit »darüber hinwegkommen«. Nur sehr wenige wissen, dass etliche Betroffene mit schwerer PTBS die Angst ihr gesamtes Leben lang nicht mehr loswerden und manche von ihnen nicht einmal das Haus verlassen oder mit anderen Menschen sprechen können. Ayala Goren hatte ein solches Leben geführt, in dem sechzehn Stunden Schlaf am Tag lediglich einen Kompromiss zwischen den Schrecken der

Nacht und den chronischen Schmerzen untertags darstellten.

Sie war an einen räumlich so weit entfernten Ort geflüchtet, wie sie ihn nur finden konnte, einen Ort, der sie nicht an zu Hause erinnerte – und war nicht faul gewesen. Zuerst hatte sie eine Ausbildung als Regenwaldführerin gemacht, während sie außerhalb der Saison wie eine Nomadin durch den Dschungel gewandert war und sich von seinen Geheimnissen und seinen Menschen hatte bezaubern lassen.

Der Regenwald erfüllte sie mit neuem Leben, sodass sie den Mut und den Elan fast ganz zurückgewann, der ihre kurze Karriere als Soldatin geprägt hatte. Routineexpeditionen interessierten sie immer weniger, und sie begann Extremurlauber tiefer in den Dschungel zu führen und ausgefallenere Erfahrungen zu suchen. Jetzt, zehn Jahre später, fühlte sie sich wie neugeboren. Doch vergessen hatte und würde sie nie.

Ihre neue Aufgabe versprach ein unerwartetes Vergnügen zu werden. Es kam nicht allzu oft vor, dass ein Auftrag ungewöhnlich oder die Leute charismatisch genug waren, um ihr das Gefühl eines Abenteuers zu geben. Sie führte die behandschuhte Hand zur Stirn und schnaubte heftig, um die Pfütze brackigen Wassers auszuspülen, die sich unten in der Tauchmaske angesammelt hatte. Sie blinzelte zweimal und musterte die Szenerie vor ihren Augen mit dem Blick der erfahrenen Soldatin, während sie auf die Anlegestelle zuschwamm. Dort lagen mehrere Boote unterschiedlicher Größe, doch sonst war der Steg verlassen. Ayala sah sich um, konnte jedoch weder Wachleute noch Kontrollposten ausmachen.

Sie schwang ein Bein über den Steg und schwankte mit

dessen rollender Bewegung, ehe sie geduckt aufstand und den Steg entlangschlich, um die dort festgemachten Boote zu untersuchen. Dann zog sie die Tauchmaske herunter, ließ sie um den Hals hängen und wischte sich das schlammige braune Wasser aus dem Gesicht. In diesem Teil des Amazonas war die Sichtweite gleich null, und die Maske diente mehr dem Schutz als der Navigation.

Ayala passierte etliche kleine Schnellboote mit dem unverwechselbaren BrainStem-Logo auf der Seite. Schließlich blieb sie neben einer größeren Fähre stehen, die näher am Strand lag. Drinnen konnte sie die Umrisse mehrerer Rucksäcke ausmachen, die an der Steuerbord-Wand lehnten. Rasch warf sie einen Blick nach hinten und sprang mit einem Satz über den Bug.

Eine plärrende Sirene ertönte aus dem Lautsprecher des Boots und durchdrang die nächtliche Stille mit ihrem Jaulen, während an Bug und Heck Lichtblitze aufzuckten.

Ayala hatte noch kaum Atem geholt, als sie bereits zielstrebig neben dem ersten der sechs Rucksäcke niederkniete, den Reißverschluss des Hauptfachs aufzog und dessen Inhalt durchwühlte. Sie zog den Reißverschluss wieder zu und durchsuchte die beiden großen Seitentaschen.

Sie stellte den Rucksack zurück, richtete sich auf und musterte die Umgebung. Nichts regte sich. Ayala untersuchte den zweiten Rucksack. An der einen Seitenwand steckte eine längliche Segeltuchhülle, die sie zur Kontrolle herauszog. Beim Auspacken wurde sie von Stimmen unterbrochen, die zuerst fern klangen, jedoch rasch näher kamen. Sie inspizierte die kleine Pfeilpistole in der Segeltuchhülle, ehe sie sie eilig wieder einwickelte und in den Rucksack schob. Sie machte den Rucksack zu und ging zum dritten weiter.

Die Stimmen waren nun laut genug, dass sie zwei davon unterscheiden konnte. »Sofort stehen bleiben! Security!«, zischte die eine Stimme atemlos. »Sieht okay aus, Boss«, erwiderte der zweite Mann ruhiger. Ayalas Finger gruben sich in den Inhalt des Rucksacks, während sie jeden Gegenstand musterte. Sie nahm eine rechteckige Metallschachtel heraus, zog den Reißverschluss des Hauptfachs zu und ließ den Rucksack gegen das Bullauge sinken. Der Strahl einer Taschenlampe schwenkte über die Backbordseite des Schiffsrumpfs, und Ayala ließ sich bäuchlings auf den Boden fallen.

»Diego, ich habe meine Anweisungen. Nicht einfach wie ein Affe alles nachmachen.« Die Stimme spuckte die Sätze förmlich aus und holte dazwischen immer wieder Luft. »Morgen ist Mercer weg – dann können wir schlafen.« Der Mann war nur noch wenige Meter vom Anlegeplatz entfernt.

Ayala schnappte sich die Segeltuchhülle mit der Metallschachtel und schlich auf allen vieren zum Bug. Mit einer geschmeidigen Bewegung glitt ihre schwarze Gestalt über die Reling, und schon hing sie an einem Arm außen am Boot, während sie mit dem anderen ihre Beute an sich drückte. Sowie der erste der beiden Männer das Boot betrat, ließ sie los und glitt ins Wasser, ohne dabei ein lauteres Geräusch zu verursachen als die Strömung, die sich am Bug brach.

Mit einem einzigen Scherenschlag bremste sie ihren Fall, ohne unterzutauchen und schaffte es, die Gegenstände über Wasser zu halten. Sie zog sich unter den Schiffsrumpf, und sowie die beiden Männer an Bord kamen, war das Einzige, was sich von Ayala noch über Wasser befand, die Spitze ihres schwarzen Schnorchels und die behandschuhte Hand mit der Schachtel in der Segeltuchhülle, die sie fest gegen die Außenwand des Boots drückte.

Die Sirene verstummte schlagartig. »Na gut – offenbar war es nur eine größere Welle oder so. Trotzdem, Diego, ich wäre gottfroh, wenn schon morgen früh wäre. Ich habe mir mit dieser Geschichte schon genug Ärger eingehandelt. Dabei ist es doch weiter nichts als ein Haufen Affen. Als ob wir davon nicht schon genug hätten. Gehen wir.«

Diego spähte direkt oberhalb von Ayalas Schnorchel über den Bootsrand, ehe er den Kopf zurückzog und wieder auf den Steg hinaustrat. Die Schritte auf den Planken wurden leiser und verstummten schließlich ganz. Fast unsichtbar in ihrem Neoprenanzug, entfernte sich Ayala vom Boot, während sie die entwendeten Sachen mit einer Hand über Wasser hielt und in Seitenlage davonschwamm.

Susan Archer-Bentham schlief auf der einen Seite des Fischerboots und schreckte unsanft hoch, als Ayala tropfnass hineinsprang. Während Susan sich erst sammeln musste, schob Carlos lediglich seinen Hut zurück und musterte Ayala.

Ayala wiederum studierte schweigend den Inhalt der Metallschachtel, bis klickend eine Sprungfeder einrastete und sie einen pistolenförmigen Griff mit drei metallenen Querstreben in der Hand hielt, die zu jeder Seite einen guten Meter weit hinausragten.

»Was ist das?«, fragte Susan ratlos.

»Das«, antwortete Ayala und wies auf die Digitalanzeige am Griff, »ist die Frequenz Ihres Schimpansen.« Sie schlang sich die Segeltuchtasche über die Schulter. »Und jetzt, glaube ich, müssen wir dringend los.«

21

Jamie streckte sich in einem Liegestuhl aus, sodass ihr die Morgensonne Ausschnitt und Arme bräunte. Der Regenwald schlief nie, und das Summen der Insekten, das Jamie stets zu beachten gelernt hatte, hatte sie kurz nach Sonnenaufgang begrüßt, als die Expedition sich am Boot getroffen hatte. Nun schaute sie träge über die Mangroven, die auf beiden Seiten des Anlegestegs den Fluss säumten. Obwohl sie die Expedition drei anstrengende Tage lang bis ins kleinste Detail geplant hatte, kam sie sich seltsamerweise vor wie eine Touristin, die zu einer Kreuzfahrt durch den Dschungel aufbricht.

Diego Garcia löste die Vertäuung, ließ den Motor an, und die Fähre legte langsam ab. Auf Deck betrachtete Jamie die entschlossenen Mienen ihrer Kollegen, die alle über die bevorstehende Expedition nachdachten. Auf ihrer Seite des Boots befanden sich Paulo Domingues, Roger Stiles und Jeremy Evans. Ein Stück weiter saßen David Mercer und Sameer Gupta. Im Bug neben Diego hatte João Miguel Santos Platz genommen, ein weiterer Mitarbeiter der Wachmannschaft von BrainStem Therapeutics.

Auf der einen Seite des Boots standen nebeneinander aufgereiht sechs Rucksäcke, und eine Plane bedeckte eine lose Sammlung von Vorräten im Bug. Das Wasser war ungewöhnlich ruhig, sodass man die träge Strömung in der hellen Morgensonne kaum wahrnahm. Jamie atmete das feuchte Aroma von Regen und toten Fischen tief ein. Das Ufer gegenüber war überhaupt nicht zu sehen, da es von Dunst verhangen war.

Sowie sie aufgebrochen waren, fühlte sie, wie die anderen die Blicke auf sie und Paulo richteten und etwas von ihnen hören wollten. Sie setzte sich auf. »Für diejenigen, die sich noch nicht bekannt gemacht haben – das ist Paulo Domingues, der auf dieser Expedition unser Geländeführer sein wird. Er hat zehn Jahre mehr Regenwalderfahrung als alle anderen und das letzte Wort über sämtliche Aspekte unserer Mission. Vielleicht sollten wir den Zeitpunkt nutzen, um ein paar grundlegende Vorsichtsmaßnahmen zu besprechen, ehe wir den Wald betreten.«

Auf sein Stichwort hin bedachte Paulo die gesamte Crew mit einem vertrauenerweckenden Lächeln. In einem Tonfall, in dem Wissen und echtes Engagement mitschwangen, stellte er sich vor und ließ sich die Namen der anderen nennen. Nach einer kurzen Vorstellungsrunde, in der alle ihren Hintergrund skizzierten, legte er die Grundregeln für die Expedition fest.

»Zuerst muss ein für alle Mal feststehen, dass im Regenwald niemand zu irgendeinem Zeitpunkt oder unter irgendwelchen Umständen allein sein darf. Eine Gruppe muss mindestens zwei oder drei Personen umfassen, und jede Gruppe sollte möglichst ein Satellitentelefon und einen GPS-Empfänger bei sich haben. Die größte Gefahr im Regenwald besteht darin, nicht wieder herauszufinden. Und zweitens – ganz egal, wie wichtig die Mission ist –, die Sicherheit der Teilnehmer geht vor.

Ein paar Worte über mich selbst. Ich lebe seit fünfzehn Jahren im Regenwald. In dieser Zeit habe ich des Öfteren gedacht, dass ich schon jeden fiesen Dämon gesehen habe, den der Dschungel zu bieten hat, und jedes Mal hat es nicht lang gedauert, bis ich einen neuen entdeckt habe. Wenn Sie eine reelle Chance haben wollen, sich selbst und Ihren Schimpansen heil nach Hause zu bringen, dann müssen wir effizient und zügig vorgehen.

Obwohl ich bisher noch nie Gelegenheit hatte, eine Verfolgung mit einer Yagi-Antenne durchzuführen, bin ich sicher, dass es ein nützliches Werkzeug ist. Bin ich richtig informiert, dass wir im Wald einen Boden-zu-Boden-Radius von etwa fünfzehn Kilometern haben?«

»Das wissen wir nicht genau«, antwortete Sameer. »Das Funkhalsband war für die Verwendung auf unserem Gelände gedacht, und wir haben es kein einziges Mal draußen auf seine Reichweite getestet. Auf unserem Gelände hatten wir nie ein Problem damit, aber das hat ja auch nur einen Durchmesser von etwa fünfzehn Kilometern und ist ziemlich eben. Die Antennen sind nicht leicht zu bedienen, und die Reichweite wird manchmal radikal abgekürzt, wenn das Objekt hinter einem Hügel, unter Wasser oder unter der Erde verschwindet. Wir können nur vermuten, dass wir mit unseren Drei-Elemente-Yagi-Antennen fünfzehn Kilometer Reichweite haben müssten, vielleicht auch ein bisschen mehr, wenn er oben auf einem Baum sitzt.«

Paulo nickte. »Wie viele Antennen haben wir denn?«, wollte er wissen.

Jamie, die den größten Teil der Ausrüstung selbst gepackt hatte, antwortete ihm. »Wir haben drei Antennen dabei, damit wir im schlimmsten Fall drei Zweierteams bilden und zwei Leute in einem Basislager am Ausgangspunkt die Stellung halten können.« Sie nickte zu Diego und João Miguel hin.

Paulo fuhr fort. »Ich habe mich dermaßen auf die Logistik für den Weg hinein und hinaus konzentriert, dass mir gar nicht richtig klar ist, wie wir vorgehen sollen, wenn wir den Schimpansen finden. Was haben wir denn für Instrumente, um ihn außer Gefecht zu setzen und zu sedieren? Wie transportieren wir ihn, wenn wir ihn haben?«

»Wir haben ein paar Ketaminpfeile zum Injizieren. Die Wirkung müsste binnen einer Minute eintreten und etwa zwanzig Minuten anhalten. Danach verwenden wir hauptsächlich Injektionen mit Benzodiazepinen und anderen Beruhigungsmitteln, bis wir ihn im Basislager haben. Es ist sicherer, leichter zu kontrollieren und wirkt relativ gesehen länger. Wir haben kompakte Klapptragen, die von zwei Leuten eigentlich leicht zu transportieren sein müssten.«

»Wir werden wahrscheinlich ein oder zwei Tagesetappen vom Basislager entfernt sein, wenn wir ihn finden. Werden ihm die Beruhigungsmittel über einen so langen Zeitraum nicht schaden?«, fragte Paulo.

»Zwei Tage sind zwar nicht ideal, aber wir können ihn durchaus so lange sediert lassen. Wir müssen eben seine Atmung überwachen und dafür sorgen, dass seine Luftwege frei bleiben. Wir haben ein paar orale Tuben dabei, die wir mit Klebestreifen an ihm befestigen können. Für den Notfall sollten diejenigen, die ihn tragen, einen Handbeatmungsbeutel parat haben. Wir haben jedenfalls kompakte Beatmungsbeutel eingepackt. Es dürfte wirklich kein allzu großes Problem sein, wenn wir ihn erst einmal gefunden haben. Das Kunststück ist nur, erst einmal so weit zu kommen.«

Sameer zeigte den anderen, wie man Luftwege sichert, eine Beatmungsmaske anlegt und die Ketaminpfeile sowie die Ativanspritzen verabreicht. Als Jeremy und Stiles gelangweilte Mienen zogen, beendete er seine Demonstration.

Paulo hatte noch eine Frage. »Welche Reichweite haben die Pfeile?«

»Schätzungsweise fünfzehn bis zwanzig Meter. Das wird der schwierige Teil. Womöglich müssen wir versuchen, ihn im Schlaf zu erwischen oder ihn einzukreisen. Schimpansen schlafen in Nestern im oberen Blätterdach und machen sich normalerweise jede Nacht ein neues Nest. Wir dürfen ihn keinesfalls sedieren, wenn er dadurch einen gefährlichen Sturz erleiden könnte, was wiederum heißen kann, dass wir ihn doch im wachen Zustand am Boden erwischen müssen.«

Paulo wandte sich erneut an die ganze Gruppe. »Wir können das Terrain sondieren, sobald wir ihn ausfindig gemacht haben, und einen genaueren Plan entwerfen. Eine optische Bestätigung seiner Identität vor der Sedierung ist unerlässlich, da mindestens zwei Dutzend Schimpansen frei herumlaufen und wir keinen unerschöpflichen Vorrat an Betäubungsmitteln haben. Wurden die Satellitentelefone im Gelände getestet?«

»Unsere vier Satellitentelefone sind in ausgezeichnetem Zustand. Die Kommunikation wird nirgends im Regenwald ein Problem sein«, erwiderte Mercer.

»Wir haben Lebensmittel für zwei Wochen dabei und für weitere drei Wochen Vorräte im Basislager deponiert«, ergänzte Jamie. »Falls wir uns trennen müssen, sollte jede Gruppe neben dem Telefon, dem GPS und der Campingausrüstung noch einen Sanitätskasten dabeihaben. Die größte Gefahr ist die Malaria, und wir können nicht wissen, ob wir auf chloroquinresistente Malariaerreger treffen, daher könnt ihr euch nicht allzu sehr darauf verlassen, dass ihr Antibiotika nehmt. Wahrscheinlich gibt es im Regenwald noch mindestens ebenso viele unbekannte Krankheiten wie bekannte, also achtet auf etwaige ungewöhnliche Symptome.«

»Wie funktionieren diese Funkantennen eigentlich genau?«, erkundigte sich Stiles.

Sameer grinste stolz. »Wir verwenden eine Stealth-Yagi-Antenne mit Sprungfeder – der letzte Schrei auf dem Markt für kompakte, zuverlässige tragbare Richtantennen. Gibst du mir mal eine, Jamie?«

Jamie durchwühlte ihren Rucksack. Wo war das Ding? »Ich bin mir sicher, dass ich eine in meinem Rucksack hatte. Ich habe alles zweimal kontrolliert.« Rasch durchsuchte sie die anderen Rucksäcke. Verlegen reichte sie Sameer eine Antenne. »Ich finde nur zwei. Keine Ahnung, wie das passieren konnte. Ich bin mir sicher, dass ich alles eingepackt habe.«

Paulo hob beschwichtigend eine Hand. »Zwei Antennen sind mehr als genug. Es lohnt den Zeitverlust nicht, noch eine zu besorgen, da ich ohnehin nicht vorhabe, uns in mehr als zwei Gruppen aufzuteilen.«

Sameer nahm die Antenne und hielt sie weg von der Gruppe. »Dieser Knopf lässt die Antenne aufschnappen.« Auf Knopfdruck entfaltete sich das kleine, pistolenförmige Gerät zu einem langen, tragbaren Stab mit drei parallelen, horizontal verlaufenden Querstreben aus Metall. Aus dem daran angebrachten Lautsprecher kam leises Rauschen. Eine Digitalanzeige am Schaft zeigte 150,726 Megahertz an.

»Die Frequenz der Antennen ist voreingestellt. Man braucht sie nicht zu verändern. Wenn man ein Signal vernimmt, so ist es ein kurzer, hörbarer Impuls im Abstand von einer Sekunde. Man muss die Antenne langsam um dreihundertsechzig Grad herumschwenken, um ein optimales Signal zu bekommen und sich ihm zu nähern.« Er demonstrierte einen ganz langsamen Rundumschwenk. »Die Antenne soll möglichst parallel zum Boden gehalten werden. Die Vorwärts-Rückwärts-Achse ist stark polarisiert, und man braucht sie nicht zu rotieren.« Er klappte die Antenne wieder zusammen und reichte sie Jamie.

Paulo sah die anderen an. »Noch irgendwelche Fragen?« Niemand sagte etwas.

Diego sah sich mit einer Hand am Steuer um. »Wahrscheinlich brauchen wir noch eine Stunde, um erst mal den Anlegeplatz des Affen zu erreichen. Das Signalfeuer der Fähre ist noch ein gutes Stück flussabwärts.« Diego war in der Nacht, als die Schimpansen ausgebrochen waren, mit Mercer im Schnellboot losgefahren und hatte erkundet, wo die Fähre angelegt hatte. Seinem Bericht zufolge war das Signalfeuer intakt.

Die anderen Passagiere richteten sich darauf ein, länger zu warten. Jeremy trat an den Rand des Boots und sah hinaus. Paulo breitete eine Landkarte des Gebiets vor sich aus und vertiefte sich in sie. Mercer schloss die Augen und saß regungslos da. Er schwitzte und hatte bereits auffallend schlecht ausgesehen, als das Boot ablegte. Stiles streckte die Arme aus, legte die Beine übereinander und sah auf den braunen Fluss hinaus.

Nach ein paar Minuten richtete Stiles sich auf. Er wandte sich zu Sameer um und sprach ihn so laut an, dass es Jamie mitbekommen musste. »Schauen Sie mal da rüber. Was sehen Sie?«

Jamie folgte Sameers Blick über den ruhigen Fluss. Sogleich erklang ein klatschendes Geräusch, und ein Delfin sprang in hohem Bogen aus dem Wasser. »Ist das ein Delfin? Im Fluss?«, fragte Sameer.

»Ein Flussdelfin«, antwortete Stiles. »Die sind hier heimisch. Einer der wenigen Orte auf der Welt, wo man sie findet. Erstaunliche Kreaturen. Womöglich sogar schlauer als unser kleiner Kenji junior. Man weiß es nicht genau.«

»Mag ja sein, dass er schlau ist, aber ich glaube nicht, dass er mit unserem Schimpansen mithalten kann.«

Stiles Stimme klang traumverloren. »Stellen Sie sich ein Wesen vor, dessen ganze Welt aus Spiel, Beziehungen zu anderen ähnlichen Wesen und Selbstbeobachtung besteht. Es gibt Nahrung im Überfluss, die fast mühelos zu beschaffen ist. Stellen Sie sich ein Wesen ohne natürliche Feinde vor, das in seinem angestammten Lebensraum nichts anderes fürchten muss als den Menschen. Dieses Wesen hat eine so hoch entwickelte Sprache, dass es mithilfe von Ultraschall exakte Abbildungen dreidimensionaler Objekte direkt ins Gehirn seiner Artgenossen übermitteln kann. Es verbringt den lieben langen Tag damit, sich in einem Wasserparadies zu amüsieren und Sex zu haben. Jetzt sagen Sie mir, wer hier der Schlaukopf ist.«

Jamie sah Stiles an und ergriff das Wort. »Das ist eine sehr romantisierte Sicht der Dinge. Ich glaube kaum, dass sich die Delfine in ihrer Freizeit mit Differenzialgleichungen vergnügen. Manchmal sitzt man da und denkt, und manchmal sitzt man einfach nur da.«

Stiles zuckte die Achseln. »Wenn man das Gewicht des Gehirns zum Körpergewicht oder zur Körperfläche in Beziehung setzt, sind zwei Lebewesen deckungsgleich:

Mensch und Delfin. Primaten landen weit abgeschlagen auf dem dritten Platz. Delfine haben sogar eine komplexere Gehirnfaltung als Menschen und widmen vermutlich einen ebenso großen Anteil ihrer Gehirne dem abstrakten Denken wie Menschen. Es muss gar nicht so weit hergeholt sein, wie Sie glauben. Nur weil wir nicht mit ihnen kommunizieren können, bedeutet das nicht, dass wir wissen, was sie nicht denken.«

»Jedenfalls wissen wir, dass unser Schimpanse intelligent ist«, warf Sameer ein. »Und ich bin mir ziemlich sicher, dass er nicht so harmlos ist wie diese Delfine. Hoffentlich ist unseren furchtlosen Führern klar, dass bei dieser Jagd womöglich der Schimpanse das Heft in der Hand hat. Schließlich dringen wir in seinen Hinterhof ein, und ich glaube ehrlich gesagt nicht, dass er besonders erfreut darüber sein wird, uns wiederzusehen.«

Jamie nickte und blickte über Paulos Schulter auf die Landkarte, die er gerade studierte. »Dürfte für eine Verfolgung recht unproblematisch sein«, sagte Paulo und wandte sich um. »Die ersten fünfzehn Kilometer landeinwärts sind überwiegend ebenes Gelände. Wahrscheinlich ziemlich dichter Wald, aber machbar. Ich wette, sie sind nur ein paar Kilometer vom Fluss entfernt. Sie sind es gewohnt, auf engem Raum zu leben.«

Jeremy stand an die Reling gelehnt da und starrte wie gebannt zum Horizont, ehe er sich zu den anderen umwandte. »Sieht aus wie ein Hubschrauber da vorn. Was die wohl hier wollen?«

Jamie suchte den Himmel ab. »Meistens geht es um Fotos und Filme. Das ist hier das große Geschäft. Als ich noch Feldforschung gemacht habe, habe ich sie andauernd gehört. Soweit ich weiß, gibt es hier auch viel Hubschraubertourismus. Kommt auf der Beliebtheitsskala der Abenteuerreisen gleich nach dem Grand Canyon.«

João Miguel zeigte in die Ferne. »Es müsste gleich da drüben sein, oder?«, sagte er zu Diego. Diego drehte das Steuerrad und hielt auf die gegenüberliegende Küste zu, wo man die vor Anker liegende Fähre in Umrissen ausmachen konnte.

»Wir sind gleich da«, verkündete Diego den anderen.

Langsam begannen die Passagiere sich zu recken und wachten aus dem hypnotischen Trancezustand auf, in den sie der Fluss versetzt hatte. Jeremy und Sameer inspizierten ihre Rucksäcke ein letztes Mal und packten ein paar Teile um. Jeremy zog eine verblüffte Miene. »Ich dachte, ich hätte Ketaminpfeile in meinem Rucksack. Aber jetzt finde ich sie nirgends.«

Jamie runzelte die Stirn. »Mach keine blöden Witze. Das kann doch gar nicht sein. Ich schwöre, ich habe gestern alles zweimal kontrolliert. Sameer, fehlt bei dir auch irgendwas?«

»Ich glaube nicht. Pfeile wie Antenne sind unangetastet. Alles andere scheint auch in Ordnung zu sein. Es ist sicher nur ein kleiner Irrtum. Dann sind die Sachen eben in einem anderen Rucksack. Wir klären das noch – außerdem haben Stiles und ich massenhaft Munition«, beruhigte sie Sameer.

»Na, hoffentlich haben Sie an meine Massagedusche gedacht«, sagte Stiles.

Das Boot legte in einer kleinen Bucht an, etwa zwanzig Meter von der verlassenen Fähre entfernt. João Miguel hüpfte mit einem Abschleppseil heraus und band das Boot an einen Baum, während die anderen nach und nach ausstiegen. Anschließend vertäute er das Boot, das die Schimpansen benutzt hatten. Paulo begann, die Aufgaben zu verteilen. »Diego, du und João Miguel, ihr könnt hier das Lager aufschlagen. Vergesst nicht, dass die Hochwassersaison bevorsteht und die Uferlinie ziemlich veränderlich ist. Innerhalb von zwei Wochen kann sie um fünfhundert Meter schwanken, sodass womöglich irgendwann das ganze Gelände hier unter Wasser steht, also geht auf Nummer sicher und baut alles ein bisschen weiter im Landesinneren auf. Sameer, probier doch gleich mal, ob wir das Signal des Affen empfangen können.«

Während Sameer in seinem Rucksack herumkramte, musterte Stiles den Regenwald. »Vermutlich müssen wir dem alten Kenji dafür dankbar sein, dass er keinen superschlauen Jaguar konstruiert hat, hinter dem wir jetzt herjagen müssen«, sinnierte er.

Sameer zog die Antenne heraus und klappte die Querstreben aus, während die anderen ihre Rucksäcke aufsetzten. Langsam drehte er sich einmal um sich selbst. Nach etwa einer halben Minute hielt er kurz inne und führte die Antenne ein Stück zurück, ehe er seine langsame Bogenbewegung fortsetzte. Schließlich zuckte er die Achseln. »Kein Mucks zu hören. Er muss außer Reichweite sein.«

Auf einmal rief ihnen Jeremy vom Strand aus etwas zu. »Leute, kommt mal alle her und schaut euch das an.« Er zeigte flussabwärts, wo ein kleines Fischerboot ankerte. Vor allem aber deutete er auf eine menschliche Gestalt, die reglos neben dem Boot lag.

Die Wissenschaftler eilten im Laufschritt dorthin. Jamie schaffte es mit ihren langen Beinen als Erste. Das Boot war in gutem Zustand ohne jeden äußeren Schaden.

Sein Innenleben war allerdings das reine Chaos: In der Kajüte war alles mutwillig von oben nach unten gekehrt. Ein paar vereinzelte Fischköpfe und -schwänze lagen um die zerfetzten Fischernetze herum am Fußboden.

Neben dem Boot lag eine verwesende Leiche am Strand. Der erstarrte Gesichtsausdruck des Mannes, dessen Kopf unnatürlich zur Seite verdreht war, zeigte nichts mehr von dem Grauen, das er in seinen letzten Momenten empfunden haben musste. Ein Arm war ausgerissen und lag ein paar Meter weit weg. Jeremy ging hinüber und stieß ihn mit dem Fuß an, um ihn zu inspizieren. Schrammen und Blutergüsse bedeckten den Arm, und das obere Drittel, das direkt an die Schulter anschloss, zeigte unverkennbare Bissspuren von etwas, das am Fleisch geknabbert hatte.

Jamie hielt sich angesichts der grausigen Szene den Magen. *Nur die Ruhe bewahren.* »Ein Jaguar?«, presste sie hervor.

Paulo schüttelte grimmig den Kopf. »Mit Sicherheit nicht. Das ist nicht ihre Art, und sie greifen kaum je so nah am Fluss an.« Er hielt inne, um den anderen ein paar grobe schwarze Haare zu zeigen, die er vom Boden aufgehoben hatte. »Außerdem hinterlassen Jaguare keine Schimpansenhaare am Ort ihres Angriffs.«

»Ausgeschlossen«, widersprach Sameer. »Schimpansen verhalten sich nicht so. Das ist viel zu aggressiv für sie, selbst wenn sie sich bedroht gefühlt oder Nahrung gebraucht haben.«

»Offenbar haben sich eure Schimpansen eine neue Geschäftsleitung zugelegt. Sie haben ein neues Alpha-Männchen, und zwar eines, dem es verflucht egal ist, wie sich Schimpansen angeblich zu verhalten haben.«

Die Gruppe warf einen letzten Blick auf das Gemetzel, ehe sie zu ihrer Anlegestelle zurückmarschierte. Von dort aus verständigte Paulo die Polizei in Manaus telefonisch von dem »Unfall«.

Paulo teilte die Gruppe auf. »Mit zwei Teams können wir mehr Gelände abdecken, wenn jedes Team in einem Fünfundvierzig-Grad-Winkel zum Fluss losgeht. Zieht regelmäßig euren Kompass zurate, um nicht die Orientierung zu verlieren. Wenn wir bis heute Abend kein Signal empfangen, sprechen wir uns neu ab. Jamie, David und Jeremy: Ihr zieht in südwestlicher Richtung los. Roger, Sameer und ich gehen nach Südosten. Haltet eure Telefone in Empfangsbereitschaft und meldet euch, sowie ihr ein Signal habt. Wir müssten heute etwa fünfzehn Kilometer schaffen. Viel Glück.«

Er konsultierte rasch seinen Kompass und marschierte, gefolgt von Stiles und Sameer, ins Unterholz davon. Jamie und Jeremy schlugen die andere Richtung ein. Mercer seufzte und tappte ihnen unwillig hinterher, wobei er immer wieder die Moskitos zu vertreiben suchte, die ihn umschwirrten.

22

Ayala Goren duckte sich unter dem Luftzug, während das Rattern des Hubschrauberrotors ohrenbetäubend über ihr toste. Susan folgte Ayala und Carlos in den Bauch des Helikopters, der auf der privaten Landebahn wartete. In dem beengten Innenraum warf Susan einen Blick auf den Piloten und fragte sich, ob er tot oder lediglich bewegungsunfähig war.

Der kleine Brasilianer war zweifellos weit über sechzig und verriet nur durch ein gelegentliches Wackeln des Zahnstochers im Mundwinkel, dass er überhaupt noch lebte. Er trug ein verwaschenes beiges Polohemd mit Druckknöpfen und Jeans. Seine Augen blieben hinter der dunklen Fliegerbrille verborgen.

»Vamos embora!«, rief Ayala dem Piloten zu, und schon hob der Hubschrauber ab. Während die grasbewachsene Landebahn unter ihnen verschwand, sah man die Wolkenkratzer von Manaus, ehe auch sie in den Hintergrund traten. Die gewundenen Läufe des Amazonas und des Rio Negro kamen in Sicht, während sich am anderen Ufer des Amazonas ein endloser grüner Teppich erstreckte.

Obwohl sie nicht zum ersten Mal mit einem Hubschrauber flog, hegte Susan massive Bedenken wegen des betagten Piloten und fragte Ayala, was sie über den Mann wisse.

»Lassen Sie sich von dem alten Fossil nicht täuschen.

Er ist fit wie ein Turnschuh. Am liebsten wäre er Kampfhubschrauberpilot, wenn es am Amazonas welche gäbe.« Ayala musste schreien, um gehört zu werden.

»Genau das hab ich befürchtet!«, brüllte Susan zurück.

Carlos musterte die Landschaft unter ihnen. »Wie finden wir denn den Landeplatz?«, wollte er wissen.

Ayala zog ein Fernglas aus ihrem Rucksack und legte es sich auf den Schoß. »Die Wissenschaftler müssten uns direkt dorthin führen. Wir brauchen nur ihr Boot ausfindig zu machen.«

»Sie brechen heute auf? Woher wissen Sie das?«, fragte Susan.

»Es ist erstaunlich, was man alles erfährt, wenn man sich unter den richtigen Booten herumtreibt.«

Am Amazonas angekommen, drehte der Pilot ab und folgte dem Strom flussaufwärts, wobei er einen Abstand von fünfzehn Metern über den höchsten Bäumen einhielt. Aufmerksam suchten die Passagiere den Fluss ab, auf dem sich eine Handvoll Boote in verschiedensten Größen tummelten. Bei den größten, die gut zu sehen waren, handelte es sich vermutlich um kleinere Lastschiffe, da Tanker und Containerschiffe nur selten über Manaus hinaus den Fluss befuhren. Die kleineren Boote konnte man ohne Fernglas nur als schwarze Punkte ausmachen.

Susan musterte den Fluss, während die Umrisse der Großstadt immer weiter in den Hintergrund traten. Waldlichtungen in Ufernähe, die auf Dörfer oder Siedlungen von Ureinwohnern oder kleine Häfen hindeuteten, wurden immer seltener, je weiter sich der Hubschrauber von Manaus entfernte.

Kurz darauf schüttelte Carlos Ayalas Schulter und

zeigte zum Nordufer. »Das da vorn müsste der Firmenkomplex sein. Das Hauptgebäude sieht man schon.«

Ayala hielt ihr Fernglas in die Richtung, in die Carlos gezeigt hatte, und sprach den Piloten in fließendem Portugiesisch an. »Ali. Voa perto do edifício maior.«

Der Hubschrauber schwebte direkt neben dem Gebäudekomplex über dem Fluss und ging dann langsam tiefer. Ayala richtete ihren Blick auf die Anlegestelle vor dem Firmengelände. Schon bald ließ sie zufrieden das Glas sinken. »Hervorragend«, erklärte sie. »Sie sind schon weg. Jetzt werden wir ja sehen, wer die besseren Jäger sind.« Sie wandte sich an den Piloten. »Temos che achá-los! Segue o rio e fique em baixo das árvores.« Er nickte, und der Zahnstocher in seinem Mund wippte träge auf und ab.

Der Hubschrauber vollzog eine Hundertachtzig-Grad-Wendung und flog weiter flussabwärts, wobei er sich unterhalb der Baumwipfel hielt, die auf beiden Seiten den Fluss säumten. Nach einigen Vorstößen flussabwärts hatte Ayala mehrere Boote als mögliche Kandidaten identifiziert und ließ den Piloten über jedem kreisen, während sie durch ihr Fernglas spähte.

Jedes Mal wenn wieder ein mögliches Boot ausschied, verzog sie ärgerlich die Miene. Susan merkte ihr an, dass ihr nach drei erfolglosen Versuchen auf einem fünfzig Kilometer langen Flussabschnitt die Geduld ausging. Sie wies den Piloten an zurückzufliegen, als sie auf einmal zusammenzuckte und hektisch das Fernglas an die Augen führte. Susan sah zum südlichen Flussufer hinüber, wandte den Blick jedoch gleich wieder ab und musterte stattdessen Ayala. Sie musste die Selbstsicherheit dieser Frau bewundern. Was hätte sie nicht für ein solches Selbstvertrauen gegeben.

»Wir haben sie«, erklärte Ayala. Mit einer geschickten Bewegung klappte sie den pistolenförmigen Gegenstand aus, den sie in der Nacht zuvor besorgt hatte, und setzte ihn in Betrieb, indem sie an einem Knopf am Schaft drehte. Als lautes Rauschen aus dem Gerät ertönte, setzte sie sich damit neben den Piloten und zeigte nach Osten. Der Helikopter gewann an Höhe und beschrieb eine Rechtskurve über dem Wald. Das Rauschen hielt unvermindert an. Susan spürte, wie ihre Finger taub wurden, weil sie sich so verkrampft am Sitz festhielt, und lockerte ihren Griff.

Ayala gab dem Piloten einige nur für ihn verständliche Anweisungen, worauf der Hubschrauber einen großen Bogen über dem Regenwald flog, den er beibehielt, bis er nach einigen Minuten wieder über der Stelle war, wo er vom Fluss abgedreht hatte. Erneut begann er, einen Bogen zu beschreiben, diesmal mit weiterem Radius, und folgte einem leicht gewundenen Weg, der am Ufer entlangführte. Nachdem er nach Osten geschwenkt hatte, flog er nun parallel zum Fluss geradeaus nach Westen.

Auf einmal ertönte ein leises Piepen durch das Rauschen in der Antenne. Binnen weniger Sekunden wurde es deutlicher und damit unverkennbar: ein Piepton pro Sekunde, wie bei einem leisen Wecker. Carlos sah Susan mit breitem Grinsen an. »Hallo, Schimpanse«, rief er.

Ayala konzentrierte sich auf die Töne. Nach einer halben Minute wurde das Piepen schwächer und verschwand schließlich so schnell, wie es gekommen war. Sie wies den Piloten an, senkrecht zum Fluss eine Schleife zu fliegen und dorthin zurückzukehren, wo die Pieptöne am lautesten gewesen waren. Kaum hatte der Hubschrauber den Schwenk über den Fluss vollzogen und sich wieder auf das Blätterdach des Waldes zubewegt, begann das Piepen ebenso unvermittelt wie zuvor. Diesmal war es sogar noch lauter, ließ jedoch schon bald wieder massiv nach.

Erneut beratschlagte sich Ayala mit dem Piloten, und erneut vollzog der Hubschrauber eine Wende. Sofort wurde das Signal stärker. Der Pilot flog geradeaus weiter. Auf einmal war das Signal weg. Ayala hob eine Hand, worauf der Pilot den Hubschrauber nach oben zog und über der Stelle schwebte. Unter dem Rattern der Rotorblätter konnten die Insassen das leise pulsierende Signal kaum hören.

Ayala senkte die Spitze der Antenne, bis sie zum Boden des Hubschraubers zeigte. Das Signal tönte laut durch die Kabine, und Susan strahlte ihre Begleiter an. Ayala zog ein tragbares Navigationsmodul heraus und gab rasch ihre Position ein, ehe sie den Piepton an der Antenne ausschaltete. Dann erhob sie sich und ging in den hinteren Teil der Kabine.

»Wie kommen wir jetzt da runter?«, brüllte Susan.

»Ganz einfach. Wir springen.«

Das musste ein Witz sein. »Was reden Sie denn da für einen Blödsinn? Wir können doch nicht springen. Haben Sie mal nach unten gesehen?«

»Wollen Sie den Schimpansen haben oder nicht?«

»Als ich gesagt habe ›tot oder lebendig‹, habe ich den Affen gemeint, nicht mich.«

Carlos unterbrach die beiden, indem er nach Südosten zeigte. »Da drüben ist ein kleiner Nebenfluss. Der würde sich gut als Landeplatz eignen.«

Ayala nickte, und der Pilot flog über die Bäume zu einer kleinen Lichtung oberhalb des Flüsschens. Langsam ging der Helikopter auf etwa dreißig Meter über dem Boden herab, konnte jedoch das Blätterdach mit seinen vielen verzweigten Ästen nicht durchdringen. Ayala schulterte einen Rucksack und warf Susan einen zweiten zu, während Carlos den letzten nahm. Sie holte eine stabile Holzkiste aus dem hinteren Teil der Kabine, klinkte sie an einen Notfallschirm und öffnete die Tür des Hubschraubers. Der Wind fegte herein und schnitt Susan die Luft ab. Ayala hob die Kiste hoch und warf sie hinaus. Voller Grauen sah Susan sie hinunterfallen und rechnete schon damit, sie in den Fluss stürzen zu sehen. Der Fallschirm verlangsamte jedoch den Fall der Kiste, sodass sie mehr oder weniger intakt auf das flache Flussufer schlitterte.

»Für uns ist es ein bisschen schwieriger!«, rief Ayala Susan und Carlos zu. Sie schnappte sich ein Seil und hakte die Metallschließe an dessen Ende in eine Lasche am Boden des Hubschraubers ein. Dann warf sie das Seil hinaus, wo es abrollte, bis es nach wenigen Sekunden am Boden auftraf. Schließlich fasste sie unter den Sitz und holte drei Paar Handschuhe hervor. »Ziehen Sie die Handschuhe an, umfassen Sie das Seil und rutschen Sie daran herunter. Wenn Sie sich gut festhalten, bremst die Reibung Ihren Fall.«

»Wie stellen Sie sich das vor?«

»Kommen Sie möglichst nicht mit verschränkten Knien auf und landen Sie nicht im Fluss!« Ayala winkte ihnen zu und ließ sich aus dem Hubschrauber fallen. Gekonnt glitt sie am Seil nach unten, bis sie ein paar Sekunden später auf beiden Füßen am Flussufer auftraf und ihnen von unten zuwinkte.

»Sie gehen als Nächste!«, rief Carlos Susan zu.

»Den Teufel werd ich tun!«

Carlos schubste sie sanft, und Susan stellte zögerlich einen Fuß auf den Türrahmen. Der Wind zerrte an ihrem Gesicht, und sie wandte den Kopf nach hinten, da sie kaum Luft bekam. Als Carlos ihr zunickte, fasste sie mit den behandschuhten Händen nach dem Seil. Dann trat sie an den Rand und hinaus in die Luft.

Der Wind riss von allen Seiten an ihr, ihr Hemd füllte sich mit Luft und hob sich über die Brust bis zu ihrem Kopf. Sie konnte kaum atmen und hatte das Gefühl, in dem Meer von Luft zu ertrinken, das rings um ihren Körper toste. Sie kam viel zu schnell ins Rutschen, und erst als ihre Angst in eine Art Betäubung umschlug, umfasste sie das Seil fester. Sie sah nur noch den auf sie zurasenden Erdboden, als sie plötzlich begriff, dass sie direkt auf den Fluss zuhielt.

Hektisch versuchte sie, sich einen Landeplan zurechtzulegen, doch ehe sie recht überlegen konnte, platschte sie schon ins Wasser und wurde unter die Oberfläche gedrückt, das Seil nach wie vor fest umklammert. Das Wasser umfing sie von allen Seiten, doch sie ließ das Seil nicht los, bis sie sich wie eine Fliege vorkam, die in einem Unterwasser-Spinnennetz erstickt. Ohne bewusste Anstrengung gelangte ihr Kopf über den Wasserspiegel und tauchte erneut unter, um wieder nach oben zu kommen, während die Strömung des Flusses sie rasch mit sich zog.

Als sie nach vorn blickte, sah sie einen riesigen Felsen auf sich zurasen. Sie ließ das Seil los und begann zu paddeln, trieb jedoch weiter geradewegs auf den monströsen pyramidenförmigen Felsblock zu. Auf beiden Seiten seiner scharfen Kante schäumte das Wasser. Das Gewicht des Rucksacks zog sie unter Wasser, und sie brauchte all ihre Kraft, um nicht unterzugehen.

Sowie der Felsen direkt vor ihr war, vollzog sie schnaubend eine Wende, sodass sie mit den Füßen auf den Stein traf und sich von ihm abstoßen konnte, worauf sie erneut kopfüber in dem schnell fließenden Wasser untertauchte. Das Wasser drang in ihre Lunge ein, während sie hustend und spuckend durch die Stromschnellen trieb. Als etwas Hartes an ihrer linken Hand schabte, griff sie instinktiv zu.

Ihre behandschuhten Finger schlossen sich um eine hervorstehende Wurzel, und sie nahm die andere Hand zu Hilfe, um sich gegen die Strömung zu stemmen, die sie flussabwärts mitreißen wollte. Indem sie die Füße heranzog, fand sie in dem nur brusttiefen Wasser Bodenkontakt und konnte sich aufrichten. Dann zog sie sich an der Wurzel entlang ans Ufer, wo sie schwer keuchend im Sand liegen blieb.

Als sie den Blick hob, sah sie Carlos und Ayala auf sich zulaufen. Carlos war als Erster bei ihr. Susan funkelte ihn zornig an. »Sie sind beide gefeuert«, stieß sie mit letzter Kraft hervor. Carlos grinste erleichtert.

Ayala kam kurz darauf an. »Gut gemacht – wir sind wahrscheinlich nur zwei, drei Kilometer von dem Schimpansen entfernt. Nicht schlecht für einen ersten Absprung.«

Susan war völlig erledigt. Sie suchte nach Worten, brachte aber nichts anderes heraus als: »Ich bin patschnass!«

»Gewöhnen Sie sich daran«, erwiderte Ayala. »Sie sind mitten im Amazonasbecken; hier regnet es an zweihundert Tagen im Jahr.«

Susan suchte ihren Körper nach Verletzungen ab und wischte sich das Blut von einer Schramme am linken Unterarm. Ihre Finger waren trotz der Handschuhe voller Schlamm und brannten von dem festen Griff um die Wurzel. Mit angeschlagenem Ego, schmerzenden Gliedern und pochendem Herzen stand sie auf und klopfte sich den Schmutz ab. »Dann wollen wir mal«, sagte sie.

Carlos und Ayala hatten sich bereits auf den Weg flussaufwärts gemacht.

23

Der Waldboden parierte jeden Schritt von Jamies Wanderstiefeln mit einem kleinen dumpfen Geräusch. Selbstsicher und zielstrebig führte sie ihre Gruppe tiefer in den Dschungel. Ihre Beinmuskeln reagierten unverzüglich auf jeden Befehl, und das rhythmische Reiben ihrer Schenkel gegen den Stoff der Shorts ließ sie sich jung und dynamisch fühlen. Sie war in diesem Dschungel zu Hause, wo nur die Starken überleben und ein Aufenthaltsrecht haben.

In regelmäßigen Abständen sah sie zu Jeremy und Mercer zurück, die nur mühsam mit Jamies sportlichem Tempo mithalten konnten. Mehr als einmal ertappte sie einen der Männer dabei, wie er beim Gehen ihre Hüften fixierte. Sollten sie ruhig glotzen.

Der Wald war erhaben und elegant geworden und hatte nichts mehr mit dem dichten Unterholz in Flussnähe gemein, durch das sie sich anfangs mühsam den Weg hatten bahnen müssen. Die ersten fünfhundert Meter vom Flussufer entfernt sah der Wald ganz anders aus als weiter innen, wo hohe Bäume aus dem Blick und in einem schwach leuchtenden grünen Himmel verschwanden und der Waldboden verblüffend leer war. Das matte Licht, das durchs Blätterdach drang, ließ im Erdreich nur wenig wachsen, und neben dem Humus aus herabgefallenen Ästen und Laub sowie den allgegenwärtigen Insekten, die darin lebten, war der Boden, abgesehen von vereinzelten Gräsern, Blumen und Farnen, unbewachsen.

Bäume von erstaunlicher Vielfalt, zugleich jedoch monotoner Ähnlichkeit erhoben sich auf allen Seiten wie Säulen eines unendlich großen, vergessenen griechischen Tempels. Hin und wieder drang ein Lichtstrahl hindurch, wenn ein umgefallener Baum ein Guckloch zum Himmel preisgab oder ein Grüppchen kleinerer Bäume oder Farne zu sehen war. Die meisten Bäume waren von imposanter Größe und hatten Durchmesser von mehr als einem Meter, während andere erstaunlich dünn waren und manche wiederum so dicke Stämme hatten, dass die drei Wanderer sie nicht hätten umfangen können, wenn sie sich Fingerspitze an Fingerspitze nebeneinandergestellt hätten. Viele wurden durch breite Brettwurzeln gestützt, die selbst einen halben Meter Durchmesser hatten und sich kurvenreich von den Stämmen wegwanden.

Jamie war froh, nicht mehr im Labor zu sitzen und wieder im Dschungel zu sein. Neben ihrer Begeisterung darüber, den Schimpansen entdeckt und Experimente erlebt zu haben, die ihre kühnsten Träume übertrafen, sowie den hektischen Vorbereitungen für die Expedition, hatte sie gar nicht gemerkt, wie sehr ihr der Regenwald fehlte. Es fehlte ihr, zur Geräuschkulisse des Lebens aufzuwachen, die feuchtheiße Luft zu riechen und sich frei zu fühlen. Nun kreisten ihre Gedanken ständig um den Schimpansen. Was er wohl machte? Und wie lange musste sie ihn wohl noch studieren, bis sie ihn wirklich verstand? Eines stand fest: Niemand würde ihre Experimente und die sich daraus ergebenden schockierenden Schlussfolgerungen über die Seele glauben, solange sie das Tier nicht vorzeigen und ihre Behauptungen untermauern konnte.

Schweißtropfen sammelten sich auf Jamies Stirn, und ihr fiel auf, dass Jeremy und Mercer jetzt noch rascher atmeten und sich schwertaten, die Geschwindigkeit zu halten, ohne sich abzukämpfen. Die Luft roch dumpfig und seltsam vertraut, als würde man einen der menschlichen Art eigenen urtümlichen Geburtsort des Lebens wiedererkennen, und es war feucht, allerdings nicht so feucht wie am Fluss.

Im Wald gab es gerade genug Licht, dass Jamie sehen konnte, wohin sie trat. Die ewige Dämmerung im Waldesinneren ging zwar nachts in richtiges Dunkel über, doch wurde es tagsüber nie ganz hell, woran Jamie gewöhnt war, was ihren Begleitern aber vermutlich fremd war.

Das Blätterdach über ihnen war eine völlig andere Welt, in der zwischen verschlungenen Lianen bunte exotische Pflanzen wuchsen und sich Schmetterlinge, Vögel und Fledermäuse tummelten, alle vom Waldboden aus ungesehen. Die meisten im Blätterdach heimischen Arten verließen dieses zu ihren Lebzeiten nie. Lediglich ein Bruchteil der anpassungsfähigeren Arten wagte sich je auf den Boden herab.

Jamie wusste aus Erfahrung, dass man im Waldesinneren, wo die Pflanzen herrschten und sich mithilfe ausgeklügelter und exotischer Abwehrmechanismen schützten, die Tiere zwar oft hörte, sie jedoch nur selten zu Gesicht bekam. Hunderttausende Giftstoffe, Dornen und Tricks der Evolution hatten die Pflanzen im Regenwald davor behütet, den Tieren zum Opfer zu fallen, und nun herrschte eine stabile Symbiose zwischen den Tieren und Pflanzen, die hier zu Hause waren.

Jamies Taschenkompass baumelte an seinem Halsband gegen ihr Trekkinghemd. Gelegentlich musterte sie ihn, orientierte sich neu und ging mit leicht korrigiertem Kurs weiter. Etwas seltener zog sie ihren GPS-Empfänger zurate und schätzte die bereits zurückgelegte Entfernung. Jeremy war anfangs ziemlich gesprächig gewesen, doch nach ein paar Versuchen, Konversation zu betreiben, hatte er sich damit abgefunden, schweigend weiterzumarschieren, was seiner zunehmenden Atemnot entgegenkam. Mercer stapfte ohne ein Wort der Klage vor sich hin und ertrug die Strapaze mit Würde und Gleichmut. Er blieb nicht einmal stehen, wenn er gelegentlich einen Schluck aus seiner Feldflasche nahm.

Nach einem Marsch von mehreren Stunden sah Jamie, wie Jeremy anhielt, um seine Beine gegen einen Baum zu stützen. Auch in ihren eigenen Waden spürte sie eine zunehmende Verhärtung und begriff, dass es den anderen wahrscheinlich bedeutend schlechter ging. Also blieb sie ebenfalls stehen und streifte den Rucksack von ihrem feuchten Hemd. Dann zog sie die Antenne hervor und klappte sie auf, wie sie es bei Sameer gesehen hatte. Ohne genau zu wissen, was sie erwartete, hielt sie die Antenne auf Armeslänge entfernt und schaltete den Audiokanal ein. Langsam drehte sie sich mit dem Gerät im Kreis, hielt inne und wiederholte das Ganze. Machte sie irgendetwas falsch? Sie schüttelte den Kopf und steckte die Antenne wieder in den Rucksack.

Mercer warf den anderen einen ironischen Blick zu, der bedeuten sollte, dass er zum Weitergehen bereit war. Jedoch konnte er seine Erleichterung nicht gänzlich verhehlen, als Jamie verkündete, dass dies eine gute Gelegenheit für eine Mittagspause sei. Er nahm seinen Rucksack ab und setzte sich darauf.

Jeremy packte einen Müsliriegel aus, hockte sich auf einen umgestürzten Baum und massierte sich mit der freien Hand die Knöchel, ehe er Jamie ansah. »Hast du dich eigentlich nie einsam gefühlt, als du allein im Wald gearbeitet hast?«

Jamie lächelte und wandte den Blick ab. »Nicht so einsam wie in Princeton. Die Einsamkeit hier hat etwas Spirituelles an sich, ganz im Gegensatz zu einem engen Zweierzimmer im Studentenwohnheim.«

Jeremy nickte. »Die Umgebung hier hat etwas Unheimliches an sich, findest du nicht?«, meinte er. »Ich meine, irgendwie ist es doch wie im Märchen, nur ohne die Geschichte.«

»Vielleicht ist das ja unsere Aufgabe hier.«

Jeremy wandte sich an Mercer. »Auf eine Frage habe ich allerdings nie eine Antwort gefunden: Was soll das eigentlich alles? Natürlich weiß ich, was der Schimpanse für uns bedeutet, aber ich verstehe Kenji nicht. Was wollte er erreichen? Ich meine, warum hat er den Schimpansen überhaupt erschaffen?«

Mercer zuckte die Achseln. »Ich habe nie ein klares Wort aus ihm herausbekommen. Und jetzt …«

Jamie beendete in Gedanken seinen Satz.

Mercer fuhr fort. »Nein, ich war die ganze Zeit über nicht im Bilde, erst seit Kurzem, als Kenji für die Arbeit mit dem Schimpansen Sie alle eingestellt hat. Für mich geht es inzwischen vor allem ums Geld. Ich sehe Potenzial für ein Produkt. Was Kenji vorhatte, weiß ich nicht.«

»Das spielt jetzt wohl auch keine Rolle mehr«, sinnierte Jeremy. »Ich möchte nur einfach wissen, was die Leute motiviert. Für mich ist die Wissenschaft ein Spiel: das beste Spiel der Welt mit dem härtesten Gegner. Ich liebe Spiele.«

Mercer machte seinen Rucksack auf und entnahm ihm ein paar Trockenfrüchte und etwas Dörrfleisch. Er verspeiste alles mit Heißhunger und klinkte sich aus dem Gespräch aus. Die anderen taten es ihm nach und wandten sich ihrem Mittagessen zu.

Später wandte sich Jeremy erneut an Jamie. »Was war eigentlich das Coolste, was du je im Regenwald gesehen hast?«

»Da gibt es so vieles. Einmal habe ich von einem Baum aus eine Kolonie Wanderameisen beobachtet. Die Gruppe war so groß, dass man sie aus dreißig Metern Höhe sehen konnte. Ich habe sie den größten Teil des Tages studiert, wie sie durch den Wald gezogen sind und alles vernichtet haben, was ihnen in die Quere kam. Sie haben sogar einen kleinen Bach überquert, indem sie eine Kette gebildet haben und übereinander geklettert sind. Es ist unfassbar, wenn man bedenkt, dass in den Körpern derartig kleiner Ameisen eine solche Macht steckt. Jede einzelne von ihnen wirkt so unbedeutend.«

Sie aßen schweigend zu Ende. Alle drei waren dankbar für die Ruhepause. Vor dem Weitermarsch bestand Jamie darauf, dass sie alle Schuhe und Strümpfe auszogen und ihre Füße begutachteten. Sie ging mit gutem Beispiel voran und inspizierte ihre schmalen Füße. »Eine der größten Bedrohungen für unsere Expedition sind wunde Füße.«

Sie wies jeden an, frische Socken anzuziehen und die gebrauchten zum Trocknen an den Rucksack zu hängen. Dann verteilte sie Nystatinpuder, das sich alle in die Schuhe streuten, damit sich dort keine Schimmelpilze ansiedelten. »Gewöhnt euch an das Ritual. Es mag übertrieben sein, aber ich will, dass alle dreimal täglich frische Socken anziehen.«

Jeremy grinste. »Bei meiner Mutter muss ich sie nur zweimal wechseln.«

Als alle ihre Inspektion zur Zufriedenheit erledigt hatten, stand Jamie auf und schulterte ihren Rucksack. Sie nahm den Kompass zur Hand, sah in die Ferne und marschierte los. Stöhnend setzte Jeremy seinen Rucksack auf und folgte Mercer, der bereits dicht zu Jamie aufgeschlossen hatte.

Paulo, Stiles und Sameer marschierten in raschem Schritt durch den Irrgarten aus Bäumen, der sie umgab. Wo immer möglich gingen sie nebeneinander, standen die Bäume jedoch zu dicht, führte Paulo die Gruppe an. Bei einer solchen Gelegenheit am späten Vormittag konnte sich Stiles einen Kommentar nicht verkneifen. »Also, eigentlich sehen wir hier doch aus wie ein bescheuerter Landungstrupp aus ›Raumschiff Enterprise‹. Fühlt sich eventuell noch jemand anders fehl am Platz?«

»Ich finde es herrlich hier«, entgegnete Sameer. »Wie in dem Wald um unser Betriebsgelände herum, aber viel weniger beengt, weil man weiß, dass kein Zaun ringsherum führt.«

Paulo ignorierte die immer wiederkehrenden Beschwerden von Stiles. Der Wald erfüllte ihn mit einer ruhigen Energie, während er das Grüppchen immer tiefer in den Dschungel führte. Sowie sie den Sekundärwald am Fluss hinter sich gelassen hatten, waren sie gut vorangekommen. *Wir müssten heute fünfzehn Kilometer schaffen,* dachte er zufrieden.

Stiles plapperte weiter. »Nur damit ich im Bilde bin: Mal vorausgesetzt, wir fangen das Signal dieses Schimpansen auf und finden ihn – wie wollen wir dann eigentlich diese Pfeile in ihn hineinkriegen? Ich nehme ja nicht an, dass er zu einem kleinen Kaffeeklatsch herunterkommen möchte, wenn er uns sieht.«

»Kommt darauf an«, antwortete Sameer. »Am aussichtsreichsten ist es wahrscheinlich, wenn wir auf einen Baum steigen und ihn in seinem Nest sedieren. Ich glaube, das könnten wir schaffen, wenn wir ganz leise sind.«

»Ach so. Moment mal. Wie war das noch mal mit dem Baum und dem Klettern? Die Äste sind zwanzig Meter weit oben, falls Ihnen das entgangen ist.«

»Und wie war das noch mal mit den Sommern, in denen Sie als Holzfäller gearbeitet haben?«, erkundigte sich Sameer.

»Jetzt begeben Sie sich aber aufs Glatteis, junger Mann.«

»Man braucht lediglich einen guten Klettergurt, feste Schuhe und Handschuhe. Ich habe es schon oft gemacht, um Nahrung oben in einem Baum zu deponieren, als ich die kleinen Kerlchen dazu bringen wollte, auf die richtigen Bäume zu klettern. Es dürfte nicht allzu schwierig sein.«

»Jedenfalls wäre es wesentlich einfacher, wenn unser Frankenstein das kleine Monster so konstruiert hätte, dass es an Höhenangst leidet«, maulte Stiles.

Paulo sah die anderen an. »Ich habe gerade überlegt, wie es wohl ankommen wird, wenn Sie hinterher Ihre Ergebnisse veröffentlichen.«

»Wie meinen Sie das?«, fragte Stiles.

»Sehen Sie's mal so«, sagte Paulo. »Die Menschen haben sich nicht gerade durch Toleranz hervorgetan, wenn es darum geht, den Platz im Rampenlicht zu teilen. Falls sich nun herausstellt, dass der Schimpanse als intelligentes Wesen zu gelten hat, was dann? Wird man ihm erlauben, sich zu vermehren? Hat er irgendwelche Rechte?«

»Was zwischen den vier Wänden eines Schimpansenschlafzimmers stattfindet, geht nur den Schimpansen etwas an. Da mische ich mich nicht ein«, erklärte Stiles.

»Nein, im Ernst – könnte die Menschheit eine zweite Spezies intelligenter Wesen neben sich ertragen, die ihr womöglich in vieler Hinsicht überlegen ist? Was für Folgen würde das zeitigen?«

»Keine Ahnung. Es ist erstaunlich, aber die Menschen neigen dazu, wichtige Neuigkeiten nach einiger Zeit wieder zu vergessen. Haben Sie schon mal von Oliver gehört?«

»Nein«, sagte Paulo.

»Ein unternehmungslustiger Mann hat vor fast vierzig Jahren einen besonders menschlich aussehenden Schimpansen entdeckt und ihm beigebracht, aufrecht zu gehen und Drinks zu mixen. Er nannte den Schimpansen Oliver. Nun, Oliver wanderte in Kalifornien von einem Besitzer zum nächsten wie eine Jahrmarktsattraktion. Seine große Stunde kam, als ein japanischer Fernsehsender spekulierte, Oliver sei in Wirklichkeit eine Hybridzüchtung aus Mensch und Schimpanse und habe siebenundvierzig Chromosomen, der Mittelwert zwischen Mensch und Schimpanse. Das war natürlich kompletter Blödsinn, doch Oliver wurde zu einem riesigen Medienereignis. Schließlich wurde er so berühmt, dass er in den Neunzigern in einer Fernsehshow namens ›Unsolved Mysteries‹ auftrat, die sich solchen Phänomenen widmete. Allerdings hatte danach wohl irgendjemand die Nase voll und bewies, dass Oliver in Wirklichkeit achtundvierzig Chromosomen hatte und ein ganz gewöhnlicher Schimpanse war.«

Stiles fiel hinter Paulo zurück, als sie über einen großen, von freiliegenden Wurzeln gestützten Baumstamm stiegen. »Auf jeden Fall«, fuhr er fort, »sind solche Kuriositäten bei ein oder zwei Bier ein großer Spaß, aber die allgemeine Öffentlichkeit schert sich auf Dauer nicht die Banane darum. Genauso könnte es unserem Schimpansen hier ergehen. Es wird einen gewissen Medienhype geben, ein paar Proteste, und dann werden alle die Sache vergessen, abgesehen von ein paar Wissenschaftlern. Die Wissenschaftler werden ziemlich erstaunliche Entdeckungen über das Gehirn machen, von denen auch fast niemand erfährt, bis sich nützliche Anwendungen daraus ergeben. Den Schimpansen wird es genauso ergehen wie allen anderen genmanipulierten Tieren: in kleinen Mengen für die Forschung gezüchtet, aber weder in die Wildnis entlassen, noch mit einheimischen Populationen gekreuzt.«

»Sie scheinen sich ja ziemlich sicher zu sein«, bemerkte Paulo argwöhnisch.

»Hören Sie, ich weiß doch, wie so etwas läuft. Wenn es kein Aphrodisiakum ist oder irgendjemandem Geld bringt, kümmert es die Öffentlichkeit einfach nicht. Oder zumindest nicht auf Dauer. Jamie ist da allerdings anderer Meinung.«

»Was meint sie?«, wollte Paulo sofort wissen.

»Für sie dreht sich alles um Gott. Sie glaubt, wenn wir beweisen können, dass der Schimpanse sämtliche Elemente dessen besitzt, was eine menschliche Seele ausmacht, wäre erwiesen, dass die Seele kein unsterblicher Geist ist, der in uns lebt.«

Paulo erstarrte. *Warum hat sie mir das nicht gesagt?*

Stiles sah ihn an, doch Paulo ging weiter.

»Sie hat nicht ganz unrecht, finde ich. Nicht, dass mir

etwas daran läge. Ich glaube nicht mehr an Gott, seit ich aus den Windeln raus bin. Und ganz egal, was wir herausfinden, ignorieren garantiert die meisten die ganze Geschichte.«

»Und trotzdem sind Sie bereit, mit auf diese Suchexpedition zu kommen und den Schimpansen zu verfolgen?«, fragte Paulo.

»Verstehen Sie mich nicht falsch. Dieser Schimpanse ist die erstaunlichste Kreatur, die der Mensch je erschaffen hat, und ich will ihn unter allen Umständen zurückhaben. Als Kenji ihn mir zum ersten Mal gezeigt hat, dachte ich: ›Tja, Sir Ken, da haben Sie sich ja selbst übertroffen – es ist ein Affe.‹ Doch ich habe meine Meinung geändert. Dieser Schimpanse ist eine echte Leuchte. Er ist genauso intelligent wie Sie oder ich.«

Paulo überlegte kurz. »Sie unterschätzen das Problem«, entgegnete er. »Ich glaube, dieser Schimpanse unterscheidet sich von genetisch veränderten Tieren aus früheren Zeiten. Wenn er wirklich gefühlsbegabt ist, wird ihn die Öffentlichkeit weder vergessen, noch wird er sich ohne Weiteres in einem Labor gefangen halten lassen. Ihre momentane Lage ist der lebende Beweis dafür.«

Stiles zuckte die Achseln. »Ich hoffe sehr, dass er Beachtung findet. Die größte Gefahr, der die Menschheit je gegenüberstehen wird, sind vielleicht weder Atomwaffen noch Krankheiten, sondern überholt zu sein.«

»Überholt?«, fragte Sameer.

»Genau. Vor vierzigtausend Jahren war doch angeblich der Neandertaler der King. Kurz darauf war er ausgestorben, und zwar nicht infolge von Bomben, Kriegen oder Meteoriten, sondern wegen des Cro-Magnon-Menschen. Die Neandertaler waren einfach überholt. Damit will ich jetzt nichts Unsinniges in der Richtung sagen, dass die Schimpansen die Weltherrschaft übernehmen werden, aber dies ist lediglich ein erstes Experiment. Die nächsten könnten intelligenter, anpassungsfähiger oder einfach bösartiger sein.«

»Wenn wir etwas erschaffen, das besser ist als wir selbst, hat dieses andere Wesen es vielleicht verdient, uns abzulösen«, sinnierte Sameer. »Vielleicht hat Gott seine Schöpfung noch nicht beendet, und der Mensch hat sich einfach als Etappe in seinem Plan überlebt.«

Paulo reagierte sofort. »Das kann ich nicht glauben, und ich will auch nicht miterleben, wie der Mensch gegen ein neueres Modell ausgetauscht wird.«

Paulo ging schweigend weiter, ehe er abrupt stehen blieb und den anderen durch Gesten bedeutete, ebenfalls anzuhalten. Über den Hintergrundgeräuschen des Regenwalds erklang aus der Ferne ein schriller Schrei.

»Was ist das?«, fragte Sameer.

»Ein Jaguar. Aber keine Angst. Er würde uns nie ohne Provokation angreifen.«

»Irgendwie beruhigt mich das nicht ganz«, murmelte Stiles.

Ehe sie ihren Weg fortsetzten, fasste Sameer in seinen Rucksack und holte die Antenne heraus. Er klappte sie auf und schwenkte sie langsam hin und her. Nachdem er es ein oder zwei Minuten lang erfolglos versucht hatte, steckte er sie wieder ein und ging weiter.

Ein großer, leuchtend gelber Schmetterling schwebte an den Wanderern vorüber. »Erstaunlich«, meinte Sameer, »dass die Schmetterlinge sich in jeder Region ähneln. Irgendwo kommt dann ein Schnitt, und sie sehen alle völlig anders aus.

Ein großes Tier huschte schnell über ihren Weg.

»War das eine Ratte?«, wollte Stiles wissen.

»Die werden hier ziemlich groß«, meinte Paulo völlig ungerührt.

»Ganz schön weit weg vom nächsten U-Bahn-Schacht. Aber hier gibt's ja sicher auch genug zu fressen.«

»Apropos essen – ich frage mich schon die ganze Zeit, wie viele von den Pflanzen hier wohl essbar sind«, sagte Sameer.

»Meinen Sie jetzt, wie viele von ihnen gut schmecken oder wie viele einen nicht gleich umbringen?«, erkundigte sich Paulo.

»Auf jeden Fall gibt es hier eine Menge Früchte und Blumen, die mir fremd sind«, ergänzte Sameer. »Ob unsere kleinen Schimpansen wohl ein paar davon ausprobieren werden?«

»Das kann ich Ihnen nicht genau sagen, aber die, die Sie jetzt gerade betrachten, ist ein zweischneidiges Schwert. Es ist eine Passionsblume. Natürlich ist sie schön, aber die Blätter enthalten Zyanide in hoher Konzentration. Angeblich soll die Pflanze wie ein Halluzinogen wirken, wenn man sie raucht.«

»Ein Horrortrip wäre so ziemlich das Letzte, was man in dieser Umgebung gebrauchen kann. Ich habe schon genug eigene Fantasien«, meinte Stiles.

»Jedenfalls würde ich nicht wahllos irgendwelche Pflanzen probieren, und ich hoffe, die Schimpansen sind schlau genug, es auch nicht zu tun. Sonst werden sie sicher bald eines Besseren belehrt«, erklärte Paulo.

»Hoffentlich nicht allzu bald«, sagte Sameer.

24

Drei Stunden nach ihrer Landung am Flüsschen wurden Ayala, Susan und Carlos fündig. Die erste Stunde waren sie allerdings komplett in die falsche Richtung gelaufen, nachdem Ayala an ihrem Landeplatz ein schwaches Signal von flussabwärts aufgefangen hatte und sie dorthin aufgebrochen waren.

Als das Signal eine Stunde später trotz strammen Marschtempos nachgelassen hatte, blieb Ayala stehen und schwenkte die Antenne einmal langsam im Kreis. Sie fluchte leise, nachdem sie durch aufmerksames Lauschen festgestellt hatte, dass das Signal lauter wurde, wenn sie sich um hundertachtzig Grad drehte. Und so kehrten sie um und wurden auf ihrem Marsch flussaufwärts durch ein stetes Lauterwerden des Pieptons belohnt.

Jeder von ihnen hatte einen kleinen Rucksack dabei, in dem Campingsachen, Essen und alles Nötige untergebracht waren, um den Schimpansen zu sedieren und zu fassen. Ayala hoffte inständig, dass sie den Affen an einem Tag einfangen und rasch zurückkehren könnten, doch hatten sie Vorräte für mehrere Tage dabei, falls sie mehr Zeit brauchten. An der Landestelle hatten sie ein Schlauchboot sowie einige andere, sperrigere Ausrüstungsteile deponiert. Carlos hatte die GPS-Koordinaten der Stelle in seinen Organizer eingegeben und den anderen erklärt, dass Messungen im Regenwald inzwischen auf etwa zwanzig Meter akkurat waren, zumindest seit dem Jahr 2000, als die US-Regierung damit aufgehört hatte, in GPS-Anwendungen für nichtmilitärische Zwecke ein Fehlersignal einzubauen.

Die drei hatten nun die maximale Signalintensität erreicht und mussten sich in einem Umkreis von hundert Metern von ihrer Quelle befinden. Ayala ging mit der Antenne hin und her und testete verschiedene Ausrichtungen, bis sie das Signal auf ein paar Dutzend infrage kommende Bäume eingegrenzt hatte. Die Quelle befand sich eindeutig im Blätterdach und war vom Waldboden aus nicht zu sehen. Ayala schwenkte die Antenne zu den Baumwipfeln über ihnen und grinste verschlagen. »Da haben Sie Ihren Schimpansen. Und jetzt holen wir ihn uns.«

»Und wie stellen Sie sich das vor? Sollen wir raufklettern?«, fragte Susan belustigt, während sie die dicken Baumstämme musterte, die fünfzehn Meter weit ohne sichtbare Äste, die man hätte nutzen können, nach oben ragten.

Carlos zog eine Braue hoch und schloss sich allein durch sein Mienenspiel Susans Frage an.

Ayala setzte ihren Rucksack ab. »Bloß nicht«, entgegnete sie. »Die Baumstämme wimmeln von Schlangen, Giftpflanzen und giftigen Insekten, von denen ich die Hälfte nicht einmal dann erkennen würde, wenn ich sie trotz ihrer Mimikry wahrnehmen würde. Außerdem stehen die meisten Bäume so dicht, dass man nicht einmal einen Haken hineinschlagen könnte.«

Sie entnahm ihrem Rucksack eine Armbrust und klappte sie auf, ehe sie ein Metallkreuz herausholte, das an einem langen, dünnen Nylonseil befestigt war. Mit einer geschickten Bewegung schoss sie es mit einem Bolzen senkrecht nach oben, bis es das Blätterdach durchdrang. Der Bolzen fiel schließlich wieder zur Erde, während das Kreuz oben blieb.

Sie legte die Armbrust beiseite und straffte das Seil, bis es senkrecht aus dem Blätterdach hing. »Nur ein Schuss«, sagte sie mit einem Zwinkern. Sie fasste erneut in ihren Rucksack, holte zwei metallene Fußsteigklemmen heraus, die mit ledernen Schlingengurten verbunden waren, und befestigte sie an ihren Stiefeln. Dann streifte sie Lederhandschuhe über, hängte sich die Antenne um und steckte eine Pfeilpistole in den Gürtel. Schließlich hängte sie die Fußsteigklemmen in das Seil ein und zog sich hoch.

Mit athletischer Grazie stieg sie immer höher. Eine Hand nach der anderen hangelte sie sich nach oben, und jedes Mal fanden ihre Füße Halt, wenn die Fußsteigklemmen sich um das Seil krallten und sie am Abgleiten hinderten. Mühelos zog sie sich am Seil hinauf, bis sie dreißig Meter über der Erde war. Sie machte eine lange Pause, holte die Antenne hervor und beschrieb einen Bogen mit ihr. Nachdem sie sie wieder verstaut hatte, brachte sie das Seil sachte zum Schwingen.

Als sie einigen Schwung bekommen hatte, wiegte sie die Hüften, um ihre Geschwindigkeit zu erhöhen, und schon bald schwang sie mit dem Seil hin und her. Während sie mit einer Hand das Seil festhielt, fasste sie nach unten, zog die Füße aus den Schlingen und schlang sie locker um das Seil. Als es nach vorn ausschwang, ließ sie los und flog nach hinten davon.

Am höchsten Punkt ihres Bogens schlug sie wild aus, um einen der umliegenden Äste zu erwischen. Sowie sie ihn hatte, umklammerte sie ihn mit einem Arm. Einen heiklen Moment lang hing sie reglos daran herab, während sie sich mit dem anderen Arm nach wie vor am Seil festhielt. Sie schwang die Beine nach oben und klammerte sich mit einem Bein um den dicken Ast. Ohne das Seil loszulassen, umfasste sie ihn mit dem anderen Arm und kletterte mit dem ganzen Körper hinauf.

Ayala sah zu Susan und Carlos hinab, die durch die Zweige gerade noch wie Spielzeugfiguren zu erkennen waren. Ayala war in einer neuen Welt angekommen. In dem Licht, das durchs obere Blätterdach drang, erglänzte alles in bunten Farben. Exotische Pflanzen in jeder Schattierung wuchsen auf jeder Liane und jedem Zweig. Blumen wuchsen auf Blumen, Vogelschreie klangen durch die Wipfel, und es fehlte nur noch der Märchenriese am oberen Ende des Bohnenstängels.

Ayala befand sich auf dem mittleren der drei Stockwerke des Regenwalds. Das untere Blätterdach, wo der Großteil der Bäume fünfzehn bis fünfundzwanzig Meter hoch war, war von unten sichtbar. Die Hauptetage war die dichteste: Zu ihr zählten Bäume zwischen dreißig und vierzig Metern Höhe, deren Äste eng miteinander verflochten waren. Über Ayala erhob sich eine Schicht von Überständern, die zu vereinzelt standen, um eine durchgehende Schicht zu bilden, jedoch überwucherten sie den größten Teil der mittleren Schicht mit weitläufigen, elliptischen Astformationen. Ayala war über den größten Teil der immergrünen Bäume hinausgestiegen und stand nun auf einem dicken, tiefer gelegenen Ast des Hauptblätterdachs.

Sie band das Seil um den Ast und zog daran, um sich zu vergewissern, dass es sicher war. Dann tappte sie vorsichtig den bemoosten Ast entlang, bis zu einer Stelle, von der sie einen höheren Ast erklimmen konnte. Von dort aus drang sie ins Herz des Blätterdachs vor. Es herrschte kein Mangel an robusten Lianen, und Ayala kroch ohne Schwierigkeiten zwischen Moskitoschwärmen im Blätterdach umher, bis sie einen guten Aussichtspunkt gefunden hatte, auf dem sie sich niederließ und wartete. Aufmerksam suchte sie ihre Umgebung ab.

Ein leuchtend bunter Vogel kam von oben herabgeflogen und setzte sich auf einen Zweig ein paar Meter über Ayalas Kopf. Klar und präzise trällerte er sein Lied, ehe er kurz darauf wieder davonflatterte. Nach einiger Zeit auf ihrem Beobachtungsposten wurde Ayala schließlich belohnt. In der Ferne erklang ein leises Rascheln, gefolgt von einem zweiten, und schließlich ein unverwechselbarer Affenschrei. Ayalas Körper spannte sich an, während sie versuchte, die Quelle zu orten. Geräuschlos zog sie die Pfeilpistole aus dem Gürtel und hob sie an die Schulter.

Leise stand sie auf und ging den Ast entlang, indem sie sich von einer Liane zur nächsten hangelte. Sie kletterte eine Ebene höher und wieder eine hinunter, bis sie dem Ursprung des Geräuschs näher gekommen war. Sie sah sich um. Einen Baum weiter, etwa zwanzig Meter weit weg, sah Ayala den Schimpansen mit seinem dunklen Fell einen Ast entlangspazieren. Kurz darauf folgte ihm ein zweiter. Der zweite war kleiner und trug ein unverkennbares blaues Halsband, auf das ein Sonnenstrahl fiel, als der Affe direkt gegenüber von Ayala ins Licht trat.

Ayala sah nach unten. Es würde eine Weile dauern, bis das Ketamin wirkte. Der Schimpanse würde sich hoffentlich in stabiler Position befinden, wenn er durch das Betäubungsmittel außer Gefecht gesetzt wurde. Auf jeden Fall war das Risiko eines Absturzes zu bedenken, den der Affe wahrscheinlich nicht überleben würde. Sie legte die Pfeilpistole an. Der Affe war genau in Reichweite. Sie drückte auf den automatischen Abzug.

Der Pfeil sauste über den Kopf des Schimpansen hinweg und flog klatschend ins Laub. Rasch lud Ayala einen zweiten, doch zu langsam. Das Geräusch des fliegenden Pfeils hatte den Schimpansen bereits auf den Eindringling aufmerksam gemacht. Er bückte sich und sah direkt in Ayalas dunkelbraune Augen.

In einem Wirbel schneller Bewegungen tauchte der Affe ins dichte Laub ein, sprang von einem Ast zum anderen und holte immer wieder weit aus, um den nächsten Ast zu fassen. Binnen Sekunden war er außer Sichtweite, und Ayala konnte seine Flucht nur noch akustisch verfolgen. Es war aussichtslos, ihm in diesem Tempo auf den Fersen bleiben zu wollen.

Sie hangelte sich zu ihrem Anfangspunkt zurück, löste das Seil vom Ast und stieg erneut in die Fußsteigklemmen. Ihre Gefährten atmeten erleichtert auf, als sie kurz darauf wieder in Sichtweite kam.

»Sie sind verrückt!«, rief Susan, halb wütend und halb ehrfurchtsvoll über Ayalas Heldentat.

Ayala ließ das Seil los und hüpfte atemlos auf die Erde. »Zu schwierig«, verkündete sie. »Die Tiere sind so viel schneller als alles, was ich je zuvor verfolgt habe. Wir werden ihn auf dem Boden jagen müssen, aber dazu muss er erst einmal runterkommen.« Nach jedem Satzteil hielt sie inne, um nach Luft zu schnappen. Dann hob sie ihren Rucksack auf, packte alles außer dem Seil wieder ein und marschierte in die Richtung los, in die der Schimpanse geflüchtet war.

25

Jamie zog die Antenne an dem klingelnden Satellitentelefon heraus und vernahm am anderen Ende Paulos Stimme. »Hallo, Paulo, ich bin's.«

»Jamie?«

»Ja, habt ihr ein Signal?«

»Nein. Wir schlagen jetzt unser Nachtlager auf. Und bei euch?«

Jamie seufzte. »Nichts als Rauschen.«

Paulo reagierte gelassen. »Morgen haben wir mehr Glück. Wir sprechen uns morgen früh noch mal ... Jamie?«

»Ja?«

»Du hast mir nie erzählt, was du eigentlich vorhast – was du mit diesem Schimpansen anfangen willst.«

Jamies Magen verkrampfte sich. Sie wusste, dass Paulo gläubig war. Doch das war sie auch, wenngleich auf einer anderen Ebene – zumindest bis jetzt. Der Schimpanse hatte alles verändert. Was würde Paulo wohl von ihren Plänen halten?

»Haben dir Roger und Jeremy von meiner Theorie erzählt?«

»Du kannst Gott nicht in einem Labor widerlegen, Jamie, ganz egal, was du entdeckst. Es ist ein Gefühl, Jamie. Dass du nicht allein bist. Dass Er real ist.«

»Bist du mir böse?«

»Nein. Aber versprichst du mir, dass du keine Geheimnisse mehr vor mir hast?«

»Ich versprech's.«

»Und sei vorsichtig. Ruf an, wenn du irgendwelche Fragen hast. Egal, worüber.«

Sie legte auf und seufzte. Was er jetzt wohl von ihr dachte? Sie wandte sich zu ihren beiden erschöpften Begleitern um.

»Wir bleiben über Nacht hier. Jeremy, du hast ein Zelt mit Fiberglasgestänge in deinem Rucksack. Befass dich mal damit, wie man es aufbaut. David, Sie schaffen Platz für eine Feuerstelle. Wir brauchen dringend etwas Vernünftiges zu essen. Ich schaue mich mal in der Umgebung um und vergewissere mich, dass wir hier sicher sind.«

Die beiden Männer waren zu müde, um Widerspruch einzulegen, und ließen sich gegen ihre Rucksäcke sinken, als Jamie im Wald verschwand.

Jamie zückte erneut das Satellitentelefon und zog die Antenne heraus. Sie drückte ein paar Tasten auf dem Display, und schon bald tönte die Stimme von Diego Garcia durch den Hörer.

»Hi, Diego, hier ist Jamie. Habt ihr euch schon eingerichtet?«

»Ja, alles klar. Wir haben etwa dreihundert Meter vom Fluss entfernt unser Lager aufgeschlagen. Können wir noch irgendetwas für euch tun?«

»Momentan nicht. Wir melden uns, wenn sich etwas ergibt. Haltet auf jeden Fall das Telefon empfangsbereit. Beide Gruppen haben sich ins Nachtquartier begeben.«

»Okay, Jamie.«

»Und achtet auf die Einheimischen. Wir wissen nicht genau, wer hier lebt. Gesehen haben wir noch niemanden, aber vermutlich gibt es nicht weit von hier ein paar Siedlungen. Ein großer Teil des Flussufers ist bewohnt, und manche Anwohner mögen keine Fremden.«

Sie unterbrach die Verbindung und hängte den Empfänger wieder in ihren Gürtel. Wahrscheinlich hatten sie gute Gründe dafür, dachte sie. Genau wie die Ureinwohner in fast ganz Amerika hatte man die hier ansässigen Indios kulturell ausgeplündert, ihre Siedlungen waren von Ausländern oder Kapitalisten überrannt und ihre Bewohner von fremden Krankheiten befallen worden, bis nur noch ein kleiner Bruchteil der ursprünglichen Einwohner übrig geblieben war.

Zahlreicher noch als die Indios waren die Brasilianer, die vor Armut und Hunger in den großen Städten geflüchtet waren und neue Siedlungen im Regenwald gegründet hatten. Manche versuchten reich zu werden, indem sie die üppigen Ressourcen des Waldes in Kleinbetrieben ausbeuteten, während es anderen nur ums nackte Überleben ging. Beide Gruppen waren nur selten in Konflikte verwickelt, und die meisten Indiostämme hielten sich abseits oder hatten sich der westlichen Kultur widerstandslos ergeben. Doch auf jeden Fall wusste Jamie nicht, wer ihre Nachbarn waren, und sie war klug genug, Vorsicht walten zu lassen.

Diego und João Miguel lehnten sich an die breiten Wurzeln eines Baums neben ihrem provisorischen Lager. Sie waren beide Brasilianer und arbeiteten schon seit Jahren für BrainStem. Daher unterhielten sie sich untereinander meist in einer wilden Mischung aus Portugiesisch und Englisch.

Vor einem silberfarbenen Kuppeldachzelt, das ein Stück weit weg stand, stapelten sich mehrere Kisten mit Vorräten: Nahrung, Medikamente, Erste-Hilfe-Artikel, Werkzeuge, Waffen und ein zweites Schlauchboot. Auf einer Kiste standen zwei Blechtablette mit den Resten ihrer letzten Mahlzeit. Diego hatte einen Klappspaten achtlos gegen einen Baum geworfen, nachdem er einen kleinen Graben um das Zelt gegraben hatte.

Diego war in Manaus im Bundesstaat Amazonas geboren und aufgewachsen. Sein Vater hatte einen Laden besessen, und wenn Diego nicht im Geschäft arbeitete, hatte er oft Gelegenheit gehabt, das Wochenende im Regenwald zu verbringen. João Miguel kannte den Wald nicht. Er war in einem Vorort der Hauptstadt Brasilia aufgewachsen und wusste nicht mehr über den Regenwald als über den Himalaja. Das freute Diego sehr, denn eine bessere Kombination aus Leichtgläubigkeit und Begeisterungsfähigkeit in einem Gefährten hätte er nicht finden können.

Diego erzählte João Miguel schon seit Jahren Geschichten über die Gefahren und Geheimnisse des Amazonas, und João Miguel nahm seinem Freund bereitwillig sämtliche Heldentaten ab. Für João Miguel war Diego ein Schlangenbeschwörer, ein Hausierer und Schamane erster Güte.

Beim Abendessen hatte Diego seinem Partner einen Schwank aus seiner Jugend erzählt, nämlich wie er und zwei Freunde einmal einem Jaguar begegnet waren. Er beschrieb die Zähne des Raubtiers, seine Klauen und das getrocknete Blut um sein Maul, das von seinem letzten Opfer herrührte. Nach einem langen schaurigen Blickwechsel hatte sich das Tier mit einer eleganten Schwanzbewegung umgewandt und war träge von den unerschrockenen Forschern davongeschritten. Natürlich hatte eine solche Begegnung weder jemals stattgefunden, noch hätte Diego sie mit trockenen Hosen überstanden, geschweige denn dass er furchtlos sein Jagdmesser gezückt hätte, wie er zu allem Überfluss behauptete.

Nach Diegos Abenteuergeschichte hatten sie sich in Versuchen übertroffen, den unnachahmlichen Skip Jordan zu imitieren. João Miguel hatte seinen jämmerlich unterentwickelten Bauch herausgestreckt und losgepoltert. »Jorge, du Latrinenmatrose, stell deinen Mopp weg und lass dir verklickern, was in den Sozialbauten in South Chiiicago wirklich abgeht.«

Diego musste über die Parodie herzlich lachen, auch wenn sie noch so miserabel war. Sie hatten beide eine Schwäche für Jordan und waren sehr zufrieden damit, unter seiner lockeren Führung zu arbeiten. Zumindest konnte man stets damit rechnen, dass die Arbeitstage unterhaltsam waren.

João Miguel reckte die Arme über den Kopf. »Diego«, fragte er, »glaubst du, sie finden diesen Affen?«

Diego schüttelte selbstsicher den Kopf. »Ausgeschlossen, Bruder. Die Affen sind zu schnell. Und dieser eine soll außerdem ziemlich clever sein.«

»Jamie ist auch intelligent.«

»Ja, schon, aber um im Dschungel zu überleben, muss man intelligent und schnell sein.«

»Jamie ist sehr intelligent. Und sie sieht gut aus, não?«

»Sem dúvida. Aber sie ist zu intelligent und zu schnell für dich, João Miguel.«

»Und für den Affen nicht?«

»Der Affe wird Sieger bleiben. Mit gutem Aussehen kommt man im Dschungel nicht weit.« Diego zwinkerte und grinste João Miguel anzüglich an.

»Jedenfalls würde ich lieber Jamie anschauen als den Schimpansen«, erwiderte João.

Das Gespräch führte zu einer Abhandlung von João Miguels Aussichten bei verschiedenen Mädchen, gefolgt vom genüsslichen Durchhecheln sämtlicher Frauen in der Firma. Anschließend spielten Diego und João Miguel eine Runde Poker, doch war keiner von beiden versiert genug, um bei dem dämmrigen Licht ein Pokerspiel unter zwei Personen interessant zu gestalten. Nach einem Anruf von Jamie legte Diego das Telefon auf eine Kiste und marschierte mit einer Rolle Toilettenpapier in den Wald.

Im Wald wurde es nachts nicht kühl, jedenfalls nicht auf dieser Meereshöhe, und so brauchte weder Diego noch João Miguel mehr zum Schlafen als die dünne Matte, die jeder von ihnen im Zelt ausgerollt hatte. Sie zogen die Schuhe aus, sprühten sich gegen die Moskitos eine Extraportion Insektenmittel auf die nackten Füße und schliefen rasch ein.

Wenig später schreckte João Miguel hoch. Schlaftrunken versuchte er, das Geräusch zu identifizieren, das er draußen hörte. Während er sich den Schlaf aus den Augen rieb, begriff er, dass das Geräusch von überallher kam, da Regen aufs Zelt prasselte. Er fluchte. Durch das gute Wetter am Vortag hatte er sich zu dem Glauben hinreißen lassen, das hier würde ein leichter Job werden. Morgen stand ihnen ein schwerer Tag bevor. Er legte sich wieder hin und schloss die Augen.

Kurz bevor er erneut einschlief oder vielleicht auch kurz danach hörte er ein anderes Geräusch. Nicht nur Regen.

Ein Scharren.

Er kniete sich hin. Diego schlief noch immer. João Miguel machte die Vorderklappe des Zelts auf und sah in den Regen hinaus. Erneut vernahm er das Geräusch und versuchte, es zu orten. Mittlerweile war er hellwach. Er verließ das Zelt und hielt sich eine Hand über den Kopf, um sich vor den Tropfen zu schützen, die durch die Bäume drangen.

Fast wäre er über eine Kiste gefallen, die umgekippt vor seinen Füßen lag. Ihr Inhalt lag kreuz und quer verstreut. Wieder ertönte das Geräusch, doch diesmal von woanders her.

Jetzt knackten Zweige, noch näher.

Wie viele Schritte? Zwei, vier? João Miguel spähte durch den Regen zu ihrer Feuerstelle, doch es war zu finster, um irgendetwas zu erkennen.

Er entfernte sich ein paar Schritte vom Zelt.

Erneut die Schritte, diesmal lauter.

»Wer ist da?«, rief er. Seine Muskeln verkrampften sich. Er war von Kopf bis Fuß durchnässt. Nachdem er sich das Wasser aus den Augen gewischt hatte, griff er nach dem Messer an seiner Seite.

Hinter ihm. Eine schnelle Bewegung.

Mit erhobenem Messer wirbelte er herum, um sich den Eindringlingen in den Weg zu stellen. Er schrie auf, als er in nächster Nähe die Umrisse einer Gestalt erkannte. Der nächste Schrei blieb ihm im Hals stecken, während ihm der Schmerz in den Kopf schoss. Die Finsternis um ihn herum wurde zu vollkommener Schwärze, und er fiel zu Boden.

III. TEIL

DER FLUCH DER ERSTGEBORENEN

Aber wir wurden nicht von gefallenen Engeln geboren, sondern von emporgestiegenen Affen, die außerdem bewaffnete Mörder waren. Worüber sollen wir uns also wundern? Über unser Morden, unsere Bomben und Raketen, unsere ständig marschierenden Truppen? Oder über unsere Bündnisse, was immer sie wert sein mögen? Über unsere Symphonien, wenn sie auch selten gespielt werden? Über unsere friedlichen Äcker, wenn sie auch allzu oft zu Schlachtfeldern wurden? Über unsere Träume, auch wenn sie selten in Erfüllung gehen? Das Wunder der Menschheit ist nicht, wie tief sie gesunken, sondern wie hoch sie emporgestiegen ist.

Robert Ardrey, *Adam kam aus Afrika,*
(Wien-München-Zürich, 1967)

Dann sprach Gott, der Herr: Seht, der Mensch ist geworden wie wir; er erkennt Gut und Böse.

Genesis 3,22

26

Der Regen prasselte durch den morgendlichen Dunst auf den Waldboden. Die gewohnte Kakofonie unzähliger Geräusche war noch fieberhafter als sonst, wurde jedoch vom allgegenwärtigen Plätschern des Regens auf das obere Blätterdach übertönt. Wie eine Million sanfter Trommelschläge verlieh der Regen dem Waldleben eine archaische Eindringlichkeit. Der Wolkenbruch strömte direkt aus den saftigen Bäumen, als hätten diese in ihren Blättern und Zweigen das Wasser erzeugt.

Für die Menschen im Inneren des zwischen Baumstämmen geborgenen silbernen Zelts bedeutete der Regen ein Signal, liegen zu bleiben. David Mercer empfand dies besonders intensiv, jedoch nicht etwa, weil er ein notorischer Langschläfer gewesen wäre, denn das war er nicht. Doch an diesem Morgen war der Regen ein dumpfer Schmerz, der das bohrende Pochen hinter seinen Augen noch verschärfte.

In einem Zustand irgendwo zwischen Schlaf und Benommenheit untergruben Davids Schmerzen seine matten Bemühungen aufzuwachen. Es kostete ihn bereits einiges an Anstrengung, überhaupt zu ergründen, woher die Schmerzen kamen. Am schlimmsten waren sie im Kopf, direkt hinter den Augen. Doch als er die Arme hob, um seine Schläfen zu reiben, merkte er, dass sein Kopf nur die vordergründigste Schmerzquelle war. Von Kopf bis

Fuß tat ihm alles weh. Jeder einzelne Muskel schien in Flammen zu stehen, und auf einmal erschien ihm der Regen wie eine willkommene Linderung.

So hatte er sich doch gestern Abend nicht gefühlt, oder? Sein wirrer Verstand versuchte, sich zu erinnern. Eigentlich hatte er ganz fest geschlafen, was bei ihm ungewöhnlich war. Er schlug die Augen auf. Ein großer Fehler. Das Licht stach ihm wie Dolche in die Augen und fachte den brennenden Schmerz dahinter an, bis er glaubte, sie würden explodieren. Wo war er?

David.

Er hörte eine Stimme. Nein, er hörte *wieder* eine Stimme. Wer war das? Erneut öffnete er trotz des schmerzhaften Lichts die Augen.

»David. Schlafen Sie noch?« Die Stimme war weich und sanft, ohne jeden Vorwurf, eine geradezu feenhafte Frauenstimme. Er schaute in Richtung der Sprachlaute.

Ein verschwommenes Gesicht in einer Kapuze blickte ins Zelt herein. »David, ist alles in Ordnung? Sie sehen schrecklich aus.« Der Kopf war patschnass und tropfte aus einer grünen Regenhaut. Er selbst war genauso nass. Sein Kopf dampfte, und seine Haare waren ebenso feucht wie sein restlicher Körper. Regnete es auch im Zelt? Er rang darum, sich zu erinnern.

Jamies Gesicht wurde deutlicher, nachdem sich Mercer den Schweiß aus den Augen gewischt hatte und dabei unter dem Schmerz zusammengezuckt war. Wie spät war es? Sie mussten doch los. Offenbar hatte er verschlafen. Und warum war er so nass? Mühsam kam er auf die Knie, während sein Körper unter jeder Bewegung vor Schmerz ächzte. »Ich komme gleich«, stieß er heiser hervor. Der Kopf verschwand. Draußen beratschlagten zwei Stimmen.

»Zuerst dachte ich, er braucht nur mehr Schlaf, aber er sieht ziemlich schlecht aus«, sagte die Frau.

Die andere Stimme war weniger nachsichtig. »Es ist schon nach zehn. Wir müssen los. Ist er krank?«

»Keine Ahnung. Er hat gesagt, er kommt gleich.«

Mercer richtete sich unter dem niedrigen Zeltdach gebückt auf. Das Zelt begann sich um ihn zu drehen, und er fiel zu Boden. Kurz darauf sah er wieder klar und versuchte erneut aufzustehen. Schwerfällig stolperte er aus dem Zelt in ein schmerzhaft strahlendes Licht. Eigentlich war das Licht ziemlich gedämpft, doch ein paar Sonnenstrahlen hatten es geschafft, die dunklen Wolken und die wenigen Zweige über der kleinen Lichtung zu durchdringen, in der sie ihr Lager aufgeschlagen hatten.

»David, Sie werden ja ganz nass. Wo haben Sie denn Ihre Jacke?«, fragte Jamie.

Er wusste es nicht. Das Einzige, was er wusste, war, dass ihm alles wehtat. »Tut mir leid«, sagte er kraftlos. »Mir geht's nicht gut.« Jamie kam herüber und nahm seinen Arm, ehe sie ihm eine Hand auf die Stirn legte.

»Sie glühen ja«, sagte sie ruhig. »Gehen Sie lieber wieder rein.« Sie brachte ihn ins Zelt zurück und kam selbst mit hinein. Auch Jeremy steckte den Kopf herein.

»Seit wann fühlen Sie sich schon krank?«, fragte Jamie.

»Keine Ahnung. Erst seit jetzt, glaube ich.«

»Und was spüren Sie?«

»Schmerzen. Vor allem hinter den Augen, aber auch überall sonst. Und ich bin müde. Völlig erschöpft.«

Jeremy und Jamie wechselten Blicke.

Nun stellte Jeremy ein paar Fragen. »Haben Sie vor dem gestrigen Tag schon mal das Firmengelände verlassen?«

»Ich habe vor vier Tagen die Umgebung ausgekundschaftet, als die Schimpansen gerade geflohen waren. Hab mich darum gekümmert, dass das Signalfeuer an der Fähre funktioniert.« Langsam konnte er wieder klarer denken.

»Haben Sie irgendetwas gegessen oder in den Mund gesteckt, seit wir hier sind?«

»Nein.«

»Erinnern Sie sich an irgendwelche Stiche von Moskitos oder anderen Insekten?«, hakte Jeremy nach.

»Wann hätte ich mal keine Stiche gehabt, seit ich hier bin?«

»Haben Sie das Mefloquin genommen?«, wollte Jamie wissen.

Die meisten Malariastämme im Amazonasbecken waren resistent gegen Primaquin, sprachen jedoch nach wie vor auf Mefloquin an, und so nahmen sie es alle prophylaktisch ein.

»Ja.«

»Hatten Sie solche Symptome schon einmal?«

»Ich hatte vor drei Jahren mal Dengue-Fieber, das war so ähnlich, aber nicht so schlimm.« Mercer erinnerte sich an die Episode wie an einen bösen Traum.

Jamie stützte den Kopf in die Hände und rieb sich die Augen, ehe sie sich an Jeremy wandte. »Ich weiß nicht recht. Es könnte Malaria sein, aber auch irgendetwas anderes. Ich bin keine Ärztin, und ich habe nur ein paar Medikamente dabei. Wir könnten ihm Doxycyclin und Paracetamol geben, aber wahrscheinlich sollten wir ihn lieber zum Firmengelände zurückbringen, wo ihn sich jemand anschauen kann.« Sie wandte sich erneut an Mercer. »Können Sie gehen?«

»Ja, keine Sorge. Ich fühle mich schon besser. Gehen wir. Ich will diesen Schimpansen haben.«

»Kommt nicht infrage. Sie müssen umkehren. Jemand begleitet Sie. Ich rufe mal in unserem Basislager an.« Jamie verließ das Zelt und kramte in ihrem Rucksack, bis sie einen kleinen Frischhaltebeutel fand. Sie nahm ein paar Pillen heraus und kehrte ins Zelt zurück.

»Hier, nehmen Sie die«, sagte sie und drückte Mercer zwei Pillen in die Hand. Er schluckte sie langsam, eine nach der anderen.

Jamie verließ erneut das Zelt, beugte sich weit vor, um den Regen abzuhalten, und drückte ein paar Tasten an ihrem Satellitentelefon. Sie wartete und wählte erneut. Diesmal sprach sie kurz, ehe sie das Telefon in eine wasserdichte Tasche ihrer Jacke steckte.

Sie kehrte zu Jeremy zurück. »Das verstehe ich nicht. Diego meldet sich nicht. Offenbar achten sie nicht auf das Telefon.«

Sie schüttelte ratlos den Kopf. »Ich habe der anderen Gruppe unsere Koordinaten gegeben. Im Grunde können wir trotzdem weitergehen, aber jemand muss David zurückbegleiten, und niemand darf allein bleiben. Paulo, Roger und Sameer kommen hierher, dann können wir uns in Zweiergruppen aufteilen. Vielleicht verlieren wir dadurch einen Tag, aber wir können die Spur frisch halten. Wir brauchen Sameer für den Umgang mit dem Schimpansen, also könntest entweder du oder Roger mit David zurückmarschieren.«

Jeremy sah in den Regen hinaus. »Ich gehe. Wahrscheinlich finde ich den Rückweg leichter.«

Jamie nickte und lief zu einem großen Baum, um sich

vor dem Regen zu schützen. Sie ging in die Hocke, stützte das Gesicht auf die Hände und stellte sich auf eine lange Wartezeit ein.

Am frühen Abend war Jamies Langeweile schlagartig beendet, als sie Stimmen näher kommen hörte. Oder vielmehr eine Stimme. Soweit sie es ausmachen konnte, war es Stiles, der gerade vorschlug, ein paar Fackeln und etwas Wasser zu hinterlassen und weiterzumarschieren. Sie rief Jeremy und ging mit ihm zusammen den anderen entgegen.

Der Regen war in ein leichtes Nieseln übergegangen und somit kaum mehr von der Feuchtigkeit zu unterscheiden, die auch über dem Wald hing, wenn es nicht regnete.

Bald langten sie allesamt am Zelt an. »Wart ihr fleißig?«, fragte Paulo.

Jamie zog eine Augenbraue hoch und sah ihn müde an. »Ich habe Landkarten studiert, aber ich kann mich nicht erinnern, dass ich mich schon mal dermaßen gelangweilt hätte.«

»Wie geht's David?«, erkundigte sich Sameer.

»Mehr oder weniger unverändert. Er schläft die meiste Zeit und hat immer noch hohes Fieber. Das Paracetamol hat anscheinend überhaupt nichts gebracht. Aber ihr wart schnell.«

»Wir wollten es vor Einbruch der Nacht schaffen, und ich fand eigentlich, dass wir heute ganz schön langsam waren. Ich habe den lieben langen Tag versucht, Diego zu erreichen. Seid ihr zu ihm durchgekommen?«

Jamie schüttelte den Kopf.

»Ich habe Neuigkeiten.« Paulo zwinkerte Sameer und

Stiles zu und zückte seine Antenne. »Hört euch das mal an.« Er klappte die Antenne aus und suchte eine Weile nach der besten Ausrichtung, bis ein leises Klicken im Sekundenabstand durch das Rauschen drang.

Jamie riss die Augen auf und sah Paulo mit heller Begeisterung an. »Wir haben ihn! Offenbar sind sie umgekehrt.«

Jeremy ging ins Zelt und weckte Mercer. Er sah ein bisschen besser aus, und sie kamen zusammen zurück.

Stiles begrüßte Mercer als Erster. »Was machen Sie denn für Sachen, Dave? Ich habe ja nicht direkt erwartet, dass das hier eine gemütliche Landpartie wird, aber Sie sehen wirklich mitgenommen aus.«

»Wir haben ein Signal, David«, verkündete Jamie hocherfreut.

»Wunderbar. Gehen Sie weiter. Ich warte hier. Ich fühle mich schon viel besser«, erbot sich Mercer.

»Kommt nicht infrage«, erklärte Paulo. »Jeremy bringt Sie zurück zu Diego und João Miguel. Die beiden müssten imstande sein, Sie zum Firmengelände zurückzubegleiten, wo Sie jemand richtig behandeln kann. Wie viele Telefone haben wir denn insgesamt?«

»Drei«, antwortete Jamie. »Ich weiß immer noch nicht, was mit der dritten Antenne passiert ist, aber unsere Telefone sind vollzählig. Ich habe eines, David hat eines, und Stiles hat eines.«

»Dann soll Jeremy Davids Telefon nehmen und heute Abend mit ihm den Rückweg antreten«, erklärte Paulo. »Wir verfolgen die Spur so lange wir können und werden den Schimpansen dann hoffentlich morgen finden.«

Jamie räumte Jeremys Rucksack um und tauschte ein paar Gegenstände daraus mit welchen aus ihrem und

Mercers Rucksack aus, bis sie mit der Verteilung zufrieden war. Inzwischen baute Jeremy rasch das Zelt ab und trug den bisher zurückgelegten Weg auf seiner Karte ein.

Als Jeremy fertig war, marschierte er mit Mercer los, wobei sie Mercers fast leeren Rucksack zurückließen. Kaum waren die beiden weg, hob Sameer die Antenne, und die vier verbliebenen Forscher brachen rasch in die entgegengesetzte Richtung auf. Das schwache Signal, das aus der Antenne drang, war kaum zu vernehmen – der leise, rhythmische Herzschlag ihrer Beute.

27

Susan war putzmunter. Nachdem sie die ganze Nacht tief und fest geschlafen hatte, hätte sie sich dem ganzen Amazonasbecken im Alleingang gestellt, obwohl es in Strömen regnete. Für sie war es die Erfüllung eines Traums, eine richtige Aufgabe mit richtigen Konsequenzen und richtigen Gefahren zu haben. Während sie am Vortag ständig von Ängsten geplagt wurde, hatte sie sich mittlerweile an die Verfolgungsjagd gewöhnt und fühlte sich wie ein vollwertiges Mitglied des Suchtrupps.

Sie waren am Morgen schon geschlagene drei Stunden marschiert, nachdem sie am Vorabend beschlossen hatten, über Nacht zu pausieren statt die Verfolgung fortzusetzen, da der Schimpanse aller Wahrscheinlichkeit nach ohnehin oben im Blätterdach übernachten würde. Nach dem Aufstehen hatten sie feststellen müssen, dass das Signal deutlich nachgelassen hatte, und so waren sie fast drei Kilometer in Richtung Fluss gegangen, ehe das Signal wieder stärker geworden war.

Ayala führte die Gruppe mit stoischer Ausdauer. Sie ging leise und leichtfüßig durch den Wald, während Carlos und Susan ein paar Schritte dahinter folgten. Mithilfe eines Kompasses oder durch einen Schwenk der Antenne orientierte sie sich immer wieder neu, doch meistens schien sie ganz von selbst zu wissen, wohin sie gehen musste.

Carlos hatte sich als erstaunlich guter Gefährte erwiesen. Ob es nun darum ging, Feuer zu machen oder einen Unterschlupf zu bauen, er hatte offenbar für alles einen natürlichen Instinkt. Als sie am Vorabend Halt gemacht hatten, hatten die Bäume zu dicht für ein Zelt gestanden, und so hatte er die Zeltplane geschickt in benachbarte Zweige eingehängt, um so ein provisorisches Dach zu errichten, und eine Rinne gegraben, sodass sie trotz des Gewitters die Nacht trocken überstanden hatten.

Außerdem war er aufmerksam und schob herabgefallene Äste oder hervorstehende Wurzeln beiseite, damit Susan nicht stolperte. Sie genoss seine zuvorkommende Art, und so gern sie ihren Mann auch mochte, hatten doch fünfzehn Jahre Ehe und zwei anstrengende Jobs gewisse Abnutzungserscheinungen der galanten Gesten mit sich gebracht, die zu Beginn ihrer Ehe so häufig gewesen waren.

Der heftige Regen machte die Sicht schlecht, und Susan war dankbar für die Regenmäntel mit den weiten Kapuzen, die sie dabeihatten und die einen guten Schutz boten. Die Mäntel waren luftdurchlässig und machten den Regen so zu einer erfrischenden Abwechslung zu der Hitze vom Vortag.

Ayala überprüfte eine Kompassangabe, ehe sie sich zu Susan umwandte. »Sie haben mir nie verraten, was an diesem Schimpansen so wertvoll ist«, sagte sie. »Warum wollen Sie ihn eigentlich unbedingt finden? Sie sind doch Reporterin.« Sie hob die Stimme, um den Regen zu übertönen.

»Ja, bin ich«, antwortete Susan. »Der Schimpanse ist der wichtigste Beleg für eine große Geschichte. Wir haben eine Firma entdeckt, die zu Forschungszwecken menschliche Feten gezüchtet hat, um intelligente Schimpansen zu erschaffen. Ohne den Affen haben wir nicht genug Beweise, um die Geschichte zu verkaufen. Man braucht einfach Anschauungsmaterial! Wenn die Leute sehen, wie der Schimpanse Rechenaufgaben löst, kann ich schreiben, was ich will, und kriege auf jeden Fall den Pulitzerpreis. Ohne den Schimpansen klingt das Ganze wie aus einem sensationslüsternen Revolverblatt.«

»Warum schießen Sie nicht einfach ein paar Fotos, statt sich die Mühe zu machen, ihn zu fangen?«

»Das ist nicht vergleichbar. Ich will ihn lebend vorführen können und vor Zeugen. Es muss so überzeugend sein, dass niemand auf die Idee kommt, es sei eine Art Taschenspielertrick.«

»Was macht Sie so sicher, dass der Schimpanse wirklich so schlau ist, wie Sie sagen?«

»Ich habe Unterlagen. Nur leider wurden die nicht auf legalem Wege beschafft!«, rief Susan und grinste dabei Carlos an.

»Hoffentlich machen Sie dann seinen Käfig sauber, in meinem Vertrag steht davon nämlich nichts! Wenn er erst einmal in Manaus ist, gehört er Ihnen ganz allein.«

»Wenn er so begabt ist, wie ich glaube, kann er seinen Käfig selbst sauber machen.«

Das Gespräch stockte, da das Gelände steil anstieg und der Weg durch etwas blockiert wurde, was wie ein großer Erdrutsch aussah. Ayala inspizierte den Haufen und ging parallel daran entlang. Die Erdmasse war mehrere hundert Meter lang unpassierbar. Sie blieb stehen und öffnete ihren Rucksack.

»Ich glaube, wir können hier queren, aber wir müssen uns die Bäume zunutze machen.« Sie holte ein Seil und ihre Armbrust heraus. Mit regennassen Händen legte sie ein Kreuz auf den Bolzen und zielte auf den Gipfel der steilen Anhöhe. Surrend schoss das Seil los, bis sich das Kreuz in etwa dreißig Meter Entfernung in einen Baumstamm am oberen Ende des Erdwalls bohrte. Ayala zog probehalber am Seil und begann, sich durch den hüfthohen Schlamm nach oben zu ziehen. »Folgen Sie mir, sobald ich das Seil oben gesichert habe«, wies sie Carlos und Susan an.

Sie kam nur langsam voran, und einmal verlor sie gar den Halt auf der glitschigen Anhöhe, fiel hin und rutschte ab, bis sie über und über mit Schlamm bedeckt war. Schließlich stützte sie sich gegen einen Baumstamm, der aus dem Erdwall heraussah, und kämpfte sich quer zum Hang zurück, um das Seil wieder zu greifen, das nun seinerseits im Schlamm versunken war. Dann zog sie sich weiter hinauf, bis sie an dem Baum am oberen Ende angelangt war, in den sie das Kreuz mit dem Seil geschossen hatte. Sie packte das Seil und wickelte es ein paarmal um den Baum, ehe sie es festband. Dann winkte sie den anderen, dass sie ihr folgen sollten.

Susan und Carlos hangelten sich nacheinander mühsam den Erdwall hinauf, wo sich alle drei hinter dem Baum ausruhen konnten. Allesamt waren sie voller Schlamm, vor allem Ayala, konnten aber bis zum Grat des Walls klettern und weitergehen. Durch den Regen entdeckten sie ein Stück weiter vorn etwas Helles. Ayala zeigte auf die Stelle und schlug den Weg dorthin ein.

Beim Näherkommen sahen sie eine große Lichtung von vielleicht fünfzehn Metern Breite, in die das Sonnenlicht strömte, obwohl der Regen sogar noch heftiger wurde. Carlos blieb am Rand der Lichtung stehen und blickte über die mit niedrigen Farnen und Gräsern bewachsene

Fläche. In der Mitte befand sich ein Stapel Holz. »Das sieht aber künstlich aus«, sagte er und zeigte darauf. »Hier war jemand.«

Die drei marschierten auf den Holzstapel zu. Auf einmal stieß Susan einen Schrei aus. Carlos und Ayala eilten zu ihr. Sie hatte sich abgewandt und sah aus, als sei ihr schlecht. Es dauerte eine Weile, bis sie den Kopf wieder drehen und auf den Boden zeigen konnte. Dort, auf einem gerodeten Flecken Erde, lag mit dem Bauch nach oben eine riesige aufgeschlitzte Ratte. Ihre vier Glieder waren mit gespitzten Stöcken am Boden befestigt. In einer Linie über ihren ganzen Rumpf war die Haut aufgetrennt und zurückgeklappt worden. Der Brustraum war nach beiden Seiten offen, indem auch dort die Haut seitlich aufgespießt worden war, sodass die inneren Organe der Ratte freilagen wie bei einem Frosch im Biologieunterricht.

Der Regen hatte den blutigen Rattenkadaver verfilzt, doch war er noch relativ frisch und nicht verwest. Susan atmete tief durch und ging mit Carlos zu dem Holzstapel in der Mitte der Lichtung. Ayala marschierte außen um die Lichtung herum und blieb immer wieder stehen, um den Boden zu inspizieren.

Carlos kam als Erster bei den gefällten Stämmen an und stellte fest, dass sie sogar noch raffinierter gestapelt waren, als er gedacht hatte. Sie waren zu einem Pentagramm angeordnet und an jeder der fünf Seiten vier Etagen hoch aufeinandergelegt worden. Oben lagen flache Scheite, an denen die Rinde komplett abgeschält worden war. Das gesamte Bauwerk hatte einen Durchmesser von ungefähr drei Metern und war etwa einen Meter hoch.

Susan wanderte um den seltsamen Altar herum und

hielt inne, als sie auf der anderen Seite anlangte. Ganz oben stach ihr etwas ins Auge, und sie winkte Carlos herbei.

Jemand hatte nicht nur die Rinde von allen Baumstämmen abgeschabt, die oben auf dem Pentagramm lagen, sondern auch noch in eines der Holzstücke etwas eingeritzt. Die Zeichnung umfasste drei Einzelbilder. Im ersten standen mehrere menschenähnliche Figuren dicht nebeneinander auf etwas, das einem Boot ähnelte.

Bei näherer Betrachtung stellte Susan fest, dass die Figuren gar nicht menschenähnlich waren, sondern eher Affen glichen, da sie alle vornübergebeugt auf lange Arme gestützt dastanden. Die Zeichnung war primitiv, aber nicht schlecht gemacht.

Neben diesem Bild war eine zweite Zeichnung von ähnlichen affenartigen Gestalten, diesmal jedoch im Gehen. Insgesamt waren es sechs oder sieben Figuren, von denen manche deutlicher ausgearbeitet waren als andere. Der Anführer war klein und ging aufrecht.

Auf dem dritten Bild beugte sich eine einzelne Affenfigur über ein kleines Tier. Der Affe hielt einen kurzen, spitzen Stock. Unter den Bildern war eine Inschrift:

ICH BIN

Carlos sprach als Erster. »ICH BIN? Was soll das heißen?«

Susan zuckte die Achseln. »Anscheinend wollte jemand etwas schreiben und wurde dann unterbrochen. Zumindest beweist es, dass es von Menschen geschrieben wurde. Vielleicht hat jemand die Schimpansen gesehen und daraufhin die Zeichnungen angefertigt. Die Betreffenden könnten uns eventuell helfen, die Affen zu finden.«

Carlos inspizierte das Bauwerk. »An den Balken ist

kein Moos. Wahrscheinlich ist das alles erst letzte Woche oder so eingeritzt worden.«

Ayala gesellte sich wieder zu ihnen. Carlos zeigte ihr die Zeichnungen und die Worte, und sie betrachtete alles eingehend.

»Steht in Ihren illegalen Unterlagen irgendetwas darüber, dass der Schimpanse ein geisteskranker Mörder ist?«, fragte sie Susan.

»Was?«

»Das Tier, auf das Sie gestoßen sind, ist nicht das einzige. Es gibt noch drei weitere, an jeder Seite der Lichtung eines: östlich, westlich, nördlich und südlich von diesem Bauwerk. Sie haben ja gesehen, wie die eine Ratte aufgeschlitzt wurde. Aber vielleicht haben Sie nicht gesehen, dass die Tiere auch gefoltert wurden.«

»Gefoltert? Was meinen Sie damit?«, fragte Carlos nervös.

»An einigen der anderen Tiere ist es leichter zu sehen, aber es sind Brandwunden auf der Haut und Anzeichen von Verstümmelungen an Pfoten und Augen. Neben einem der Tiere finden sich angebrannte Stöcke und Hinweise auf ein Feuer. Ich erkenne Foltermerkmale auf den ersten Blick; bitte fragen Sie mich nicht, warum.« Ayala erschauerte.

»Ich würde sagen«, fuhr sie fort, »die Tiere wurden innerhalb der letzten zwei Tage aufgespießt. Die Verwesung hat gerade erst eingesetzt. Diese Zeichnungen sind meiner Meinung nach klare Beweise dafür, dass derjenige, der das hier geschrieben hat, Ihre Schimpansen meint.«

Carlos betrachtete die Zeichnungen erneut. »Vielleicht waren die Tiere eine Art Opfer, eine Methode, um die Schimpansen oder irgendein Unheil abzuwehren oder so. Wahrscheinlich das Werk eines einheimischen Stamms.«

Mittlerweile hatte Susan ihre Kamera aus dem Rucksack geholt und den Altar von allen Seiten fotografiert. Ein Bild war schauriger als das andere, und sie fühlte sich wie eine Fahnderin der Mordkommission am Tatort eines besonders blutrünstigen Verbrechens.

Ayala richtete sich auf und sah Susan mit hochgezogenen Brauen an. »Keine Sorge«, sagte sie, »ich habe schon Schlimmeres überstanden.«

»Da wäre ich mir nicht so sicher«, wandte Carlos ein. »Wir wissen fast nichts über diesen Schimpansen. Vermutlich ist er wesentlich gefährlicher, als wir immer dachten. Dieser Altar bestätigt, dass dem Erbauer das, was er in den Schimpansen gesehen hat, nicht geheuer war. Ich würde empfehlen, dass wir das alle im Gedächtnis behalten.«

Sie verließen den Altar und marschierten in Richtung des Signals wieder in den Wald hinein.

28

Mercer und Jeremy waren gut vorangekommen, nachdem sich Mercer den größten Teil des Tages ausgeruht hatte. Vom Gewicht seines Rucksacks befreit, hatte er ein angemessenes Tempo einhalten können, und so hatten die beiden bei Anbruch der Nacht bereits ein großes Stück ihres Rückwegs bewältigt. Hilfreich war dabei gewesen, dass der Regen bis zum frühen Abend fast ganz aufgehört hatte. Jeremy hatte zweimal erfolglos versucht, Diego zu erreichen, es dann jedoch aufgegeben und sich gesagt, dass die anderen ohnehin nicht viel tun konnten, bis er mit Mercer ins Basislager zurückgekehrt war. Am folgenden Nachmittag wären sie hoffentlich längst auf dem Rückweg zum Firmengelände.

Jeremy konnte es kaum erwarten. Obwohl es ihm nicht an einer gewissen Abenteuerlust mangelte, verlor er langsam den Spaß an der Expedition. Er war am ganzen Körper von Moskitostichen übersät, sehnte sich nach einem vernünftigen Essen und war nicht gut genug in Form, um die endlosen Märsche genießen zu können.

Er wollte Mercer nicht allzu massiv antreiben, da dieser sonst womöglich am nächsten Tag außerstande wäre, den Rückweg anzutreten, und so schlugen sie am späten Abend ein Lager auf. Nach einer kurzen Mahlzeit errichtete er das Kuppeldachzelt. Beide schliefen bald ein, Mercer allerdings noch schneller als Jeremy.

Die Nacht verlief sehr unruhig. Obwohl Jeremy normalerweise tief und fest schlief, hielten ihn Mercers Fieberanfälle die meiste Zeit über wach. Immer wieder hörte er seinen Gefährten hochfahren, stöhnen oder im Schlaf um sich schlagen. Als die Schwärze der Nacht ins Morgengrauen überging, fühlte sich Jeremy wie gerädert. Schließlich meldete sich seine Blase, und er verließ das Zelt.

Als er nach ein paar Minuten zurückkam, hörte er Mercer schwer keuchend atmen. Er nahm seine Taschenlampe und kroch ins Zelt. Dort machte er sie an und wartete, bis sich seine Augen an das Licht gewöhnt hatten.

Mercers aschfahles Gesicht war auf der ganzen rechten Seite blutverschmiert. Ein Streifen getrockneten Bluts zog sich von einem Nasenloch zu einer klebrigen roten Lache auf der Matte neben seinem Kopf. Seine Lippen waren bläulich und sein Haar ein verfilzter Wust aus Schweiß und Blut.

Jeremy schüttelte ihn. Mercer erwachte nicht. Jeremy nahm seine Hand und fühlte nach einem Puls. Endlich spürte er ihn, aber nur ganz schwach und hastig. Jeremy schüttelte Mercer erneut und schrie ihn noch dazu an. »Aufwachen, David! Aufwachen!«

Als er keine Antwort bekam, krallte er sich absichtlich unsanft ins Nagelbett von einem von Mercers Fingernägeln. Zwar zog Mercer träge den Arm weg, zeigte aber keine weitere Reaktion. Jeremy griff nach der Taschenlampe, zog eines von Mercers Augenlidern hoch und leuchtete ihm ins Auge. Die Pupille zog sich langsam zusammen. Und dann sah Jeremy seinen Arm.

Mercers Arm war von oben bis unten von einem Ausschlag bedeckt, der aus kleinen, rot-violetten Flecken bestand. Alles in allem waren es vielleicht zwei Dutzend Stück, jeder mit ein paar Millimeter Durchmesser. Jeremy fluchte und begann hektisch zu überlegen, viel schneller, als es sein müdes Gehirn eigentlich vermochte. Er schoss aus dem Zelt und machte das Satellitentelefon bereit, doch musste er zweimal wählen, da ihm seine Finger nicht gehorchten.

Keiner meldete sich. Er fluchte erneut.

Er überlegte, was er tun sollte. Auf keinen Fall konnte er Mercer die vielen Kilometer zum Basislager von Diego und João Miguel tragen. Er brauchte Hilfe. Hastig durchwühlte er seinen Rucksack und nahm eine Feldflasche und getrocknetes Rindfleisch heraus. Er las die GPS-Koordinaten vom Satellitentelefon ab und sagte sie mehrmals vor sich hin, um sie sich einzuprägen.

Dann legte er das Telefon neben den schlafenden Mercer ins Zelt, stellte seinen Rucksack hinein und machte das Zelt zu. Nachdem er seinen Kompass zurate gezogen hatte, brach er im Laufschritt in Richtung Basislager auf.

Sameer wachte als Erster auf. Schweiß rann ihm über die Stirn, während sich der Albtraum langsam verflüchtigte.

Er war gerannt, wie in Zeitlupe, und dabei über Wurzeln und Äste gestolpert. Eine Horde Schimpansen hatte ihn erbarmungslos verfolgt. Manche hüpften über ihm durchs Blätterdach und warfen mit Steinen. Andere jagten ihn am Boden mit Messern. Der Anführer war ein kleines, bösartiges Alpha-Männchen – der Affe mit dem blauen Halsband. In Sameers Traum skandierten sie etwas und schnaubten in einem von ihrem Führer vorgegebenen Rhythmus, während sich die Sekte immer enger um ihr letztes Opfer scharte.

Sameer wischte sich den Schweiß aus den Augen und

kroch aus dem Zelt, in dem die anderen drei dicht aneinandergedrängt schliefen. Er reckte sich im Morgenlicht, das durch den grünen Baldachin drang. Seinen Augen bot sich ein unerwarteter Anblick. Ihre Rucksäcke, die die Wissenschaftler wegen der Enge vor dem Zelt abgestellt hatten, waren durchwühlt und ausgeplündert worden.

Der Inhalt von dreien der vier Rucksäcke war vor dem Zelt verstreut worden. Nur ein Rucksack stand unangetastet an einem Baum. Sameer sammelte alles zusammen. Als er im Geist eine Bestandsliste aufstellte, bildete sich langsam ein Muster aus dem Chaos heraus. Die meisten Sachen waren unberührt, abgesehen von den Nahrungsvorräten, die nun knapp wurden. Auch eine der Feldflaschen fehlte. Glücklicherweise waren sämtliche anderen unerlässlichen Gegenstände nur untersucht, aber dagelassen worden.

Als er die Sachen gerade wieder einpacken wollte, kam Jamie aus dem Zelt. Sie reckte sich und riss erschrocken die Augen auf. »Was ist denn passiert?«, fragte sie müde.

»Als ich rausgekommen bin, waren diese drei Rucksäcke durchwühlt und geplündert worden. Aber es wurde nur Essen mitgenommen, soweit ich es überblicke, und eine Pistole«, antwortete Sameer.

»Und, meinst du …?«

Sameer nickte. »Es können ohne Weiteres die Schimpansen gewesen sein. Vielleicht sogar ein paar der nicht markierten. Sieht ganz nach ihrer Handschrift aus. Die Pistole ist für sie garantiert ein interessantes neues Spielzeug.«

Da kam Sameer eine Idee. Er bückte sich nach einer Antenne, klappte sie aus und hielt sie in die Richtung, aus der das Signal am Vorabend gekommen war. Dann bewegte er sie langsam hin und her, doch aus dem Lautsprecher ertönte nichts als Rauschen. Er schwenkte sie noch einmal langsam im Kreis, doch es nutzte nichts.

Er runzelte die Stirn. »Also, bewegt haben sie sich auf jeden Fall, aber es sieht nicht danach aus, als wäre unser kleiner Freund derjenige gewesen, der sich hier an unserem Essen bedient hat. Sehen wir lieber zu, dass wir loskommen, bevor die Spur kalt wird.«

Jamie nickte. Sie weckten die anderen, und nachdem sie die Nahrungsmittel aus Stiles' unberührtem Rucksack unter den anderen verteilt hatten, bauten sie rasch das Lager ab. Nach einem eiligen Frühstück erklärte Paulo den anderen die weitere Planung.

»Jamie und Sameer sind die erfahrensten Geländeführer, und wir haben zwei Antennen. Am besten teilen wir uns auf und nähern uns von zwei Seiten der Richtung, aus der das Signal gestern Abend kam. Wenn wir schnell sind, müsste eine der beiden Gruppen schon bald das Signal empfangen. Jamie und ich gehen in diese Richtung, Sameer und Roger, ihr geht dort lang.« Er zeigte in zwei Richtungen, die von ihrem derzeitigen Standort aus ein V beschrieben. »Zerbrecht euch nicht den Kopf über eure exakte Route, die ungefähre Richtung tut's auch, wenn wir uns beeilen. Wer ein Signal hat, gibt den anderen telefonisch Bescheid.«

Sameer hatte das Gefühl, dass Paulos eigentliche Absicht war, ihn und Stiles eine Zeit lang loszuwerden, da sie zugegebenermaßen langsamer waren als Jamie und Paulo. Jamie schien zumindest nichts gegen die neue Aufteilung zu haben. Sameer auch nicht, wenn er ehrlich war. Ihre langbeinige Führerin zu verlieren, könnte einen angenehmen Tempowechsel bedeuten. Stiles wäre in dieser Hinsicht sicher wesentlich entgegenkommender.

29

Am späteren Nachmittag nahm Stiles das üppige Grün, durch das sie marschierten, kaum mehr wahr. Auf jeden Fall bemerkte er weder die Veränderung der Luftfeuchtigkeit noch das leichte Dunklerwerden des Himmels, das ein Einheimischer ganz instinktiv erkannt hätte. Seine Unempfänglichkeit für seine Umgebung beruhte jedoch nicht auf mangelnder Wachsamkeit, sondern kam ironischerweise daher, dass er sich allzu verkrampft darauf konzentrierte, was um ihn herum nicht stimmte.

»Ich werde einfach das Gefühl nicht los, dass hier irgendetwas faul ist, Sameer«, sagte er schließlich.

»Was meinen Sie damit?«

»Das ist ja das Problem. Ich weiß es nicht. Es ist nur so ein Gefühl«, antwortete Stiles und schlug nach einem Moskito auf seinem Arm.

»Habe ich gerade den großen Roger Stiles sagen hören, dass ihn etwas beunruhigt, das ihm sein Bauchgefühl vermittelt und wofür er keinerlei andere Belege hat? Ich dachte, von allen Menschen auf der Welt wären Sie derjenige, der garantiert immun gegen Aberglauben ist.«

Sameers Antwort konnte Stiles' Unbehagen nicht dämpfen. »Es ist kein Aberglaube, sondern unbewusste Angst. Und die sollte man nicht ignorieren. Erinnern Sie sich an das erste Experiment, das wir gemacht haben?«

»Natürlich.«

»Was glauben Sie, was bei so einem Experiment alles schiefgehen kann?«

»Eine ganze Menge vermutlich. Genau weiß ich es nicht.«

»Sie dürfen mir glauben, dass es mindestens tausend verschiedene Fallstricke gibt, die ein Experiment komplett ruinieren können. Der Schimpanse könnte die Narkose nicht vertragen; ich könnte eine Arterie verletzen, wenn ich ihm eine Infusion lege; eines von sieben verschiedenen Softwarepaketen könnte ausfallen oder die Daten nicht aufzeichnen; es könnten Störgeräusche auftreten, die unsere Daten überlagern; der Magnet kann versagen; es könnte einen Stromausfall geben; unser Temperaturfühler könnte kaputtgehen. Ich könnte endlos weiter aufzählen. Für so ein Experiment braucht man Hunderte von Geräten und Einzelteilen, und jedes davon kann auf zahllose verschiedene Arten den Geist aufgeben.«

»Okay, ich glaub's Ihnen«, sagte Sameer.

»Der Punkt ist also«, dozierte Stiles, »dass jedes Problem, mit dem man bei so einem Experiment konfrontiert ist, nur mit einer Wahrscheinlichkeit von eins zu tausend auftritt. Tja, und im Lauf eines Experiments rechnet man damit, dass fast jedes Mal mindestens ein oder zwei dieser höchst unwahrscheinlichen Probleme auftreten. Das hat mich gelehrt, auf der Hut zu sein, denn ein einziger Missgriff genügt, und schon ist ein enorm teures Experiment ruiniert. Deshalb bin ich bei jedem Experiment vom ersten bis zum letzten Augenblick in heller Panik, und das Einzige, was mich davor bewahrt durchzudrehen, ist mein verfluchter Galgenhumor.«

»Na, zum Glück haben Sie den«, meinte Sameer.

»Natürlich kann man nicht jedes Problem vorhersehen,

aber ich habe festgestellt, dass man meistens irgendeine Warnung erhält, wenn man nicht völlig mit Blindheit geschlagen ist. Vielleicht klingt ein Geräusch ein bisschen anders als in der Vorwoche, oder es entsteht ein Geruch, den man nicht kennt. Ich habe gelernt, auf solche Warnsignale zu achten. Meistens kann ich nicht einmal genau benennen, worin die Warnung besteht. Ich habe nur einfach das Gefühl, dass etwas nicht stimmt, vielleicht unbewusst, und dann stellen sich mir die Nackenhaare auf, bis mir etwas buchstäblich ins Auge sticht oder ich selbst den Fehler rechtzeitig finde. So empfinde ich es jedenfalls.«

»Und gibt es momentan ein spezielles Warnsignal?«

»Nein«, räumte Stiles ein. »Vielleicht bin ich einfach nur ein paranoider Windbeutel, der aus seiner gewohnten Umgebung gerissen wurde.«

»Jetzt, wo Sie es sagen – ich mache mir schon seit heute früh Sorgen um Mercer und wollte eigentlich Jeremy anrufen. Hatten Sie vielleicht ähnliche Gedanken?«, fragte Sameer.

»Nein«, antwortete Stiles und bedeutete Sameer, weiterzugehen und still zu sein.

»Sie finden also nicht, dass wir ihn anrufen sollen, oder …«

Stiles schnitt ihm das Wort ab. »Nein. Ich habe nur gerade begriffen, was mich stört«, sagte er im Flüsterton und zeigte durch die Bäume vor ihnen. »Da.«

Beide lauschten angestrengt in die von Stiles angezeigte Richtung, und schon bald vernahmen sie Schritte und Stimmen. Zwar waren sie zu weit entfernt, um die Leute deutlich erkennen zu können, auch ließen sich die Stimmen nicht unterscheiden, doch sahen sie drei Personen, die etwa hundert Meter weiter vorn in einem Dreißig-Grad-Winkel ihren Weg kreuzten.

»Jamie?«, fragte Sameer tonlos.

Stiles schüttelte den Kopf und hielt drei Finger in die Höhe, um zu signalisieren, dass es sich um drei Personen handelte. Er zog einen kleinen Feldstecher heraus, den sie mitgenommen hatten, um damit ins Blätterdach zu spähen, und studierte die andere Gruppe, bis sie außer Sichtweite war.

Stiles bedeutete Sameer ohne Worte, die Antenne herauszuholen. Sameer kam der Aufforderung sofort nach, klappte die Antenne aus und schwenkte sie langsam hin und her. Mitten in seiner Bewegung vernahm er das verräterische Klicken, das auf ihr gesuchtes Objekt hinwies. Es kam fast genau aus der Richtung, in die die andere Gruppe marschiert war.

»Das müssen wir Jamie und Paulo sagen«, meinte Sameer immer noch mit gedämpfter Stimme.

»Was denn, Watson?«, fragte Stiles spöttisch.

»Dass wir das Signal haben natürlich.«

»Vielleicht ist das noch nicht alles. Kommt es Ihnen nicht seltsam vor, dass genau in diesem Teil des Dschungels noch jemand außer uns eine Expedition durchführt?« Stiles sprach zögerlich, da er noch über die Situation nachdachte.

»Der Dschungel ist voll von Menschen«, entgegnete Sameer. »Manche leben hier, manche sind Touristen, manche Abenteurer, und manche drehen einen Film. Die Möglichkeiten sind schier unendlich. Wir sind nicht besonders weit von einer Großstadt entfernt. Der Wald hier wurde wahrscheinlich schon kreuz und quer von Besuchern durchwandert.«

Stiles schüttelte den Kopf. »Genau das meine ich damit, dass man eine Warnung ignoriert. Es kommt mir einfach verdächtig vor, dass sie genau zur selben Zeit hier sind wie wir und in dieselbe Richtung gehen, aus der unser Signal kommt.«

Sameer zuckte die Achseln, als wartete er auf ein stichhaltigeres Argument.

»Ich habe sie mir durch den Feldstecher genau angesehen. Es sind drei Personen, zwei Frauen und ein Mann, offenbar alle drei in guter körperlicher Verfassung. Sie hatten Rucksäcke auf und mindestens einer von ihnen hatte eine Pistole dabei.« Sameer war nicht beeindruckt. »Und die Person ganz vorn hatte eine Yagi-Antenne.«

»Eine Antenne? Was wollen sie denn mit einer Antenne anfangen?«

»Offensichtlich dasselbe wie wir. Es ist noch eine zweite Gruppe hinter dem Schimpansen her, Sameer. Und mir ist ziemlich klar, um wen es sich dabei handelt.«

Stiles unterbrach sich, als sollte Sameer seine Gedanken lesen. Sameers erwartungsvoller Blick ließ ihn jedoch fortfahren. »Wahrscheinlich irgendwelche Trekkingführer, Wilderer oder Zoologen. Kein Ahnung, aber ich glaube, ich weiß, wer sie dazu veranlasst hat: Mercer. Er hat uns reingelegt.«

»Was!?« Sameer war baff.

»Finden Sie es nicht seltsam, dass er gerade noch rechtzeitig krank wird, um das Feld zu räumen, ehe wir auf diese Gruppe treffen? Ich wette, die anderen wissen ganz genau, wer wir sind. Was ist wahrscheinlicher – dass die Schimpansen, die ja mindestens acht Kilometer von uns entfernt sind, vergangene Nacht unsere Sachen durchwühlt haben, oder diese Nachbarn, die zufällig nur einen Katzensprung weit weg sind? Wo sonst sollten sie die Antenne her haben? Wir haben sie ihnen ja nicht gegeben. Und womöglich ist das auch unsere Pistole, die ich bei ihnen gesehen habe. Wer sonst als Mercer könnte dahinterstecken? Er hat für die Suche nach dem Schimpansen eine zweite Gruppe angeheuert, die womöglich gleich noch uns um die Ecke bringen soll, und zwar so, dass niemand ein Verbrechen vermutet. Überlegen Sie doch mal. Mann, es ist schon gefährlich genug hier draußen, und es kann alles Mögliche passieren. Wir wissen zu viel, und Mercer führt irgendetwas im Schilde. Ich habe dem Kerl noch nie über den Weg getraut.« Stiles knirschte mit den Zähnen.

»Ich weiß nicht, Roger. David sah ziemlich krank aus.«

»Ist das etwa schwer zu simulieren? Als wir ihn gesehen haben, sah er ganz okay aus. Es gibt keine andere Erklärung. Irgendjemand streift mit einer unserer Antennen da draußen rum und sucht unseren Schimpansen. Kein Wunder, dass Jamie so perplex war, als die Antenne verschwunden war. Vielleicht sind wir nur deshalb noch am Leben, weil sie abwarten, wer den Affen als Erster schnappt, und sich vergewissern wollen, dass er in Sicherheit ist. Dann können wir aber Wetten darüber abschließen, was passiert«, schloss Stiles.

»Hat er dann vielleicht auch Nakamura umgebracht?«

»Haben Sie die Leiche gesehen?«

»Nein, das nicht, aber ...«

»Woher wollen Sie dann wissen, ob der gute Ken nicht noch lebt und das hier als Finte nutzt, um uns über den Tisch zu ziehen? Mir gegenüber hat er jedenfalls die ganze Zeit damit hinter dem Berg gehalten, was er wirklich vorhat. Als hätte er verhindern wollen, dass ich mehr weiß, als für meine Arbeit unbedingt nötig ist. Und mir war schon lange klar, dass er Pläne in der Hinterhand hat, von denen er mir nichts erzählen wird.«

»Langsam bekomme ich das Gefühl, Sie könnten recht haben. Mit mir war Nakamura nämlich auch nie ganz offen, dabei habe ich fünf Jahre für ihn gearbeitet. Das müssen wir unbedingt mal mit Jamie und Paulo besprechen.«

Stiles suchte bereits in seinem Rucksack nach dem Telefon. »Allerdings, aber zuerst muss ich Jeremy warnen. Schließlich trägt er momentan das größte Risiko, so ganz allein mit Mercer.«

Stiles durchwühlte noch einmal den ganzen Rucksack. »Es ist weg. Irgendjemand hat unser Telefon gestohlen.«

»Sind Sie sicher?« Sameer war beunruhigt.

Stiles kramte ein weiteres Mal in seinem Rucksack herum. »Eindeutig. Dabei war es gestern noch hier drin.«

»Aber Ihr Rucksack ist doch letzte Nacht gar nicht angerührt worden.«

»Zumindest wollte irgendjemand, dass es so aussieht. Was weiß ich. Ich kann schon nicht mehr klar denken.« Stiles schloss die Augen.

»Und was jetzt?«, fragte Sameer.

»Jeremy ist ein kluger Junge. Ihm fällt schon etwas ein. Aber ohne Telefon finden wir ihn nie. Deshalb müssen wir zuerst Jamie und Paulo suchen.«

»Und wie machen wir das?«

»Indem wir den Schimpansen auftreiben, und zwar als Erste. Davon hängt alles andere ab.« Stiles' Kiefer war verkrampft, und seine Wut war zu Entschlossenheit geworden.

»Da müssen wir uns aber anstrengen, wenn wir ihn

vor Jamie und Paulo finden wollen, so wie ich die beiden kenne«, meinte Sameer.

»Hoffen wir in ihrem Interesse, dass wir es schaffen.« Stiles wandte den Blick zum Himmel. »Und gerade ist mir noch etwas eingefallen, das mich beunruhigt.« Er zwinkerte, als ihm ein Tropfen ins Auge fiel, zeigte zum Himmel und zog eine finstere Miene.

Sameer benötigte keine weiteren Erläuterungen mehr, sondern fischte seinen Regenmantel heraus, während sich der Wolkenbruch mit einem lauten Donnerschlag bemerkbar machte.

Es war schon Abend, als über dem Plätschern des Regens das rhythmische Signal vom Funkhalsband des Schimpansen aus Jamies Antenne ertönte. »Wir sind wieder am Ball«, rief sie Paulo zu und lächelte ihn an.

»Welche Richtung?«

»Da drüben«, sagte sie und zeigte nach links.

Paulo blieb stehen und runzelte die Stirn. »Aber irgendetwas stimmt nicht, Jamie. Das weiß ich.«

»Ich dachte, du freust dich.«

»Wenn der Schimpanse da drüben ist, hätten Roger und Sameer das Signal schon vor Stunden auffangen müssen. Und das ist unplausibel, es sei denn, sie achten nicht auf ihre Antenne, was wiederum unplausibel ist. Warum haben sie uns nicht angerufen?«

»Na, dann sagen eben wir ihnen Bescheid.« Jamie zückte ihr Telefon und wählte. Keine Reaktion.

Sie machte einen zweiten Versuch. »Sie melden sich nicht.«

Paulo überlegte angestrengt. »Ruf Jeremy an. Frag ihn, ob er etwas von Roger und Sameer gehört hat.«

Jamie wählte wieder. Keine Reaktion.

»Jeremy meldet sich auch nicht. Das ist ja seltsam. Offenbar funktioniert unser Telefon nicht richtig. Vielleicht eine Sonneneruption oder so. Die Batterien sehen jedenfalls gut aus.«

»Hoffentlich hast du recht«, sagte Paulo. »Nehmen wir einfach an, es liegt an unserem Telefon, und Stiles und Sameer sind dem Schimpansen bereits auf der Spur.« Er wirkte noch genauso besorgt wie zuvor. »Gehen wir weiter.«

Schweigend trotteten sie vor sich hin, bis Paulo wieder das Wort ergriff. »Jamie, warum glaubst du, dass der Schimpanse eine Seele hat?«

»Glaub ich gar nicht. Aber ich glaube, dass das, was uns als spirituelle Wesen definiert, nichts anderes ist als das, was er empfindet. Warum sollen wir eine Seele haben und er nicht?«

»Was ist mit Nächstenliebe, Hoffnung, Aufopferung?«

Jamie überlegte kurz. »Deshalb will ich ihn ja unbedingt wiederhaben. Ich glaube, dass er Gefühle ebenso intensiv empfinden kann wie wir. Ich muss nur eine Methode finden, mit der ich es beweisen kann.«

»Hunde haben auch intensive Gefühle.«

»Was macht uns dann zu etwas so Besonderem?«

»Es geht nicht darum, wie viel man empfindet. Es geht um die Art des Gefühls. Manche Gefühle stehen über anderen. Eine Seele zu haben beruht nicht darauf, dass man Schmerz oder Verlangen empfindet, sondern eine Seele hebt uns über all das hinaus.«

»Dann werde ich beweisen, dass er Liebe fühlen kann.«

»Warum beweist du nicht, dass er Gott fühlen kann?«

»Vielleicht ist er intelligenter. Früher habe ich immer gedacht, ich wüsste – ich wüsste einfach absolut sicher, dass es Gott gibt. Dass er mich liebt. Mein ganzes Leben hat sich ständig um Gott gedreht. Ihn zu finden, vor ihm wegzulaufen, ihn zu bekämpfen.« Jamies Augen füllten sich mit Tränen.

»Hör auf zu kämpfen.«

»Das kann ich nicht. Nicht, ehe ich etwas finde, von dem ich weiß, dass es wahr ist, absolut und wissenschaftlich wahr. Wenn Gott mir das zeigen kann, glaube ich an ihn.«

»Und wenn der Schimpanse doch eine Seele hat, Jamie?«

»Willst du damit sagen, unser alter Kenji ist Gott?«

»Eher von Gott inspiriert.«

»Was soll das heißen?«

»Vor Jahren, schon vor meinem Studium, habe ich im Dschungel gelebt, allerdings aus einem anderen Grund. Ich bin auch davongelaufen.«

»Wovor?«

»Vor dem Leben. Ich habe die Grausamkeit auf den Straßen nicht ausgehalten, den brutalen Kampf um Nahrung und Unterkunft. Also bin ich abgehauen und habe mir im Wald ein Zuhause geschaffen. Ich habe niemanden gebraucht. Weißt du, wie einsam es sein kann, wenn man monatelang, ja jahrelang mit keiner Menschenseele spricht?«

Er nahm sie an der Hand und führte sie zu einem Baumstumpf. Sie setzte sich neben ihn, ohne seine Hand loszulassen. Die Berührung blendete alle anderen Empfindungen aus. Sie schloss die Augen und spürte die Kraft und die Wärme seiner Hand.

»Das kann ich mir kaum vorstellen.«

»Du kannst es gar nicht ausblenden. Selbst wenn du mutterseelenallein bist, ja vielleicht gerade dann, hast du das Gefühl, es sei jemand an deiner Seite. Ich dachte, ich verliere den Verstand. Mir wurde dermaßen langweilig, dass ich angefangen habe, das Neue Testament zu lesen. Ich wusste eigentlich gar nicht, warum ich es überhaupt eingepackt habe, aber es ist eben eine Art Familienerbstück, das ich nicht zurücklassen wollte. Irgendwie wohl auch eine Art Talisman.«

»Und was ist dann passiert?«

»Es hat mich verändert. Ich kann es nicht erklären. Eines Tages habe ich darin gelesen und wurde von einem so übermächtigen Gefühl ergriffen, dass ich weinen musste und nicht mehr aufhören konnte. An diesem Tag habe ich beten gelernt. Ich habe fast den ganzen Tag gebetet und das Gefühl gehabt, mich hinknien und Zwiesprache mit Gott halten zu müssen.«

»Gott hat zu dir gesprochen?«

»Er hat in mir gesprochen. Er hat im Wind gesprochen, im Gras und in den Bäumen. Er war überall. Ich wusste es, wie ich noch nie etwas gewusst habe. Und ich war dermaßen dankbar, dass ich überhaupt nicht mehr aufhören konnte, ihn zu lobpreisen und ihm zu danken, einfach dafür, dass er bei mir war und mich beschützt hat.«

»Das klingt wirklich überwältigend.«

»Wenn du das gefühlt hast, kannst du nicht mehr sagen, dass wir keine Seele hätten. Du weißt es einfach.«

»Und wenn du eine solche Seele im Labor erschaffen kannst? Ohne zu wissen, was du tust?«

»Was mit Biologie beginnt, kann mit Transzendenz enden. Unterschätz bloß die göttliche Schöpfung nicht.«

Da klingelte das Telefon. Jamie regte sich nicht, da sie noch über Paulos Worte nachdachte. Erst das zweite Klingeln riss sie in die irdische Welt zurück. »Siehst du«, sagte sie und griff nach dem Apparat, »wahrscheinlich konnten die anderen einfach zwischendurch nicht ans Telefon gehen.« Sie sah auf die Digitalanzeige im Display. »Ach so – es ist Diego! Na, das wurde aber auch Zeit, dass die sich mal melden.« Sie hielt sich den Hörer ans Ohr. »Diego?«

Am anderen Ende erklang die matte Stimme von Jeremy Evans. »Nein, hier ist Jeremy.«

»Jeremy, Gott sei Dank. Du hast den Rückweg geschafft. Wie geht's David?«

»Jamie, hör mal, ich habe hier echte Probleme.«

30

Ihre Beute war schnell gewesen. Nachdem sie den Altar auf der Lichtung entdeckt hatten, hatten Susan, Ayala und Carlos den Schimpansen den Rest des Tages weiterverfolgt. Bei Einbruch der Nacht waren sie noch immer ein gutes Stück von ihm entfernt und hatten die Verfolgung unterbrochen, um ihr Lager aufzuschlagen. Ayala fand es zu gefährlich, nachts weiterzumarschieren, vor allem wenn die Jagd womöglich noch etliche Tage länger dauern sollte. Sie mussten mit ihren Kräften haushalten.

Am nächsten Morgen waren sie früh aufgebrochen und hatten ihre Verfolgung fortgesetzt. Glücklicherweise regnete es nun kaum noch, und sie kamen gut voran. Im Lauf des Tages mussten sie jedoch zu ihrer Enttäuschung feststellen, dass sie eher an Boden verloren, statt welchen gutzumachen. Um die Mittagszeit war das Signal deutlich schwächer als am Morgen. Carlos verlor langsam die Geduld. »Wir müssen schneller sein«, erklärte er.

Ayala wies ihn milde zurecht. »Ein bisschen Abstand ist gar nicht so schlecht. Wir haben doch bereits gemerkt, dass wir mit der Geschwindigkeit des Schimpansen nicht mithalten können. Zum Glück bewegt er sich nicht immer nur in Luftlinie. Wir holen ihn garantiert ein. Und mit Geduld und Spucke kriegen wir ihn.«

Susan war stolz, dass sie ihr Tempo hatte halten können. Ihre Kondition war gar nicht so schlecht, wie sie gefürchtet hatte. Das Wandern hatte sich in verschiedener Hinsicht als förderlich erwiesen. Die Landschaft war herrlich, die Luft berauschend und das Training erquickend. Im Regenwald hing ein Geruch, ein schwüler, animalischer Geruch, den sie zuerst abstoßend gefunden hatte, doch nun erschien er ihr wie eine Einladung ins Herz des Dschungels.

Immer wieder waren ihre Gedanken abgeschweift. Ohne auf die gelegentlichen Wortwechsel zwischen Carlos und Ayala zu achten, hatte sie über ihren Mann nachgedacht. Wahrscheinlich merkte er kaum, dass sie weg war. Sie war nicht selten verreist, oftmals auch mehrere Tage oder eine ganze Woche lang. Und obwohl er sie sehr gern hatte, gaben ihm ihre Reisen die Gelegenheit, sich komplett im Management seiner Firma zu vergraben. Sein größtes Laster war ein unstillbarer Ehrgeiz, der ihn weder schlafen noch ruhen noch lieben ließ, solange ein störendes Hindernis seinen Geschäftserfolg bedrohte.

Susan war ziemlich überstürzt aufgebrochen, und als sie ihm gesagt hatte, dass sie zu Recherchen ein oder zwei Wochen nach Manaus wolle, wirkte er regelrecht erleichtert. »Offen gestanden«, hatte er erklärt, »kommt mir das gerade ganz gelegen. Bis unsere Übernahme nächste Woche von der Handelskommission abgesegnet wird, muss ich sowieso ständig im Büro sitzen.«

Sie hatte allerdings nicht erwähnt, dass sie einer neuen Spezies von mörderischen Schimpansen durch den Regenwald hinterherjagen würde, wobei sie das natürlich auch nicht vorausgeahnt hatte. Am besten verriet sie ihrem Mann auch jetzt nichts davon, sonst würde er womöglich einen testosterongesteuerten Versuch zu ihrer Rettung unternehmen, der alles verdarb und den sie nie wieder gutmachen könnte.

Sie malte sich aus, was die Geschichte ihr einbringen würde, falls sie Erfolg hatten. Während ihrer Jugend in Indianapolis, wo sie in einer Familie von bescheidenen Mitteln aufwuchs, hatte sie sich nach Reichtum gesehnt. Als ihre Heirat mit einem jungen Wirtschaftsstudenten ihr genau das beschert hatte, stellte sie fest, dass sie eigentlich gar keinen Reichtum wollte, sondern Macht. Ihr Beruf war ein Sprungbrett, doch sie war zu schüchtern und zu sicherheitsbewusst, um ihre Ziele zu erreichen. Jetzt war ihre Chance gekommen, und sie würde ihr Leben ändern. Es war höchste Zeit, alles auf eine Karte zu setzen, bis ihr Mann sie zu Wohltätigkeitsbällen begleiten würde statt wie bisher sie ihn.

Erneut ging sie in Gedanken alle Einzelheiten ihrer Geschichte durch. Die Thematik eignete sich als Beitrag fürs Fernsehen oder vielleicht sogar als eigenständiger Dokumentarfilm. Sie würde schildern, wie menschlicher Ehrgeiz in blinden Wahn umschlug. Nachdem die öffentliche Meinung jahrelang über die moralischen Implikationen des Klonens von Menschen gebrütet hatte, würde sie nun klären, wo die Grenze lag.

Sie würde die Geschichte so erzählen, dass die Öffentlichkeit nicht mehr anders konnte, als Stellung zu beziehen und zu entscheiden, was erlaubt war und was nicht. Sie würde …

In diesem Moment rutschte sie auf einem wackeligen Stück Untergrund aus.

Nein, es war nicht wackelig, sondern es bewegte sich.

Sie verlor den Halt, fiel hin und landete auf ihrer linken Seite. Noch ehe ihr Verstand begriffen hatte, was los war, stach ihr das bewegliche Ding ins Auge. Eine wirbelnde, tanzende, Bewegung, die ihren Blick magisch anzog. Instinktiv streckte sie zur Abwehr die Arme nach vorn aus.

Während das graue, sich windende Gebilde vor ihr Gestalt annahm, streifte etwas Kaltes ihre Hand. Ohne nachzudenken griff sie danach und klammerte sich mit aller Kraft an den vermeintlichen Ast, in der Hoffnung, sich mit seiner Hilfe wieder aufrichten zu können. Sofort begann sich das Etwas heftig gegen ihren Griff zu wehren, und endlich sah sie auch, was es war, das sich nur wenige Zentimeter von ihrem Gesicht entfernt befand.

Während sie sich vergeblich aufzurichten suchte, erkannte sie, dass das sich windende Objekt in ihrer Hand mit dem aufgerissenen Maul einer Schlange mit lanzenförmigem Kopf verbunden war, deren Zunge ihrem Hals entgegenzüngelte. Kaum hatte sie ihre Lage erfasst, schallte schon ihr Schrei durch den Regenwald wie das Kreischen eines Brüllaffen.

Die Schlange maß gut zwei Meter, hatte etwa zehn Zentimeter Durchmesser und war stark. Ihr Schwanz wand sich in Susans Griff hin und her, während ihr Körper in die andere Richtung schwang, um die Bewegung zu kontrollieren. Mit der anderen Hand packte Susan den Hals der Schlange und begann mit der muskulösen, sich heftig wehrenden Viper zu kämpfen. Die Schlange war von oben bis unten grau und hatte ein schwarzes, rautenförmiges Muster auf ihrem Leib.

Und sie sah Susan direkt in die Augen.

Susan konnte den Blick nicht vom bedrohlichen Kopf des Tiers abwenden, während die Sekunden verstrichen. *Diese schwarzen Augen!*

Die Zeit dehnte sich endlos, während die Schlange sie anstarrte. Ihre Augen waren monolithische Abgründe ohne eine Spur von Emotion oder Angst. Susan hielt die Schlange fest, bis ihre Hände unter dem Druck zu zittern begannen. »Susan!«

Sie blickte auf und sah Ayala neben sich knien, die Machete in der Hand. Dann sah sie die Schlange. Etwa dreißig Zentimeter unter ihrem Griff war das Tier säuberlich in zwei Hälften geteilt worden, wobei aus der Hälfte in Susans Händen Verdauungsflüssigkeiten troffen. Sie ließ langsam locker, und das Winden hörte auf. Ihre angestauten Gefühle überfluteten sie schockartig, und sie schleuderte den Schlangenkopf sechs Meter weit gegen einen Baum und begann krampfhaft nach Luft zu schnappen.

»Tut das Ding weg von mir!«, kreischte Susan völlig außer sich vor Angst.

Carlos trat mit dem Stiefel gegen das untere Ende der Schlange, sodass sie mehrere Meter davonflog, bis sie schließlich zu zucken aufhörte und reglos liegen blieb.

Ayala erhob sich und hielt Susan eine Hand hin. »Ein guter Fang, junge Frau.« Susan nahm die angebotene Hand.

»Was ist denn passiert?«, fragte Susan verwirrt.

»Sie sind auf das arme Ding draufgetreten. Was hätte die Kreatur denn tun sollen?« Ayala gab sich ungerührt.

»Was war es eigentlich?«, wollte Susan wissen.

»Eine Grubenotter, genauer gesagt eine so genannte Terciopelo-Lanzenotter. Fiese kleine Biester. Sie kommen einem tagsüber immer wieder unter, wenn sie da so eingerollt herumliegen. Ziemlich gut getarnt. Und für hiesige Verhältnisse gar nicht mal besonders groß. Anakondas können siebenmal so lang sein.«

»Giftig?«

»Ziemlich. Nicht immer tödlich, aber ohne Behandlung oft doch. Man sollte im Dschungel immer gut aufpassen, wohin man tritt«, sagte Ayala. »Ihre kleine Freundin hätte unsere Expedition beinahe beendet.«

Susan hielt sich an die Anweisungen, während sie langsam ihre Fassung zurückgewann. In der nächsten Stunde musterte sie akribisch den Boden und begriff, dass sie wesentlich unbeschwerter gelebt hatte, ehe sie wusste, was für Tiere am Waldboden hausten.

Kaum hatte Susan sich wieder ein wenig von ihrer Beobachtung des Waldbodens gelöst, wurde sie erneut erschreckt, als Ayala eine Hand hochhielt und Susan und Carlos damit bedeutete, stehen zu bleiben.

Susan sah nichts.

Ayala konzentrierte sich offenbar auf ein Geräusch in der Ferne, auf das sie angestrengt lauschte. Sie hatte ihre Route mithilfe der Antenne überprüft und diese nun beiseitegelegt. Nach kurzer Pause ging sie weiter, diesmal schneller.

»Was ist denn los?«, fragte Susan.

»Wir bekommen Gesellschaft. Das müssen Ihre Freunde sein, diese Wissenschaftler.«

»Warum bezeichnen Sie alle als meine Freunde?«

Ayala zuckte die Achseln.

»Wo sind sie denn?«

»Hinter uns, da drüben.« Sie zeigte hin. »Vielleicht ein paar hundert Meter weit weg.«

»Glauben Sie, sie wissen, dass wir hier sind?«, fragte Carlos leise.

»Keine Ahnung. Aber gehen wir lieber schnell weiter. Dann können wir ihnen gegenüber einen guten Vorsprung herausholen.«

Die drei erhöhten ihr Tempo und hasteten unter dem dunkler werdenden Himmel dem Schimpansen hinterher.

31

Jeremy lief keuchend weiter, während ihm der Schweiß in den Augen brannte. Nach ein paar Schritten versagten seine Beine, und er drosselte sein Tempo erneut zu schnellem Gehen. Er war benommen, ja von den kilometerlangen Strecken durch den endlosen Regenwald schon ganz durcheinander, und konnte nicht mehr klar denken. Er war weiter und schneller gelaufen, als er es je vorgehabt hatte. *Was geschah hier mit ihm?* Er sprang von einem Gedanken zum nächsten und versuchte vor allem, das eine nicht zu denken, das sich immer wieder bedrohlich in sein Gehirn drängen wollte: die Schmerzen in seiner rechten Ferse. Er hatte im Lauf des Tages dreimal Halt gemacht, um seine Stiefel anders um das wunde Fleisch an seinem Fuß zu schnüren, und belastete nun beim Gehen vorwiegend den linken Fuß.

Um den Schmerz auszublenden, dachte er angestrengt darüber nach, was nun eigentlich mit Mercer los war. Das Bild von Mercers blutüberströmtem Gesicht war grauenhaft, doch vor allem hörte Jeremy immer wieder seinen keuchenden Atem, der ihm nachging wie eine wahnhafte Stimme im Kopf eines Psychotikers. Die Erinnerung an das Atemgeräusch und den reglosen, kaum noch reagierenden Körper, den er am Morgen vorgefunden hatte, trieb ihn an, möglichst schnell Hilfe zu holen. Was ging da vor sich? Lag Mercer schon im Sterben? *Und war seine*

Krankheit ansteckend? Hatte Jeremy sie auch schon, schwärte und schwoll sie in ihm bereits ihrem Ausbruch entgegen?

Wie dem auch war, er musste Diego finden. Er brauchte jemanden, der ihm half, Mercer zurückzubringen, und … *wie waren noch mal die Koordinaten?* Fluchend blieb er stehen, da ihm die Position nicht mehr einfiel, an der er Mercer zurückgelassen hatte. Nachdem er sich den Regen aus den Augen gewischt hatte, holte er ein paarmal tief Luft und versuchte, sich an die digitale Anzeige zu erinnern. Sowie ihm die Zahlen eingefallen waren, lief er eilig weiter und sagte sich in Gedanken immer wieder die Koordinaten vor.

Er musste schon ganz in der Nähe sein, denn der Wald wurde immer dichter und undurchdringlicher. Jeremy verlangsamte erneut seinen Schritt. *Wo war Diego?* Jeremy kämpfte sich durch den Urwald, kroch unter Ästen durch und kletterte über verschlungene Wurzeln, bis er ein ungewohntes Geräusch hörte. War das Wasser?

Natürlich war es Wasser! Er war ja von Kopf bis Fuß völlig durchnässt, da er weder seinen Rucksack noch seinen Regenmantel dabeihatte. Nein, das hier klang eher wie Wellen – wie eine Brandung, auf die der Regen herunterprasselt. Jeremy ging schneller. Kurz darauf konnte er durch Bäume und Regen auf die weiten Wellen des Amazonas hinausschauen.

Er trat zwischen den Bäumen hervor ans Ufer. Das Boot war nirgends zu sehen. Jeremy bekam es mit der Angst zu tun. Es musste doch da sein. Er zog seinen GPS-Empfänger heraus, doch der war vom Regen patschnass und unbrauchbar. Jeremy begann zu hyperventilieren. Er fiel auf die Knie und versuchte, sich vor dem prasselnden

Regen wegzuducken, da ihn hier, außerhalb des dichten Blätterdachs, nichts mehr vor der vollen Wucht des Gewitters schützte.

Er musste die anderen finden. Erneut erhob er sich und begann mit brennenden Schmerzen in der Ferse am Ufer entlangzugehen. Eine halbe Stunde später wollte er schon umkehren und es in der anderen Richtung probieren, als er endlich das Boot ausmachte. Das fest vertäute Boot wurde vom Fluss hin und her geworfen, doch es vermittelte Jeremy neuen Mut, und er lief darauf zu. Dort angelangt, schlug er den Weg ins Waldesinnere ein, erkannte jedoch in dem heftigen Gewitterregen ihren Ausgangspunkt von vor ein paar Tagen kaum wieder.

Was hatte Jamie noch mal gesagt, wie weit entfernt Diego das Lager aufgeschlagen hatte? Dreihundert Meter? Er trabte in den Wald hinein und rief nach Diego und João Miguel. Keine Reaktion. Mit den Armen schlug er sich den Weg durchs Unterholz frei und scherte sich nicht darum, wie ihm Äste und Lianen in die Hände schnitten. Endlich sah er Licht durch die Bäume fallen und etwas Metallisches aufblitzen.

Er hatte sie gefunden! Erneut rief er ihre Namen, und abermals bekam er keine Antwort.

Durch Farne, Lianen und Bäume stürzte er auf das Lager zu. Dort angelangt, rief er wieder nach den beiden Männern.

»Diego, João Miguel! Ich bin's, Jeremy. Wo seid ihr?«

Er ging auf das Zelt zu. Sie mussten dort drinnen sein. Auf einmal hielt er inne.

Warum war der Zeltrahmen so verbogen?

Das Zelt war auf der einen Seite halb eingefallen, und die Plane hing schlaff über einer gekrümmten Stange.

Jeremy ging schneller. Auf der Erde lagen zerbrochene Kisten, deren Inhalt kreuz und quer verstreut worden und mit Schmutz bedeckt war. Was war hier geschehen?

Er trat an den Zelteingang. Der Reißverschluss war offen, und die Zeltbahnen flatterten im Regen. Jeremy sah hinein. Halb in eine Decke gewickelt lag Diegos Leiche in einer dunkelroten Blutlache. Man hatte ihm die Kehle durchgeschnitten, und ein Messer steckte in seiner Brust. Seine weit aufgerissenen Augen starrten für immer entsetzt ins Leere.

Jeremy wurde ganz schlecht.

Er kroch aus dem Zelt und inspizierte das Lager. Als er durch die Trümmer tappte, wäre er fast über João Miguels Leiche gestolpert, die bäuchlings im Schlamm lag. João Miguels Hinterkopf war seltsam verformt und hatte auf der linken Seite eine tiefe Schramme. Wenige Meter von der Leiche entfernt lag eine schlammverschmierte Schaufel. Jeremy brauchte João Miguel nur mit dem Fuß anzustoßen, um sich zu vergewissern, dass er tot war. Blutergüsse an Hals und Schultern zeigten, dass er nicht nur am Kopf getroffen worden war.

Der Regen wusch die Tränen schneller aus Jeremys Augen, als sie sich bildeten. Er ging in die Hocke, vergrub den Kopf in den Armen und weinte. Was hatte er hier zu suchen? Was hatten sie überhaupt alle hier zu suchen, in dieser Todesfalle? Nach geraumer Zeit stand er langsam auf und begann, das Lager zu durchsuchen. Wo war das Telefon? Er fand es schließlich neben einer umgekippten Kiste ein paar Meter neben dem Zelt.

Er holte tief Luft, drückte ein paar Tasten und hob den Hörer an seinen regennassen Kopf. Am anderen Ende wurde abgenommen. »Diego?«, fragte Jamie besorgt.

»Nein, hier ist Jeremy«, erwiderte er mit ausdrucksloser Stimme.

»Jeremy, Gott sei Dank. Du hast den Rückweg geschafft. Wie geht's David?«

»Jamie, hör mal, ich habe hier echte Probleme. Diego ist tot. João Miguel ist tot. Und Mercer wird auch bald sterben. Ich weiß nicht mehr, was ich machen soll.« Die Gefühle übermannten Jeremy aufs Neue.

Jamie reagierte entsetzt. »Jeremy, was redest du denn da?«

»Sie sind tot, Jamie! Tot!«

Jeremy schilderte, was er im Lager vorgefunden hatte, wie die Leichen aussahen und in welchem Zustand ihre Sachen waren.

»Wo ist David?«

»Ich musste ihn heute Morgen im Zelt zurücklassen. Als ich aufgewacht bin, hat er nur noch mit Mühe Luft bekommen. Er hat aus der Nase und weiß Gott woher noch geblutet. Und er hat einen Hautausschlag. Sein Fieber ist gestiegen, und er hat überhaupt nicht mehr auf mich reagiert. Ich bin hierhergerannt, um Hilfe zu holen.«

Jamie sagte lange nichts. »Jeremy, wir sind mindestens zwei Tagesmärsche weit weg. Wir können nichts tun. Du musst jemanden in der Firma anrufen und von dort Hilfe anfordern. Weißt du noch, wo David ist?«

Jeremy rekapitulierte in Gedanken die Koordinaten. »Ja, ich hab's mir eingeprägt.«

»Ruf in der Firma an und sag, sie sollen sofort jemanden hinschicken. Es müsste machbar sein, dass bis morgen früh jemand bei ihm ist. Hoffentlich lebt er dann noch. Und wie geht's dir?«

»Ich weiß nicht, Jamie. Nicht gut«, stieß er leise hervor.

»Du musst dich vom Lagerplatz entfernen. Dort ist es zu gefährlich. Ich weiß ja nicht, wer Diego und João Miguel umgebracht hat.«

»Glaubst du, es war der Schimpanse?« Bei dem Gedanken spürte Jeremy auf einmal einen Stich in der Schulter, dort, wo ihn der Schimpanse attackiert hatte.

»Kann ich mir nicht vorstellen. Alle unsere Funkdaten deuten darauf hin, dass er kilometerweit vom Basislager entfernt war. Im Wald gibt es jede Menge Piraten, Diebe und andere Kriminelle. Womöglich kommen die Täter zurück. Ist das Boot noch da?«

»Bis jetzt schon.«

»Hast du noch was zu essen?«

»Keine Ahnung. Ich muss erst nachschauen, ob noch etwas da ist.«

»Bitte sei vorsichtig, Jeremy. Ich muss dir nämlich noch etwas anderes sagen. Sameer und Roger gehen nicht ans Telefon, und ich weiß nicht, warum.«

Jeremy antwortete in verbittertem Tonfall. »Tja, wie du schon gesagt hast, es herrscht kein Mangel an Möglichkeiten.«

Er schaltete das Telefon aus und steckte es ein. Wen sollte er denn anrufen? Kannte er auch nur eine einzige Telefonnummer in Brasilien?

Das Boot. Auf dem Boot musste es irgendwelche Unterlagen mit einer Telefonnummer geben. Er zog die Jacke eng um den Körper und durchkämmte das verwüstete Lager nach den Schlüsseln. Schließlich fand er sie nach kurzer Suche in dem kaputten Zelt und wandte sich erneut in Richtung Fluss.

Auf einmal blieb er abrupt stehen. Zwischen den Bäumen bewegte sich etwas. Er horchte auf das Rascheln. Es befand sich seitlich von ihm und kam immer näher. Jeremy rannte los, ohne Rücksicht darauf, dass ihm Zweige und Lianen über Gesicht und Arme peitschten. Das Geräusch wurde immer lauter.

Dann hörte er ein zweites Rascheln, hinter und über sich. Etwas verfolgte ihn. Der Schmerz schoss aus seinem Fuß nach oben, als er seinen Lauf beschleunigte und halbblind durchs Unterholz stürzte.

Über ihm erklang ein Schrei. Ein kämpferischer, schriller Schrei. Jeremy begriff sofort, was er bedeutete. Der Schrei ertönte ein weiteres Mal von der Seite und dann noch einmal von oben.

Da ist es!

Etwa fünfzig Meter weiter vorn konnte er den metallenen Bootsrumpf ausmachen. *Schneller!* Er musste schneller laufen.

Da ertönte plötzlich ein dumpfer Schlag, und er wandte im Laufen den Kopf. Direkt hinter ihm lief ein schwarzer Schimpanse, der einen langen, spitzen Stock schwang. Jeremy rang darum, zwischen den dichten Farnbüscheln sein Tempo zu halten, als er ein weiteres Tier zu seiner Rechten hörte, das er zwar nicht sah, das jedoch immer näher kam.

Er duckte sich unter einem letzten tief hängenden Ast und spurtete über den Strand auf das Boot zu. Der Schimpanse hinter ihm hechtete nach seinen Füßen und ging mit erhobenem Stock auf ihn los, sodass Jeremy mit dem Gesicht voraus im Sand landete. Er spuckte den Sand aus und rappelte sich hoch. Aus dem Augenwinkel beobachtete er, wie der zweite Schimpanse jetzt quer über den Strand auf allen vieren auf ihn zurannte, während der andere ihn von hinten attackierte.

Jeremy wirbelte zur Seite, packte eine Handvoll Sand und warf sie dem Affen ins Gesicht.

Er sprintete die letzten Meter zum Boot und warf sich gegen die Bugseite, um es weiter in den Fluss zu schieben, ehe er nach der Reling griff und sich mühsam hineinhievte. Neben ihm kam ein Stock geflogen, der wie ein Speer den Bug traf, ehe er scheinbar harmlos ins Wasser fiel.

Binnen Sekunden hatte er die Leine gelöst und blickte nun zurück zu den drei Schimpansen, die ihm vom Strand aus nachsahen, während das Boot langsam vom Ufer wegtrieb.

Das Boot schwamm auf eine kleine Landzunge zu, die nur ein kurzes Stück den Strand hinab lag. Die Wasserwirbel trieben es unweigerlich dorthin. Das hatten auch die Schimpansen begriffen, die sofort auf die Stelle zuliefen, an der das Boot stranden musste.

Jeremy holte den Schlüssel heraus und steckte ihn ins Zündschloss. Nichts geschah.

Er versuchte es erneut und drehte die Treibstoffzufuhr auf, während das Boot weiterhin auf die wartenden Affen zutrieb.

Auf dem Weg zum Heck schlitterte Jeremy durch fünfzehn Zentimeter Wasser, die den Boden bedeckten, doch für die Bilgenpumpen war keine Zeit. Er riss die Motorabdeckung weg und griff nach dem Werkzeugkasten. *Wo war das Treibstoffeinlassventil?*

Er stieß mit dem Schraubenzieher zu, um das Ventil zu lösen, und rannte zur Zündung zurück. Erneut drehte er den Schlüssel. Der Motor stotterte und sprang schließlich an, während Jeremy Gas gab und hektisch am Steuer drehte, da das Boot mittlerweile nur noch wenige Meter vom Ufer entfernt war. Das Boot reagierte, und Jeremy fuhr den hysterisch kreischenden Schimpansen davon.

Jamie sah in Paulos von der Kapuze halb verdecktes Gesicht und erkannte an seinem besorgten Blick, dass er begriffen hatte, was passiert war. Kurz fasste sie das Gespräch mit Jeremy zusammen.

»Paulo, diese Expedition war eine ganz schlechte Idee«, sagte sie und begann zu weinen, da sie von bohrenden Schuldgefühlen überschwemmt wurde.

Er nickte schweigend, nahm ihre Hand und hielt sie zwischen seinen beiden nassen Händen. Jamie stürzte sich in seine Arme, wo er sie mitsamt ihrem Rucksack linkisch umfangen hielt. Dann streichelte er ihr feuchtes Haar, bis sie zu weinen aufhörte.

»Es wird langsam spät. Wir müssen etwas essen und ein Nachtlager aufschlagen. Morgen früh können wir dann erholt weitersehen«, sagte Paulo. Seine Stimme klang ruhig und gelassen. Jamie nickte.

Da der Regen nach wie vor zu heftig war, um Feuer zu machen, suchten sie unter einem großen Baum Schutz und aßen Dörrfleisch und Trockenfrüchte. Jamie hatte gar nicht gemerkt, wie hungrig sie war, und aß schweigend. Sie saß so dicht neben Paulo, dass sie jede seiner Bewegungen spürte. *Was er wohl dachte?*

»Sollen wir es aufgeben?«, fragte sie schließlich.

Paulo schüttelte den Kopf. »Wenn ihr Telefon nicht funktioniert, können wir nur noch hoffen, dass wir Roger und Sameer finden, indem wir den Schimpansen orten. Dann treffen wir sie hoffentlich dort.«

Nach kurzer Überlegung kam Jamie zu dem Schluss, dass er recht hatte. Sie sah ihn an und sagte ihm in aller

Aufrichtigkeit, was sie empfand. »Ich bin ja so froh, dass du da bist, Paulo.«

Paulo streckte langsam einen Finger aus und streichelte unter dem Nieselregen sanft ihre Wange. Schließlich fasste er mit der anderen Hand nach ihrer Kapuze, zog sie herunter und umfasste ihren Kopf mit beiden Händen. Zärtlich küsste er sie auf die Stirn, während sie ihm die Kapuze abstreifte.

Sie fielen sich in die Arme, und ihre Lippen trafen sich zum ersten Mal. Die quälende Angst, die sie alle beide empfanden, schmolz mit jedem Kuss weiter dahin, bis sie alles um sich herum vergessen hatten und nur noch die tröstliche Wärme ihrer beiden Körper spürten. Ihre langsame, innige Umarmung schirmte sie gegen die groben, unzivilisierten Geräusche des Waldes ab.

Jamie erhob sich vor Paulo auf die Knie, sodass er mit den Händen ihre Taille umfassen und unter ihr T-Shirt fahren konnte. Langsam ließ er die Hände höhergleiten, ehe er innehielt. Jamie legte ihre Hände auf seine, schob sie sachte auf ihre Brüste und warf atemlos den Kopf in den Nacken.

Sie zog ihr T-Shirt hoch, drückte seinen Kopf fest an ihre Brust und küsste liebevoll sein Haar. Er schloss die Arme um ihre Taille, worauf sie nach unten rutschte, bis sich ihre Lippen erneut trafen. Dann schlug sie die Augen auf und lächelte ihn dankbar an. »Halt mich fest, Paulo«, flüsterte sie.

Er streifte seinen Regenmantel ab, schloss sie fest in die Arme und sank mit ihr zu Boden, während er sie immer wieder auf Gesicht und Hals küsste.

32

Auch als sich die Nacht über den Regenwald senkte, wollten Carlos, Ayala und Susan die Verfolgung nicht aufgeben. »Wir kommen ihm immer näher, das weiß ich«, sagte Ayala zu den anderen, während sie auf das starke Signal aus der Antenne horchte.

Susan zuckte die Achseln. »Sollen wir weitergehen? Ich fühle mich gut, und der Regen hat auch aufgehört.«

»Wahrscheinlich kommt der Schimpanse nachts nicht herunter«, meinte Carlos. »Sie schlafen im Blätterdach. Sollen wir ihm einen Hinterhalt legen?«

Ayala war nicht wohl bei dem Gedanken. »Es ist ziemlich gefährlich, nachts durchs Blätterdach zu turnen. Ich finde, wir sollten noch einen Tag zugeben.«

Carlos nickte. »Dann machen wir doch Feuer und essen etwas Vernünftiges. Ich habe ein paar Süßkartoffeln dabei und könnte Bohnen dazu machen und Brötchen aufbacken. Was meinen Sie?«

Susan lächelte dankbar, während sich Carlos aufmachte, um Feuerholz zu sammeln. Schon bald knisterten die Flammen unter Carlos' provisorischem Campingherd. Susan und Ayala entfernten sich ein paar Schritte und unterhielten sich.

Susan hatte sich im Lauf des Tages ausgiebiger mit Ayala unterhalten und einiges über ihre Vergangenheit erfahren. Es erstaunte sie, dass ihre Führerin nicht viel älter war als sie, jedoch ein völlig anderes, wesentlich intensiveres Leben geführt hatte. Vor allem war Susan von Ayalas Unabhängigkeit fasziniert. Wie es wohl wäre, ein autonomes Leben zu führen, Risiken und Gefahren zu trotzen, die realer waren als die scharfe Zunge einer Chefredakteurin, auf die Bequemlichkeiten der zivilisierten Gesellschaft zu verzichten und sich eine neue Welt zu unterwerfen?

Susan setzte sich neben Ayala auf einen Baumstumpf. »Wollen Sie für immer hierbleiben?«

Ayala schüttelte den Kopf. »Ich habe hier Zuflucht gefunden. Die Albträume und Flashbacks bin ich zwar immer noch nicht losgeworden, aber ich habe meine Dämonen zum größten Teil bezwungen. Eines Tages, vielleicht schon bald, will ich es wieder versuchen. Aber ich weiß noch nicht, wohin ich gehen und was ich machen will.«

Susan legte den Kopf schief. »Ich wette, Sie könnten so ziemlich alles tun. Wollen Sie zurück nach Israel?«

»Ich weiß nicht, ob ich schon so weit bin. Und was ist mit Ihnen? Hat diese Geschichte Ihre Prioritäten verschoben?«

»Keine Ahnung. Ich hoffe, dass ich mit dieser Story meinen Durchbruch schaffe, aber ich bin eben aus dem Mittleren Westen und hänge an meiner Sicherheit. Außerdem glaube ich nicht, dass mein Mann besonders begeistert davon wäre, wenn ich mich jetzt auf hochriskanten Enthüllungsjournalismus verlege. Ich weiß nicht, wo das alles hinführt.«

»Haben Sie schon mal an Kinder gedacht?« Ayala war anzuhören, dass sie das interessierte, und Susan fragte sich, ob Ayala selbst schon öfter mit dem Gedanken gespielt hatte.

»Ich hab's mal versucht. Irgendwann vielleicht.« Susan wollte Ayala gerade berichten, inwiefern ihre Begegnung mit den Fünflingen in der Vorwoche sie für geraume Zeit von jeglichem Kinderwunsch kuriert hatte, als die Stille der Nacht von einer Explosion erschüttert wurde. Verwirrt sah sich Susan um und suchte nach einer Erklärung.

Ayala war bereits auf den Beinen. »Ducken!«, rief sie Susan zu, während sie selbst nach ihrem Rucksack griff und ihre Pistole herauszog.

Susan und Ayala sahen gleichzeitig zum Lagerplatz hinüber, wo Carlos soeben in die Dunkelheit davonspurtete. Ein weiterer Schuss peitschte durch die Bäume, ehe wieder Stille eintrat. Ayala huschte durchs Gehölz und schlich sich von hinten an Carlos an. Zwischen dichten Farnbüschen, hinter einem dicken Baum, stießen sie aufeinander.

»Schüsse?«, sagte sie zu Carlos.

Er nickte. Beide waren mit dem Geräusch nur allzu vertraut.

»Wir müssen unsere Rucksäcke holen«, sagte Ayala.

»Ich nehme den von Susan«, bot er an.

Carlos hielt erst einen, dann zwei, dann drei Finger in die Höhe, worauf die beiden hinter dem Baum hervorstürmten und in wildem Galopp auf das Lagerfeuer zurannten. Ayala schnappte sich ihren Rucksack, während Carlos neben seinem eigenen auch Susans Rucksack wegschleppte, ehe die beiden schnellstens wieder von der kleinen Lichtung verschwanden. Noch während sie rannten, zerriss ein weiterer Schuss die Stille, der ins Lagerfeuer traf und verkohltes Holz auf der Lichtung verstreute.

Wie versteinert vor Angst sah Susan die beiden ungeschützt über die Lichtung laufen, als das Geräusch erneut kam. Wer war der Schütze? Susan hatte noch nie Schüsse gehört und verkroch sich panisch hinter ihrem Baumstumpf. Kurz darauf zuckte sie zusammen, als etwas von hinten sie berührte. Es war Carlos.

»Hier ist Ihr Rucksack«, sagte er und reichte ihn ihr. Mit einem Gewehr in der Hand zeigte er in eine dem Feuer abgewandte Richtung, und sie entfernten sich leise von dem Baumstumpf. Kurz darauf stießen sie zu Ayala, die ihre Pistole im Anschlag hielt und angespannt ins Dunkel blickte.

Zwischen den Brettwurzeln eines großen Baums gingen sie in Deckung.

»Wer schießt da?«, fragte Susan flüsternd.

Ayala zuckte die Achseln. »Das müssen diese Wissenschaftler sein«, erwiderte sie leise. »Mit denen ist nicht zu spaßen. Aber ich kann nicht sagen, aus welcher Richtung die Schüsse kommen. Zu viele Echos.«

»Und was machen wir jetzt?«, fragte Susan ängstlich.

»Uns nicht treffen lassen«, gab Ayala zurück.

Ayala verständigte sich durch Blicke und ein Nicken mit Carlos. Er nickte zurück, und die beiden gingen mit gezogenen Waffen in raschem Schritt los, während Susan dicht dahinter folgte.

Eine halbe Stunde lang marschierten sie schweigend vor sich hin und lauschten aufmerksam auf jedes Geräusch. Schließlich gebot Ayala den anderen durch eine Geste, stehen zu bleiben.

»Jetzt müssten wir in Sicherheit sein«, sagte sie leise. »Ab sofort halten wir rund um die Uhr Wache. Ich weiß zwar nicht, was für ein Kunststück dieser Schimpanse kann, dass er so wertvoll ist, aber offenbar will ihn auch jemand anders unbedingt haben. Ich übernehme die erste Wache.«

Susan hatte nach wie vor zu große Angst, um zu schlafen, doch Carlos nickte und streckte sich sogleich mit dem Kopf auf seinem Rucksack am Boden aus. Es war Susan klar, dass es dumm wäre, sich die Gelegenheit zum Ausruhen entgehen zu lassen, daher tat sie es ihm nach. Die Erde war weich, und nach längerer Rastlosigkeit übermannte sie die Müdigkeit, und sie schlief ein.

Nach gefühlten fünf Minuten weckte Carlos sie auf. »Können Sie jetzt Wache halten?«, fragte er leise.

Susan rieb sich die Augen und nickte verständnislos. »Und was muss ich da machen?«

»Bis jetzt war alles ruhig. Wenn Sie irgendein ungewöhnliches Geräusch hören, wecken Sie mich.« Er reichte ihr das Gewehr und legte sich hin.

Vorsichtig nahm Susan die Waffe entgegen. Da sie noch nie eine in der Hand gehalten hatte, legte sie sich das Gewehr voller Respekt quer über den Schoß und lehnte sich gegen einen Baum. Auf der Stelle war sie hellwach. Es wunderte sie, dass ihr die anderen eine Wache anvertrauten. Vielleicht konnten sie es sich in ihrer Situation einfach nicht leisten, wertvollen Schlaf zu verlieren.

Bald sah sie die ersten Sonnenstrahlen durch die Bäume blitzen. Wahrscheinlich würden sie sich schon in zwei Stunden zum Weitermarsch rüsten. Also trauten ihr die anderen doch nicht so viel zu, wie sie gedacht hatte.

Auf jeden Fall hatte sie richtig vermutet, dass ihre Angst mehr als ausreichen würde, um sie für den Rest ihrer Wache putzmunter zu halten.

33

Jamie rieb sich die Augen, als ihr die feuchte Morgenluft in die Nase stieg. Paulo lag schlafend neben ihr. Sie setzte sich auf, ließ die Ereignisse der letzten drei Tage langsam vor ihrem inneren Auge Revue passieren und versuchte, die Gefühle und Probleme einzuordnen, mit denen sie konfrontiert war. Zum Teil fühlte sie sich verantwortlich für den unglücklichen Verlauf der Expedition, da sie die Suchaktion ja im Grunde organisiert hatte. Bald merkte sie jedoch, dass solche Gedanken zu nichts führten, und verdrängte sie.

Stattdessen dachte sie an ihre Nähe zu Paulo in der vergangenen Nacht zurück und sann darüber nach, wie seine Küsse sie beruhigt, sie befreit und ihr Ruhe geschenkt hatten. Genießerisch schwelgte sie in der Erinnerung.

Doch nun musste sie wieder nach vorn blicken, was sie damit begann, dass sie eine Hand auf Paulos Bein legte und es sanft drückte, bis er aufwachte. Im ersten Moment war er noch verwirrt, doch wurde er schnell hellwach.

Ehe er sprach, gab er ihr einen Kuss. »Wir brauchen einen Plan«, sagte er schließlich. »Das Wichtigste ist, dass wir Sameer und Roger finden. Und das schaffen wir meiner Meinung nach nur, indem wir uns so schnell wie möglich auf den Schimpansen zubewegen.«

»Versuchen wir doch noch mal, sie anzurufen.« Kaum hatte sie den Gedanken ausgesprochen, fing sie an, nach ihrem Telefon zu suchen. Am Abend hatte sie es noch gehabt. Aber wo war es jetzt?

Sie durchsuchte vergebens ihre Taschen, ehe sie aufstand und ihre Kleidung abklopfte. Auf einmal entdeckte sie es ein Stück weit weg in einer Pfütze dunklen Wassers. Als sie es herausfischte, war es natürlich tropfnass.

Sie klappte das Satellitentelefon auf und schaltete es an, doch es gab kein Lebenszeichen von sich. Obwohl sie es schüttelte und immer heftiger auf die Tasten drückte, blieb es tot.

Verlegen sah sie Paulo an und teilte ihm mit, was ohnehin nicht zu übersehen war.

»Vielleicht funktioniert es wieder, wenn es getrocknet ist«, sagte er großzügig.

»Gehen wir mal weiter.« Jamie holte die Antenne aus dem Rucksack, klappte sie aus und schwenkte sie in die Richtung, in die sie gegangen waren. Erfreut registrierte sie ein deutlich pulsierendes Signal mit guter Amplitude in derselben Richtung wie am Abend zuvor und lächelte dankbar. Paulo streckte eine Hand nach ihr aus, worauf sie ihn sachte gegen einen Baum drückte und fest in die Arme schloss. Dann umfasste sie sein Gesicht und küsste ihn zärtlich. »Bleib in der Nähe, ja?«, sagte sie.

Er nickte glücklich und nahm ihre Hand.

Den ganzen Vormittag spürten sie dem Schimpansen nach und machten erst am frühen Nachmittag kurz Rast, um etwas zu essen. Ihre Vorräte gingen langsam zur Neige, nachdem ihre Rucksäcke geplündert worden waren. Dies war beiden klar, doch verkniffen sie sich jeglichen Kommentar. Schätzungsweise blieb ihnen noch maximal ein Tag, ehe sie sich im Dschungel zusätzliche Nahrung suchen mussten. Sie saßen dicht beieinander auf einem umgestürzten Baum und dachten jeder für sich über die Expedition nach.

Irgendwann drehte sich Paulo zu Jamie und sah sie an. »Jeremy weiß schon, was er tut. Er holt Hilfe für David«, sagte er, als hätte er ihre Gedanken gelesen.

»Es ist weniger David, der mir Kopfzerbrechen macht, als vielmehr das, was mit Diego und João Miguel passiert ist. Für einen Raubüberfall ist das extrem brutal. Wem nützen denn diese Morde?«

»Dadurch fühlen sich die Täter sicherer, nehme ich an. So können sie nicht verfolgt werden. Diego und João Miguel wären eine Bedrohung für sie gewesen. Wer weiß, vielleicht hat sich Diego gewehrt und ist auf sie losgegangen?«

Jamie hörte gar nicht mehr hin, da sie sich auf etwas anderes konzentrierte. »Was ist das für ein Geräusch?«, fragte sie Paulo nervös. Beide lauschten.

Erneut hörten sie etwas außer Sichtweite durch die Bäume tappen. Nach dem Geräusch der Schritte zu urteilen, musste es ein großes Tier sein. Jamie und Paulo wussten beide, dass man im Regenwald selten auf große Tiere traf, und wenn, dann war es meistens wenig erfreulich.

»Ein Jaguar?«, flüsterte Jamie.

»Keine Ahnung.« Paulo zog lautlos seine Pistole. Beide saßen reglos da, um den Eindringling nicht durch eine Bewegung auf sich aufmerksam zu machen. Sie wussten, wo er war, und diesen Vorteil durften sie sich nicht nehmen lassen.

Die Schritte verstummten. Jamie atmete flach und konnte die Beine kaum mehr ruhig halten. Wenn es ein Jaguar war, gab es für sie keine Fluchtmöglichkeit. Jaguare waren gute Kletterer, konnten um ein Vielfaches schneller laufen als Menschen und waren begeisterte Jäger. Nun mussten sie überlegt handeln und keinesfalls in Panik verfallen. Die Schritte ertönten erneut und kamen näher. Das Geräusch war so nah, dass sie das Tier schon fast zwischen den Bäumen sahen.

Auf einmal stieß das Tier ein anderes Geräusch aus. »Verfluchte Moskitos!«, schimpfte Stiles unverkennbar aus dem Dickicht. Jamie und Paulo atmeten auf, grinsten sich an und erhoben sich. »Einfach zurückstechen!«, empfahl Paulo lauthals.

Die Schritte verstummten.

»Paulo, Jamie, seid ihr das?« rief Sameer.

Kurz darauf gab es ein großes Wiedersehen. Paulo und Jamie begrüßten Stiles und Sameer voller Freude. »Wir warten hier schon seit Stunden. Wo bleibt ihr denn so lange?«, wollte Paulo wissen.

»Es dauert seine Zeit, bis man hier morgens eine schöne Tasse Tee zubereitet hat«, antwortete Stiles.

»Gott sei Dank ist euch nichts passiert. Wir hatten schon Angst, sie würden euch vor uns erwischen«, stieß Sameer hervor. Jamie und Paulo konnten ihm nicht folgen.

»Wovon redest du denn?«

Stiles antwortete ihr, schlagartig ganz ernst geworden. »Nachdem wir uns getrennt hatten, haben wir festgestellt, dass die Kerle, die unsere Pistole und unser Essen gestohlen haben, doch an meinem Rucksack waren und mein Telefon mitgenommen haben.«

Jetzt wurde Jamie einiges klar. »Ach, so war das.«

Stiles fuhr fort. »Gestern habe ich die Leute gesehen, die ich im Verdacht habe. Wir wären fast mit den anderen zusammengestoßen, aber ich glaube nicht, dass sie uns gesehen haben. Sie waren zu dritt, und ich habe sie mit meinem Fernglas deutlich gesehen. Es waren zwei Frauen und ein Mann, sichtbar bewaffnet und mit einer Yagi-Antenne.«

Jamie schnappte nach Luft. »Unsere verschwundene Antenne? Das muss sie sein. Wer könnte hier sonst noch herumschleichen? Und wo kommen die anderen her?«

Stiles spuckte seine Antwort förmlich aus. »Von Mercer. Er hat uns hinters Licht geführt. Er hat noch andere Leute für die Suche nach dem Schimpansen engagiert, die wahrscheinlich uns auch noch umlegen sollten. Ich kann es mir nur so zusammenreimen. Irgendetwas führt er im Schilde.«

Paulo schüttelte den Kopf. »Ich weiß nicht. Er ist ziemlich krank. Jeremy musste ihn nach der ersten Nacht zurücklassen und Hilfe holen. Sein Leben hängt an einem seidenen Faden.«

Stiles runzelte die Stirn. »Das könnte für uns genauso gelten. Sind Sie sicher, dass Jeremy in Sicherheit ist?«

»Nein«, gestand Jamie ein. »Als er gestern zum Lager zurückkam, hat er gesehen, dass irgendjemand Diego und João Miguel umgebracht und das Lager ausgeplündert hat. Er wollte zurück zum Firmengelände gehen, um Hilfe zu holen.« Es fiel Jamie schwer fortzufahren, doch sie überwand sich. »Letzte Nacht ist mir das Telefon in eine Pfütze gefallen, daher haben wir kein funktionierendes Telefon mehr. Seit gestern Abend habe ich nichts mehr von Jeremy gehört.«

Stiles fluchte. »Das ist genau das Falsche. Wenn Mercer nicht für die andere Gruppe verantwortlich ist, dann eben jemand anders aus der Firma. Womöglich schicken sie dann jemanden los, der Jeremy umlegen soll.«

Jamie zögerte. »Was macht Sie so sicher, dass die Firma dahintersteckt?«

»Nakamura hat von Anfang an eine derartige Geheimniskrämerei betrieben, selbst uns gegenüber. Ich glaube, er wollte einfach nicht, dass wir alles wissen, was um uns herum vorgeht. Im Endeffekt ist doch sonnenklar, dass es gar nicht anders sein kann. Wer sonst hätte unsere Antenne an Dritte weitergeben sollen?«

»Und wo sind die Leute, die Sie gesehen haben?«, fragte Paulo besorgt.

»Ein Stück weit vor uns, schätze ich. Wir haben sie heute noch nicht gesehen. Aber sie sind eindeutig hinter dem Schimpansen her.«

»Ich will kein Risiko eingehen. Jetzt bin ich der Einzige, der noch eine Waffe hat, wenn man mal von den Betäubungspfeilen absieht. Und ich möchte nicht überrumpelt werden«, sagte Paulo grimmig und steckte die Pistole wieder ein.

»Ich würde vorschlagen, wir schnappen uns die anderen, ehe sie uns schnappen. Bestimmt haben sie genau das Gleiche im Sinn.«

»Dann mal los. Wir sind dem Schimpansen schon dicht auf den Fersen. Von jetzt an wird nur noch gesprochen, wenn es nötig ist«, erklärte Paulo kategorisch.

34

Mercer schlug die Augen auf.

Wo bin ich? Wie lange habe ich geschlafen?

Sein Kopf tat weh. *Seit wann habe ich diese Kopfschmerzen?*

Er wusste es nicht. So verschwommen, wie er seine Umgebung wahrnahm, verspürte er lediglich ein leichtes Unbehagen mit seiner Situation, doch war er anfangs viel zu verwirrt, um genau zu sagen, was nicht stimmte.

Auf einmal klingelte es in seinen Ohren. Was war das für ein schreckliches Klingeln? Ungeschickt tastete er herum und stieß auf einen metallenen Gegenstand. Er hob ihn hoch und musterte ihn lange. *Warum klingelte das Ding denn so?*

Er drückte darauf, und das Klingeln verstummte.

»Hallo … hallo … David?«, sagte eine Männerstimme.

»David? Hier ist Jeremy! Wie geht es Ihnen?« Die Stimme klang besorgt, eindringlich.

»Hallo?«, sagte Mercer. Seine Stimme war rau und tonlos.

»Gott sei Dank sind Sie rangegangen. Sie hören sich furchtbar an. Wissen Sie, wo Sie sind?«, fragte Jeremy.

Mercer legte das Telefon beiseite. Er begriff nicht, was das Ding von ihm wollte. Stattdessen konzentrierte er sich darauf herauszufinden, was ihn störte. *Was war hier faul?*

Er begriff weder, dass er im Dschungel war noch dass er allein war, und er wusste erst recht nicht, dass überall in seinem Körper in Kapillargefäßen Blut aus seinem schon fast erschöpften Blutkreislauf sickerte und seine Nieren und seine Leber bald versagen würden. Er wusste lediglich, dass er vor Durst umkam. Seine Zunge war trocken und rissig, und hinter seinen Augen loderte ein Feuer, das nur mit Wasser gelöscht werden konnte. Er ignorierte das Klingeln in seinen Ohren und nahm alle Kraft zusammen, um etwas zu trinken zu suchen.

Wasser.

Sein deliriöser Verstand zwang seine Beine, sich zu bewegen. Schließlich rollte er auf die Seite und merkte, dass sein ganzer Körper schmerzte. Er versuchte, sich aufzusetzen, doch dabei wurde ihm schwarz vor Augen. Nach kurzem Ausruhen versuchte er es erneut, diesmal langsamer und indem er sich auf einen Arm stützte. Er kam auf die Knie und starrte auf die Zeltplane um ihn herum. Er war gefangen.

Wer hat dieses Haus so schrumpfen lassen?

Endlich kam ein matter Lichtschimmer durch eine der Wände, und er kroch langsam und unter Schmerzen aus dem Zelt.

Wasser.

Mercer fühlte die wassergetränkte Erde unter sich, hob die Hände zum Mund und leckte die feuchten Brösel ab. Angeekelt spuckte er sie wieder aus und musste vom sandigen Geschmack von Erde und getrocknetem Blut husten.

Wasser.

Langsam richtete er sich auf und schwankte unsicher,

während seine Beine immer wieder einzuknicken drohten. Einen zittrigen Schritt nach dem anderen stolperte er dem dämmrigen Morgenlicht entgegen. Er musste Wasser finden.

Er kam etwa ein Dutzend Schritte voran, bis er mit dem Fuß an einer Wurzel hängen blieb und nach vorn fiel. Er vergaß seine Kopfschmerzen und seinen unstillbaren Durst, als irgendetwas in seinem Knie nachgab und eine regelrechte Schmerzexplosion auslöste. Dann schlief er ein.

Kurz darauf erwachte er wieder, weil er ein seltsames Kribbeln an den Beinen spürte. Er neigte den Kopf weit genug, um Dutzende, ja vielleicht Hunderte von Ameisen über seine Beine krabbeln zu sehen. Ihre winzigen Leiber krochen unter seine Hose und seine Beine hinauf und hinab.

Warum krabbeln sie auf mir herum? Die Frage war zu schwer für seinen schwachen Geist.

Plötzlich vernahm er ein Geräusch. Es klang wie Schritte. Dann schoss ihm erneut der Schmerz durch den Kopf. Nein, nicht durch den Kopf. Übers Gesicht. Da kam es schon wieder, ein Hieb, von dem sein Kiefer brannte. Er hob den Blick.

Vor ihm standen vier Schimpansen, die in geringem Abstand einen Halbkreis um ihn bildeten. Mercer sah, wie einer von ihnen einen Stein aufhob und auf ihn schleuderte. Der Stein traf ihn an der Brust und raubte ihm den Atem. Ein anderer Schimpanse griff nach einem zweiten Stein, bis sie schließlich alle, einer nach dem anderen, immer größere und größere Steine aufhoben und ihn ein Treffer am Kopf erneut in tiefen Schlaf versetzte.

Am späten Vormittag war Jeremy endgültig am Ende seiner Kräfte. Er war den größten Teil der Nacht gegangen, nachdem das Rettungsteam aus Manaus eingetroffen war. Fast eine Stunde hatte er am Telefon verbracht, bis er jemanden gefunden hatte, der imstande war, einen Rettungseinsatz zu organisieren. Zu guter Letzt hatte er bei seinem dritten Versuch, jemanden zu erreichen, der Englisch sprach, eine Nummer bei BrainStem gewählt und Skip Jordan an den Apparat bekommen.

Jordan, den die Nachricht vom Tod Diegos und João Miguels völlig aus der Fassung brachte, vermittelte ihn an die Polizei von Manaus, die es schließlich schaffte, Jeremy mit einer Katastrophenschutzeinheit zu verbinden.

Nachdem er so lange gewartet hatte, dass er schon dachte, es werde überhaupt nie jemand kommen, war Jeremy völlig ausgepumpt. Zum Glück hatte er seinen Fuß bandagieren können, da er auf dem Boot Verbandsmaterial gefunden hatte. Er hatte sich bereit erklärt, bei der Suche zu helfen, da er mit dem Weg am vertrautesten war, doch die vier Männer, die ihn begleiteten, hatten eine wesentlich bessere Kondition und fanden sich auch im Regenwald besser zurecht. Sie waren Soldaten der brasilianischen Armee und bis an die Zähne bewaffnet. Einer von ihnen sprach recht gut Englisch, und Jeremy hatte ihm rasch das Nötigste über Mercers Zustand und Position anvertraut.

Jetzt, etwa acht Stunden nachdem das Team eingetroffen war, waren sie an der Stelle angelangt, deren Koordinaten er sich am Vortag eingeprägt hatte, doch dort war nichts. Hatte er die Koordinaten vergessen? Verlegen musterte er die Leute vom Suchteam und versicherte ihnen, dass dies die richtige Stelle sei. Der Teamleiter nickte und instruierte die anderen, spiralförmig in zwei Gruppen auszuschwärmen und nach dem silberfarbenen Zelt zu suchen, in dem Jeremy den kranken Mercer zurückgelassen hatte.

Nach etwa zehnminütiger Suche stach Jeremy etwas Vertrautes ins Auge, und schon bald hatte er das Zelt gefunden. Da die anderen nach wie vor in Hörweite waren, stießen sie rasch zu Jeremys Gruppe. Noch ehe Jeremy am Zelt anlangte, spähte ein anderer hinein. Sein Blick sagte Jeremy, dass er nichts Gutes gesehen hatte.

»Er ist weg«, sagte der Mann. Jeremy äugte selbst hinein, sah allerdings nur die kleine Blutlache vom Vortag, aber keinen Mercer.

»Wir müssen die Umgebung absuchen«, erklärte Jeremy, da er nicht wusste, was sie sonst tun sollten.

Seine Anweisung war überflüssig, da die anderen bereits nach Anhaltspunkten dafür suchten, in welche Richtung Mercer gegangen war. Die Suche dauerte nicht lange. Schon nach wenigen Minuten hörte Jeremy Schreie. Er lief los.

Mit dem Gesicht nach unten und weit ausgebreiteten Armen lag David Mercer tot auf der Erde. Jeremy vergewisserte sich rasch, dass er weder atmete, noch einen Puls hatte.

Betroffen schlug er sich die Hände vors Gesicht. Er spürte das Gewicht von Mercers Leben auf seinen Schultern und war zu müde, zu erschüttert und zu traurig, um noch logisch zu denken. Nachdem er die Schuldgefühle wegen Mercers Tod niedergerungen hatte, wandte er sich an die anderen. »Können wir ihn zurücktragen?«

Sie nickten, und die fünf traten den langen Heimweg

an. So müde er auch war, Jeremy wollte um keinen Preis noch eine Nacht im Regenwald verbringen, ja er gestand sich nicht einmal ein, dass ihn unbewusst die Angst plagte, Stiles könne womöglich inzwischen ein ähnliches Schicksal ereilt haben.

35

Paulo, Jamie, Stiles und Sameer schöpften neue Kraft daraus, dass sie wieder zusammen waren, und ihre wiedergewonnene Zielstrebigkeit äußerte sich in frischer Energie, Motivation und Geschwindigkeit. Sie machten nur eine kurze Mittagspause, da sie möglichst unverzüglich den Schimpansen aufspüren wollten. Das Funksignal wurde immer stärker, und das hieß, dass sie fast am Ziel waren.

Beim Essen studierte Paulo die Landkarte. Nachdem er ihre neuen Koordinaten auf der Karte gefunden hatte, sondierte er das Terrain und orientierte sich anhand der landschaftlichen Gegebenheiten. Jamie setzte sich neben ihn.

Ungefragt begann Paulo, den anderen seine Überlegungen zu erläutern, und zeigte dabei immer wieder auf die Karte. »Wenn ich unsere Position korrekt bestimmt habe, müssten wir genau hier sein und verfolgen das Signal in diese Richtung weiter.« Er fuhr mit dem Finger über die relativ spärlichen Höhenlinien zu einem breiten blauen Band auf der Karte.

»Du meinst, wir gehen auf einen Fluss zu?«, fragte Jamie erstaunt.

Paulo nickte. »Genau. Allerdings ist schwer zu sagen, wie akkurat diese Karten sind. Und die Wasserstände schwanken dermaßen mit den Jahreszeiten, dass die Nebenflüsse enorm viel breiter oder schmaler werden oder zu bestimmten Zeiten sogar ganz verschwinden können. Der Fluss hier sieht relativ breit aus, und wir werden wahrscheinlich auf ein großes Gewässer stoßen. Vermutlich können die Schimpansen nicht hinüber.«

»Deshalb sind wir ihnen also mittlerweile so nahe gerückt. Die Schimpansen sind am Wasser angelangt und kommen nicht weiter.« Sameer und Stiles hörten, was Jamie sagte, und kamen herüber.

»Dann haben die Schimpansen wohl an einem Fluss Halt gemacht?«

»So sieht es jedenfalls aus«, antwortete Paulo.

Sameer freute sich. »Das ist ja toll. Dann haben wir gute Chancen, sie am Boden zu erwischen. Bestimmt kommen sie zum Trinken nach unten, wenn es so viel Wasser gibt.«

Stiles grinste sarkastisch. »Deine Tage sind gezählt, Kenneth.«

Erneut ergriff Sameer das Wort. »Das Wichtigste ist, dass wir uns ihnen vorsichtig nähern. Wir wollen sie ja nicht aufschrecken, wenn sie am Boden sind.«

Stiles' Miene wurde ernster. »Eigentlich fürchte ich eher, wir könnten die von Soliton engagierten Gangster auf uns aufmerksam machen. Wir sollten auf jeden Fall die Waffe griffbereit halten«, sagte er und zeigte auf Paulos Pistole. »Womöglich sind sie uns schon dicht auf den Fersen, bevor wir die Schimpansen haben.«

Paulo nickte. Alle vier setzten ihre Rucksäcke wieder auf und marschierten weiter.

Ayala hielt die Antenne locker in der Hand und kontrollierte das Signal ihres Zielobjekts. Sie horchte jetzt regelmäßig und gab die Antenne nicht mehr aus der Hand. Die Jagd hatte begonnen, und sie wussten alle drei, dass sie den Schimpansen jede Minute entdecken konnten.

»Was ist das für ein Geräusch?«, fragte Carlos auf einmal.

Ayala und Susan blieben stehen, um zu lauschen.

Ayala bemerkte seine Miene und runzelte ebenfalls die Stirn. »Ein Fluss. Sie haben recht. Hoffen wir, dass es den Affen schwerer fällt, ihn zu überqueren, als uns. Wenn das Blätterdach hinüberreicht, haben sie eventuell eine natürliche Brücke.«

Nach weiteren fünfzehn Minuten hatten sie den Wassersaum erreicht. Erleichtert stellte Ayala fest, dass der Fluss gut fünfzig Meter breit war. An jedem Ufer wuchsen Bäume, deren Stämme im Wasser standen. In der Mitte schuf der Fluss jedoch eine saubere Trennlinie und bildete eine unüberwindliche Wasserbarriere, die den Wald säuberlich in zwei Hälften teilte. Carlos grinste breit, während Ayala ihre Koordinaten überprüfte.

Das Signal war schwächer geworden. Sie hob die Antenne langsam über ihren Kopf und konzentrierte sich auf das hörbare Pulsieren. Ein klar erkennbares Maximum ertönte aus der Antenne, als sie in schiefem Winkel ins Blätterdach hinaufzeigte.

»Und wie kommen wir an sie ran?«, fragte Susan. Ihr schlug das Herz bis zum Hals. Nun waren sie ihrem Ziel ganz nahe.

»Gar nicht«, flüsterte Ayala zurück. »Wir warten, dass sie zu uns herunterkommen.« Sie führte die anderen ein Stück weit durch die Bäume zu einem guten Aussichtspunkt hinter einem Erdwall. Die drei ließen sich provisorisch dort nieder und errichteten ihren Hinterhalt.

»Ich höre Wasser rauschen«, sagte Jamie leise. Als die anderen angestrengt lauschten, vernahmen sie es auch. Sameer überprüfte mit der Antenne die Peilung, worauf sie im Gänsemarsch durch den dichter werdenden Wald marschierten. Indem sie sich durch tief hängende Palmwedel und Farne drängten, kamen sie dem Fluss immer näher.

Schon bald konnten sie zwischen den Bäumen den breiten Wasserlauf erspähen. Durch die Öffnung im Blätterdach drang Licht auf den Fluss, und die Umgebungsfeuchtigkeit stieg beträchtlich. Die vier Wanderer gerieten sogleich heftig ins Schwitzen.

»Orten wir ihn erst einmal genau. Es müsste möglich sein, seine Position auf ein paar Bäume exakt zu bestimmen.« Paulo sprach in gelassenem und doch eindringlichem Tonfall.

Sameer hob die Antenne, um das Signal aufzufangen, während Stiles in der von Sameer angegebenen Richtung mit dem Feldstecher das Blätterdach absuchte. Nach drei oder vier Fehlversuchen hatte Sameer die genaue Herkunft des Signals geortet und bedeutete den anderen, ihm zu folgen.

Nach wenigen Schritten blieb Jamie abrupt stehen. »Stopp!«, zischte sie. Die anderen gehorchten und drehten sich zu ihr um.

»Da drüben«, sagte sie etwas ruhiger. »Da drüben läuft jemand zwischen den Bäumen herum, hinter diesem kleinen Hügel. Vielleicht in hundert Meter Entfernung.«

»Scharfer Blick, junge Frau«, lobte Stiles und hob seinen Feldstecher. »Es ist wieder dieselbe Gruppe«, verkündete er nach kurzer Musterung. »Wir wären ihnen fast in die Arme gelaufen.«

Jamie sah Paulo fragend an. »Meinst du, wir können sie in Schach halten, wenn wir sie überrumpeln?«

Paulo hob die Pistole in Richtung der anderen Gruppe und wollte gerade etwas sagen, als hinter ihnen eine laute Stimme durch die Bäume drang.

»Keine Bewegung! Sie sind umstellt!«

Sameer zuckte zusammen. Alle vier drehten sich langsam in Richtung der Stimme um. Ganz in der Nähe stand ohne jede Deckung eine einzelne Frau, die ihre Waffe direkt auf Paulos Brust richtete. Sie hatte kurze Haare, trug militärisch anmutende Kleidung und musterte die Vierergruppe mit kaltem, analytischem Blick.

»Fallen lassen«, herrschte Ayala Paulo an. Er gehorchte. »Sie auch«, fügte sie hinzu und zeigte auf die Pfeilpistole in Sameers Hand. Sameer warf die Waffe ein Stück weit weg.

»Treten Sie ein paar Schritte zurück«, verlangte sie.

Sie hob die Pfeilpistole und Paulos Waffe auf, schob beides in ihren Gürtel und wies die vier an, zu ihren beiden Begleitern zu marschieren.

Niedergeschlagen stapften sie auf Carlos und Susan zu, während jeder von ihnen fürchtete, dass ihre nächsten Schritte auch ihre letzten sein könnten.

36

Carlos und Susan erhoben sich, als sie Stimmen hörten und Ayala mit den vier Wissenschaftlern auf sie zukam. Erst vor wenigen Minuten hatte sich Ayala davongestohlen, ohne ihnen mehr zu sagen, als dass sie »aufpassen« sollten. Jetzt konnten sie sich alles zusammenreimen. Carlos warf sich insgeheim vor, nicht genauer darauf geachtet zu haben, ob die Wissenschaftler sie womöglich von hinten hätten überrumpeln können, denn damit hätte er rechnen müssen.

Als Ayala und ihre vier Gefangenen bei Carlos und Susan eintrafen, zog Ayala Paulos Pistole aus ihrem Gürtel und warf sie Susan zu. Susan bemühte sich, die Waffe so zu halten, als wüsste sie mit ihr umzugehen.

Paulo sprach als Erster. »Wer sind Sie?«

Ayala schlenderte zu Carlos und Susan hinüber. »Eine interessante Frage für jemanden, der versucht hat, uns umzubringen«, erwiderte sie.

»Wie bitte?«, stieß Jamie hervor.

Paulo bedeutete den anderen, ihn sprechen zu lassen. »Ich kann Ihnen versichern, dass wir nichts dergleichen getan haben. Wir haben keine Ahnung, wer Sie sind oder woher Sie kommen, und wir haben keinerlei feindselige Handlungen begangen. Die einzige Feindseligkeit, zu der es bisher gekommen ist, war, dass Sie unsere Vorräte ausgeplündert haben.«

Ayala war nicht beeindruckt. »Wer hat dann gestern Abend auf uns geschossen? Die Schimpansen vielleicht?«

»Woher wissen Sie über die Schimpansen Bescheid?«, wollte Paulo wissen.

Susan bedeutete Ayala, die Waffe zu senken. Sie trat vor und nahm das Heft in die Hand. »Hören Sie, ich habe nicht vor, den Schimpansen mit vorgehaltener Waffe abzuführen. Wir wollen keine Verletzten. Vielleicht können wir Ihnen helfen, aber ich hätte wirklich gern ein paar ehrliche Antworten. Gestern Abend hat jemand auf uns geschossen, und wir haben Ihre Vorräte nicht angerührt.«

»Ich schwöre Ihnen, niemand von uns hat einen Schuss abgefeuert, seit wir im Dschungel sind«, erklärte Paulo.

Susan zog eine Braue hoch. »Sind Sie bereit, mir etwas über den Schimpansen zu erzählen? Die ganze Geschichte?«

Stiles konnte sich nicht länger beherrschen. »Hat Ihnen Nakamura denn gar nichts erzählt? Er benutzt Sie doch bloß«, zischte er höhnisch.

Susan sah Stiles an. »Niemand von uns hat je mit Nakamura gesprochen, und er benutzt uns mit Sicherheit nicht. Wir dachten, er sei tot. Wollen Sie mir etwa erzählen, dass Sie auch nicht für ihn arbeiten?«

Stiles sah verlegen drein. »Sie wurden nicht von Soliton engagiert?«

»Nein.«

Langsam begann Paulo zu begreifen, als plötzlich Schüsse durch die Bäume peitschten und von einem Felsen vor ihnen zurückprallten. Alle sieben warfen sich hinter den Erdwall und sahen sich erschrocken nach der Herkunft der Schüsse um.

»Rufen Sie Ihre Leute zurück! Was wollen Sie denn von uns?«, zischte Paulo.

»Das sind nicht wir!«, entgegnete Ayala und suchte hektisch den Horizont ab. »Wir sind nur zu dritt.«

Von oben kam ein weiterer Schuss.

»Sofort aufhören!«, sagte Paulo.

»Sehen Sie uns doch an! Auf uns wird auch geschossen«, rief Susan.

Aus den Bäumen ertönte ein Kreischen.

»Es ist dieses Monster! Er hat eine Pistole!«

Carlos zielte mit seinem Gewehr ins Blätterdach und spähte durchs Zielfernrohr, ehe er feuerte.

Die Jäger hielten den Atem an und warteten auf den nächsten Schuss. Carlos suchte weiterhin die Bäume ab. Ein Vogelschwarm schwirrte unterhalb der knackenden Äste heraus.

Carlos riss das Gewehr in Richtung des Knackens herum. Es war laut, abgehackt und brutal. Wenig später sahen die sieben eine Bewegung in den Bäumen, ehe ein großes dunkles Tier ungebremst aus dem Blätterdach auf die Erde stürzte.

»Sie haben ihn erwischt, Carlos!«, rief Ayala.

Carlos nickte. »Im ersten Moment war ich mir gar nicht so sicher.« Er richtete das Gewehr auf die Bäume, aus denen das Tier gekommen war, sah jedoch nichts. »Geben Sie mir Deckung«, flüsterte Ayala Susan und Carlos zu, ehe sie langsam auf das am Boden liegende Tier zuschlich.

Susan wandte sich zu Paulo um und reichte ihm die Waffe. »Ich kann mit dem Ding nichts anfangen«, sagte sie zu Ayalas unverhohlenem Missfallen. Paulo umfasste locker die Waffe. Beklommen sahen sie alle zu, wie Ayala auf den Affen zuging. Schließlich beugte sie sich über ihn und war einen Moment lang nicht mehr zu sehen. Sie richtete sich auf, sah nach oben und unten und bückte sich erneut.

Nachdem ein paar Minuten lang keine weiteren Schüsse ertönt waren, kehrte Ayala gelassen zu den anderen zurück. In der Hand hielt sie ein blaues Halsband.

»Offensichtlich war Ihr Freund doch nicht vorsichtig genug. Kennt das irgendjemand von Ihnen?« Sie hielt das Halsband in die Höhe.

Sameer musterte es. »Das ist eindeutig seines. Ist er tot?«

»Das wäre noch untertrieben. Wir haben ihm den Schädel weggepustet«, antwortete Ayala. »Toller Schuss«, lobte sie Carlos.

»Haben Sie die Pistole gefunden?«, wollte Sameer wissen.

Ayala schüttelte den Kopf. »Aber wenn Ihnen nächstes Mal ein mordlustiger Schimpanse ausbüxt, passen Sie auf Ihre Sachen auf. Wir hätten gestern Abend fast ein paar Kugeln abgekriegt.«

Stiles ging zu dem toten Schimpansen und drehte ihn mit dem Fuß um. »Von seinem Gehirn ist leider nicht viel übrig«, rief er missmutig.

Die anderen traten neben ihn. »Ein schwacher Abgang«, kommentierte Stiles sarkastisch.

»Irgendwie wird er mir fehlen«, sagte Sameer traurig, während er den Leichnam betrachtete. Auf einmal veränderte sich sein Gesichtsausdruck. »Weg hier! Alle zusammen!«

»Was ist denn?«, schrie Jamie, während die ganze Gruppe schon hinter umstehenden Bäumen Deckung suchte. Von oben krachte ein Schuss, der Sameer nur knapp verfehlte.

»Er hat das Halsband vertauscht«, rief Sameer den anderen zu. »Das hier ist ein erwachsenes Weibchen. Ein stinknormaler Affe. Nichts wie weg hier!«

Jamie erstarrte, als um sie herum aus allen Richtungen ein Geräusch ertönte, das aus den Bäumen schallte wie ein heiserer gregorianischer Choral.

»Das Geräusch kenne ich!«, schrie Carlos. Einstimmiges gutturales Murmeln wallte zwischen den Bäumen hin und her.

»Was reden Sie da? Wo wollen Sie das denn schon mal gehört haben?«, herrschte Jamie ihn an.

»Scheiße! Warum war mir das nicht gleich klar … Es ist nicht nur einer! Es sind mehr, viel mehr!«, beschwor Carlos leise die anderen.

»Was soll das heißen?«

»Die Schimpansen, die ich gesehen habe. Es waren Dutzende, und sie haben genau dieses Geräusch gemacht. Nakamura hat mehr als einen erschaffen, und sie sind alle entkommen.«

Jamie schnürte es die Kehle zusammen. Von oben erklang ein weiterer Schuss, worauf die sieben wild in alle Richtungen flüchteten.

IV. TEIL

ABRAHAMS SAMEN

Chimäre [ç-] *die,* 1) *grch. Mythos:* (grch. Chimaira), ein feuerschnaubendes Ungeheuer, vorn Löwe, in der Mitte Ziege, hinten Drache; wurde von Bellerophon getötet; sprichwörtlich für Fantasiegebilde, Hirngespinst. 2) *Zoologie, Botanik:* Individuum, das aus genetisch unterschiedl. Teilen besteht.

Die ZEIT – Das Lexikon in 20 Bänden, Hamburg 2005

Der Homo sapiens, die erste wirklich freie Spezies, ist auf bestem Wege, die natürliche Auslese, die ihn erschaffen hat, außer Kraft zu setzen ... Wir werden wirklich bald tief in uns gehen und entscheiden müssen, was aus uns werden soll.

Edward O. Wilson, *Die Einheit des Wissens*
(Berlin, 1998)

Da reute es den Herrn, auf der Erde den Menschen gemacht zu haben, und es tat seinem Herzen weh.
Der Herr sagte: Ich will den Menschen, den ich erschaffen habe, vom Erdboden vertilgen, mit ihm auch das Vieh, die Kriechtiere und die Vögel des Himmels, denn es reut mich, sie gemacht zu haben.

Genesis 6,6-7

37

Als der Schuss fiel, raste Jamie los. Nackte, kalte Angst trieb ihre Muskeln an, während ihr das Adrenalin in die Adern schoss. Vor Panik und Überanstrengung keuchte sie und schluckte bei jedem Schritt Luft. Sie wagte nicht, den Blick zu wenden, da sie sicher war, dass von hinten ein Revolverlauf auf ihren Kopf zielte. Da krachte ein weiterer Schuss.

Jamie zuckte zusammen und wartete auf den Einschlag der Kugel, ehe sie sich zwang, noch schneller zu laufen. *Keine Panik!* Sie konzentrierte sich auf ihre Atmung und zwang sich in einen Rhythmus, indem sie bei jedem zweiten Schritt atmete. Niemals konnte sie dieses Tempo aufrechterhalten. Ihr Rucksack drückte sie nieder, und sie war schwer versucht, ihn einfach abzustreifen.

Paulo. Wo war er? Sie riss den Kopf nach hinten und hätte sich dabei fast das Gesicht an einem tief hängenden Ast angeschlagen. Hinter sich in den Farnen hörte sie etwas rascheln, konnte jedoch nicht feststellen, wer es war. Sie wusste nur, dass jemand vor und jemand links von ihr war. *Aber wo waren die Schimpansen?*

Bleibt in der Gruppe; haltet alle zusammen. Der Gedanke gab ihr Orientierung, als sie fast mit Ayala zusammengestoßen wäre, die ihren Schritt verlangsamt hatte, um Luft zu holen, und nun mit über dem Kopf verschränkten Armen weiterstolperte.

Jamie sprach sie flüsternd an und gestikulierte hektisch. »Wir müssen uns wieder zusammenfinden. Auf keinen Fall trennen.«

Ayala nickte, und die beiden eilten auf schnellstem Weg ins Waldesinnere, wo der Sekundärwald in regelmäßigeres, offeneres Gelände mit höheren Bäumen und weniger Unterholz überging. »Alle hier entlang!«, rief sie heiser.

Jamie verlangsamte ihr Tempo zu schnellem Gehen und suchte den Wald nach den anderen ab. Paulo tauchte zwischen mehreren Farnen auf und holte tief Luft, als er Jamie sah. Er bedeutete ihnen mit erhobener Hand, stehen zu bleiben und zu warten, ehe er lautlos wieder im Wald verschwand.

Jamie und Ayala stapften keuchend um einen Baum herum. Immer wieder musste Jamie zwanghaft nach oben sehen und das Blätterdach nach irgendwelchen Lebenszeichen absuchen.

Kurz darauf hörten sie es irgendwo rascheln, ohne etwas zu sehen. Instinktiv duckten sie sich hinter ein paar Bäume und spähten in Richtung des Geräuschs. Jamie konnte die Umrisse einer Gestalt ausmachen. *War das ein Schimpanse?*

»Hey! Hier drüben!«, zischte Ayala. Carlos trat in das Dämmerlicht und wedelte mit einem Arm hinter sich. Kurz darauf kam Susan, worauf sie alle beide vorsichtig zu Jamie und Ayala hinüberhuschten.

»Wir warten auf die anderen«, flüsterte Ayala ihnen zu, als sie in Hörweite waren.

Susan war kreidebleich. Sie war völlig außer Atem und schien einer Ohnmacht nahe zu sein.

In diesem Moment kam Paulo angehetzt, gefolgt von Stiles und Sameer, die beide keinen Rucksack mehr hatten. Stiles hatte nur noch seine Umhängetasche. Schwer atmend sah Paulo nach oben in die Bäume und führte die Gruppe auf die andere Seite eines dicken umgefallenen Baumstamms.

»Carlos«, sagte er und vergewisserte sich damit, dass er sich den Namen richtig gemerkt hatte. »Was haben Sie damit gemeint, als Sie von anderen Schimpansen gesprochen haben?«

Carlos blickte über seine Schulter, ehe er leise und eindringlich zu berichten begann. »Ich war in Nakamuras Labor. In dem geheimen hinter seinem Büro. Dort standen reihenweise Käfige. Voller Schimpansen.«

Sameer schüttelte den Kopf. »Ein paar von den Weibchen, vielleicht ein oder zwei Dutzend. Die hat er für andere Experimente vorgesehen, aber es sind bloß ganz normale Schimpansen. Von denen weiß ich.«

»Fünfzig Stück?«, sagte Carlos.

Sameer riss die Augen auf.

»Die meisten waren Jungtiere. Die Weibchen habe ich auch gesehen. Sie waren alle trächtig. Die Tiere, die ich meine, waren Männchen und Weibchen, und zwar Dutzende. Und dann noch dieses Geräusch. Das werde ich nie vergessen. Es ist, als würden sie einen Sprechgesang anstimmen. Das müssen dieselben sein.«

Einen Moment lang sagte niemand etwas. Jamie begriff nach und nach, was das hieß. *Eine ganze Kolonie, womöglich alle so intelligent wie der eine.*

Paulo sah einen nach dem anderen an. »Okay. Jetzt geht es vor allem darum, dass wir lebend hier herauskommen. Weiter nichts. Alle befolgen die Befehle, und niemand geht irgendwo alleine hin.«

Ayala funkelte ihn wütend an. »Ich nehme von niemandem Befehle entgegen. Wir gehen die Sache gemeinsam an.«

Paulo sagte nichts dazu. »Was ist denn an Munition vorhanden? Ich habe eine Pistole und etliche Patronen.«

Carlos tätschelte sein Gewehr, während Ayala ihre Pistole zog.

»Wir haben also genug, um uns gegenseitig Deckung zu geben, wenn wir es klug anstellen. Und wir bleiben auf der Hut. Ich habe keine Ahnung, was sie von uns wollen, aber wir betrachten sie als tödliche Bedrohung, bis wir wieder am Fluss sind.«

Niemand hatte etwas einzuwenden.

»Am sichersten sind wir, wenn wir beisammenbleiben. So haben wir mehr Augen, um Ausschau zu halten, und sind schwerer zu überrumpeln.«

»Umso leichter, uns alle auf einmal abzumurksen«, schimpfte Ayala, zog ihre Äußerung jedoch unverzüglich zurück. »Nein. Ich bin einverstanden. Wir bleiben zusammen. Fürs Erste.«

Paulo zückte seinen Kompass. Nach kurzer Orientierung zeigte er in eine Richtung. »Wir marschieren auf direktem Weg zur Fähre zurück. Wenn wir schnell gehen, sind wir schätzungsweise in zweieinhalb Tagen da. Aber wir müssen unsere Kräfte gut einteilen.«

Susan biss sich auf die Unterlippe. »Marschieren wir einfach durch. Ich will nicht schlafen, solange die Affen hier frei rumlaufen.«

Jamie schüttelte den Kopf. »Paulo hat recht. Wir schaffen es nicht, wenn wir nicht mit unseren Kräften haushalten. Die Schimpansen können sich im Blätterdach schneller fortbewegen als wir am Boden. Wir haben nur dann eine Chance, wenn wir unser Tempo selbst bestimmen.«

Paulo sah Stiles und Sameer an. »Wir verhalten uns so ruhig wie möglich. Bis wir abends unser Lager aufschlagen, wird nur das Allernötigste gesprochen.«

Stiles nickte.

»Wie viel Essen haben wir noch?«

Stiles und Sameer sahen verlegen drein, da sie als einzige keine Rucksäcke mehr hatten.

»Wir beide haben ungefähr noch genug für zwei Mahlzeiten«, sagte Paulo mit Blick auf Jamie.

»Was wir haben, müsste für alle reichen, bis wir hier draußen sind«, bot Carlos an.

Paulo nickte erst zu Stiles, dann zu Susan, worauf Stiles die Hände nach Susans Rucksack ausstreckte, den sie ihm dankbar übergab.

»Dann gehen wir mal los.« Paulo sah sich noch einmal um, ehe er sich als Erster aus der Gruppe löste und in Richtung Amazonas in den Wald marschierte.

Die anderen folgten ihm im Gänsemarsch: zuerst Jamie, während Carlos als Letzter hinter Ayala ging.

Nach zwei Stunden Marsch war Jamie ein Nervenbündel. Jeder Vogelschrei, jedes Rascheln des Winds im Blätterdach veranlasste die ganze Gruppe, die Bäume über sich abzusuchen. Das erzwungene Schweigen machte sie fast verrückt, da es sie von den anderen isolierte, während sie darauf brannte zu erfahren, wer diese Leute waren und wie sie hierhergekommen waren.

Sie konzentrierte sich wieder auf den Weg. Soweit sie es anhand der spärlichen Fleckchen Himmel sagen konnte, war früher Abend. Das ständige Dämmerlicht veränderte sich bis Sonnenuntergang kaum, doch dann senkte sich rasch völlige Finsternis über den Wald.

Irgendetwas stimmte nicht. Verfolgten die Affen sie doch nicht? Von den Baumwipfeln aus waren sie bestimmt leicht aufzuspüren, und außerdem konnten sich die Affen dreimal so schnell fortbewegen wie sie. *Worauf warteten sie?*

Vielleicht hatten sie bereits, was sie wollten. Die Jagd war beendet. Sie hatten gesiegt. *Dass wir jetzt verschwinden, reicht ihnen womöglich.*

Sie hörte über sich einen Zweig knacken und riss den Kopf hoch, sah jedoch nichts. Auch einige der anderen blickten nach oben, ehe sie allesamt nach erneutem falschen Alarm wieder in ihren Trott verfielen.

Susan interessierte sie am meisten. *Wer war sie? Der Dschungel war ihr jedenfalls fremd.* Sie sprach mit amerikanischem Akzent und war eindeutig aus den Staaten. Auf den ersten Blick wirkte sie nachdenklich und interessant. Der Typ Frau, den sie sich als Freundin wünschen würde.

Erneut knackte es in den Baumwipfeln. Ehe Jamie das Geräusch lokalisieren konnte, sah sie zwei dunkle Gestalten aus dem Himmel hüpfen. Carlos stieß einen Schrei aus. Es war ein erschrockener, fast erstickter Schrei. Die Schimpansen waren schnell und landeten quasi direkt auf Carlos.

Wie viele waren es? Jamie duckte sich und hielt sich instinktiv die Hände über den Kopf.

Sie hörte das grässliche Geräusch, als Carlos zu Boden ging, und dann das laute Geheul, als die Affen ihr dämonisches Kriegsgeschrei anstimmten. Sie sah sich nach den Schimpansen um, die Carlos bereits mit vereinten Kräften auf eine Baumgruppe zuschleppten.

»Erledigt sie!«, brüllte Jamie.

Sie wollte gerade ein zweites Mal schreien, da hörte sie einen Schuss und sah Ayala mit gezückter Pistole dastehen. Einer der Schimpansen fiel hinter dem Baum zu Boden und wand sich vor Schmerzen.

Ehe Ayala erneut schießen konnte, kam ein weiterer Schimpanse aus den Baumkronen gesprungen und landete zwischen ihr und dem getroffenen Affen. Er sah zu dem verletzten Tier und eilte schließlich an dessen Seite. Dort hob er die Arme zu einer Drohgebärde, während der andere Schimpanse die Flucht ergriff, und blieb entschlossen stehen, bis sein Kamerad entkommen war.

Ayala schoss wieder, und der neue Schimpanse fiel zu Boden. Dann rannte sie um den Baum herum, um den flüchtenden Affen ins Schussfeld zu bekommen, doch er war bereits verschwunden.

Jamie sah entgeistert zu. *Hatte der Schimpanse begriffen, was er da tat? Hatte er sich selbst geopfert, damit der andere entkommen konnte?* Auf einmal hörte sie von dort, wohin die Affen Carlos verschleppt hatten, ein groteskes Knacken von Knochen und Bändern. Hinter dem Baum stehend verfolgte sie schreckensstarr, wie der Schimpanse auf zwei Beinen und einem Arm durch den Wald raste, während er im anderen Arm einen langen, glänzenden Gegenstand trug: *Carlos' Gewehr.*

Ayala war bereits an Carlos' Seite geeilt, dicht gefolgt von Paulo, der auf den flüchtenden Affen geschossen, jedoch nicht getroffen hatte. Jamie lief zu ihnen hinüber.

Carlos lag schlaff am Boden und hatte den Kopf unnatürlich zu einer Seite gedreht. Er keuchte, und jeder Atemzug fiel ihm schwer. Sein Blick war verzweifelt.

»Der Affe hat sich das Gewehr geschnappt«, zischte

Ayala warnend Paulo zu, während sie nach Carlos' Kopf griff.

Jamie riss die Augen auf, als sie auf der anderen Seite der Lichtung einen dritten Schimpansen stehen sah, der eine Pistole in den ausgestreckten Händen hielt. »Da drüben! Er hat eine Waffe!«

Susan schrie auf.

Paulo war in höchster Alarmbereitschaft und sah sich mit gezogener Waffe um. Zeitgleich krachten zwei Schüsse, und aus dem Arm des Affen spritzte Blut. Der Schuss des Schimpansen prallte hinter Ayala von einem Baum ab.

Der Affe stieß einen Wutschrei aus und flitzte in den Wald zurück.

Ayala und Paulo stellten sich mit dem Rücken zueinander auf und drehten sich langsam im Kreis, bis sie sicher waren, dass weder im Blätterdach noch am Boden Schimpansen zurückgeblieben waren.

Jamie eilte zu Carlos hinüber und betastete seinen Hals, nur um festzustellen, was sie bereits wusste. Er hatte keinen Puls mehr. Sein Brustkorb hob sich ein letztes Mal, dann hörte sein gebrochener Hals zu zittern auf.

Jamie ließ den Kopf sinken und weinte hemmungslos.

Ayala zielte mit ihrem Gewehr auf den Schimpansen am Boden, der noch lebte, jedoch einen heftig blutenden Bauchschuss hatte.

»Sparen Sie sich die Kugel«, rief Paulo.

Ayala ignorierte seine Anweisung und schoss zweimal, bis der Schimpanse reglos liegen blieb. Dann ging sie hin und trat brutal auf ihn ein.

38

Sie konnten Carlos nicht einfach so liegen lassen. Das ging allen durch den Kopf, doch nur Paulo sprach es aus. Ayala stimmte ihm zu, und er begann, ein flaches Grab für ihren toten Kameraden auszuheben.

Während Paulo an der Arbeit war, trat Stiles zu dem toten Schimpansen. Er blieb kurz über ihm stehen, ehe er ein paar Utensilien aus seiner Umhängetasche nahm. Mit einer Spitzhacke, die er in Carlos' Rucksack fand, spaltete er dem Affen den Schädel und legte das angeschwollene Gehirn frei. Er arbeitete schnell und effizient, während Jamie ihm erstaunt zusah.

»Was machen Sie denn da?«

»Ich wäre ein Idiot, wenn ich ihn hier draußen verrotten ließe, nachdem mir sein Gehirn praktisch in den Schoß gefallen ist.«

Er nahm ein schmales Messer, zerteilte das Gehirn, entnahm eine Gewebeprobe und legte sie in ein kleines, mit einer Flüssigkeit gefülltes Fläschchen. Dann trennte er die obere Schicht des Gehirns ab, indem er sie abschälte wie bei einem weichen Apfel. Diesen dünnen Film verteilte er auf mehrere Objektträger, besprühte sie aus einer winzigen Flasche mit Fixiermittel, ehe er alles in eine verschließbare Klarsichttüte schob und in seine Umhängetasche steckte.

Jamie schüttelte den Kopf. Sie war unschlüssig, ob sie

Stiles' Kaltblütigkeit bewundernswert oder widerlich finden sollte.

Paulo und die anderen deckten das Grab mit Blättern und Steinen ab, während Ayala erklärte, dass sie vor Einbruch der Dunkelheit einen Lagerplatz finden mussten. Sameer nahm Carlos' Rucksack, und sie brachen auf.

Niemand hatte Lust weiterzugehen, am wenigsten Jamie. Sie fragte sich, wo die Schimpansen wohl waren. Sicher nicht weit. Jedenfalls machte sie sich keine Illusionen mehr über deren Absichten.

Schweigend marschierten sie eine Stunde lang hintereinander her. Paulo ging als Erster, während Ayala mit gezogener Waffe die Absicherung nach hinten übernahm.

Susan ging es nicht gut. Wie in Trance war sie um den toten Carlos herumgelaufen, wobei die Angst nie lang genug aus ihrem Blick gewichen war, um irgendjemanden erkennen zu lassen, was ihr alles durch den Kopf ging. Nun marschierte sie in der Mitte der Gruppe und hatte seit dem Überfall kein Wort mehr gesagt.

Auf einmal blieb Paulo stehen und zeigte auf einen Hügel am Horizont, wo ein letzter Rest Abendlicht durch eine breite Lücke in den Bäumen strömte. Wenige Minuten später kamen sie dort an, und Paulo setzte seinen Rucksack ab.

»Wir bleiben hier.«

Niemand war zu Protesten aufgelegt.

»Roger, Sameer, ihr macht Feuer. Ayala, wir sehen uns mal um, was es hier an Deckung gibt.« Ayala nickte.

Jamie zeigte Susan einen Felsen, auf den sie sich setzen konnte. Während Susan sich ausruhte, sammelte Jamie ein paar Farnwedel und glättete den Boden, um vier Liegeflächen einzurichten. Vier genügten, denn zwei Personen müssten ohnehin stets Wache halten. Regen hin oder her, in dieser Nacht würde wohl niemand von ihnen quasi auf dem Präsentierteller im Zelt schlafen wollen. Sie fragte sich, ob sie überhaupt ein Auge zutun würde.

Sie setzte sich neben Susan auf die Erde, ein gutes Stück von dem prasselnden Feuer entfernt, das Sameer und Stiles entfacht hatten. Die Temperatur war zwar mit dem Sonnenuntergang etwas gefallen, aber nicht viel, und die drückende Luftfeuchtigkeit machte das Feuer zu einem notwendigen Übel.

Paulo und Ayala kehrten von ihrem Erkundungsgang zurück, und Paulo setzte sich zu Jamie, während Ayala in die andere Richtung schaute und mit auf die Bäume gerichtetem Blick träge mit ihrer Pistole spielte. Sameer ließ sich neben die anderen auf die Erde fallen und trank gierig aus seiner Feldflasche.

Stiles ließ sich etwas näher am Feuer nieder und stützte sich nach hinten auf die Ellbogen, während er die Flammen und den Wald dahinter betrachtete. Neben sich hatte er eine provisorische Fackel in den Boden gerammt.

»Schade, dass wir das Mistvieh nicht zu Hotdogs verarbeitet haben.«

»Das hilft uns auch nicht weiter, Roger, und wir müssen alle essen«, schalt Jamie. Sie machte ihren und Paulos Rucksack auf und verteilte getrocknetes Fleisch und Brot, ehe sie sich an Susan wandte. »Wir kennen uns noch gar nicht richtig«, sagte sie.

Susan schwieg.

»Ich bin Jamie.« Erwartungsvoll zog sie die Brauen hoch.

Susan wandte langsam den Kopf zur Seite. »Es ist meine

Schuld, dass er sterben musste«, sagte sie mit matter, tonloser Stimme.

»Das ist doch Schwachsinn, junge Frau. Aber mit dieser Einstellung werden wir anderen auch noch dran glauben müssen«, warf Ayala ein.

»Ich habe ihn hierhergeholt«, fuhr Susan fort. »Es war meine Idee.«

»Was war Ihre Idee?«, fragte Jamie leise.

»Der Schimpanse. Carlos hat den Schimpansen entdeckt. Ich habe davon gehört. Und ich wollte ihn haben.«

»Wie hat er von der Sache erfahren?«

Wütend wandte sich Susan zu Jamie um. »Na gut. Ich erzähl's Ihnen. Er ist Industriespion. Sein Auftraggeber hat mich auf die Geschichte aufmerksam gemacht. Ich bin Reporterin. Mir war einfach die Vorstellung zuwider, dass menschliche Feten in Schimpansen gezüchtet und dann im Namen der Forschung aufgeschlitzt werden. Ich dachte, ich könnte es beweisen, wenn ich den Schimpansen hätte.«

Stiles wandte sich abrupt um. »Was reden Sie da?«

»Ja, ich weiß alles über Ihre Experimente.«

»Dann klären Sie uns mal lieber auf. Ich habe nämlich keine Ahnung, wovon Sie reden.«

Susan sah verwirrt drein. »Carlos war in Nakamuras Labor und hat in die Gefrierschränke geschaut.«

Stiles kam herüber und setzte sich neben Susan und Jamie auf die Erde, wobei er seine Fackel ein Stück weit weghielt. »Dann sind wohl mittlerweile alle tot, die je einen Blick in diese Gefrierschränke geworfen haben.«

Jetzt drehten sich auch Sameer und Paulo um und lauschten aufmerksam. »Was hat er denn gemacht?«, fragte Sameer.

»Erzählen Sie mir bloß nicht, Sie alle wissen nichts darüber.«

Jamie legte eine Hand auf Susans Arm. »Nakamura hat uns erst in den letzten Wochen eingestellt, damit wir seinen Schimpansen studieren. Wir haben keine Ahnung, wovon Sie reden.«

Sameer machte große Augen. »Ich habe über fünf Jahre im Labor gearbeitet, und mir gegenüber hat nie jemand etwas von dem erwähnt, was Sie gerade angesprochen haben. Sind Sie sicher, dass Carlos die Wahrheit gesagt hat?«

Susan nickte matt.

»Wir helfen Ihnen auch bei Ihrer Geschichte«, versprach Jamie. »Hauptsache, wir kommen alle heil hier raus.«

Noch während Jamie sprach, wirbelte Ayala herum. »Auf den Boden!«, schrie sie.

Jamie nahm eine flitzende Bewegung wahr, als ein Schimpanse durch ihr Lager aufs Feuer zuhuschte und mit einem brennenden Holzscheit auf der anderen Seite wieder in den Wald lief. Ayalas Schüsse hallten hinter den Bäumen hervor, während der Schimpanse mitsamt der Flamme im Wald verschwand.

Paulo hatte sich bereits hinter Ayala in flankierende Position begeben und zielte nun mit seiner Waffe in die Bäume. Die anderen duckten sich dazwischen.

Die Insekten summten ohrenbetäubend. In der unbewegten Luft bemühte sich Jamie, das Rascheln im Laub auszumachen, das bedeuten würde, dass die Schimpansen da waren.

Und sie beobachteten.

»Worauf warten sie noch? Warum haben sie uns nicht

schon längst alle umgebracht?«, fragte Susan. Ihr war anzusehen, dass sie kurz davor war, die Beherrschung zu verlieren.

»Sie haben uns hierhergeführt«, erwiderte Stiles. »Und jetzt studieren sie uns, die eingebildeten Biester.«

»Wir können doch nicht einfach so dasitzen und warten, bis sie uns umbringen.« Susan schüttelte den Kopf. Sie ging zum Feuer, zog einen langen Ast heraus und hielt das Ende in die Flammen.

Jamie trat zu ihr. »O doch. Wir gehen nicht weiter, bis wir ebenso gut sehen können wie die Affen. Und wir müssen schlafen.«

»Ja, sicher.«

Jamie folgte Susans Beispiel, machte sich eine Fackel und bedeutete Sameer, es ihr nachzutun.

»Was sie wohl heute Nacht tun werden?«, fragte Sameer.

Niemand antwortete.

»Was ist das?«, fragte Susan auf einmal.

Jamie lauschte. Aus den umstehenden Bäumen ertönte ein leises, rhythmisches Geräusch. Zuerst ganz leise, schwoll der unmenschliche Gesang in Tempo und Lautstärke an, bis jede wiederholte Silbe summend nachhallte und der Rhythmus mit jeder weiteren Stimme komplexer wurde.

Dann sah sie die Lichter – fern, flackernd, wie Leuchtkäfer im nächtlichen Wald. Langsam drehte sie sich einmal um sich selbst. Auf allen Seiten, durch die Bäume kaum sichtbar, schimmerte das matte Glühen von zwei Dutzend Fackeln, die sie umzingelten, während der Klang des Primatengesangs mit erbarmungsloser Böswilligkeit durch die Nacht hallte.

39

Jamie erstarrte unter dem Kriegsgesang der Schimpansen. Sie atmete nur noch stoßweise, als schnürte es ihr die Kehle von innen zu.

»Wir brechen auf, und zwar sofort!«, befahl Ayala, während sie die Pistole auf der Suche nach einem Ziel herumschwenkte.

Sie feuerte zwischen die Bäume, worauf der Schuss neben einer der nächsten Fackeln widerhallte. Der Sprechgesang hielt unvermindert an.

Paulo packte sie am Arm, als sie auf den Rand der Lichtung zugehen wollte. »Bleiben Sie hier! Das ist Selbstmord!«, beschwor er sie, ohne seine eigene Waffe zu senken.

»Hören Sie mir mal gut zu, General Custer. Ich sage Ihnen, was Selbstmord ist. Das hier ist Selbstmord.« Sie beschrieb eine weit ausholende Geste. »Hier sitzen zu bleiben und zu warten, bis eines dieser Mistviecher meinen Schädel zu einer Suppenschüssel umfunktioniert.«

Jamie warf einen Blick auf Susan, die mit starrer Miene zusah, wie die Schimpansen durch die Bäume schlichen und immer wieder aus dem Blickfeld verschwanden. Sie hatte den Wortwechsel zwischen Ayala und Paulo kaum mitbekommen, so sehr hatte die Angst sie im Griff.

»Sie sind schneller, sie sind stärker, sie sind intelligent, und sie kennen sich im Wald aus. Sie überrumpeln garantiert jeden, der hier rauskommt, genau wie Carlos. Wir müssen zusammenbleiben. Wenn Sie einfach hier ausbrechen, kommen Sie niemals durch.« Paulo verlagerte seine Pistole und nahm ein neues Ziel ins Visier.

»Herrgott, natürlich komme ich durch. Ich habe schon Schlimmeres gesehen. Das ist doch bloß ein Haufen blöder Affen. Mal sehen, wie sie sich schlagen, wenn's ans Eingemachte geht. In meinen Augen ein ganz fairer Kampf.«

Sie schüttelte Paulos Hand ab, ging einen weiteren Schritt auf die Bäume zu und überlegte angestrengt, welchen Weg sie einschlagen sollte.

»Sie haben nicht einmal genug Munition für die Hälfte von ihnen, selbst wenn Sie mit jeder Kugel einen erledigen. Das schafft keiner von uns.«

»Was schlagen Sie stattdessen vor? Wie zum Teufel kommen wir hier raus? Wenn Ihnen allerdings nicht in den nächsten fünf Minuten etwas einfällt, können Sie es sich auch gleich sparen.«

Paulo schüttelte heftig den Kopf. »Wir sind erschöpft. Und der Rückweg dauert noch anderthalb Tage. Wenn wir jetzt aufbrechen, ist es aus.«

Jamie vertiefte sich in ihre eigenen Gedanken. Es musste irgendeine Schwäche geben, irgendeinen Vorteil, den sie ausnutzen konnten. Doch was Paulo gesagt hatte, stimmte. Die Schimpansen waren in jeder Hinsicht besser an die Umgebung angepasst. Sie konnten sich schneller fortbewegen, sich besser versteckt halten und rascher angreifen. Sie konnten …

»Sie können nicht schwimmen«, rief Jamie, und es erschien ihr wie eine Offenbarung.

»Oh, das ist ja sagenhaft. Ein Punkt für die Menschen.

Nur jammerschade, dass uns das mitten in dem verfluchten Wald rein gar nichts nützt.«

»Sie hat recht«, stimmte Paulo zu und sah Jamie dankbar an. »Sie können den Fluss nicht überqueren. Wir schon. Wir sind nicht weit von dem Nebenfluss entfernt, den wir schon mal gesehen haben, weil wir uns fast parallel zu ihm fortbewegt haben. Es sind wahrscheinlich nur drei oder vier Kilometer.« Mit einer Hand an der Waffe setzte er den Rucksack ab und zog mit der anderen den Reißverschluss auf.

»Ich höre?«, sagte Ayala.

»Haben Sie ein Seil?« Er durchwühlte seinen Rucksack und stopfte sich die Taschen mit Essen voll. »Alle nehmen so viel zu essen mit, wie sie tragen können. Die Rucksäcke bleiben hier.«

Ayala nickte. »Okay. Jetzt weiß ich, was Sie vorhaben.« Sie setzte ihren Rucksack ab und schlang sich eine Seilrolle um den einen Arm, während sie mit der anderen Hand ihre Waffe packte.

Jamie hatte bereits zum Kompass gegriffen. Sie ließ die Konturen der Landkarte vor ihrem inneren Auge Revue passieren und schaute in Richtung Fluss, ehe sie den Blick vom Kompass hob und drei Fackeln dicht beieinander hinter einer Baumreihe flackern sah.

Jamie ging zu Susan und legte ihr einen Arm um die Schulter. »Schaffen Sie's?«

Susan nickte.

Stiles vergewisserte sich, dass er seine Präparate hatte, und füllte seine Umhängetasche mit getrocknetem Fleisch, während Sameer sich bückte, um seine Stiefel neu zu schnüren.

Paulo kam zu Jamie herüber, solange die anderen sich

fertig machten. Sie legte ihm einen Arm um die Schultern und gab ihm einen Kuss.

Er winkte die anderen herbei. »Wir gehen in diese Richtung. Bleibt dicht beieinander, denn wir kehren nicht um, falls jemand verloren geht. Ist das klar? Ich gebe den Weg vor. Ayala bildet die Nachhut. Und alle anderen denken bitte immer daran, was hinter uns ist, und beeilen sich.«

Er hatte kaum zu Ende gesprochen, da wirbelte Ayala schon herum, da einer der Schimpansen langsam auf die Gruppe zukam. Als sich Jamie kurz darauf umwandte, sah sie den Schimpansen einen langen, angespitzten Stock schwingen. Ayalas Schuss klang in Jamies Ohren, während der Affe mitten im Sprung zusammenbrach.

»Los jetzt!«, brüllte Paulo.

Jamie spurtete hinter ihm her, als er mit gezogener Waffe auf die Bäume zuraste.

Er schoss zweimal hintereinander in kurzem Abstand auf zwei dunkle Gestalten vor ihnen. Jamie sah nichts als hektische Bewegungen und rannte weiter.

Paulo wandte sich zur Seite und schoss erneut. Ein Schimpanse schrie vor Schmerz auf.

Direkt hinter sich hörte Jamie Susan laufen, die schon jetzt hastig und laut atmete. Die Schritte der anderen waren schwerer auszumachen.

Sie schlug einen Haken nach rechts, eng um einen hohen Baum herum, und stieg über eine dicke Wurzel, als ihr Blick schlagartig die Bewegung eines Tiers wahrnahm, das von oben herabgesprungen kam und ein paar Meter vor ihnen landete.

»Paulo!«

Paulo wirbelte herum und hatte schon abgedrückt, ehe Jamies Schrei verstummt war.

Um sie herum war nur noch das Summen der Urwaldinsekten zu hören, und ihre gehetzte Flucht verursachte das lauteste Geräusch, nachdem der Gesang der Schimpansen in der Schwärze des nächtlichen Waldes verklungen war.

Jamie rannte, bis ihre Schenkel brannten und ihr der Schweiß in die Augen lief. Sie konzentrierte sich auf ihre Schritte, die ihr immer schwerer fielen.

Zweige schlugen Jamie gegen die Brust, als die Vegetation vom vereinzelten Baumbestand des Waldinneren allmählich zum dichten, störrischen Strauchwachstum des Waldrands überging.

Wie weit waren sie gekommen? Wie lange war es her – zehn Minuten?

Jamie lauschte angestrengt auf das Rauschen des fließenden Wassers. Zuerst war es noch vage, dann jedoch eindeutig. Sie würden es schaffen.

Bei jedem Schritt musste sie die dichten Farne mit den Händen auseinanderschieben, um weitergehen zu können. Der Boden wurde weicher und unebener. Sie trat fest auf und stieß sich bei jedem Schritt ab, um ihr Tempo beizubehalten.

Auf einmal blieb sie mit dem Fuß in einem Felsspalt hängen und fiel nach vorn ins hohe Gras, ehe sie den Fuß aus dem festen Griff der Felsen zu zerren suchte. Ein brennender Schmerz war die Belohnung. Sie blieb einen Moment lang keuchend liegen und schnappte nach Luft, um nach den anderen zu rufen. Ihre Stimme war schwach und heiser. »Paulo!«, rief sie. »Susan!« Um sie herum blieb alles still.

Sie versuchte es erneut und konnte zwar diesmal ihren Fuß herausziehen, wäre jedoch vom Schmerz beinahe ohnmächtig geworden. Sie kniete sich erst auf ein Knie, dann aufs zweite, ehe sie aufzustehen versuchte. Ihr Fuß versagte seinen Dienst, und sie fiel erneut zu Boden. Vorsichtiger erhob sie sich erneut und humpelte weiter, indem sie mit dem verletzten Fuß kaum den Boden berührte, sondern sich an den dichten Lianen entlanghangelte, die sich wie ein dichtes Netz durch Bäume und Farne zogen.

40

Sameer duckte sich unter dem letzten tief hängenden Ast hindurch und trat auf den schmalen Uferstreifen hinaus. Panisch suchte er flussaufwärts nach den anderen. Als er niemanden entdeckte, lief er zurück und suchte in der anderen Richtung. Schließlich sah er eine Bewegung zwischen den Bäumen, lief auf den winkenden Arm zu und atmete erleichtert aus. Fast alle anderen waren bereits da.

»Wo ist Jamie?«, wollte Paulo wissen.

»Hab sie … nicht … gesehen«, keuchte Sameer.

»Okay. Ich gehe sie suchen. Versucht es allein weiter, wenn nötig.« Paulo schnappte sich ein Stück Seil und verschwand zwischen den Bäumen.

»Warten Sie!«, zischte Ayala, doch es war schon zu spät.

Ayala knotete das Seil um zwei große Stücke Treibholz, die sie aneinandergebunden hatte. Mehrere Griffschlaufen aus Seil befanden sich bereits an den Hölzern.

Stiles stand vorgebeugt da, hatte die Hände auf die Knie gestützt und atmete schwer. Susan kniete im Sand unter einem Baum und rang ebenfalls nach Luft.

»Was machen Sie denn da?«, erkundigte sich Sameer bei Ayala.

»Die Strömung ist zu stark. Unsere Chancen sind besser, wenn wir beisammenbleiben.«

Sameer sah auf den Fluss hinaus. Er war sehr breit. Das

andere Ufer lag mindestens fünfzig Meter weit entfernt, und die Strömung ließ das Wasser in tosendem Schaum dahinwallen. Mitten im Fluss ragten mehrere scharfkantige Felsen auf. Sameer verließ der Mut.

»Da wollen wir rüber? Und ich fand schon die Schimpansen schlimm.«

Ayala blickte nicht von ihrer Arbeit auf. »Dann bleiben Sie hier.« Mit ausladenden Bewegungen zurrte sie den letzten Knoten fest und kappte das Seil mit ihrem Jagdmesser. »Kommen Sie, helfen Sie mir, das hier zum Fluss zu tragen.«

Sameer, Stiles und Susan packten alle an verschiedenen Ecken an und versuchten, die Konstruktion anzuheben, doch sie rührte sich nicht vom Fleck. »Eins, zwei, drei ...«, zählte Ayala. Bei der letzten Zahl grub Sameer die Hacken in den Sand und zerrte am Seil, das daraufhin widerspenstig über den Sand glitt.

Langsam hievten sie die Hölzer an den Wassersaum. Ayala warf das Seilende in den Sand und setzte sich auf eines der Hölzer.

»Wo bleibt sie denn?«, fragte Susan. »Die Schimpansen können jeden Moment hier sein.«

»Sie sind schon da. Auf geht's. Wir müssen los.« Ayala stand auf und schob die Hölzer in Richtung Wasser.

»Wir können doch Jamie und Paulo nicht zurücklassen!«, rief Sameer, ehe er den Blick am Ufer entlangschweifen ließ und nur hundert Meter flussaufwärts einen Schimpansen aus dem Unterholz treten sah.

»Bedauere, aber wir haben keine Wahl.« Ayala hob die Pistole und feuerte auf den Affen. Im Handumdrehen kamen drei weitere aus den Büschen gesprungen und liefen auf den Strand zu.

»Das Boot legt jetzt ab«, sagte Ayala. »Wer kommt mit?« Sie steckte sich die Pistole in den Gürtel, schob die Holzkonstruktion mit einem heftigen Tritt ins Wasser und packte einen der Seilgriffe.

Sameer warf sich in den Fluss, gefolgt von Susan und Stiles, die allesamt einen der Griffe packten, ehe die Strömung sie erfasste und ihre Beine den Grund verloren.

Die Schimpansen rasten an den Wassersaum, jeder mit einer Fackel in der Hand. Ein weiterer Schimpanse hob einen großen Stein auf und warf ihn nur wenige Zentimeter neben die davontreibende Holzkonstruktion.

»Achtung!«

»Paulo?« Jamie humpelte durch das Unterholz, kam jedoch wegen der Schmerzen nur langsam voran. Wie weit sie wohl zurückgefallen war?

Hinter ihr raschelte etwas. Sie kroch seitwärts ins Gras, bis ihr Kopf von Laub bedeckt war, und spähte hinaus.

Es musste jemand aus ihrer Gruppe sein.

Sie wollte gerade etwas rufen, als ihre Augen sie im letzten Moment warnten. Eine stämmige schwarze Gestalt huschte nur wenige Meter von ihr entfernt durch die Farne. Sie hielt den Atem an.

Der Schimpanse blieb stehen und schnupperte. Jamie roch die muffige Ausdünstung des Affen. Roch er sie auch? Er befingerte die Zweige und linste auf der anderen Seite in die Farne.

Bitte. Lieber Gott …

Auf einmal krachte es in einem Busch vor ihr, und der Schimpanse sprang auf das Geräusch zu und verschwand aus Jamies Sichtweite. Sie wartete mehrere Minuten, bevor sie sich zu regen wagte. Langsam kniete sie sich im

Gras hin und lauschte. Als sie nichts hörte, kämpfte sie sich noch ein paar Schritte vorwärts. Die Pause hatte den Schmerz in ihrem Fuß eher noch schlimmer gemacht.

Von vorn ertönte ein weiteres Rascheln. Erneut warf sie sich flach auf den Boden und horchte. Regelmäßige Schritte waren zu vernehmen, jedoch ohne das Geräusch am Boden schleifender Arme.

Sollte sie einen Ruf riskieren? Sie wartete noch ein paar Sekunden.

»Jamie?«, flüsterte jemand.

»Paulo! Hier drüben!« Sie stand auf und horchte erneut.

Auf einmal hörte man vom Ufer her Schüsse. Jamie ergriff die Gelegenheit und rief erneut. »Paulo!«

Nachdem er sie entdeckt hatte, lief er eilig zu ihr und schloss sie in die Arme.

»Was ist denn passiert?«

»Es tut mir leid ... Ich ...« Er bedeutete ihr, still zu sein, und sie zeigte auf ihren Fuß.

»Kannst du gehen?«, flüsterte er leise.

Sie nickte.

Jamie legte ihm einen Arm um die Schulter, sodass er sie auf dem Weg zum Fluss stützen konnte. Als sie über sich etwas rascheln hörte, blieb sie abrupt stehen und zeigte nach oben, worauf Paulo nickte.

Sie lauschten, während Paulo seine Pistole zog. Das Geräusch erklang ein zweites Mal, bewegte sich über ihnen und entfernte sich.

Paulo zog sie vorwärts, und sie stolperte hinter ihm her, während das Wasserrauschen immer lauter wurde. Schließlich blieb Paulo stehen. Durch die wenigen Bäume konnte Jamie bereits die Umrisse des Flusses erkennen.

Paulo ging in die Knie und rutschte vorwärts, um besser sehen zu können. »Es sind fünf oder sechs Schimpansen am Ufer. Das wird knapp. Aber wenn wir warten, werden es noch mehr.« Er zog ein Stück Seil heraus, band es sich ums Handgelenk und reichte Jamie das andere Ende, das sie sich um ihren Arm band.

Paulo half ihr in halb aufrechte Stellung, ehe sie beide beobachteten, wie die Schimpansen am Strand hin und her jagten. Rasch hob Paulo einen Stein auf und schleuderte ihn auf die abgelegene Seite des Uferstreifens.

Die Schimpansen drehten sich zu dem Geräusch um und wandten dem Wald den Rücken zu.

Paulo nickte, und sie legten die letzten zwanzig Meter bis zum Fluss im Laufschritt zurück. Kaum hatten sie die Hälfte der Strecke geschafft, wirbelten einige Schimpansen herum und rannten los, um sie abzufangen.

Kurz vorm Ufer stießen sie mit einem Affen zusammen, worauf Jamie ins Wasser fiel. Sie trat nach ihm, um sich zu befreien, was ihr Fuß mit brennendem Schmerz quittierte.

Der Schimpanse grabschte mit einer Hand nach ihrem Stiefel und betastete mit dem anderen seiner schwarz behaarten Arme ihr Bein. Jamie hatte das Gefühl, unter seinem Griff gehäutet zu werden.

Der Schimpanse fletschte die Zähne und stieß einen Schrei aus, während er ins Wasser griff und mit aller Kraft versuchte, Jamie aus dem Fluss zu zerren. Sie trat fester zu, bekam ihren Fuß aus dem Stiefel frei und tauchte mit erhobenen Armen in die Strömung, nicht ohne beim Luftholen mehrmals Wasser zu schlucken.

Das Seil riss an ihrem Arm, als Paulo sie tiefer ins Wasser zog. Der Schimpanse kreischte auf und wurde von der Strömung davongetragen, während er wild um sich schlug, um den Kopf über Wasser zu halten.

Jamies Beine wirbelten in der starken Strömung hilflos umher, und das Seil scheuerte an ihrem Handgelenk, als es sich spannte. Sie hob den Kopf über die Wasseroberfläche und blickte nach vorn. Paulo trieb mit den Armen voraus auf einen Strudel zu. Sie holte tief Luft und paddelte blindlings in die gleiche Richtung.

Kurz bevor das Wasser wieder ruhiger floss, geriet Paulo in einen schnellen Wasserwirbel. Jamie holte noch einmal tief Luft, ehe auch sie wie von übernatürlichen Kräften am Seil in den tosenden Strudel gezogen wurde.

Ihr Kopf tauchte unter, und ihre Lungen platzten fast vor Anstrengung, während sie heftig um sich trat, um wieder an die Oberfläche zu gelangen. Als die Kräfte sie langsam verließen und der Drang, den Mund zu öffnen, unwiderstehlich wurde, ruckte es auf einmal wieder an ihrem Arm, und sie schoss aus dem Wasser, um in der gemächlicheren Strömung auf der anderen Seite des Strudels zu landen. Sie blinzelte zweimal, ehe sie Paulo nicht weit entfernt neben sich entdeckte und an seine Seite schwamm.

Er zeigte ans andere Ufer, das nun nur noch zwanzig Meter entfernt war. Mit letzter Kraft schwammen sie gegen die Strömung, bis das Seil schlaff wurde und Jamie mit den Füßen auf Grund stieß. Sie stieg aus dem Wasser und blieb am Ufer liegen.

Nachdem sie Wasser ausgehustet hatte und auf die Knie gekommen war, kroch sie auf Paulo zu, warf sich lachend und hustend auf ihn und schlang die Arme um ihn, während hinter ihnen der Fluss vorübertoste.

41

Jeremy Evans hatte jede Menge Zeit zum Nachdenken. Nachdem er und das Suchteam zu ihrem Ausgangspunkt zurückgekehrt waren, brauchte er dringend Schlaf. Sowie sie Mercers Leiche gefunden hatten, hatte er Skip Jordan in der Firma verständigt, worauf dieser sich erboten hatte, Mercers Familie zu verständigen und die Überführung des Leichnams zu veranlassen.

Bis es Jeremy zum Firmengelände zurück geschafft hatte, wusste er bereits durch einen zweiten Anruf, dass dort hektische Aktivität ausgebrochen war. Tyler Drake, der Präsident von Soliton, war schon auf dem Weg, um Schadensbegrenzung bemüht. Jordan »restrukturierte« mittlerweile die Sicherheitsstrategie der Firma, was im Grunde nichts anderes hieß, als dass er zwei Paletten Schokoladenkekse brauchte, um die Frage zu verkraften, was aus ihm werden würde, wenn Drake eintraf. Die übrig gebliebenen Wissenschaftler hielten eine Besprechung nach der anderen ab und diskutierten verbissen darüber, wer das Sagen hatte und wer Drake gegenüber die Verantwortung für die jüngsten Ereignisse übernehmen sollte.

All das hatte zur Folge, dass die unangenehmste Aufgabe von allen Jeremy vorbehalten war, nämlich zu warten. Mit umgehängtem Gewehr saß er außer Reichweite der bedrohlichen Schimpansenmeute auf der Fähre und hoffte auf die Rückkehr seiner vier Gefährten. Nachdem er nicht nur den Telefonkontakt zu Stiles und Sameer verloren hatte, sondern auch den zu Jamie und Paulo, fühlte sich Jeremy wie ein kompletter Versager. Noch schmerzlicher empfand er den Verlust seines guten Freundes Roger, aber auch den der anderen Kollegen, denen er Vertrauen und Respekt entgegenbrachte.

Das Warten schien nicht enden zu wollen und wurde nur durch zwei kurze Berichte vom Firmengelände unterbrochen. Der eine bezog sich auf die Obduktion Mercers. Die ärztliche Leichenbeschauerin hatte auf Jeremys Bitte hin angerufen und ihm mitgeteilt, dass Mercer am Dengue-Schock-Syndrom gestorben war.

Angesteckt hatte er sich wahrscheinlich durch einen Mückenstich bei seinem ersten Erkundungsgang nach der Flucht der Schimpansen. Nach einer Inkubationszeit von vier Tagen war die Krankheit rasch fortgeschritten. Die Ärztin meinte, Mercer habe »aus den Kapillargefäßen geblutet und eine disseminierte intravaskuläre Koagulation erlitten, auf die schließlich ein multiples Organversagen folgte. Hätte er früher ärztlichen Beistand erhalten, hätte er eventuell überlebt.« Für diese letzte Äußerung, mit der die Ärztin, ohne es zu wissen, Schuldgefühle in ihm weckte, zeigte sich Jeremy erkenntlich, indem er sang- und klanglos auflegte.

Der zweite Bericht stammte von Jordan, der erklärte, dass eine gewisse Sally Heathrow, deren Name ihm kein Begriff sei, die sich jedoch als gute Freundin von Kenji ausgebe, so bald wie möglich mit einem Mitglied des Expeditionsteams sprechen wolle. Jeremy notierte sich nicht einmal ihre Nummer. Er wollte mit niemandem reden.

Außer natürlich mit Stiles, und auf diese Gelegenheit würde er um jeden Preis warten. Da es nichts Konkretes mehr zu tun gab, war er bereit, zwei Wochen vor Ort zu bleiben – solange er zu essen hatte –, ehe er sein Telefon und eine Notiz im Basislager zurücklassen und wieder über den Fluss zurückkehren würde.

Also wartete er. Nach zwei weiteren Nächten hatte er die Hoffnung schon fast aufgegeben und litt unter einer gefährlichen Kombination aus Schuldgefühlen und Langeweile. Immer wieder hatte er mit dem Gedanken gespielt, sich auf die Suche nach den anderen zu machen, seien sie nun tot oder lebendig, die Idee jedoch regelmäßig als lächerlich verworfen. Er würde sie niemals finden, und falls doch, wäre er ihnen wahrscheinlich keine große Hilfe, sondern würde womöglich noch einmal den Schimpansen in die Arme laufen.

In diese Überlegungen war er gerade versunken, als er zu seinem großen Erstaunen Rufe hörte – und zwar nicht irgendwelche Rufe, sondern eine absolut unverwechselbare Stimme. »Jeremy, du Penner! Wenn ich dich beim Surfen erwische, streiche ich dir das verfluchte Stipendium!«

Jeremy grinste und brüllte zurück. »Nur zu, aber dann kriegst du nie genug Daten zusammen, um je wieder etwas zu veröffentlichen!« Er wandte sich um und sah seine Kameraden flussabwärts auf ihn zukommen. Dabei bemerkte er zwei Fremde, die offenbar zusätzlich zur Gruppe gestoßen waren, was man ihm vermutlich bald erklären würde. Er drehte den Zündschlüssel um und ließ den Motor aufjaulen.

Am nächsten Tag räumte Jamie ihr Büro bei BrainStem. Paulo war zu seiner Forschungsstation zurückgekehrt, um sich zu verabschieden, da sie alle beide dem Dschungel den Rücken kehren und einen längeren Urlaub machen wollten. Jamie hatte fast den ganzen Tag an nichts anderes denken können.

Ihr verstauchter Knöchel war durch die Ruhe und ein Paar Krücken schon viel besser geworden, erinnerte sie aber nach wie vor lebhaft an die Ereignisse der letzten Tage. Sie hatte es auf sich genommen, den Firmenchef davon zu informieren, was sich in den Gefrierschränken hinter Nakamuras Büro befunden hatte.

Obwohl Drake heftig bestritten hatte, irgendetwas von diesen Experimenten zu wissen, hatte er nicht sonderlich überrascht gewirkt, so als fände er diese Neuigkeit auf eine Art und Weise einleuchtend, über die er sich nicht näher äußern wollte. In ihrem Gespräch mit Drake hatte Jamie eingewilligt, ihm bei einem letzten Anliegen behilflich zu sein. »Diese Sally Heathrow mit ihren ganzen Fragen macht mich noch wahnsinnig«, erklärte er. »Könnten Sie versuchen, mir die Person vom Hals zu schaffen?«

Jamie erklärte sich bereit, sie anzurufen. Den ganzen restlichen Vormittag hatte sie über diese Aufgabe nachgedacht und sich gefragt, wer die Frau wohl war. Auf einmal kam ihr ein Gedanke, und sie rief Skip Jordan an.

»Skip, hier ist Jamie. Haben wir die Möglichkeit, eine Telefonnummer zu recherchieren und herauszufinden, wem sie gehört?«

»Klar, Jamie. Ich habe immer noch ein paar Kontakte bei der Truppe, die das für mich machen«, log Jordan. In Wirklichkeit war es auch ohne Kontakte nicht so schwierig, eine Nummer zurückzuverfolgen, wenn sich der Betreffende nicht allzu sehr darum bemüht hatte, seine Identität zu verbergen. Jordan griff begierig nach der Chance, sich nach seinen jüngsten Schnitzern zu rehabilitieren, und wollte sich unbedingt von seiner Schokoladenseite zeigen, solange Drake im Haus war.

Jamie nannte ihm die Telefonnummer und legte auf.

Am Abend rief er sie zurück. »Jamie?«

»Ja?«

»Ich weiß jetzt, wem die Nummer gehört, die Sie mir genannt haben.«

»Super! Wer ist es?«

»Es ist die Handynummer einer gewissen Kathryn Batori aus San Francisco.«

»Danke, Skip. Gute Arbeit.«

»War ein Kinderspiel.«

Jamie legte auf und wählte die Nummer. Eine Frau meldete sich.

»Hallo, hier ist Jamie Kendrick. Sally Heathrow hat hier bei BrainStem angerufen und um Rückruf gebeten«, sagte sie in geschäftsmäßigem Tonfall.

»O ja, vielen Dank, dass Sie anrufen. Wissen Sie, ich bin eine Freundin von Kenji Nakamura, und die Nachricht von seinem Tod hat mich sehr erschreckt. Ich wollte Sie einfach bitten, mir etwas über die näheren Umstände seines Todes zu erzählen.«

»Es war wohl eine Art bizarrer Unfall.«

»Kenji hat mir mal erzählt, er würde an einem Schimpansen forschen.«

»Das stimmt.«

»Wissen Sie vielleicht, was daraus geworden ist?« Ihre Stimme klang gepresst, und Jamie spürte, dass der Frau die Antwort auf diese Frage enorm wichtig war. »Nur rein interessehalber, wissen Sie. Weil es doch sein letztes Projekt war und so.«

»Vermutlich war es dieses letzte Projekt, das ihn das Leben gekostet hat. Sein Herz hat nicht mehr mitgespielt«, sagte Jamie.

»Aha«, sagte die andere. »Jedenfalls vielen Dank für Ihren Rückruf. Es hilft mir sehr, seinen Tod zu verarbeiten, da ich jetzt weiß, wie Kenji gestorben ist.«

Jamie verabschiedete sich höflich und legte auf.

Unverzüglich wählte sie die Nummer von Susans Hotelzimmer in Manaus.

»Hallo, Susan, hier ist Jamie.«

Susan begrüßte sie herzlich.

»Vielleicht ist Ihre Geschichte doch noch nicht zu Ende. Ich habe da so eine Ahnung.«

»Und zwar?«

»Stellen Sie doch mal ein paar Recherchen über eine gewisse Kathryn Batori in San Francisco an. Vielleicht steckt gar nichts dahinter, aber irgendwie hat sie sich auffallend dafür interessiert, was aus diesem Schimpansen geworden ist. Außerdem hat sie einen falschen Namen benutzt.«

»Das lässt ja tief blicken«, meinte Susan. »Übrigens weiß ich zufällig, dass Carlos einmal ein Telefongespräch zwischen Nakamura und einer gewissen Kate aufgezeichnet hat.«

42

Als Kathryn Batori den Hörer auflegte, zitterte ihre Hand unkontrollierbar. Sie atmete schwer, und die Furcht, die sie seit Tagen plagte, drohte sie zu ersticken. Kenji tot. Michaels und Simons tot. Sie war allein, und diese Jamie wusste mehr, als sie zugab.

Ihre schlimmsten Befürchtungen hatten sich bewahrheitet. Sie verfluchte Nakamura. *Wie hatte er nur so dumm sein können?* Womöglich würde ihr Name binnen weniger Monate ins Visier polizeilicher Ermittlungen geraten. *Schlamperei.*

Eilig begann sie zu rechnen. Die erste Implantation lag drei Wochen zurück. Wie viele Implantationen hatte sie mit den veränderten Embryos durchgeführt – drei pro Tag? Mindestens fünfzehn Frauen hatten Embryos eingepflanzt bekommen, die das neue Gen enthielten. Garantiert würde mindestens eines in eine geglückte Schwangerschaft münden. Doch sie brauchte Tausende für einen soliden Genpool, damit das modifizierte Gen gedieh, vorausgesetzt die Feten überlebten bis zur Geburt. Sie musste schnell sein. Ihre eigenen Implantationen würden nicht ausreichen, daher würde sie den Samenspenderpool mit dem veränderten Gen anreichern müssen. *Riskant, aber machbar.*

In Gedanken ging sie noch einmal das Telefongespräch mit Skip Jordan durch und wertete die Informationen aus, die er ihr in aller Naivität gegeben hatte.

Eindeutig keine simple Verbesserung. Wahrscheinlich dramatische Verhaltensveränderungen. Eventuell sogar eine neue menschliche Subspezies. Vielleicht auch zwei neue Subspezies, wenn jemals homozygote Nachkommen zur Welt kämen.

Sie setzte sich an ihren Computer und lud die Software mit ihrer elektronischen Patientenkartei. Mit nach wie vor zittrigen Fingern tippte sie die Angaben in die Suchmaske. Ein Paar nach dem anderen. T-A-T-E, H-I-R ... Sie gab den Namen ein und öffnete mit einem Klick die Patientenakte. Während ihr das Herz bis zum Hals schlug, fuhr sie mit dem Mauszeiger auf den Link zu den persönlichen Daten, worauf eine Seite mit Telefonnummern, Anschriften und Versicherungsmodalitäten erschien.

Sie musste wissen, wo sie stand. *Wie spät war es?* Sie sah auf ihre Uhr, nahm erneut den Telefonhörer ab und wählte. Niemand nahm ab. *Verdammt.* Sie wählte eine zweite Nummer, doch auch hier meldete sich niemand.

Sie ließ sich auf dem Stuhl zurücksinken, massierte sich die Schläfen und überlegte, was sie tun sollte. Als Nächstes hörte sie ihren Anrufbeantworter ab.

»Sie haben eine neue Nachricht. PIEP. ›Hallo, Dr. Batori, hier ist Richard Tate. Ich musste Ihnen einfach sofort die gute Nachricht mitteilen. Hiroko ist schwanger! Wir sind Ihnen so dankbar für alles, was Sie für uns getan haben. Wir können unser Glück kaum fassen. Aber wir müssen unseren nächsten Termin bei Ihnen absagen. Ich habe eine Reise nach Europa gebucht. Wir machen einen Monat Urlaub und lassen es uns gut gehen. Wir melden uns wieder, wenn wir zurück sind. Noch mal vielen Dank!‹ PIEP.«

Kate Batori schloss die Augen und biss sich auf die Unterlippe. Es hatte geklappt!

Anschließend rief sie ihre Sekretärin an. »Hallo, hier ist Kate. Bitte sagen Sie für heute Nachmittag alle Termine ab, die keine Implantationen sind. Mir ist etwas dazwischengekommen.«

Sie klickte sich erneut in ihre Patientenkartei ein, suchte den ersten geeigneten Namen heraus und wählte die Nummer.

»Hallo, Mrs. Allen? Hier ist Dr. Batori. Stellen Sie sich vor, jetzt ist doch früher als gedacht ein Termin frei geworden. Wenn Sie also bereit sind, können wir gleich diese Woche Ihren ersten IVF-Zyklus starten. Ist das nicht toll?«

43

Jamie saß dicht neben Paulo am Boden seiner Hütte und massierte ihm den Kopf. Es war ein herrliches Gefühl.

»Dann will Roger also die Jagd noch mal aufnehmen?«, fragte Paulo.

»Das hat er zumindest gesagt. ›Wir stellen einen knallharten Kommandotrupp zusammen und schnappen uns eines von diesen Mistviechern‹«, äffte sie ihn nach. »Er kann es einfach nicht lassen.«

»Was hat er denn in der Gewebeprobe gefunden, die er genommen hat?«

»Es sah aus wie ganz normale Gehirnmasse. Nichts Außergewöhnliches.«

»Willst du ihn begleiten?«

Jamie streichelte ihm die Stirn. »Ich glaube nicht. Aber vielleicht überlege ich es mir auch noch anders. Ich finde das alles nach wie vor sehr verwirrend.«

Paulo lächelte. »Mir geht es genau umgekehrt. Ich kann mich nicht entsinnen, wann mein Leben je so klar, so wunderbar gewesen wäre.« Er legte den Kopf in ihren Schoß, drückte ihr einen Kuss aufs Bein und sah zu ihr auf. »Was willst du eigentlich mit deinen Forschungsergebnissen anfangen?«

»Du meinst die über den Schimpansen?« Sie hielt inne. »Da muss ich erst mal abwarten, wie das Ganze ausgeht. Die Daten bringen nicht viel, wenn ich kein lebendes Anschauungsobjekt habe, mit dem ich alles belegen kann. Es klingt doch reichlich unglaubwürdig, oder? Ich meine, der Altar, der Schimpanse, der sich für seinen Kameraden erschießen lässt, der Sprechgesang, die Fackeln ...«

»Gottes Wege sind erhaben über die Wege des Menschen.«

»Oder des Schimpansen?«

Paulo legte ihr einen Arm um die Taille.

Sie sah ihm in die Augen. Sein eindringlicher Blick fesselte sie und weckte in ihr den Wunsch, ihm zu glauben.

»Was meinst du, dass ich tun soll?«

Er setzte sich auf und nahm ihre Hände.

»Heirate mich.«

Jamie riss die Augen auf. Dann schlang sie die Arme um ihn, warf ihn zu Boden und drückte ihre Lippen auf seine.

»Ich liebe dich«, flüsterte sie.

»Wir finden es, Jamie.«

»Was?«

»Wahrheit, Erleuchtung. Gemeinsam finden wir es.«

»Ich weiß.«

Danksagung

Fünf Personen haben ausschlaggebend dazu beigetragen, dass dieser Roman entstehen konnte. Dafür möchte ich ihnen ausdrücklich danken.

Meine Agentin Kimberly Whalen hat die Idee zu diesem Buch von den ersten Entwürfen an unterstützt und es durch eine umwälzende Metamorphose auf dem Weg zu seinem jetzigen Zustand begleitet.

Meiner Lektorin Natalee Rosenstein gebührt enorme Anerkennung dafür, dass sie das Manuskript zu einem wunderbaren Endprodukt geformt hat. Alle meine Leser, die gern eine spannende Geschichte lesen, aber keine Lust haben, nächtelang die mathematischen Grundlagen der Störungstheorie in Bezug auf Bevölkerungsstrategien für Nullsummenspiele zu studieren, können sich bei Natalee bedanken.

Meine Leserin Karen Dionne, die kundig jede Seite redigiert und verbessert, ehe sie irgendjemand anders zu Gesicht bekommt, war eine unverzichtbare Testperson für die Ideen, die Erzählstrategie und die Charakterisierung der Figuren in meinem Roman.

Mein wissenschaftlicher Mentor David Ferster, PhD, brachte mir die moderne Neurobiologie nahe. Wenn wir bei nächtlichen Experimenten darum kämpften, dem Chaos von Membranpotenzialen, die quer durch unsere Oszilloskope schossen, eine Ordnung abzuringen, und uns darüber unterhielten, was in diesem ersten Wahrnehmungsnebel wirklich im Gehirn passiert, gerieten diese Gespräche zu den amüsantesten, die ich je geführt habe. Die Freude darüber, dass in den aktuellen Neurowissenschaften etwas Neues geschieht, das die Welt für immer verändern wird, ist ein zentraler Punkt, der mich zu diesem Buch inspiriert hat.

Meine Frau Keri ist mir Vertraute, Geliebte, Gefährtin und Kollegin zugleich. Jeder Gedanke in diesem Buch ist das Resultat von Tränen, Geistesblitzen und liebevollen Debatten im Rahmen meiner Gespräche mit ihr, die mein Leben unermesslich glücklich machen.

Bibliographie

Bernhard, Brendan. *Pizarro, Orellana, and the Exploration of the Amazon.* New York: Chelsea House Publishers, 1991.

Caufield, Catherine. *In the Rainforest.* New York: Alfred Knopf, 1985.

Chenn, Anjen, and Christopher A. Walsh. »Regulation of Cerebral Cortical Size by Control of Cell Cycle Exit in Neural Precursors.« *Science* 297 (2002): 365-69.

Churchland, Patricia. »What Can We Expect from a Theory of Consciousness?« Vol. 77, *Advances in Neurology,* edited by H. Jasper, L. Descarries, V. Castellucci, S. Rossignol (Philadelphia: Lippincott-Raven, 1998).

Crick, Francis. *The Astonishing Hypothesis.* New York: Touchstone, 1994.

Dale, Anders M., Arthur K. Liu, Bruce R. Fischl, Randy L. Buckner, John W. Belliveau, Jeffrey D. Lewine, and Eric Halgren. »Dynamic Statistical Parametric Mapping: Combining fMRI and MEG for High-Resolution Imaging of Cortical Activity.« *Neuron* 26 (2000): 55-67.

DeLucchi, M. R., B. J. Dennis, and W. R. Adey. *A Stereotaxic Atlas of the Chimpanzee Brain.* Berkeley: University of California Press, 1965.

Despres, Leo A. *Manaus: Social Life and Work in Brazil's Free Trade Zone.* Albany, NY: SUNY Press, 1991.

Dubowitz, David J., Kyle A. Bernheim, Dar-Yeong Chen, William G. Bradley Jr., and Richard A. Andersen. »Enhancing fMRI Contrast in Awake-Behaving Primates Using Intravascular Magnetite Dextran Nanoparticles.« *Neuroreport* 12 (2001): 2335-40.

Dubowitz, David J., Dar-Yeong Chen, Dennis J. Atkinson, Miriam Scadeng, Antigona Martinez, Michael B. Andersen, Richard A. Andersen, and William G. Bradley, Jr. »Direct Comparison of Visual Cortex Activation in Human and Non-Human Primates Using Functional Magnetic Resonance Imaging.« *Journal of Neuroscience Methods* 107 (2001): 71-80.

Dunbar, Robin. *Primate Social Systems*. Ithaca, NY: Comstock, 1988.

Fukuyama, Francis. *Our Posthuman Future: Consequences of the Biotechnology Revolution*. New York: Farrar, Straus, and Giroux, 2002.

Gazzaniga, M. S. »Brain and Conscious Experience.« *Advanced Neurology* 77 (1998): 181-93.

Goodall, Jane. *Chimpanzees of Gombe*. Cambridge, MA: Harvard University Press, 1986.

—. *In the Shadow of Man*. Revised Edition. Boston: Houghton Mifflin, 1988.

Gubler, D. J., and G. Kuno. *Dengue and Dengue Hemorrhagic Fever*. Cambridge CAB International, 1997.

Guerrant, Richard L., David H. Walker, and Peter F. Weller., eds. *Tropical Infectious Diseases*. Second Edition. Philadelphia: Churchill Livingstone, 2006.

Hauser, Marc. *Wild Minds: What Animals Really Think*. New York: Henry Holt, 2000.

Hofstadter, Douglas. *The Mind's I*. Toronto: Bantam, 1981.

Jacobs, Marius. *The Tropical Rain Forest*. Berlin: Springer-Verlag, 1988.

Karten, H., ed. *Evolutionary Developmental Biology of the Cerebral Cortex*. Novartis Foundation Symposium. Chichester: John Wiley & Sons, 2000.

Kenward, Robert E. *A Manual for Wildlife Radio Tagging*. San Diego, CA: Academic Press, 2001.

Mabberley, D. J. *Tropical Rain Forest Ecology*. Glasgow: Blackie and Son, 1992.

Marino, Lori, James K. Rilling, Shinko K. Lin, and Sam H. Ridgway. »Relative Volume of the Cerebellum in Dolphins and

Comparison with Anthropoid Primates.« *Brain Behavior and Evolution* 56 (2000): 204-11.
May, Robert. »Unanswered Questions in Ecology.« *Philosophical Transactions of the Royal Society of London* 354 (1999): 1952.
May, Robert M., and Michael P. H. Stumpf. »Species-Area Relations in Tropical Forests. *Science* 290 (2000): 2084-86.
Nature Neuroscience. Editorial: »Does Neuroscience Threaten Human Values?« November 1, 1998, 535-36.
Newman, Arnold. *Tropical Rainforest*. New York: Facts on File, 1990.
Newson, Ainsley, and Robert Williamson. »Should We Undertake Genetic Research on Intelligence?« *Bioethics* 13, nos. 3-4 (1999): 326-42.
Nichol, John. *The Mighty Rainforest*. London: David & Charles, 1990.
Nowak, Martin, and Karl Sigmund. »A Strategy of Win-Stay, Lose-Shift That Outperforms Tit-for-Tat in the Prisoner's Dilemma Game.« *Nature*, July 1, 1993, 56-58.
Penn, Anna A. »Early Brain Wiring: Activity-Dependent Processes.« *Schizophrenia Bulletin* 27, no. 3 (2001): 337-47.
Philadelphia Newspapers, Inc. v. Hepps, 475 U.S. 767 (1986).
Plotkin, Joshua B., Matthew D. Potts, Douglas W. Yu, Sarayudh Bunyavejchewin, Richard Condit, Robin Foster, Stephen Hubbell, James La Frankie, N. Manokaran, Lee Hua Seng, Raman Sukumar, Martin A. Nowak, and Peter S. Ashton. »Predicting Species Diversity in Tropical Forests.« *PNAS* 97, no. 20 (2000): 10850-54.
Roemer, G. W., C. J. Donlon, and F. Courchamp. »Golden Eagles, Feral Pigs, and Insular Carnivores: How Exotic Species Turn Native Predators into Prey.« *Proceedings of the National Academy of Science* USA 99, no. 2 (2002): 791-96.
Russon, Anne E., Kim A. Bard, and Sue Taylor Parker, eds. *Reaching into Thought: The Minds of the Great Apes*. Cambridge: Cambridge University Press, 1996.
Savage-Rumbaugh, Sue, Jeannine Murphy, Rose A. Secvik, Ka-

ren E. Brakke, Shelly L. Williams, and Duane Rumbaugh. *Language Comprehension in Ape and Child*. Monographs of the Society for Research in Child Development, ser. 233, vol. 58. Oxford: Oxford University Press, 1993.

Savulescu, J. »Procreative Beneficience: Why We Should Select the Best Children.« *Bioethics* 15, nos. 5-6 (2001): 413-26.

Tomasello, Michael, and Josep Call. *Primate Cognition*. New York: Oxford University Press, 1997.

U.S. Dept of Health and Human Services. *Report of the Ad Hoc Task Force to Develop a National Chimpanzee Breeding Program of the Interagency Primate Steering Committee*. Tanglewood, North Carolina, June 2-3, 1980. Bethesda: National Institutes of Health, 1982.

Whitmore, T. C. *An Introduction to Tropical Rain Forests*. Clarendon Press: Oxford, 1990.

Wiederholt, J. L., and Forest J. Rees. »A Description of the Comprehensive Test of Nonverbal Intelligence.« *Journal of Child Neurology* 13, no. 5 (1998): 224-28.